한권으로 읽는
삼국지

삼국지

초판 1쇄 발행 2007년 1월 1일

개정판 1쇄 발행 2021년 10월 18일

지은이 **나관중**

옮긴이 **리베르 편집부**

편집 **정예림**

디자인 **박민정**

펴낸이 **박찬영**

마케팅 **조병훈, 박민규, 최진주**

발행처 **리베르**

주소 서울특별시 성동구 왕십리로 58 서울숲포휴 11층

등록번호 제2013-000017호

전화 02-790-0587, 0588

팩스 02-790-0589

e-mail skyblue7410@hanmail.net

ISBN 978-89-6582-317-9, 978-89-6582-315-5(세트)

한 권으로 읽는
삼국지

나관중 지음 · 리베르 편집부 옮김

리베르

차례

머리말

삼국지의 역사적 무대는 1,800년 전 중국의 한나라가 멸망하고 위(魏)·오(吳)·촉(蜀) 삼국이 정립되었다가 다시 진(晉)으로 통일되는 시기이다.

이 파란만장한 제국의 흥망사와 영웅들의 활약상에 등장하는 인물만 400여 명이 된다. 흔히 삼국지는 인물소설이라고 한다. 그 만큼 인물들의 묘사가 살아있는 것처럼 생생하여 삼국지를 읽는 내내 분노와 좌절, 감탄과 웃음에 사로잡히게 된다.

삼국지는 군령을 어긴 죄로 제갈량에게 참수당한 진식의 아들 진수(陳壽)가 집필한 '정사삼국지'가 뿌리이다. 여기에 송(宋)의 문제(文帝)가 삼국지의 내용이 간략한 것을 안타깝게 여겨 배송지(裵松之)를 시켜 주(注)를 만들도록 했다.

이후 원나라 때 화보가 포함된 '전상삼국지평화'가 발간되었는데, 짧은 분량에 문장이 조잡하였다. 14세기 말에 들어서 나관중이 바로 이 '전상삼국지평화'를 뼈대로 하고, 정사와 사람들의 입을 통하여 전해져 내려오는 이야기를 섞어, 소설 '삼국지연의'를 썼다.

삼국지연의가 나오자 중국은 물론 우리나라와 일본 등지에서 널리 읽혀졌으며, 수많은 작가들이 평역을 하였다. 이로써 삼국지는 전 세계적으로 성경 다음으로 많이 읽은 책으로 기록되고 있다.

정사의 경우 위를 한나라의 정통적 계승자로 서술한 반면, 연의는 촉을 한나라의 전통적 계승자로 서술하였다. 이 '촉한정통론'은 나관중뿐 아니라 중국 민중들 사이에 널리 퍼져있는 사상이기도하다.

당시 위의 조조는 한나라 황제를 끼고 있어 실질적인 권력을 쥐고 있었으며, 오의 손권은 가문대대로 영토와 군사를 가지고 있는 등 나름대로 기반이 튼튼하였다. 반면 촉의 유비는 돗자리를 짜서 생계를 유지하였고, 그를 따르던 관우와 장비도 출신이 분명치 않은 시골 촌뜨기였다. 이들은 수많은 위기와 고초를 겪으면서도 좌절하지 않았으며, 한나라와 천하를 구하겠다는 의지를 꺾지 않았다.

삼국지는 중화문화의 뿌리이며 우리 문화와도 밀접한 관계를 가지고 있다. 우리는 삼국지에서 나온 출사표, 도원결의, 파죽지세, 읍참마속 등의 고사성어를 친근하게 사용하고 있고, 주변사람을 평가 할 때 조조나 유비, 제갈량, 관우, 장비 등에 비교하기를 좋아한다. 최근 들어서는 컴퓨터 게임으로 만들어져 젊은이들에게 선풍적인 인기를 누리고 있는 실정이다.

하지만 삼국지를 책으로 직접 읽은 사람은 생각보다 그리 많지가 않다. 특히 하루하루 시간에 쫓기어 살아가야하는 현대인들에게는 많은 분량을 소화하기란 쉽지가 않다.

이를 안타깝게 여겨 원본의 5분의 1의 분량으로 과감하게 줄여 '한 권으로 읽는 삼국지'를 발간하게 되었다. 짧지만 큰 줄기를 잘라먹지 않으면서도 역사를 가르는 중요한 사건에 대해서는 읽는 이로 하여금 충분히 이해할 수 있도록 노력하였다.

구성도 독자들의 이해를 돕기 위해 역사의 전환점이 되는 사건을 중심으로 묶어 8개의 장으로 분류하였다.

부패한 한제국의 분열을 첫 번째 장, 각지의 영웅들이 중심을 잃고 서로 물리고 물리는 싸움을 하는 과정을 두 번째 장, 위기에 빠진 유비가 몸을 낮추고 때를 기다리는 과정을 세 번째 장, 천하의 대세를 가른 관도대전에서부터 적벽대전까지를 네 번째 장, 삼국으로 분열되는 과정을 다섯 번째 장, 유비가 황제가 되고 삼국의 중심이 되었던 영웅호걸들이 사라지는 과정을 여섯 번째 장, 제갈공명이 유비의 유조를 받들어 6차에 걸쳐 북벌을 시도하였으나 결국 뜻을 이루지 못하고 죽는 과정을 일곱 번째 장, 마지막으로 삼국이 멸망하고 진 제국이 건설되는 과정을 여덟 번째 장으로 하였다.

중국 사람들 사이에서는 '젊어서는 삼국지를 읽고, 늙어서는 삼국지를 읽지 말라' 라는 말이 있다. 하지만 삼국지는 젊은이뿐 아니라 나이를 어느 정도 먹은 사람들도 다시 한 번 읽어봐야 할 삶의 지침서이다.

삼국지는 젊은이들에게 큰 꿈과 지혜를 가질 수 있도록 해주고, 나이 먹은 사람들에게는 잃어버린 용기와 침체된 의지를 다시 샘솟게 한다.

앞에서도 말했지만 이 평역본은 원본의 5분의 1의 분량에 불과하지만 이야기의 줄기와 인물들의 묘사는 원본 못지않게 살려냈다고 자부한다.

부족하지만 이 책을 통하여 꿈을 발견하고, 용기와 지혜를 얻을 수 있는 계기가 되길 바란다.

엮은이 씀

줄거리

발단
유비 · 관우 · 장비 삼형제가 의형제를 맺고 황건적 토벌을 위해 의병을 모집함

400년 기틀을 다져온 한제국이 환관들의 득세, 권력투쟁, 매관매직으로 혼란을 겪게 되고 왕권이 약화된다. 정치혼란이 사회혼란으로 연결되면서 '태평도'라는 사이비 종교를 만든 장각을 중심으로 황건적의 난이 일어난다.

이때 탁현 누상촌이라는 작은 고을에서 살던 유비는 관우 · 장비와 함께 의형제를 맺고 황건적 토벌을 위해 의병을 모집한다.

유비는 의병을 이끌고 조조 · 손견 · 주전 · 노숙 등과 함께 황건적 토벌에 공을 세운다. 황건적은 토벌되고 참여한 장수들에게 높은 관직이 주어지지만 유비에게는 안희현 현위라는 낮은 관직이 주어진다.

전개
천하가 동탁, 이각과 곽사, 조조의 손에 넘어가는 등 물고물리는 싸움이 전개됨

조정에서는 권력투쟁이 더욱 심화되고, 대장군 하진은 조조 · 원소 등과 함께 환관들을 제거하기로 계획한다. 이를 위해 하진은 참모들의 반대에도 불구하고 동탁의 군사를 낙양으로 불러들인다. 하지만 이 같은 움직임을 알게 된 환관들이 하진을 살해하고, 환관들 또한 원소와 조조에게 모두 주살된다.

낙양으로 향한 동탁은 혼란을 틈타 궁궐로 들어가 권력을 장악한다. 동탁은 새로운 황제를 세우니 그가 바로 헌제이다. 권력을 장악한 동탁은 궁녀들을 간음하고 대신들을 마음대로 죽이는 등 악행을 일삼는다. 이에 조조는 각지의 제후들에게 격문을 보내 동탁을 제거할 것을 호소한다.

드디어 원소·원술·마등·공손찬·손견·도겸 등이 군사를 이끌고 낙양으로 모여든다. 유비형제 또한 공손찬을 따라 동탁 제거에 참여한다. 상황이 불리해진 동탁은 여포를 앞세워 낙양을 불태우고, 황제와 문무백관들을 이끌고 장안으로 도망친다. 낙양에 입성한 제후들은, 손견이 발견한 옥새로 인해 천하를 얻겠다는 야망을 키우게 되고 다른 제후들과 극심하게 대립한다. 제후들은 각자 길을 떠나거나 세력 확장을 위해 물리고 물리는 싸움을 한다. 이때 조조는 다시 활개를 치기 시작한 황건적을 물리치고 대군을 얻는다.

한편 충신 왕윤은 초선을 이용하여 여포의 손으로 동탁을 죽이는 데 성공하였으나 동탁의 수하였던 이각과 곽사에게 죽임을 당하고, 여포는 도망친다. 이각과 곽사의 횡포가 동탁보다 더하자 헌제는 낙양으로 돌아오고 조조에게 도움을 요청한다. 조조는 '이제 천하는 내 손에 들어왔다.'고 기뻐하며 즉시 입성한다.

황제를 자칭한 원술은 조조·유비·여포·손책 등의 연합군에 무너지고, 원소는 공손찬 등과 싸워 하북 일대를 장악한다. 또한 손권은 손견, 손책의 뒤를 이어 강동 일대를 장악하는 등 천하는 물리고 물리는 싸움으로 더욱 혼란해져 간다.

이때 군사력과 군량이 풍부했던 원소는 조조와 손권을 없애기로 결심하고, 먼저 조조를 치기 위해 70만 대군을 이끌고 관도로 향한다. 조조는 7만 군사로 70만 대군을 막아야 하는 어려운 싸움이었으나 참모들의 조언을 적절히 이용하여 원소 군을 궤멸시킨다.

위기

유비는 삼고초려 끝에 제갈량을 얻고 형주를 차지하지만 조조의 공격에 직면함

이 시기에 유비는 영토도 없고 세력도 약해 20여 년 동안 공손찬·도겸·조조·여포·원소 등에게 의지하며 떠돌이 생활을 한다. 몇 차례에 걸쳐 죽을 고비를 넘긴 유비는 형주의 유표에게 의지하여 신야라는 작은 고을을 다스리던 중, 삼고초려 끝에 제갈량을 얻는다.

이때 중국 북부를 모두 차지한 조조는 천하통일의 꿈을 품은 채, 100만 대군을 이끌고 형주로 쳐들어간다. 때마침 유표가 죽고 뒤를 이은 유종이 조조에게 항복하고, 유비는 백성들을 데리고 강하로 도망친다.

절정
촉·오 연합군이 화공으로 조조의 100만대군을 궤멸시키지만 영토 문제로 분열함

일이 급하게 된 유비는 제갈량을 손권에게 보내 연합하여 조조 군을 물리칠 것을 제의한다. 제갈량은 뛰어난 말솜씨로 손권의 마음을 움직이고, 손권은 주유를 대도독으로 임명한다. 주유는 적벽에서 제갈량의 도움을 받아 화공으로 조조의 100만 대군을 궤멸시킨다.

조조와 손권이 싸우는 동안 유비는 형주 일대를 장악한다. 싸움이 끝난 후 손권은 유비에게 형주를 돌려줄 것을 요구하지만, 서촉을 얻을 때까지 기다려 달라고 한다. 형주에서 착실하게 기반을 다진 유비는 서촉으로 쳐들어가 평정하고, 조조와 일전을 벌여 한중까지 얻는다.

한편 손권은 유비가 형주를 돌려주지 않자 조조와 연합하여 형주를 쳐서 반으로 나누자고 제안한다. 소식을 들은 유비는 형주를 지키는 관우에게 선수를 치라는 명령을 내린다. 군사를 일으킨 관우는 승승장구하여 조조를 위협하지만 손권의 장수 육손의 계략으로 형주를 빼앗기고 목숨까지 잃는다.

결말
천하는 위촉오 삼국으로 나뉘었다가 결국 진을 건국한 사마염이 천하를 통일함

한편 조조의 뒤를 이은 조비는 헌제를 몰아내고 위(魏)를 건국해 황제가 되고, 유비는 한나라의 정통성을 이어간다는 명분으로 촉(蜀)을 건국해 황제가 된다. 이후로 손권도 오(吳)를 건국해 황제가 되니, 천하는 삼국으로 분열된다.

유비는 관우의 원수를 갚기 위해 70만의 대군을 이끌고 오를 쳐들어간다. 처음에는 연전연승하여 승기를 잡았으나 육손에게 대패한 후, 백제성에서

병으로 죽는다.

유비의 뒤를 이어 유선이 황제가 되고, 제갈량은 위를 치기 위해 6차에 걸친 북벌을 감행하지만 실패하고 오장원에서 죽음을 맞이한다. 제갈량의 뒤를 이은 강유 또한 9차에 걸친 북벌을 시도하였으나 역시 실패하고, 환관 및 대신들과의 마찰로 촉의 국력은 쇠퇴한다.

한편 위(魏)는 조비, 조예, 조방, 조환으로 이어지는 동안 왕권이 약화되면서, 공명의 북벌을 막아낸 사마씨 일가가 권력을 장악한다. 사마씨 일가는 등애와 종회를 등용하여 촉을 멸망시킨다.

이어 조환을 몰아내고 사마염이 황제가 되어 진(晉)을 건국한다. 사마염은 오까지 멸망시키고 천하통일을 이룩한다.

주요등장인물

초선 　　왕윤 　　　　　　장비 　　　　유비 　　　관

여포   동탁   손권   조조

유비(劉備, 161~223)

자는 현덕. 관우, 장비와 함께 도원결의를 맺고 황건적의 난을 평정하는 데 크게 기여한다. 초기에는 여러 제후들에 의탁하였지만 제갈량을 만남으로써 비로소 큰 힘을 얻게 된다. 적벽대전에서 손권과 연합해 조조의 100만 대군을 궤멸시킨 후 형주를 중심으로 세력을 넓혀 한중왕이 되고 그 후 촉한(蜀漢)의 황제에 오른다. 죽은 관우의 복수를 하기 위해 오를 공격하다 백제성에서 죽음을 맞이한다.

관우(關羽, ?~219)

자는 운장. 유비·장비와 함께 복숭아밭에서 의형제를 맺고 죽을 때까지 의를 저버리지 않는다. 뛰어난 무예와 학식을 동시에 겸비한 명장으로 평가받는다. 형주에서 촉나라 세력의 확립을 위하여 진력하다가 조조와 손권의 협격(挾擊)을 받아, 마침내 사로잡혀 죽임을 당한다.

장비(張飛, ?~221)

자는 익덕. 유비, 관우와 함께 도원결의를 맺는다. 용맹이 뛰어난 장수로 유명한 장판교 싸움에서 조조를 물리친다. 죽은 관우의 복수를 위해 준비하다 매를 맞은 데 앙심을 품은 부하에게 죽임을 당한다.

조조(曹操, 155~220)

자는 맹덕. 황건적의 난을 진압하는 데 공을 세운 것을 계기로 힘을 키우기 시작한다. 동탁이 죽은 후 헌제를 데리고 허도로 도읍을 옮기면서 천하를 좌지우지하게 된다. 여포와 원소를 물리치고 중원을 장악했으며 적벽대전 후에 위왕이 됐지만 천하를 통일하지는 못한 채 병사하고 만다.

원소(袁紹, ?~202)

자는 본초. 당시 정치적 부패의 요인인 환관들을 일소하고 동탁을 치기 위한 연합군의 맹주가 되어 힘을 키운다. 그 뒤 기주를 거점으로 공손찬을 제거하고 하북에서 세력을 떨친다. 결단력이 부족하고 아랫사람들의 말을 듣지 않아 조조와의 관도(官渡)에서 대결전을 벌였지만 대패한다.

동탁(董卓, ?~192)

하동 태수로 있을 때 군사를 일으켜 헌제를 허수아비 황제로 옹립하고 정권을 장악한다. 무소불위의 권력을 쥔 후에 온갖 악행을 저지르다 결국 초선의 미인계에 빠진 여포에게 죽임을 당한다.

여포(呂布, ?~198)

자는 봉선. 형주 자사 정원 밑에 있었으나 동탁의 꼬임에 빠져 그의 휘하에 들어간다. 초선을 이용한 미인계에 휘말려 동탁을 죽이고, 원술·유비에게 의탁하며 기반을 구축하지만 결국 조조와 유비에게 사로잡혀 죽는다.

손견(孫堅, 156~192)

자는 문대. 황건적의 난을 가라앉히는 데 공을 세우고 동탁을 치기 위한 제후 연합군에 앞장선다. 우연한 기회에 황제의 옥새를 손에 쥐게 되면서 욕심을 부리다 결국 현산에서 유표의 화살에 맞아 죽는다.

손권(孫權, 182~252)

손견의 둘째 아들로 형 손책(孫策)이 죽자 그 뒤를 이어 주유의 보좌를 받아 오나라의 초대 황제에 올랐다. 유비와 연합하여 남하한 조조군을 적벽에서 궤멸시키지만 나중에 유비와는 영토 분쟁으로 대립한다.

초선(貂蟬)

사도 왕윤(王允)의 수양 딸로 경국지색이다. 왕윤이 동탁을 제거하기 위해 미인계를 쓸 때 동탁과 여포 사이를 오가며 두 사람을 이간질시킨다.

위·촉·오 삼국 지도

제1장

흔들리는 제국

황건적의 난

은(殷)나라와 주(周)나라 말년에 일곱 나라가 피 비린내 나는 패권 전쟁을 벌인 끝에 진시황이 통일제국을 이루었다. 하지만 진시황이 죽자 측근 내시들이 음모를 꾸며 황태자를 몰아내고 무능한 둘째아들 호해를 후계자로 삼아 국정을 농락하면서 제국을 세운지 40년 만에 멸망의 길을 걷게 되었다.

그 난세에 나타난 두 영웅호걸이 바로, 초나라 항우(項羽)와 한나라 유방(劉邦)이었다. 항우는 뛰어난 용병술을 지닌 장군으로 귀족세력인 반면, 유방은 지방 말단관리에 불과했다. 그러나 유방은 항우를 물리치고 대권을 잡아 한제국(漢帝國)을 건립했다.

달도 차면 기우는 법이요, 국가가 흥하고 망하는 것은 하늘의 뜻에 의해 정해진다고 했다. 세상엔 영원한 강국도 없고, 영원한 약소국도 없다는 것이 역사의 진리이다. 유방이 세운 한제국도 4백년이 흐르면서 국운이 기울기 시작했다. 십상시(十常侍)라고 불리는 열 명의 환관(宦官)들이 득세하여 조정을 좌지우지하니, 황실은 그야말로 허수아비에 불과했고 힘없는 백성들은 도탄에 빠져들었다.

특히 한나라 환제(桓帝)가 죽고 13세의 영제(靈帝)가 즉위하자 혼란은 더욱 가중되었다. 대장군(大將軍) 두무와 태부(太傅) 진번이 영제를 보좌하며 나름대로 정치를 바로잡으려 노력했지만, 십상시의 세력을 꺾을 수는 없었다. 참다못해 두부와 진번이 십상시를 제거하기 위한 계략을 꾸미다가, 적발되어 십상시에게 죽임을 당했다.

그해 영제가 온덕전(溫德殿)에 대신들을 모아놓고 용상에 앉으려 할 때, 별안간 회오리바람이 몰아치더니 커다란 푸른 구렁이가 용상 위로 날아와 똬리를 틀고 앉았다. 놀란 영제는 내전으로 피하고 대신들이 뱀을 잡으려하자, 뱀은 온데간데없이 사라지고 하늘에는 먹구름이 뒤덮이면서 뇌성병력과 함께 비가 내렸다. 또한 수도 낙양(洛陽)에 지진과 해일이 일어나고, 암탉이 수탉으로 변하는 등 온갖 괴이한 일들이 일어났다.

이처럼 나라가 난장판이 되자 도적이 들끓었고, 살인과 방화가 잇따랐으며 민심이 흉흉했다. 곳곳에서 세상 구한다는 명분으로 예언자들이 나타나 백성들을 현혹시키고, 신흥 종교 세력들이 활개를 치게 되었다.

이 시기에 거록(鉅鹿) 땅에서 약초 캐는 장각(張角)이란 사람이 살고 있었다. 어느 날 장각이 산에서 약초를 캐는데 한 노인이 나타나 그에게 책 세 권을 건네주었다.

"이 책의 이름은 태평요술이다. 네가 익혀 세상을 구하거라. 하지만 네가 흑심을 품는 날이면 반드시 재앙이 따를 것이다."

장각은 밤낮없이 태평요술을 익혀 바람을 일으키고 비를 내리게 하는 힘을 얻게 되었다. 장각은 스스로를 태평도인이라 칭하고 태평도의 교주가 되었다. 장각은 제자들을 모으고, 노란 수건을 쓰도록 했다. 노란수건을 쓴 이들이 전국에서 노략질에 나서자 황건적이라는 이름이 붙게 되었다. 장각은 자신의 세력이 커진 반면, 한나라의 국운이 기운다는 것을 깨닫고 천하를 얻겠다는 욕심을 내기 시작했다. 장각은 제자들에게 자신이 만든 노래를 전국에 퍼트리게 했다.

푸른 하늘이 이미 죽었으니
누런 하늘이 마땅히 서리라
갑자년에는 천하가 대길 하리라

이 노래는 한나라가 망하고 누런 수건을 쓴 장각이 황제가 된다는 뜻이었다. 노래는 순식간에 퍼져나갔고, 도탄에 빠져있던 백성들은 하루 빨리 갑자년이 오길 기다렸다.

장각은 민심이 자신에게 향하고 있다고 생각하여, 조정에 들어가 영제를 몰아내고 황제가 될 거사를 계획하였다. 장각은 조정의 십상시 중 한 명에게 뇌물을 바치고 때가 되면 궁의 문을 열도록 했다.

마침내 거사 일을 정한 장각은 수하에게 밀서를 주며 환관에게 보냈다. 하지만 믿었던 수하가 배신을 하고 전모를 밀고하였다.

영제는 그 말을 듣고 크게 놀라 대장군 하진(何進)을 시켜 황건적을 토벌하도록 했다. 모든 것이 탄로난 것을 알게 된 장각은 반란을 일으켰다. 장각은 자신을 천공장군(天公將軍), 동생 장보(張寶)를 지공장군(地公將軍), 장량(張梁)을 인공장군(人公將軍)이라 칭하고, 50만 명에 이르는 부하들을 36방으로 나누고, 방마다 대방·중방·소방이라는 세부조직으로 나누었다.

"이제 한나라의 운세는 끝나고 이 땅에 큰 성인 한 분이 나왔으니 너희들은 마땅히 하늘을 뜻을 받들어 태평세월을 즐기도록 하라."

장각의 말이 떨어지자 탐관오리에게 핍박받던 백성들이 일제히 호응하였다. 황건적의 엄청난 군세에 사기가 떨어진 관군들은 싸우지도 못하고 풍비박산이 났다. 장각의 무리는 각지의 관청을 습격하여 지방 관리들을 닥치는 대로 죽이고 곡창을 열어 양곡을 빼앗았다. 관군들은 이제 황건적이 온다는 소리만 들어도 도망치기에 바빴다.

이때 황건적의 한 무리가 유주(幽州) 땅을 침략하고 있었다. 유주태수 유언은 군사 지휘관인 추정을 불러 황건적 소탕방안을 물었다. 추정은 황건적의 무리가 많고, 관군은 적으니 의병을 모집하여 대비하자는 의견을 냈다.

도원결의

탁현 누상촌(樓桑村)이라는 작은 고을에 벽에 붙은 방문을 향해 눈을 떼지 못하는 청년이 있었다. 8척 키에 귀가 유난히 커서 어깨까지 늘어져 있고, 팔이 길어 두 손이 무릎을 지났으며, 입술은 연지를 바른 듯 붉었다.

그 청년이 바로 성은 유(劉), 이름은 비(備), 자는 현덕(玄德)이란 사람이었다. 한나라 황제였던 효경황제의 후손인 중산정왕(中山靖王) 유승의 피를 받았으니 황실의 종친이었다. 유비는 아버지를 일찍 여의고 짚신을 삼고 돗자리를 짜 생계를 이어가는 중이었다. 특히 홀어머니에 대한 효심이 지극하여 인근에 소문이 자자할 정도였다.

유비의 나이 15세 때, 친척인 유원기의 도움으로 문무를 겸비한 선비인 노식(盧植)과 정현(鄭玄)에게 학문을 배울 수 있었다. 이때 훗날 영웅인 공손찬(公孫瓚)과 학문을 함께하여 친분을 가질 수 있었다.

유비는 방을 보고 깊은 한숨을 내쉬었다. 황건적을 토벌하기 위해 의병에 지원하고 싶었지만 홀어머니를 생각하니 지원할 수가 없었다. 이때 등 뒤에서 유비를 꾸짖는 우렁찬 목소리가 들렸다.

"사내 대장부가 나라를 위해 목숨을 걸고 싸울 것이지, 어찌 한숨만 내쉬고 있습니까?"

깜짝 놀란 유비가 뒤를 돌아보니 8척 장신의 남자가 서 있었다. 그는 표범의 머리에 부릅뜬 눈과 사방으로 뻗은 수염을 하고 있었다. 그의 목소리는 우레와 같고, 기세는 마치 달리는 말과 같았다. 언뜻 보아도 상대가 범상치 않은 사람임을 짐작할 수 있었다.

"공은 뉘시오?"

"나는 장익덕, 장비(張飛)라는 사람이오."

"나는 유비라는 사람이올씨다. 황건적이 난을 일으켜 백성을 괴롭히는데 막을 힘이 없으니 답답한 마음으로 한숨만 쉰 것이오."

"그렇다면 내가 가만히 있을 수가 있겠소? 나에게 약간의 재물이 있으니, 고을 장정들을 뽑아 황건적 토벌에 나서는 것이 어떻겠소?"

유비는 이 말을 듣고 용기가 났다. 두 사람은 의기투합해 주막에 들어가 자리를 잡았다. 이때 주막 안으로 들어와 호기롭게 술을 시키는 사내가 있었다.

"술 한 동이 주시오. 빨리 마시고 의병에 참가해야겠소."

유비는 이 말에 놀라 사내를 바라보았다. 9척 키에, 가슴이 들판처럼 넓은 청년이었다. 길쭉한 얼굴은 무르익은 대춧빛이요, 치켜 올라간 봉황의 눈에, 삼각수염이 길게 늘어져 가슴을 덮고 있었다.

"의병 모집에 가시는 분이라면 우리와 뜻이 같으니 합석하시지요."

그 남자는 두 사람을 살펴보다가 자리를 옮겼다.

"관우(關羽)라고 하오. 고향에서 나쁜 놈 하나 때려죽이고 떠돌아다니다 의병을 모집한다기에 왔소이다."

"그렇다면 우리를 잘 만났소."

세 사람은 한자리에 모여 몇 마디 주고받은 후 서로의 뜻이 통한다는 것을 알게 되었다. 술이 거나해졌을 때 장비가 입을 열었다.

"우리 집 후원에 복숭아밭이 있소. 지금 꽃이 만발해 있으니 천지께 제사를 지내고 생사고락을 함께할 의형제를 맺고 대사를 도모하는 것이 어떻겠소?"

"좋소."

유비와 관우는 그의 말을 따랐다. 이튿날 세 사람은 복숭아밭에 제단을 만들어 흰 말과 검은 소를 잡아 제를 지내고 형제의 의를 맺었다.

"우리 세 사람은 비록 성은 다르나 형제로 맹세하였으니 위로는 나라를 구하고, 아래로는 백성들을 평안케 하리라. 비록 한 날 한 시에 태어나지 못했으나 한 날 한 시에 죽기를 원하니 하늘과 땅의 신이 굽어 살피시어, 의리를 배반하고 은혜를 저버리거든 하늘과 사람에게 함께 베임을 당하게 하소서."

맹세를 마치고 황실의 종친인 유비가 맏이가 되고, 관우가 둘째, 장비는 막내가 되었다.

황건적 토벌

유비가 의병을 모집한다는 소문을 듣고 며칠 만에 5백 명의 장정들이 모여들었다. 유비형제는 소를 잡고 술자리를 마련해 장정들을 대접했다. 세 사람은 기쁨에 차 그들을 군사로 만들기 위한 훈련을 시작했다. 그러나 갑자기 군사가 늘어나고 보니, 가장 곤란한 문제가 군량이었다. 특히 칼과 창·활 등은 마을에서 대충 구할 수 있었지만 말은 구하기가 힘들었다.

"이제 어떻게 해야 하지?"

세 사람이 머리를 맞대고 궁리하고 있을 때 부하 한 명이 숨을 헐떡이며 달려와 말했다.

"웬 장사꾼 두 명이 말을 이끌고 이리로 오고 있습니다."

유비는 그 말을 듣자 귀가 번쩍 띄어 소리쳤다. 밖으로 나가보니 말장사 장세평(張世平)과 소쌍(蘇雙)이었다.

"하늘이 우리를 도우시는구나."

두 사람은 해마다 북방으로 가서 말을 팔고 있었다. 이번에도 말을 팔러 가던 도중 황건적에게 길이 막혀 돌아오는 중이었다.

"대인들께서 이 누추한 진중에 웬일이십니까?"

"세 분께서 의병을 일으키셨다는 소문을 듣고 도움이 될 것 같아 왔습니다."

두 사람은 말 50마리와 금은 5백량, 무쇠 1천근을 내주며 황건적을 퇴치하는데 써달라고 했다.

"이렇게 선뜻 도와주시니 감사할 따름입니다. 두 분의 높은 뜻을 가슴 속 깊이 새겨 반드시 황건적을 퇴치하여 보답하겠습니다."

"그렇지 않아도 가는 곳마다 황건적들의 횡포가 심하여 눈을 뜨고 볼 수가 없습니다. 백성들은 재산뿐 아니라 아내와 딸까지 약탈당하고 도탄에 빠져있습니다. 여기 내 조카 소쌍도 놈들에게 아내와 딸까지 빼앗겼습니다. 이런 상황에서 어찌 우리가 장군님의 부탁을 거절할 수가 있겠습니까?"

세 사람은 대장장이에게 부탁하여 유비는 쌍고검을, 관우는 82근의 청룡언월도를, 장비는 장팔사모를 만들었다. 워낙 급히 편성한 소규모 군대였지만, 장비의 교련과 관우의 군율, 유비의 덕망으로 병사들은 날이 갈수록 군사로서의 면모를 갖추어 가고 있었다. 마침내 때가 되었다고 생각한 유비는 군사를 거느리고 태수 유언을 찾아갔다. 유언은 크게 기뻐하며 세 사람을 맞았다. 유비와 인사를 나눈 유언이 따져보니 유비가 조카뻘이 되었다.

"조카가 이렇게 와주니 천군만마를 얻은 것보다 더 기쁘네. 공을 이뤄 이름을 빛내게."

유언은 유비형제와 군사들에게 환영 잔치까지 베풀어 주었다.

마침 유주 탁현으로 황건적 정원지가 이끄는 군사 5만이 성난 파도처럼 몰려오고 있었다.

유언은 교위 추정을 불렀다.

"그대는 현덕군사를 선봉으로 하여 황건적을 물리치라."

군사 5백으로 5만을 상대해야 하는 어려운 싸움이었다. 하지만 유비형제들은 조금의 두려움도 없이 출전했다. 대흥산 기슭에 이르자, 이미 황건적이 몰려오고 있었다. 황건적들은 머리를 풀어헤쳐 산발한채 이마에 황색 천을 동여매고 있었다.

유비가 말을 박차며 나서자, 왼쪽에서는 관우가, 오른쪽에서는 장비가 호위했다. 유비가 채찍을 들어 황건적 무리를 가리키며 목소리를 높여 꾸짖었다.

"나라를 배반한 역적 놈들아! 어서 항복하지 못하겠느냐?"

황건적의 부장 등무가 유비의 군사 5백을 보고 가소롭다는 듯 큰소리를 쳤다.

"하하하! 저토록 적은 군사로 우리를 대적하겠다니, 저놈들이 정신이 나간 것 아닌가!"

등무는 스스로 선두에 나서 무섭게 달려왔다. 이를 본 장비가 기다렸다는 듯이 뛰어나가 장팔사모를 휘둘렀다. 장팔사모가 한 번 번뜩이자 등무는 제대로 손 한 번 써보지 못하고 말 등에서 곤두박질쳤다. 이를 본 정원지는 이를 부드득 갈고 쌍검을 휘두르며 달려 나왔다.

"저놈의 목은 제 것입니다."

관우가 청룡언월도를 비껴들고 정원지를 향해 비호같이 달려갔다. 정원지는 관우의 기세에 놀라 주춤거렸다. 그때 청룡언월도가 휘파람 소리를 내며 허공을 한번 가르는가 싶더니 정원지의 몸이 두 동강이

35

났다. 이를 본 황건적들이 질겁하여 앞 다투어 달아나기 시작했다. 유비는 때를 놓치지 않고 군사를 휘몰아 뒤쫓았다. 전의를 상실한 황건적들은 대부분 항복하거나 사방으로 도망쳤다. 첫 전투에서 승리하고 개선하니 유언이 친히 성 밖까지 나와 영접했다.

이때 청주성(淸州城)이 황건적에게 포위되어 위험하니 구원을 요청한다는 급보가 날아들었다. 유비 형제는 승전의 기쁨을 맛볼 새도 없이 5백 명의 군사를 이끌고 청주로 달려갔다. 그 뒤를 교위가 5천 군사를 이끌고 따라 갔다. 이들과 합심하여 황건적을 물리치고 청주성을 지켜주었다.

그때 청주태수로부터 뜻밖에도 스승이었던 노식선생의 소식을 듣게 되었다. 광종에서 중랑장(中郞將)이라는 벼슬자리에 올라 천자의 명으로 황건적 우두머리 장각과 싸우고 있다는 것이었다. 의리를 중히 여기는 유비는 이 소식을 듣고 가만히 있을 수가 없었다. 유비는 군사를 이끌고 광종으로 향했다

옛 제자 유비가 의병을 거느리고 오자 노식은 크게 기뻐했다. 노식은 유비에게 데리고 온 의병 5백 외 관군 1천명을 주며 영천(穎川)으로 가라는 명령을 내렸다. 유비는 이왕이면 스승 밑에서 싸우고 싶었지만 어쩔 도리가 없었다.

한편 영천에서는 황보숭과 주전 두 장군이 싸우고 있었는데, 전세가 불리해진 장보와 장량이 퇴각하여 잡풀이 무성한 곳에서 진을 치고 있었다. 이를 본 주전이 계책을 내어 화공작전을 폈다. 때마침 바람이 불어 불길은 적진을 향해 삽시간에 번졌다. 이를 놓치지 않고 황보숭과 주전이 적을 향해 일제히 기습 공격을 감행했다. 화염과 관군의 공

격에 황건적들은 우왕좌왕하며 뿔뿔이 달아나기 시작했다.

장보와 장량은 간신히 말을 타고 산길을 달렸다. 새벽이 밝아오면서 뒤따르는 무리를 보니, 절반도 못 되는 숫자였다. 장보와 장량은 패잔병들을 이끌고 전선을 빠져나가기 위해 길을 재촉했다.

이때 질풍노도와 같이 군사들을 이끌고 달려오는 장군이 보였다. 가늘고 길게 찢어진 두 눈에서 날카로운 빛이 쏟아져 나왔고, 엷은 입술과 수염은 짙으나 숱이 많지 않았고, 특별히 잘생긴 얼굴은 아니었지만 몸에서는 이상한 힘이 뿜어져 나왔다.

그가 바로 패국(沛國) 초현 사람 조조(曹操)였다. 조조는 조정의 주류파 환관 조숭의 아들로, 훗날 천하의 패권을 다투게 되는 원소(袁紹)와 자주 어울려 놀았다. 그때마다 조조는 협객을 자처했는데, 기질은 기발하고 뛰어난 지혜를 갖춘 무뢰한으로 알려졌다. 18세에 조정에 출사하여 법을 어기는 자가 있으면 부자이건 양반이건 엄정하게 다스려 명성을 널리 떨쳤다.

조조는 도망치는 황건적의 퇴로를 막고 1만 명의 목을 베고 말 수만 필을 빼앗았다.

한편 영천 쪽으로 가던 유비 일행은 산 너머에서 함성이 크게 들리고 불꽃이 하늘을 찌르는 것을 목격했다. 유비는 군사를 몰아 산을 넘었다. 하지만 이미 황건적은 조조의 군사에 패해 도주했을 때였다.

"이제 여기 싸움이 끝났으니 어서 노식장군에게 돌아가시오. 그곳은 황건적의 우두머리 장각이 있는데, 이곳에서 도망친 장보, 장량이 합세했을 것이오."

유비 일행은 군사를 이끌고 광종으로 달렸다. 그런데 저편에서는 한

조조

떼의 군마가 죄수의 수레 한 대를 호위하며 오고 있었다. 놀랍게도 수레 속에 갇혀 있는 사람은 바로 스승 노식이었다.

"아니, 스승님! 이게 대체 어찌된 일입니까?"

유비가 깜짝 놀라 말에서 뛰어내려 수레 곁으로 달려갔다.

"현덕이 아닌가? 이런 꼴을 보여서 미안하네! 나는 자네를 영천으로 보내고 장각을 여러 차례 공격을 하였으나 장각이 요술을 부리는 바람에 번번이 실패했네. 나는 조정에 관군을 요청하였으나 환관 좌풍이 내게 뇌물을 요구하더군. 나는 군량도 부족한 판에 바칠 뇌물이 어디 있겠느냐고 거절했더니 이 꼴이 되었네."

"도대체 무슨 죄목으로 이렇게 끌려가시는 것인지요?"

"좌풍이 내가 싸움은 하지 않고 진지에 틀어박혀 몸을 사리기만 하여 병사들의 사기가 떨어졌다고 보고했다네. 천자께서는 크게 진노하시어, 내 휘하의 군사들을 중랑장 동탁(董卓)에게 맡기고 나를 압송토록 하였다네. 처벌을 받는 것은 두렵지 않으나 장차 나라의 앞날이 어찌 될지 걱정이네."

"형님! 이런 기막힌 일이 어디 있소? 죄 없는 은사께서 옥으로 끌려가는 것을 이대로 지켜보고만 있을 작정입니까? 관병들을 싹 쓸어버리고 노식장군을 구출합시다."

두 사람의 얘기를 듣고 있던 장비는 불길처럼 화를 내며 장팔사모를 번쩍 들었다.

"장비야, 무슨 말이냐? 사제의 정을 생각한다면 나도 견디기 어렵지만, 감히 천자의 명을 거역할 수는 없지 않은가? 조정에도 공론이 있을 터인즉, 방자한 짓을 삼가거라."

유비는 장비를 향해 엄하게 꾸짖었다. 일찍이 보지 못한 유비의 무서운 얼굴이었다. 장비는 장팔사모를 거두었고, 장비의 기세에 질린 관군들은 황급히 노식을 호송하여 떠났다.

실의에 빠진 유비 형제는 일행을 이끌고 다시 탁현으로 가기로 결정했다. 광종은 동탁이 지휘하고 있음으로 탁현으로 가서 후일을 도모하기 위함이었다. 유비는 고향에서 의병을 일으켜 떠난 지 여러 달 만에 이렇다 할 공도 세우지 못한 채 어머니를 뵙게 되는 것이 면목이 없어 몹시 서글펐다.

탁현으로 출발한지 이틀째 되는 날이었다. 갑자기 산 너머에서 요란한 함성이 들려왔다. 세 사람은 급히 말을 몰아 높은 곳으로 달려갔다. 뜻밖에도 한 떼의 관군이 황건적에게 패주를 하고 있었다. 산과 들을 가득 메운 황건적 선두에 '천공장군'이란 깃발이 펄럭이고 있었다.

"장각이다. 전군은 전투태세를 갖추어 진격하라."

유비가 산이 떠나갈 듯 큰 소리로 명을 내리고 앞장 서 말을 몰았다. 관우가 청룡언월도를 치켜들고 뒤를 따랐고, 장비도 질세라 장팔사모를 휘두르며 나는 듯이 말을 달렸다.

황건적의 우두머리 장각은 동탁의 관군을 무너뜨리고 그 기세로 맹렬하게 추격하고 있던 중이었다. 하지만 느닷없이 나타난 유비 군사의 기습을 받으니 당황하지 않을 수 없었다. 선봉대가 무너지자 뒤 따르던 부대들도 우왕좌왕하며 뿔뿔이 흩어졌다. 쫓기던 관군들도 말머리를 돌려 유비 군과 합세하였다. 이에 장각은 사태의 위급함을 느끼고 50리나 달아나 버렸다.

유비와 관우·장비는 그제야 무기를 거두며 동탁을 만났다.

"낙양에서 그대들과 같은 용장이 있다는 말을 일찍이 들어보지 못했는데, 대체 어떤 벼슬을 가지고 있는가?"

동탁이 거만하게 물었다.

"저희들은 벼슬이 없는 의병입니다."

유비의 대답을 듣고 동탁의 얼굴빛이 달라졌다.

"뭐, 관직이 없다고?"

동탁은 콧방귀를 뀌며 경멸하는 기색을 보였다.

"알았다! 물러가라."

동탁은 하잘 것 없는 의병에게 구원을 받은 것이 체면에 손상된다는 듯이 말을 마치고 군막 안으로 들어가 버렸다.

"저런 배은망덕한 놈을 보겠나! 제 놈을 살려 준 사람이 누군데 상을 내리지는 못할망정 홀대를 한단 말이오? 내가 저 놈을 당장 쳐죽여야 분이 풀리겠소."

장비가 화를 벌컥 내며 칼을 뽑아들고 장막 안으로 뛰어 들어갔다. 유비와 관우가 깜짝 놀라 좌우에서 장비의 팔을 잡았다.

"저자는 황실의 무관이다. 우리가 죽인다면 황제를 거역하는 일이다."

"그렇다면 나더러 저런 놈의 명령에 따르라는 겁니까? 난 싫소. 두 분 형님들이나 여기 있으시오. 나는 떠나겠소."

장비는 분을 삭이지 못하고 씩씩거렸다.

"우리 셋은 의형제가 되어 한날 죽기로 천지신명께 맹세하지 않았던가? 자네만 가고 우리 둘은 남으라고 하는 것은 당치도 않은 말일

41

세. 떠나려면 함께 떠나세."

유비는 군사를 이끌고 서둘러 동탁의 진영을 떠났다. 세 사람은 영천에 있는 주전의 진지를 둘러보기로 했다.

이때 황보숭은 조조와 함께 황건적을 추격하여 멀리 곡양(曲陽)과 완성(宛城) 쪽으로 간 터라, 영천에는 주전만이 머무르고 있었다. 적은 군사로 적과 대치하고 있던 주전은 유비가 군사를 이끌고 오자 반갑게 맞았다.

주전은 유비일행을 후하게 대접하고 군사 1천 명을 주며 선봉을 맡아줄 것을 당부하였다. 주전의 환대에 감격한 유비가 힘찬 목소리로 대답했다.

"예, 힘닿는 데까지 장군님을 보필하겠습니다."

마침 장보가 8, 9만의 병력을 이끌고 험준한 산기슭에서 진을 치고 있었다. 유비의 군이 선봉에 서서 공격을 해오자, 장보는 부장 고승을 앞장세웠다. 유비가 장비에게 일렀다.

"네가, 저 자를 쓰러뜨려라."

유비의 말이 떨어지자 장비는 장팔사모를 비껴들고 나가 고승과 맞부딪쳤다. 큰 칼과 긴 창이 번쩍이며 어우러졌다. 그러나 어찌 고승따위가 장비의 적수가 되랴. 외마디 비명 소리와 함께 고승은 장비의 창에 찔려 말 아래로 떨어져 죽고 말았다.

"모두 나아가 적을 섬멸하라!"

유비가 군사를 이끌고 나가며 소리쳤다. 관우와 장비가 청룡언월도와 장팔사모를 휘두르며 달려 나가자 적의 무리들이 뿔뿔이 흩어졌다. 전세는 완전히 유비의 군사 쪽으로 기울기 시작했다. 유비는 숨

돌릴 틈도 주지 않고 황건적들을 뒤쫓았다.

그때 산 정상에서 머리를 풀어헤친 장보가 검은 옷을 입고 칼을 든 채 요사스런 주문을 외우고 있었다. 그러자 갑자기 산골짜기에서 사나운 회오리바람이 일더니 검은 안개가 하늘을 뒤덮고 천둥번개가 쳤다. 그와 동시에 검은 하늘에서 무수한 말과 요괴가 쏟아져 내려왔다. 유비군은 큰 혼란에 빠지게 되었고 황급히 퇴각할 수밖에 없었다.

주전의 진영에 돌아온 유비가 패전 사실을 보고하였다. 그러자 주전이 계책을 일러 주었다.

"그자가 요술을 부린 것이오. 산꼭대기에서 돼지와 양, 그리고 개의 피를 뿌린다면 장보의 요술을 깨뜨릴 수 있을 것이오."

다음날 유비는 관우와 장비에게 각각 군사 1천을 주어 양이나 개·돼지의 피와 오물을 마련해 언덕 위에 매복케 하고 자신은 군사를 데리고 진군을 하였다.

황건적은 전날의 승리로 기세가 오른 터라 유비의 군이 다가오자 의기양양하게 맞섰다. 유비가 몸소 쌍고검을 들고 앞으로 나갈 때, 장보가 다시 요술을 부리기 시작했다. 하늘에서 검은 안개가 일고, 천둥번개가 치고, 모래 바람이 거칠게 이는 가운데 무수한 요괴와 인마가 쏟아져 내렸다.

"두려워 마라. 관우와 장비가 저 요사스런 요술을 깨칠 것이다."

유비가 군사들에게 소리치며 말머리를 돌렸다. 군사들은 동요 없이 대오를 갖추어 유비의 뒤를 따라 계곡을 빠져 달아나기 시작했다. 황건적들은 기고만장하여 군사를 휘몰아 유비의 군사를 뒤쫓아 추격하기 시작했다.

유비가 막 계곡을 빠져나갈 때였다. 관우와 장비의 군사들이 유비의 군을 뒤쫓는 황건적들의 머리 위로 피와 오물들을 쏟아 부었다. 그러자 하늘로부터 떨어지던 요괴와 인마들이 종이와 짚단으로 만든 인형이 되어 땅바닥에 떨어졌다. 뿐만 아니라 한바탕 휘몰아치던 바람이 멈추고, 검은 구름이 걷히면서 하늘이 청명하게 갰다.

황건적들은 놀라 말머리를 돌렸다. 관우와 장비가 좌우에서 나오고, 유비가 뒤쫓아 오니 황건적들은 우왕좌왕하다가 자기들끼리 부딪치며 쓰러졌다. 유비가 달리는 말 위에서 장보를 향해 활을 당겼다. 시위를 떠난 화살은 바람을 가르며 장보의 왼쪽 팔뚝에 박혔다. 장보는 화살을 뽑을 틈도 없이 양성(陽城)으로 달아나 성문을 굳게 닫은 채 다시는 나오지 않았다.

한편 황보숭 장군은 싸울 때마다 크게 이기고 동탁은 싸울 때마다 패배하여 황제는 동탁을 물러나게 하고 그 자리에 황보숭 장군을 임명했다. 황보숭 장군이 적의 본거지로 진입했을 때 장각은 이미 병들어 죽은 뒤였고, 아우 장량이 형을 대신하여 무리를 이끌고 있었다. 이에 조조가 선봉으로 나가 일곱 차례나 싸워 이긴 후 장량의 목을 베었다. 조정에서는 황보숭 장군의 벼슬을 거기장군(車騎將軍)으로 높이고 기주목(冀州牧)으로 삼았다.

노식 장군은 황보숭 장군의 변호로 다시 중랑장으로 복직되었다. 이 소식을 들은 주전은 심사가 몹시 언짢았다. 황보숭과 함께 조정의 명을 받고 출전했으나 자기는 아직 뚜렷한 공을 세우지 못하고 장보와 대치만 하고 있었기 때문이었다. 주전은 이에 군사들을 독려하여 힘을 다해 양성을 공격하기 시작했다.

그런데 뜻하지 않게 장보의 부하 엄정이란 장군이 대세가 이미 기울었음을 알고 장보의 목을 베어 항복해 왔다. 주전은 엄정의 항복을 받아들이고, 여세를 몰아 황건적 잔당들을 소탕한 후 조정에 승전을 알렸다.

드디어 천하를 어지럽히던 장각과 장량·장보 삼형제가 죽었다. 하지만 황건적이 완전히 자취를 감춘 것은 아니었다. 황건적의 괴수 장각의 수하로 있다가 관군의 공격을 피한 잔당들의 무리들이 수만이 되었다. 특히 조홍·한충·손중이 거느린 잔당들은 장각의 원수를 갚겠다며 활보하고 다녔다.

조정에서는 주전에게 이들을 소탕하라는 명령을 내렸다. 주전은 유비형제들과 함께 황건적 소탕작전에 들어갔다. 그때 황건적 한충은 완성을 점거하고 있었다. 주전은 유비를 보내 성 서남쪽을 치게 했다. 한충은 군사를 이끌고 나와 유비와 맞섰다. 이것을 본 주전이 기마병 2천을 데리고 동쪽으로 공격해 들어갔다. 다급해진 한충은 성안으로 말을 몰아 퇴각했다.

"적은 원군도 없고, 머잖아 군량도 떨어질 것이다."

주전은 성 주위를 물샐 틈 없이 경계하도록 한 후 적의 동태를 살폈다. 한충의 군대는 얼마 되지 않아 군량이 떨어지고 더 이상 버틸 수가 없는 지경에 이르렀다. 결국 한충은 항복하겠으니 목숨만은 살려달라고 사자를 보냈다. 그러나 주전은 큰 호통과 함께 사자의 목을 베어 버렸다.

"옛날 한고조께서 천하를 얻으신 것은 적에게 항복을 권하고 투항한 적을 너그러이 받아들였기 때문입니다. 장군은 어찌하여 한충의 항복을 받아들이지 않으십니까?"

유비는 주전이 사자의 목을 베는 것을 의아스럽게 생각하고 물었다.

"그때와 지금은 상황이 다릅니다. 옛날 진나라와 항우 때에는 천하가 어지러워 백성들에겐 주인이 없었소. 그래서 적군이라도 항복하면 용서하여 민심을 수습했지만 지금은 오직 황건적들만이 모반을 일으키고 있소. 지금 그들의 항복을 받아들인다면, 어떻게 악을 징계할 수 있겠소."

주전의 단호한 태도에 유비가 미소를 지으며 말했다.

"지당한 말씀입니다. 그러나 사방을 철통같이 에워싸고서 항복을 받아들이지 않는다면, 적은 죽기를 작정하고 싸울 것입니다. 그럴 경우 이쪽도 크게 피해를 입을 것입니다. 동문과 서문은 터놓은 채 남문과 북문으로 공격하면 다급해진 적은 성을 버리고 달아나게 될 것입니다. 그때 군사를 휘몰아치면 한충을 사로잡을 수 있을 것입니다."

"좋은 계략이오."

주전은 유비의 말에 따라 동문과 서문을 터놓은 채 남문과 북문으로 일제히 공격해 들어갔다. 과연 얼마 지나지 않아, 한충이 군사를 거느리고 성을 빠져나가기 위해 동문으로 달아났다. 유비·관우·장비가 뒤를 쫓았다.

어디선가 화살 하나가 날아오더니 한충의 등에 맞았다. 한충은 비명을 지르며 말 아래로 떨어져 죽었다.

그때 조홍과 손중이 한충을 돕기 위해 수만 명의 군사를 이끌고 밀어닥쳤다. 조홍·손중은 한충이 죽은 것을 알고 크게 노하여 주전의 군대를 공격했다. 갑자기 밀어닥친 적들 앞에, 주전의 군대는 당황하지 않을 수 없었다. 주전은 군사들에게 퇴각명령을 내렸다. 적은 주전의 군대를 뒤쫓아 마구 베고 찔렀다. 조홍·손중은 다시 완성으로 들어가 문을 걸어 잠갔다.

그때 돌연 한 떼의 군사들이 밀어닥쳤다. 대오도 정연하고 보무도 당당한 1천 5백여 명의 군사였다. 군사를 이끄는 장군은 바로 오군(吳郡) 부춘(富春)에서 사는 손견(孫堅)으로, 자는 문대(文臺)였다. 손견은 전국시대의 손자병법(孫子兵法)을 쓴 손자의 후손으로 조상들은 명문가 집안이었다.

수년 전, 회계(會稽)에서 허창이란 자가 반란을 일으켜 스스로 '양명황제'라 칭하니, 그를 따르는 무리가 수만 명에 달했다. 손견은 1천여 명의 민병을 모아 도적들을 토벌하고 허창과 그 아들 허소의 목을 베어 이름을 날렸다. 황건적의 난이 일어나자 황건적을 소탕하라는 조정의 명을 받아 주전의 군대에 합세하러 달려온 것이었다. 이때 손견을 따르는 장수는 정보(程普)·황개(黃蓋)·한당(韓當)·조무(祖茂) 등이었다.

"손문대가 이렇게 와주었으니 두려울 것이 무엇이겠소."

주전은 크게 기뻐하며 손견에게 완성의 남문을, 유비에게 북문을 공격하게 하고, 자신은 서문을 치되, 동문은 적군이 달아날 수 있도록 퇴로로 터놓았다. 손견은 수하 장졸들보다 앞서 순식간에 남문을 향해 말을 달려 단신으로 성벽을 기어올랐다.

"손견이 여기 왔다. 도적들은 내 칼을 받아라."

적병 속에 뛰어든 손견의 칼이 춤을 추자, 순식간에 적병 20여 명의 목이 달아났다. 손견은 조홍의 창을 빼앗아 그를 찔러 성 아래로 떨어뜨렸다. 이를 본 손중은 싸울 생각도 하지 못하고 달아나기에 바빴다. 이때 유비가 동문으로 빠져나가던 손중에게 활을 쏴 목을 꿰뚫었다. 손중은 외마디 비명 소리와 함께 말 위에서 굴러 떨어졌다.

조정에서는 주전의 공을 크게 치하하여 거기장군에 임명하고 하남윤(河南尹)의 자리를 주었다. 손견에게는 별군사마(別軍司馬)의 벼슬이 내려졌으나, 유비는 아무런 벼슬도 제수받지 못했다.

유비 일행은 음울한 마음으로 하릴없이 세월만 보내고 있었다. 그러던 중 유비에게도 정주의 작은 고을 안희현(安喜縣)의 현위(縣尉)라는 낮은 관직이 주어졌다.

유비는 정직하고 마음씨가 좋아 백성들에게 존경을 받았다. 그런데 4개월도 채 되지 않아 황건적을 토벌한 공로로 벼슬에 오른 자를 재심사하기 위한 감독관 독우(督郵)가 내려왔다. 유비는 성 밖에까지 나아가 공손히 예의를 갖추었으나, 독우는 말 위에 앉은 채 채찍을 살짝 흔들어 응답할 뿐이었다. 숙소에 이른 독우는 상좌를 차지하고 앉은 채 뜰에 서 있는 유비에게 물었다.

"그래, 유 현위는 어디 출신인고?"

"예, 저는 중산정왕의 후손으로, 탁현에서 군사를 일으켜 황건적을 멸한 다음 크고 작은 삼십여 회의 싸움에서 얼마간의 전과를 올려 이 관직에 오르게 되었습니다."

유비가 예를 갖춰 대답했다.

"이놈, 감히 황족의 이름을 들먹여 있지도 않은 공적을 내세우려 하는구나. 이번에 조정에서 네 놈 같은 탐관오리를 척결하라는 칙령을 내렸다."

갑자기 독우가 큰 소리로 호통을 쳤다. 아무 말도 못하고 물러나온 유비는 물정에 밝은 현리를 불러 물으니 뇌물을 주지 않은 까닭이라고 말했다.

하지만 유비는 독우에게 뇌물을 바칠 생각이 조금도 없었다. 낌새를 눈치 챈 독우는 현의 관리를 한 명 붙잡아 유비가 백성을 괴롭힌다는 거짓 조서를 만들려고 했다. 유비가 독우의 숙소로 가 붙잡힌 관리를 풀어 달라고 청원하려 했지만, 만나 보지도 못한 채 쫓겨나고 말았다. 이 소식을 들은 장비는 화를 참지 못하고 독우의 숙소로 달려갔다

장비는 독우를 말뚝에 묶어 놓고 버드나무 가지를 꺾어 피 묻은 살점이 흩어질 때까지 때렸다. 밖에서 소란스러운 소리가 들려 달려간 유비는 깜짝 놀라 말을 잇지 못하였다.

"아이고, 현덕 공! 제발 목숨만 살려 주시오!"

결박당한 독우는 유비에게 눈물을 흘리며 애원했다. 인정 많은 유비가 장비를 말리자, 옆에서 보고 있던 관우가 나서며 말했다.

"형님께서 큰 공을 세웠는데도 겨우 현위 같은 말직밖에 얻지 못했는데, 저 따위 인간에게 모욕을 당해야 한단 말이오. 이런 시궁창 같은 곳은 봉황이 살 곳이 못 됩니다. 저 놈을 쳐죽이고 고향으로 돌아가 훗날을 도모하는 것이 나을 듯합니다."

사실 유비도 관우와 같은 생각을 하고 있었다. 유비는 관인(官印)을 꺼내 독우의 목에 걸어 주며 말했다.

"네 놈을 당장 죽여야 마땅하겠지만 오늘은 잠시 목숨을 살려주겠다."

유비는 그 말을 남기고 즉시 떠났다. 뒤늦게 보고를 받은 정주 태수

장비

가 유비를 잡기 위해 군사를 보냈다. 유비는 대주(代州) 태수 유회에게 몸을 숨겼다.

마침 조정에서는 유주목사(幽州牧使) 유우에게 어양(漁陽) 땅에서 천자를 사칭하고 반기를 든 장거를 진압하도록 명령했다. 대주 태수 유회는 유우에게 유비를 천거했다. 절호의 기회를 맞은 유비는 장거를 섬멸하였다. 유우는 조정에 공적을 보고했고, 유비는 죄를 사면 받았다. 특히 북평(北平) 태수로 있던 공손찬의 천거로 평원(平原) 현령의 직책을 얻었다.

권력투쟁

　　한편 궁중의 권력을 좌지우지하던 십상시들은 자기들을 거역하는 자들은 용서하지 않았으며, 심지어 황건적을 격파한 장군들에게도 뇌물을 요구하며 사리사욕을 채웠다. 전국에서는 반란이 일어나고 혼란이 지속되었지만 십상시들은 그 사실을 황제에게 보고하지 않았다.

　영제의 병이 위독해지자 대장군 하진이 급히 궁궐로 불려 들어갔다. 하진은 본래 돼지 잡는 백정이었으나, 여동생이 십상시의 추천으로 후궁으로 뽑혀 귀인이 된 후 황자 변(辨)을 낳고 황후가 되면서, 높은 벼슬을 하게 되었던 것이다.

　하황후(何皇后)는 질투심이 많은 여자였다. 영제가 왕미인(王美人)을 총애하여 황자 협(協)을 낳자 그녀를 독살했다. 생모를 잃은 황자 협은 영제의 어머니인 동태후 손에 자랐다. 동태후는 협을 황태자로 삼으려고 오래전부터 십상시들과 관계를 유지하고 있었다. 이를 위해 십상시의 우두머리 건석이 하진을 암살하려고 부른 것이었다.

하지만 궁궐에 심어놓은 하진의 심복이 십상시들의 음모를 알려주었다. 하진은 집으로 대신(大臣)들을 불러들여 십상시들을 몰살시킬 방법을 의논했다. 한참 의견을 모으고 있을 때 급보가 전해졌다.

"황제께서 붕어하셨습니다. 그런데 십상시들이 거짓조서로 대장군을 불러들여 죽이려하고 있습니다."

일이 다급하게 진행되고 있는 것을 보고 조조가 나섰다.

"먼저 천자의 자리를 정한 뒤 수염 없는 자들을 도모하여야 할 것입니다."

"그대의 말이 옳다. 누가 나와 함께 대위(大位)를 도모하고 역적을 치겠는가?"

"제게 정병 오천만 주시면 새로운 천자를 모신 뒤 그 놈들을 쓸어버리겠습니다."

하진이 바라보니 원소였다. 원소는 명문집안 출신으로, 대궐의 종들을 다스리는 지위에 있었다. 하진은 원소에게 5천 군사를 거느리게 했다.

환관들은 군사들이 몰려오자 우두머리 건석을 죽이고 투항했고, 하진은 변을 천자의 지위에 오르게 했다. 원소는 후환을 없애기 위해 환관들을 모조리 죽여야 한다고 주장했다. 사태가 위급해지자 환관 장양이 급히 내전으로 들어가 하태후(夏太后)에게 목숨을 살려달라고 애원했다. 하태후는 십상시의 은혜를 입었음으로 살아남은 환관들을 용서했다.

또한 동태후는 십상시들과 짜고 협을 진류왕(陳留王)의 자리에 오르게 하여 한동안 권력을 잡고 있었으나, 하태후와 사이가 점점 벌어진 나머지 하진에게 독살되었다. 이때 다시 원소가 나서 십상시들의 뿌리를 뽑아야 한다고 주장했다.

"나도 그건 알고 있지만 태후마마께서 허락을 하지 않으시니 어찌겠나?"

"그렇다면 각지의 영웅들의 손을 빌려 십상시를 모두 처치하십시오."

망설이던 하진도 원소의 말을 따르기로 하였다. 하진은 여러 제후들의 진영으로 밀서를 보냈다. 이 소식을 전해 듣고 가장 기뻐한 것은 동탁이었다. 그는 황건적 토벌에 번번이 패하기만 했으나, 십상시들에게 뇌물을 주어 죄에서 벗어났을 뿐만 아니라 대장군이 되어 20만 대군을 거느리고 있었다. 그는 즉시 대군을 이끌고 낙양으로 출발했다. 전부터 동탁의 인간성을 알고 있던 노식이 그의 상경을 반대하였으나 하진은 받아들이지 않았다.

한편 하진의 음모를 눈치챈 십상시들은 하진을 궁중으로 불러들여 죽여버렸다. 이에 하진을 호위하던 원소와 조조는 십상시는 물론이고 다른 내시들까지 모조리 죽여버렸다. 특히 십상시들은 원소에게 고기를 다지는 것처럼 난도질당했다. 이때 죽은 사람이 2천여 명으로 궁궐은 피로 물들었다.

십상시의 우두머리인 장양은 어린 천자와 진류왕을 인질로 삼아 북망산(北邙山)까지 도망갔으나, 뒤쫓아 간 추격대의 함성에 자신의 운명이 다했음을 깨닫고 스스로 강물에 몸을 던져 죽고 말았다.

원소와 함께 낙양으로 돌아오던 천자와 진류왕은 궁궐 앞에서 진을 치고 있던 동탁과 마주치게 되었다. 동탁은 천자를 호위하며 수도로 향했다. 이때 겁에 질린 천자와는 달리 씩씩하고 의젓한 진류왕의 태도에 감탄한 동탁은 천자를 폐위시키고 진류왕을 천자로 세우기로 결심하였다.

궁중에 도착한 동탁은 하진의 부하들을 설득하여 자신의 편에 서게 하고, 또 연회에 대신들을 초대하여 그 자리에서 진류왕을 천자로 추대해야 한다고 주장했다. 동탁의 기세에 눌려 아무도 나서지 못하였으나, 형주(荊州) 자사 정원이 크게 노하며 반대했다. 동탁이 칼을 뽑아 들고 정원의 목을 베려고 하였으나, 정원의 뒤에 방천화극이란 무기를 든 장군이 눈을 부릅뜬 채 서 있었다. 동탁의 참모인 이유가 그 위세를 깨닫고는 동탁에게 훗날 다시 의논할 것을 권했다.

동탁의 권력 장악

그 다음날, 정원이 군대를 이끌고 동탁의 진영을 급습했다. 동탁은 군사를 이끌고 성 밖에서 이를 격퇴하려 했으나, 어제 그 장수의 기세에 눌려 참패하고 말았다. 장수는 바로 정원의 양자로, 성은 여(呂)요, 이름은 포(布), 자는 봉선(奉先)이란 자인데 그 힘과 무예가 뛰어나 이름을 날리고 있었다.

"저 여포란 놈을 우리 편으로 만들 수만 있다면 천하에 두려울 것이 없겠구나."

몸을 숨긴 동탁이 한탄을 했다.

"그 일이라면 제게 맡겨 주십시오. 여포는 저와 동향 사람으로, 용맹하기는 하지만 꾀가 없고, 이익을 위해서라면 의리도 저버리는 인물입니다. 제가 한 번 설득해 보겠습니다."

호분중랑장(虎賁中郞將) 이숙이 말했다.

"무슨 계책인가?"

"주공께서 아끼시는 적토마 한 필과 금은보화를 주면 반드시 우리 편으로 만들겠습니다."

적토마는 하루에 1천리를 달리고, 강을 건너거나 산을 오를 때에도 평지를 달리는 것 같이 민첩하였다. 몸은 활활 타오르는 붉은 불빛 같았고 한 올의 잡털도 섞이지 않았다. 머리에서 꼬리까지 몸체가 늠름하고 굽에서 목까지 키가 8척, 한번 울면 하늘로 솟아오르고 바다로 뛰어들 것 같았다. 비록 세상에 둘도 없는 명마였지만 천하를 얻기 위해서는 아까울 것 없다고 생각한 동탁은 이숙에게 적토마와 금은보화를 내주었다.

"형님께서 이렇게 좋은 말을 주시니 무엇으로 보답해야 할지 모르겠습니다."

여포가 적토마와 금은보화를 가져온 이숙에게 감사를 표했다.

"이것은 동공께서 아우를 사모하여 준 것이네. 천하의 영웅인 아우가 공을 이루고 동공에게로 온다면 높은 대우를 받을 것이네."

그동안 여포가 의부로 모시던 정원은 청렴한 사람으로 물질적인 혜택을 준적이 없었다. 따라서 욕심 많은 여포는 마음이 흔들렸다. 특히 여포는 적토마에게 마음을 빼앗기고 말았다.

"정원의 목을 잘라 동공에게로 가겠소."

"그대가 그렇게만 해준다면 그 이상의 공로는 없을 것이오."

이숙이 돌아가자 밤이 되길 기다린 여포는 눈 깜짝할 사이에 정원의 목을 베어 동탁에게로 가서, 의부로 모실 것을 맹세했다. 하루 전까지 정원을 의부로 모시던 여포는 자기 손으로 의부를 죽이고 동탁을 의부로 삼겠다고 자처하는 것이었다.

여포를 자기 사람으로 만든 동탁은 더 이상 무서울 것이 없었다. 그는 곧 천자를 폐위시켜 홍농왕(弘農王)으로 하고, 진류왕을 천자로 추대했다. 진류왕은 천자로 즉위하여 헌제(獻帝)가 되었다. 서기 189년, 그의 나이 9세였다.

드디어 천하는 동탁의 손에 들어갔다. 동탁은 후한이 두려워 하태후와 홍농왕을 죽이고 스스로 재상이 되어 궁중을 제집 드나들 듯했다. 동탁은 밤마다 궁중에 들어가 궁녀들을 마음대로 간음하고 늘 호위병들을 거느리고 다녔다.

한편 천자의 폐위를 반대해 낙양을 떠나 발해(渤海)에 머물러 있던 원소는 동탁이 권력을 남용한다는 말을 듣고 충신 왕윤(王允)에게 밀서를 보내어 거사를 도모하도록 권고했다. 왕윤 역시 동탁의 척결을 노리고 있었으나 좋은 계책이 생각나지 않아 망설이고 있었다. 그러던 어느 날, 궁중 시종의 방에 충성심이 두터운 대신들만 모여 있는 것을 보고 기회라 여긴 왕윤은 거짓으로 생일이니 저녁에 식사라도 함께하자며 초대를 했다.

그날 밤 대신들과 함께 술을 마시던 왕윤은 갑자기 두 손으로 얼굴을 가리고 엉엉 울기 시작했다. 그러자 대신들이 깜짝 놀라 이유를 물으니, 동탁이 천자를 무시하고 권력을 남용하는 것이 슬퍼서 운다고 했다. 이 말을 들은 대신들은 모두 소리를 내어 울기 시작했다.

"울기만 하면 동탁이 죽을 것 같소?"

그때 효기교위(驍騎校尉) 조조가 웃으면서 말했다. 왕윤은 그의 무례함에 화가 나 소리쳤다.

"맹덕(孟德 : 조조의 字)도 조상 대대로 한나라의 녹을 먹고 살아온 처지에 비웃고 있단 말이오?"

그러자 조조가 웃음을 멈추고 말했다.

"달리 웃는 것이 아니오. 만조 공경들이 동탁을 처치할 계책을 내놓지 못하니 안타까워서 웃는 것이오. 내가 훗날을 위해 동탁에게 아부한 덕택에 신임을 얻고 있소. 왕공의 칠보도를 빌려주시면 당장 동탁의 목을 베 오겠소."

왕윤은 조조의 말에 크게 기뻐하며, 망설임 없이 보검을 건네주었다. 이튿날 조조는 칼을 허리에 차고 동탁의 거처를 찾아갔다. 거실에 들어가니 동탁은 침대 위에 걸터앉아 있고, 여포가 그 옆을 지키고 서 있었다.

"맹덕은 어찌하여 이렇게 늦은 것인가?"

"말이 늙었는지 걸음이 더딘 바람에 늦었습니다."

그 말을 들은 동탁이 여포를 돌아보며 말했다.

"얼마 전 서량에서 가져온 말이 있었지? 그중 한 필을 골라 맹덕에게 주도록 하게."

여포가 자리를 비우자, 조조는 동탁의 거동을 살피며 가까이 다가갔다. 몸집이 비대한 동탁은 오래 앉아 있지 못하고 옆으로 비스듬히 누워 얼굴을 벽 쪽으로 돌렸다. 조조는 '이제 동탁이 죽을 때가 되었구나!' 생각하며 칼을 빼들었다. 그때 동탁의 눈에, 침상에 걸린 거울을 통해 조조가 칼을 빼들고 있는 모습이 들어왔다. 동탁은 재빨리 몸을 돌려 조조를 노려보았다.

"이게 무슨 짓이냐?"

그때 여포가 말을 끌고 오는 소리가 들렸다. 당황한 조조는 얼른 무릎을 꿇고 칼을 동탁에게 내밀며 말했다.

"제가 보검 중에 보검이라는 칠보도 한 자루를 얻었는데, 승상께 드리려고 가져왔습니다."

동탁은 조조에게서 칼을 건네받았다. 길이가 한 자 남짓에 칠보로 장식되어 있었으며, 예리한 날에서는 푸른빛이 감돌았다. 틀림없는 명검이었다. 조조는 동탁이 한눈을 파는 사이에 여포에게 칼집을 넘겨주며 말했다.

"승상께서 주시는 명마이니 한 번 타보겠습니다."

조조는 말을 타자마자 뒤도 돌아보지 않고 내달렸다. 동탁이 사실을 알아차렸을 때는 이미 너무 늦은 후였다. 화가 난 동탁은 즉시 조조의 목에 현상금을 내걸고 각처에 방문을 돌렸다.

동탁군과 연합군의 전쟁

고향인 진류(陳留)로 돌아온 조조는 아버지의 조언에 따라 재산가 위홍의 도움을 받아 의병을 모집했다. 조조는 가짜 조서를 써서 사방에 보내고, 충의(忠義)라는 글자를 새긴 깃발을 내세웠다. 며칠이 안 되어 하후돈(夏候惇)과 그의 사촌 동생 하후연(夏候淵), 조인(曹仁)과 조홍(曹洪) 형제들이 각각 1천명의 군사를 이끌고 왔다.

발해에 있던 원소도 조조가 군사를 모집한다는 소문을 듣고 3만 명의 군사를 이끌고 조조의 진영에 합류했다. 조조는 다시 동탁 토벌의 격문을 써서 여러 고을에 보냈다.

격문이 돌자 각 지방의 제후들이 모두 군사를 일으켜 이에 호응했다. 원술(袁術)·한복(韓馥)·장막(張邈)·포신(鮑信)·공융(孔融)·도겸(陶謙)·마등(馬騰)·공손찬(公孫瓚)·손견(孫堅) 등 각처의 인물들이 저마다 군사를 일으켜 적게는 1만 명, 많게는 3만 명의 병력을 이끌고 낙양으로 몰려들었다.

이때 북평태수 공손찬이 군사 1만 5천명을 이끌고 평원현(平原縣)을 지날 때, 멀리 뽕나무 숲 속에 노란 깃발을 나부끼며 말을 탄 장수

5, 6명이 다가왔다. 공손찬이 말을 멈추고 바라보니 앞에선 사람이 유비였다. 유비는 공손찬에게 예를 갖추고 동탁 토벌에 참가할 뜻을 전했다. 이에 공손찬이 흔쾌히 승낙하여 합류하였다.

이윽고 각지의 제후들이 모두 모이게 되었다. 조조는 소와 말을 잡고 술을 준비한 다음, 회의를 열어 명문 출신인 원소를 연합군의 맹주로 추대했다.

먼저 손견이 낙양 동쪽에 있는 사수관을 향해 출발했다. 낙양에서 매일같이 궁녀들에게 빠져 정신을 못 차리고 있던 동탁은 급보를 듣고 크게 놀랐다.

"아버님! 걱정 마십시오. 관문 너머 저쪽 제후 같은 건 제겐 먼지나 다름없습니다. 놈들의 목을 베어 성문에 나란히 걸어놓겠습니다."

여포의 이 한 마디에 동탁은 기뻐하며 크게 웃었다.

"나에게 여포가 있으니 편히 잘 수 있겠구나."

이때 여포의 등 뒤에서 큰 소리로 말하는 자가 있었다.

"닭 잡는 데 구태여 큰 칼을 쓸 필요가 있습니까? 제가 나가 제후들의 목을 베어 오겠습니다."

돌아보니 키가 9척이요, 보기만 해도 믿음직스러운 화웅(華雄)이었다. 동탁은 믿음직스러운 화웅의 모습을 보고 5만 군사를 주고 이숙·호진·조잠과 함께 출병토록 했다.

한편 연합군의 제후 중 포신은 손견에게 공을 빼앗기지 않으려고 몰래 동생 포충을 보내어 앞질러 싸우게 했다. 그러나 포충은 싸움을 시작하자마자 화웅의 칼에 목이 날아가 버렸다.

손견은 정보가 화웅과 겨루자 그 기세를 타고 관문 앞까지 쳐들어갔다. 그러나 관문 위로부터 화살과 돌이 비 오듯 쏟아지자 일단 후퇴하여 전열을 가다듬고 원술에게 지원을 요청했다.

그러나 원술의 참모 하나가 손견은 강동(江東)의 호랑이로 만일 그가 낙양을 함락시킨다면 늑대 대신 호랑이를 키우는 격이 될 것이라며 반대를 했다. 결국 원술은 지원을 하지 않았고 손견은 전투에서 패배하고 말았다.

"손견이 패한 것은 뜻밖이오. 이제 어떡하면 좋겠소."

패전의 소식을 전해들은 원소가 제후들을 불러 물었다. 하지만 아무도 대답하지 못하고 입을 다물고 있었다. 원소가 좌중을 둘러보다, 공손찬의 뒤에서 냉소의 빛을 띠고 있는 세 장수를 발견했다.

"공태수 뒤에 서있는 자는 누군가?"

"저와 동문수학한 유비라는 사람입니다."

공손찬이 나서서 대답했다.

"그렇다면 황건적을 무찌른 유현덕이 아니오?"

옆에서 조조가 물었다.

"그렇소."

이때 한 병사가 달려와 화웅이 기병대를 이끌고 쳐들어온다는 보고를 했다. 연합군의 장수 몇 명이 차례대로 나가 싸움을 하였으나 화웅의 단칼에 목이 떨어졌다. 모두들 얼굴빛이 달라졌고 원소는 한탄을 했다.

"제가 화웅의 목을 베어 바치겠습니다."

모두가 깜짝 놀라 바라보니 키가 9척이요, 수염의 길이가 두자가 넘고 봉황의 눈에 잘 익은 대추처럼 검붉은 얼굴을 한 사람이었다.

"저 장수는 누군고?"

원소가 묻자 공손찬이 대답했다.

"이 사람은 유현덕의 동생 관우입니다."

"관직은 무엇이오?"

"유현덕 밑에서 마궁수로 있습니다."

"감히 궁수 주제에 건방을 떠는구나. 저 놈을 어서 끌어내라."

옆에 있던 원술이 큰 소리로 호통을 쳤다.

"그렇게까지 화낼 건 없소. 이 사람이 큰소리를 치는 걸 보면 이유가 있을 것이오. 시험 삼아 싸워 보게 합시다."

조조는 관우에게 따뜻하게 데운 술을 한 잔 가득 따라 주면서 마시고 나가 싸우라고 했다.

"됐소. 화웅의 목을 베어 온 후에 마시겠소."

관우는 청룡언월도를 들고 말에 올라탔다. 멀리서 북소리가 울려 퍼지고 함성이 천지를 뒤흔들었다. 잠시 후 관우는 화웅의 머리를 칼끝에 꿰어 들고 들어와 조조가 따라 놓은 술을 마셨다. 술은 그때까지 식지 않고 따뜻했다.

"형님이 화웅의 목을 베었으니, 이 기회를 놓치지 말고 동탁을 사로잡읍시다."

조조가 기뻐할 때 유비의 뒤에 서 있던 장비가 뛰쳐나오면서 큰 소리로 외쳤다.

"고작 일개 현령의 수하 주제에 함부로 나서지 마라."

원술이 또다시 화가 나서 호통을 쳤다. 그러자 조조는 원술을 달래는 한편, 고기와 술을 보내어 유비형제를 위로하였다.

불타는 낙양성

화웅의 목이 잘렸다는 보고를 받은 동탁은 이각과 곽사에게 5만의 군사를 주어 사수관을 지키게 하고, 동탁 자신은 여포와 15만의 군사를 이끌고 호뢰관(虎牢關)으로 나갔다.

동탁은 여포에게 3만의 병력을 주어 관문 밖에 진지를 구축하게 했다. 여포가 여러 차례 연합군 진지로 돌진하여 창을 휘두르니, 마치 무인지경을 지나가는 것 같았다. 연합군 장수들이 번갈아 가며 싸웠으나 번번이 여포의 창에 찔려 죽었다.

마침내 공손찬이 창을 휘두르며 여포와 싸웠으나, 몇 차례 싸우지도 못하고 도망쳐 버렸다. 여포가 그 뒤를 추격했는데 적토마는 바람처럼 빨라 이내 따라잡았다. 이때 장비가 질풍처럼 달려 나갔다.

"종놈아! 장비가 여기 있다."

여포는 공손찬을 버리고 장비와 싸웠다. 장비와 여포는 50여 합이나 싸웠으나 승부가 나지 않았다. 이어 관우가 청룡언월도를 휘두르며 여포를 협공했다. 관우와도 30여 합이나 싸웠으나 여포는 꿈쩍도 하지 않았다. 그러자 유비가 쌍고검을 뽑아 들고 달려가 옆에서 도왔다. 삼형제가 여포를 에워싸고 싸우자 적과 아군이 모두 넋을 잃고 바라보았다. 천하의 여포도 힘을 잃었는지 도망치고 말았다.

믿었던 여포가 유비 삼형제에게 패함으로써 궁지에 몰리게 된 동탁은 이유를 불렀다. 이유가 계책을 냈다.

"여포 장군께서 패하시는 바람에 군사들이 겁을 먹고 있습니다. 승상께서 황제를 데리고 수도를 장안(長安)으로 옮기시는 게 어떨는지요?"

동탁은 즉시 시행토록 했다. 대신들이 들고일어나 반대했다. 화가 난 동탁은 사도(司徒) 양표와 순상, 태위(太尉) 황완의 벼슬을 빼앗고, 상서(尙書) 주비와 성문교위(城門校尉) 오경의 목을 잘랐다.

다시 이유가 나서서 말했다.

"수도를 옮기려면 쓸 돈과 곡식이 필요합니다. 낙양에는 부호들이 많으니 원소와 한패라고 몰아 일가를 죽이고 재산을 몰수한다면 손쉽게 수만금을 얻을 수 있을 것입니다."

"철기 5천을 거느리고 즉시 시행토록 하라."

이유는 낙양의 부호 수천 명을 잡아들여 목을 자르고 재산을 몰수하였다. 이어 동탁은 이각과 곽사를 시켜 수백만 낙양백성들을 강제로 끌고 장안으로 출발했다. 늙은이와 어린아이, 병자들이 죽어가고, 부녀자와 어린 딸들이 병사들에게 겁탈당하니 지옥이 따로 없었다. 또한 동탁은 성문과 종묘관부, 궁궐, 민가에 불을 질렀다. 거센 불길과 연기가 낙양을 뒤덮었다.

연합군은 즉시 낙양으로 진격하였다. 조조는 그 기세를 몰아 동탁의 군사를 추격할 것을 주장했으나, 원소를 비롯한 제후들은 불탄 자리에 군대를 쉬게 하고 더는 움직이려 하지 않았다. 할 수 없이 조조는 1만여 명의 군사를 이끌고, 하후돈과 하후연, 조인과 조홍 형제 등을 거느리고 동탁의 뒤를 쫓았다.

동탁은 이유로 하여금 추격을 감시하게 하고, 여포에게는 정예 부대를 이끌고 뒤를 지키게 했다. 조조의 군사가 뒤를 쫓아오자 여포는 부대를 나누어 이들과 싸우게 했다. 좌우에서 이각과 곽사의 부대가 쳐들어오자 조조의 군사는 크게 패하여 뿔뿔이 흩어지고 말았다.

쫓기던 조조는 민둥산 기슭에 이르렀다. 한밤중이었으나 달빛이 대낮처럼 밝았다. 조조는 살아남은 군사들을 모아 놓고, 솥을 걸어 식사 준비를 시켰다. 그때 사방에서 함성이 터지더니 적의 복병이 일제히 쳐들어왔다.

조조는 허둥지둥 말을 타고 도망치다가 적의 장수가 쏜 화살에 어깨를 맞은 채 산모퉁이까지 말을 달렸다. 그때 숲 속에 숨어 있던 적병들이 좌우에서 조조의 말을 향해 동시에 창으로 찔렀다. 말이 쓰러지는 바람에 조조가 거꾸로 나뒹굴자 적병이 목을 자르려고 덤벼들었다. 다행이 조홍이 달려와 조조를 구해냈다. 하지만 도망가면 갈수록 적의 추격이 심해졌다.

"앞은 강이요, 뒤는 적병이니, 이제 내 명이 다하였구나."

조조는 탄식을 하면서 도망을 포기하려했다. 조홍이 조조를 엎고 물속으로 뛰어들었다. 조조와 조홍은 거친 물살을 헤치고 간신히 건넜다. 그러나 또다시 적병이 나타났다.

"내가 여기서 죽는구나!"

조조는 더 이상 일어설 기운이 없었다. 조홍 또한 간신히 일어나 칼을 잡았으나 버틸 힘이 없었다. 그때 하후돈과 하후연이 수십 명의 기병을 끌고 달려왔다. 조조는 간신히 목숨을 건져 하내군(河內郡)으로 피신하였다.

연합군의 내분

불타는 낙양으로 손견이 가장 먼저 입성했다. 손견은 궁전의 불을 끄고 그 자리에 막사를 세웠다. 이때 궁전 옆의 우물에서 오색빛이 솟아오르는 것을 한 병사가 보고 우물물을 퍼내니, 그 속에서 한 궁녀의 시체가 나왔다. 그녀의 목에는 비단 주머니가 걸려 있었고, 주머니를 열자 옥새(玉璽)가 들어있었다. 손견은 옥새를 발견한 사실을 누구에게도 말하지 말라고 엄명을 내렸으나, 부하 한명이 보상금을 노리고 원소에게 사실을 고했다.

원소는 곧 제후들을 이끌고 손견에게 달려갔다.

"어젯밤 우물에서 무엇을 건졌습니까?"

원소는 손견을 보자마자 다그쳤다.

"무슨 말입니까?"

손견이 시치미를 떼며 모른 척 했다.

"자네가 그것을 갖고 천하를 얻으려는가?"

원소가 벌컥 화내며 말했다. 하지만 손견이 하늘을 우러러 옥새가 없다고 맹세하자, 제후들도 그 말을 믿기 시작했다. 그러자 원소는 밀고한 병사를 불러냈다. 손견이 칼을 뽑아 병사를 내리치려하자 원소도 칼을 뽑아 들었다. 다른 제후들이 모두 나서서 말리는 사이, 손견은 재빨리 말에 올라타고 그 자리를 떠났다.

화가 난 원소는 형주(荊州)자사 유표(劉表)에게 편지를 보내어 손견이 가는 길을 막고 옥새를 빼앗으라고 명령했다. 손견의 부대는 유표에게 크게 패하였으나 옥새는 빼앗기지 않고 무사히 빠져나갈 수 있었다.

동탁을 추격하다 크게 패한 조조가 낙양으로 돌아왔으나, 원소를 비롯한 연합군의 제후들이 제각기 야심만 품고 있는 것에 실망하여 군사를 이끌고 양주(揚州)로 떠났다. 공손찬 역시 더 이상 머물고 싶은 마음이 없어 북평으로 떠나고, 유비형제들도 평원으로 떠났다.

한편 원소는 군량미가 부족한 것이 늘 걱정이었다. 하루는 원소의 참모 봉기가 다가와 계책을 냈다.

"곡창지대인 기주(冀州)를 차지하여 장래 천하를 호령할 수 있는 토대로 삼아야 합니다."

"그 말이 맞지만 무슨 수로 기주를 차지한단 말이오."

"공손찬에게 쌀이 풍부한 기주를 쳐서 함께 나눠 갖자고 하면 미련한 기주성 한복이 우리에게 구원을 요청할 것입니다. 그때를 이용하여 입성하여 아예 차지해 버리면 됩니다."

원소는 봉기의 계책에 따라 공손찬에게 기주를 쳐서 함께 나눠 갖자는 밀서를 보내는 동시에, 한복에게는 공손찬이 공격할 것이라는 밀서를 보냈다. 예상대로 한복은 원소에게 구원을 요청했다. 원소는 피 한 방울 흘리지 않고 기주로 입성하였다.

뒤늦게 도착한 공손찬은 원소에게 영지를 나눠 달라고 요구했다. 그러나 이를 받아들일 원소가 아니었다. 분개한 공손찬은 원소에게 선전포고를 했고, 양군은 반하(磐河)의 다리를 에워싸고 진을 치기가 무섭게 싸움을 시작했다.

싸움에서 밀리던 공손찬은 후퇴 명령을 내렸다. 원소의 부하인 문추(文醜)가 말을 몰아 창을 잡고 공손찬을 쫓아와 위험한 상황에 빠졌다. 그때 한 소년 장수가 나타나 문추와 대결하였다. 이틈을 이용하여 공손찬은 간신히 몸을 피할 수 있었다. 정신을 차리고 소년장수를 바라보니 키가 8척이요, 눈썹이 진하고 눈이 크며, 시원스런 이마에 위풍이 당당한 이 젊은이였다. 문추와 5, 60합을 겨뤄도 밀리지 않았다. 곧이어 공손찬의 구원 병력이 왔고 문추는 줄행랑을 쳤다.

"장군은 뉘시오."

공손찬이 예를 갖추며 말했다.

"소장은 상산(常山) 진정(眞定)사람으로 성은 조(趙)고, 이름은 운(雲), 자는 자룡(子龍) 입니다. 원래 원소의 부하였으나 실망하여 장군에게로 왔습니다."

이튿날 공손찬과 원소가 격돌했다. 조운은 몰려오는 원소의 군사 가운데로 돌진하여 종횡으로 누비며 적을 무찔렀다. 이 기회를 이용하여 공손찬은 원소를 공격하니, 원소는 위기에 빠졌다.

"형세가 급합니다. 주공은 속히 저 빈집 담 너머로 피하십시오."

전풍(田豊)이 급하게 말했다.

"대장부는 싸우다 죽는 것이다. 내가 어찌 구차하게 담 뒤로 숨어 목숨을 구걸한단 말이냐."

그 모습에 감격한 원소의 군사들이 죽기를 각오하고 싸웠다. 이때 산모퉁이에서 함성이 일어나더니 한 무리의 원군이 나타났다. 유비 삼형제가 평원에서 공손찬을 돕기 위해 달려온 것이다. 그들이 쏜살같이 몰려와 원소의 진영으로 쳐들어가니, 원소는 당황하여 다리 건너편으로 퇴각했다.

공손찬은 조운을 불러 유비형제들에게 인사를 시켰다. 이때 유비는 조운의 사람 됨됨이를 보고 마음에 들어 언젠가는 조운을 얻을 것이라 다짐했다.

원소는 진중을 지킬 뿐 싸움을 걸지 않았다. 양군은 그 후 한 달 남짓 대결했다.

한편 동탁은 장안으로 수도를 옮긴 후 대신 위에 군림하며 권세를 내외에 과시하려 했다. 동탁은 두 사람의 싸움에 대한 보고를 받고 이유에게 자문을 구했다.

"두 사람 중 한 사람이 이기면 더 강해지실 겁니다. 이때 태자께서 아량을 베푸는 것이 좋을 것입니다. 천자의 명으로 두 사람을 화해시키면 길들일 수 있을 것입니다."

동탁은 즉시 황제의 명의로 칙령을 내렸다. 양군은 서로 피해가 컸던 터라 핑계를 삼아 황제의 칙령을 받아들여 화해를 하고 고향으로 돌아갔다.

원술은 사촌 형 원소가 기주를 손에 넣었다는 소식을 전해 듣고 말 1천 필을 제공해 달라고 요구했으나 거절당하자 두 사람의 사이는 급격하게 나빠졌다. 원술은 형주로 사신을 보내어 유표에게 군량 20만 석을 빌려 줄 것을 요구했으나 이것도 거절당하자 크게 분개했다.

이에 원술은 강동의 손견에게 편지를 보내어 '유표가 옥새를 빼앗으려고 공격했던 것이 원소가 시킨 짓이며, 다시 둘이 손을 잡고 공격하려고 한다. 나는 원소를 칠 테니, 손공은 유표를 치라'고 부추겼다.

복수심에 차 있던 손견은 17세의 장남 손책(孫策)을 데리고 출병하였다. 처음에는 승승장구하였고 적의 장수 황조까지 생포하였다. 하지만 손견은 매복병들에게 돌과 화살에 맞아 최후를 맞이하였다.

이튿날 부친의 전사 소식을 들은 손책은 대성통곡하였다. 손책은 생포한 황조와 부친의 시체를 바꾸어 강동으로 돌아갔다.

동탁의 최후

동탁은 손견이 죽었다는 소식을 듣고는 크게 기뻐했다. 그의 횡포는 날이 갈수록 더욱 심해졌다. 성안의 건물들은 금과 옥으로 꾸며졌고, 15세에서 20세 사이 미녀 8백 명을 후궁으로 들였다. 어느 날 동탁이 성으로 백관들을 불러 모아 잔치를 벌였다. 술이 두어 차례 돌았을 무렵 문득 밖에서 여포가 황급히 들어와 귓속말을 했다.

"그랬단 말이지?"

동탁은 회심의 미소를 지으며 손짓을 했다. 여포가 장온이라는 대신 뒤로 가더니 목덜미를 끌고 나갔다. 얼마 후 시종이 빨간 쟁반 위에 장온의 목을 받쳐 들고 왔다.

"놀랄 것 없소. 장온이 원술과 결탁하여 나를 암살하려 했소. 여러분과는 관계가 없으니 두려워 마시오."

동탁은 좌중을 돌아보며 태연하게 말했다. 백관들은 새파랗게 질려 입을 열지 못하였다.

왕윤은 집에 돌아와 마음이 편치 않아 달빛이 환한 뜰을 거닐며 탄식했다. 그때 문득 한숨 쉬는 소리가 들렸다. 돌아다보니 뜻밖에 친딸처럼 여기는 초선(貂蟬)이었다.

"네가 무슨 일로 그러느냐?"

"대인께서 노예로 팔려온 저를 친딸처럼 길러주셨는데 아직까지 기회를 찾지 못하여 은혜를 갚지 못하고 있습니다. 제가 목숨이라도 아끼지 않고 해결해보겠습니다."

감격한 왕윤은 초선에게 자신의 근심을 모두 털어놓았다. 초선은 말 없이 듣고만 있다가 두 눈을 반짝이며 말했다.

"그 두 사람 사이를 멀어지게 하면 될 것 아닙니까? 제게 좋은 생각이 있습니다."

초선이 자신의 생각을 밝히자 왕윤은 감탄하며 말했다.

"천하가 네 수중에 있다는 것을 감히 누가 생각하였겠느냐?"

왕윤은 초선을 방으로 데리고 가 높은 자리에 앉힌 다음 절을 하고 '이 나라를 불쌍히 여겨달라'며 울었다.

이튿날 왕윤은 진주를 박은 황금관을 여포에게 보냈다. 여포는 크게 기뻐하며 고맙다는 인사를 하러 왕윤의 집을 찾아 왔고, 왕윤은 진귀한 음식을 대접했다. 술이 거나할 무렵, 아름답게 단장한 초선이 나타나 여포에게 술을 따랐다. 여포는 그녀의 아름다움에 넋을 잃고 말았다. 그것을 본 왕윤이 여포에게 말했다.

"이 아이를 장군께 드리지요."

기분이 좋아진 여포는 밤새 술을 마시고 다음 날 아침이 돼서야 돌아갔다. 며칠 후에 왕윤은 동탁을 집으로 초대했다. 산해진미를 마련하여 극진히 대접하면서 동탁의 인덕은 옛 성인을 능가한다고 간사를 부렸다. 그렇게 술이 몇 순배 돌자 왕윤은 동탁에게 바싹 다가가

초선과 왕윤

말했다.

"참, 이 같은 자리에 춤과 음악이 빠질 수 없지요. 집에 있는 가희들을 보여 드리겠습니다."

발을 올리자 피리 소리에 맞춰 아름다운 무희들이 나와 춤을 추기 시작했다. 그중에서도 가장 돋보이는 것은 초선이었다. 동탁은 이름과 나이를 물으며 입을 다물지 못했다.

"선녀가 따로 없구나!"

"이 아이를 태사께 드리려고 합니다."

왕윤의 말에 동탁은 크게 기뻐하며 초선을 데려 갔다. 그러자 나중에서야 이 사실을 알게 된 여포가 군사를 데리고 달려와 왕윤에게 다그쳐 물었다. 왕윤은 여포에게 동탁이 초선을 여포와 결혼시키려 데려갔다고 거짓말을 했다. 여포는 왕윤의 말을 곧이듣고 기뻐하며 돌아갔다. 하지만 아무리 기다려도 소식이 없고, 더욱이 동탁이 초선을 가로챈 것을 알고 원한을 품게 되었다.

그러던 어느 날, 동탁의 저택 후원에서 초선과 여포가 만났다. 초선은 원망스런 눈빛으로 여포를 쳐다보며 말했다.

"저는 장군님을 사모하여 섬기려하였는데, 동태사께서 억지로 절 농락하였습니다."

초선은 울음을 터트렸다. 때마침 후원에 들어서던 동탁이 이 모습을 보고는 화가 치밀어 여포에게 창을 던졌다. 여포는 일단 그 자리를 피하긴 했지만 동탁에 대한 배신감에 치를 떨었다.

며칠 후 왕윤은 여포를 별장으로 초대했다.

"초선을 장군께 드릴 생각으로 동태사님께 보냈는데 딸아이만 더럽

혀지고, 장군은 세상에 웃음거리가 되어 할 말이 없습니다."

"왕공이 무슨 죄가 있겠소. 내가 동태사를 죽여서라도 이 치욕을 갚겠소."

"함부로 그런 말씀을 하지 마시오. 태사의 귀에 들어가면 나까지 멸족의 죄를 받을 것이오."

하지만 질투심에 휩싸인 여포의 눈은 붉게 물들고 분노를 가라앉히지 못하였다.

"하기야 장군 같은 분이 동태사 부하로 있다는 것이 너무 아깝지요."

왕윤은 은근히 여포를 부추기며 말을 이었다.

"만약 장군께서 이번 기회에 한나라 왕실을 다시 세우신다면 역사에 오래 기억되는 영웅으로 남을 것이오."

여포의 결심을 듣고 왕윤은 동탁에게 천자가 제위를 동태사에게 물려주고 싶어 하니 궁중으로 들어오라는 칙서를 보냈다. 동탁은 기뻐하며 수레를 타고 궁중으로 향했다.

궁중에 도착하니 예복 차림을 한 군신들이 쭉 늘어선 채 허리를 굽혀 맞이했다. 이숙이 보검을 찬 채 수레를 따르고 있었다. 동탁이 궁중 문을 넘어서자 왕윤이 큰 소리로 외쳤다.

"역적 동탁의 목을 쳐라!"

순식간에 1백여 명의 군사들이 나타나 창으로 동탁을 마구 찔러 댔다. 동탁은 겉옷 속에 갑옷을 입고 있었으므로 겨우 팔꿈치에만 부상을 입었다. 그는 마차에서 굴러 떨어지면서 큰 소리로 여포를 찾았다

"여포야! 어디 있느냐? 어서 나를 구하라."

그러자 여포가 마차 뒤에서 나타나 동탁의 목을 찌르며 말했다.

"천자의 명을 받아 역적을 베노라."

동탁의 목에서 붉은 피가 솟구치자 이숙이 재빨리 목을 쳐서 떨어뜨렸다. 동탁의 시체는 거리에 내걸려 구경거리가 되었는데, 그 옆을 지나가는 백성들은 그의 시체를 발로 차고 침을 뱉었다. 이어 동탁의 가족들은 남녀노소 모두 참수 당했다.

대군을 얻은 조조

　　동탁의 심복 이각과 곽사는 여포의 공격을 피해 섬서(陝西) 땅으로 도망쳤다. 그들은 황제의 대사면령을 요구하였다. 하지만 왕윤이 단호하게 거절하였다.

　이각과 곽사는 왕윤이 '섬서 사람들을 몰살하러 온다'는 유언비어를 퍼트려 민심을 혼란케 만들었다. 두려움에 떨던 백성들이 몰려들어 이각과 곽사의 부대는 10만이 넘게 되었다.

　이에 왕윤은 여포에게 진압명령을 내렸다. 여포는 이숙과 함께 군사를 몰고 성 밖으로 나갔다. 그러나 첫 전투는 관군의 패배로 끝났다. 화가 난 여포는 선봉에 선 이숙의 목을 베어 버렸다.

　여포는 용기와 무예는 뛰어났으나 지혜가 없었고, 반면에 이각 등은 백전노장답게 치밀한 작전을 세워 산기슭에 진을 치고 산발적으로 공격해 왔다. 며칠씩 이런 싸움이 계속되자 여포는 제풀에 지쳐 갔다. 그 사이 장제와 번조의 군사가 장안을 공격하였다. 여포는 급히 군사를 몰아 장안으로 향했으나 뒤에서 이각과 곽사 부대에게 추격을 받아 많은 군사를 잃었다.

여포가 장안에 도착해 보니 적이 구름처럼 모여 사방에서 성을 에워싸고 있었다. 여포는 왕윤이 지키고 있는 청쇄문 밖으로 나갔다.

"전세가 위급합니다. 몸을 피하십시오."

"나는 혼령이라도 되어 사직을 지켜야 하오. 장군께서는 여러 제후들을 만나 역적을 치라하시오."

여포는 원술에게로 도망치고 도성은 함락되었다. 장안성을 점령한 이각과 곽사의 군사들이 성안을 유린하고 왕윤의 목을 베고 가족들도 모두 참수했다. 천자는 충신과 백성들이 참혹하게 죽고 성이 유린당하는 것을 보고만 있을 수밖에 없었다. 이각과 곽사 · 장제 · 번조는 천자를 위협하여 주요 벼슬을 모두 차지하였다.

그러자 서량 태수 마등과 병주((幷州)자사 한수(韓遂)가 10만의 군사를 이끌고 이각 · 곽사 등과 역적을 토벌하기 위해 장안으로 쳐들어왔다.

이 싸움에서 17세였던 마등의 아들 마초(馬超)가 큰 활약을 하였다. 하지만 이각의 참모 가후(賈珝)가 방비를 굳게 한 채 싸움에 응하지 않았으므로 군량이 떨어져 물러나고 말았다.

이 일로 제후들이 출병을 주저하는 바람에 천하는 한동안 평정을 되찾은 듯이 보였다.

하지만 정국이 혼란한 틈을 이용하여 다시 황건적 잔당들이 활동하기 시작했다. 이때 조정에 복귀한 주전이 조조를 천거하여 황건적을 토벌하게 하였다. 조조는 눈 깜짝할 사이에 황건적을 소탕했다.

조정에서는 그런 조조에게 진동장군(鎭東將軍)이라는 칭호를 내렸다. 하지만 조조는 그런 장군 칭호보다 더 큰 수확을 올렸다. 항복해

온 황건적 30만 명과 백성 중에서 건장한 젊은이들을 뽑아 1백만의
군대를 지휘하게 되었다. 이때 장수로서는 하후돈(夏候惇)·하후연
(夏候淵)·조홍(曹洪)·조인(曹仁)·악진(樂進)·이전(李典)·우금
(于禁)·전위(典韋) 등이 있었고, 모사로서는 순욱(筍彧)·순유(荀
攸)·곽가(郭嘉)·정욱(程昱) 등이 조조를 보좌했다.

　때는 서기 192년이었다.

　어느 정도 기반을 잡았다고 생각한 조조는 아버지 조숭(曹嵩)을 모
셔오도록 했다.

서주성을 얻은 유비

이때 유비는 북평태수 공손찬에게 의지하고 있었다. 공손찬은 원소를 견제하기 위해 유비를 고당현(高唐縣) 벌판에 머물게 했다. 하루는 북해(北海)태수 공융이 보낸 태사자(太史慈)가 급하게 찾아왔다. 황건적의 무리들이 북해를 에워싸고 성을 공격하니 구원해 달라는 것이었다. 유비는 즉시 달려가 황건적을 물리쳤다.

공융은 유비를 극진히 대접하면서 근심어린 표정으로 입을 열었다.

"이제 이곳은 평안해졌으나 아직 근심이 사라진 것은 아니오."

"아직 태수님을 괴롭히는 무리가 남아 있단 말이오?"

"내 일은 아니나 서주성과 백성들을 구하는 일 때문이오."

유비도 조조가 서주성을 공격한다는 소문을 들어 알고 있었다.

"유공도 알다시피 서주성의 도공께서는 선비로 싸움에는 밝지 않소. 그가 의로운 사람이라는 것은 모두가 알고 있는데 이제 다 죽게 되었소."

말을 마친 공융은 서주성에서 온 미축(麋竺)을 들게 했다.

"서주의 별가종사(別駕從事) 미축, 유사군께 문후 드립니다."

유비는 미축을 보자 조운을 봤을 때처럼 마음이 끌렸다.

"소문은 들어 알고 있습니다만 도공조께서 어쩌다가 그런 위기에 빠지게 되었소?"

"우리 사군께서는 조조의 부친이 서주를 지나간다는 소식을 듣고 경계까지 마중을 나가 극진히 대접 하였습니다. 그리고 도위(都尉) 장개에게 군사 오백을 주어 조숭을 호위하도록 하였습니다. 하지만 황건적 출신이었던 장개가 조숭의 재산을 탐하여 조숭을 비롯한 가족과 하인들을 죽여 버린 것입니다. 소식을 들은 조조가 부친의 원수를 갚기 위해 군사를 이끌고 왔습니다."

미축은 잠시 어두운 얼굴을 한 뒤 다시 입을 열었다.

"우리 사군께서 혼자 목숨을 바치면 백성들을 구할 수 있다고 생각하고 뜻을 밝혔으나 저희들이 반대하고 도움을 청하고자 달려온 것입니다."

유비는 미축의 말을 듣고 공융과 함께 출전하기로 하고, 공손찬에게 달려가 뜻을 전하였다.

"자네는 조조와 원수진 일이 없는데 어찌하여 출전하려 하는가?"

공손찬이 말했다.

"그렇다고 서주가 함락되는 것을 보고만 있을 수는 없지 않습니까?"

"그렇다면 내가 조운에게 병력 이천을 딸려 보내겠네."

이렇게 하여 유비는 자신의 군사 3천과 조운 군사 2천을 데리고 서주를 향했다. 도겸은 급히 성문을 열어 유비를 맞이했다. 곧 큰 잔칫상을 마련하여 유비를 환대하던 도겸은, 유비의 인품과 늠름한 기상

에 탄복하게 되었다. 도겸은 미축에게 서주성의 관인을 가져오라고
했다.

"천하가 어지러운 이때 나는 나이가 많아 서주를 지킬 능력이 없으
니 공께서 맡아 주시오."

놀란 유비가 벌떡 일어나 도겸에게 두 번 절하며 거절했다.

"공도 덕도 없는 유비가 이 땅을 삼킨다면 하늘이 벌하실 것입니다."

유비는 계속되는 도겸의 청을 뿌리치고, 조조에게 편지를 보내어 도
겸과의 화해를 권유했다.

"건방진 놈! 감히 내게 이런 편지를 보내다니. 당장 저 놈의 목을 치
고 성을 쳐부숴라."

조조가 유비의 편지를 가져온 사자의 목을 치라고 하자 곽가가 나
섰다.

"유비를 좋은 말로 달래놓고 갑작스럽게 공격하면 쉽게 성을 깨부
술 수 있을 것입니다."

하지만 이때 뜻밖의 일이 일어났다. 원술에게 의지하고 있던 여포가
연주를 함락시키고 복양까지 점령했다는 급보가 날아온 것이다. 조조
로서는 생각지도 않게 뒤통수를 맞은 격이었다. 조조는 할 수 없이 유
비의 화해를 받아들이고 철군하였다.

도겸은 성 안에서 큰 잔치를 열었다. 잔치가 끝날 무렵, 도겸은 유비
를 상좌에 앉힌 뒤 정중하게 말했다.

"나는 이미 늙은 데다 두 아들은 변변치 못하오. 유현덕은 황실의
후손이며 덕망이 높고 재주가 뛰어나니 이 서주를 다스려주시오."

"제가 서주에 온 것은 대의를 지키기 위한 것이었습니다. 아무 까닭

장비　　　　유비　　　　관우

없이 서주를 다스린다면 천하가 저를 비웃을 것입니다."

　도겸은 유비가 끝까지 뜻을 꺾으려 하지 않자, 서주에서 가까운 소패(小沛)라는 고을에서 머물며 서주를 지켜 달라고 부탁했다. 유비는 어쩔 수 없이 승낙했다. 유비는 관우·장비와 함께 소패로 가서 군사를 주둔시키고 성곽을 보수하는 한편, 백성들을 다스리는 데에도 성심을 다했다.

　그러던 중 도겸이 병을 얻게 되었다. 도겸은 소패에 있는 유비를 불러들여 서주를 맡아 줄 것을 당부했다.

　"공께서는 형제와 두 아들이 있으니 그들에게 서주성을 맡도록 하는 것이 도리라 생각합니다."

　"두 아들은 중책을 맡을 인물이 못되어 내가 죽어도 눈을 감을 수가 없소."

　유비가 계속 거절하자 서주의 백성들이 아이들을 데리고 와 유비 앞에 모여들어 울면서 애원했다. 유비는 할 수 없이 서주를 맡기로 결심했다.

　유비는 도겸이 추천한 손건(孫乾)과 미축을 종사로 삼고 진등(陳登)을 막관(幕官)으로 삼은 다음, 도겸의 유표(遺表)를 조정에 보내 신고하였다.

풍운아 유비에게로

 한편 견성에 있던 조조는 이 소식을 듣고 불같이 화를 냈다.

"나는 아직 원수도 갚지 못했는데, 유비라는 놈은 화살 한 개 쏘지 않고 서주를 얻었구나! 내가 놈을 죽이고, 도겸의 시체를 파내어 갈기 갈기 찢어버리겠다."

조조가 다시 서주를 공격하려 하자 순욱이 말렸다.

"옛날 한고조와 광무제가 대업을 성취했던 것은, 관중을 지키고 하내를 견고하게 한 후에 천하 평정에 나섰기 때문입니다. 연주는 천하의 요지로, 관중이나 하내보다 못할 게 없습니다. 연주를 버리고 서주를 얻으려는 것은 큰 것을 버리고 작은 것을 얻으려 하는 것이니 부디 세 번 생각하시고 결정을 내려주십시오."

그 말을 듣고 크게 깨달은 조조는 서주 공격을 포기하고 군량을 확보하기 위해 황건적 잔당을 평정하기로 했다. 이때 전위가 황건적을 추격하던 중 1백여 명의 군사를 거느린 한 장수와 마주치게 되었다.

"네놈도 황건적이냐?"

전위가 소리쳐 물었다.

"네 놈도 황건적을 찾느냐? 내가 황건적 놈들을 모두 가뒀다."

장수가 대답했다.

"그렇다면 빨리 내놓아라."

"네가 내 칼을 빼앗는다면 황건적을 내주마."

전위와 장수는 수십 차례를 맞섰으나 승부가 나지 않았다. 이 소식을 들은 조조가 함정을 파서 장수를 사로잡았다. 장수는 밧줄에 묶여 조조 앞으로 끌려갔다. 조조는 군사들을 꾸짖으며 밧줄을 풀도록 했다.

"그대의 이름은 무엇인가?"

"저는 농사를 짓고 있는 허저라고 합니다. 황건적 때문에 농사를 짓지 못하여 대항하고 있습니다."

"그대의 용맹은 내가 보고를 들어 알고 있소. 내 휘하로 들어오라."

조조는 허저를 도위로 삼고 후한 상금을 내렸다. 조조는 연주성을 지키는 여포의 장수 설난과 이봉이 노략질을 하느라 성을 비운 사이 공격하였다. 허저의 활약으로 연주성을 쉽게 탈환한 조조는 복양 땅으로 향했다. 여포는 조조의 군사가 오는 것을 보고 단신으로 나갔다. 조조 측에서는 허저가 달려 나왔다. 두 장수는 수십 합을 싸워도 승부가 나지 않았다. 점점 허저가 밀리고 전위와 이전·악진·하후돈·하후연이 함께 공격했다.

천하의 여포도 여섯 장수를 대적할 수 없어 복양성으로 돌아왔다. 하지만 복양성문 안에 있던 부호 전씨가 성문을 열어주지 않았다. 성을 잃은 여포는 이리저리 도망 다니다 진궁(陳宮)에게 물었다.

"이 일을 어찌하면 좋겠소?"

"유비가 서주의 자사가 되었다하니 그곳으로 가는 게 좋겠습니다."

여포도 달리 방법이 없었음으로 유비에게 가기로 결정했다. 유비는 여포가 온다는 소식을 듣고 좌우를 돌아보며 의견을 물었다.

"여포는 호랑이 같고, 은인을 해칩니다."

미축이 반대했다.

"그래도 사람이 어찌 그렇소. 곤경에 빠진 여포가 나에게 구원을 요청하는데, 야박하게 거절할 수 있겠소."

유비는 성 밖 30리까지 나가 여포를 영접하고 극진히 대접했다. 뿐만 아니라 유비는 서주의 주인인 도겸이 세상을 떠난 후 서주를 다스릴 사람이 없어 내가 잠시 맡았는데, 잘됐다며 서주의 관인을 내밀었다. 여포가 관인을 받으려 하자 뒤에 있던 관우 · 장비가 노려보고 있었다. 여포는 기가 질려 억지웃음을 지으며 거절했다.

이튿날 여포는 유비형제들을 불러 술을 대접했다. 술이 거나하게 취하자 여포는 후당으로 유비를 불렀다.

"아내와 딸을 나오라 할 테니 절을 받으시오."

유비가 손사래를 치며 사양했다. 그러자 여포가 술 취한 척 웃으며 말했다.

"아우! 너무 겸손해 할 필요 없네."

뒤에서 이를 듣고 있던 장비가 소리쳤다.

"네 이놈! 우리 형님이 어떤 분이라고 아우라 하느냐? 칼을 빼어라! 베어버리겠다."

이에 유비가 장비를 꾸짖고 여포에게 사과했다. 이튿날 유비는 여포를 소패성으로 보내 지키게 했다.

조조의 권력 장악

장안에서는 이각과 곽사의 횡포가 이만저만이 아니었다. 이 무렵 조정에서는 산동지방을 무력으로 평정한 조조에게 건덕장군(建德將軍)이라는 직책과 비정후(費亭侯)라는 벼슬을 내렸다. 하루는 태위 양표와 태사 주전이 헌제에게 진언하여 조조를 불러들이기로 했다.

이를 위해 태위 양표는 곽사의 아내의 질투심을 이용해 이각과 곽사 사이를 이간질시켰다. 드디어 둘은 군사까지 일으켜 성 안에서 싸움을 일으켰다.

이각은 황제를, 곽사는 장안을 차지한 채 서로 대치하며 싸웠다. 두 군사들이 50여 일에 걸쳐 싸우니 산과 들·거리가 시체로 뒤덮였다. 그때 섬서 지방의 장제가 대군을 이끌고 와 중재를 하여 싸움을 멈췄다.

장제는 헌제에게 다시 낙양으로 천도하자는 표문을 바쳤다. 헌제가 쾌히 승낙하자, 신하들이 어가를 모시고 낙양을 향해 출발했다. 뒤늦게 이 사실을 안 이각과 곽사는 다시 힘을 합쳐 어가를 추격했다. 천자를 끼고 있지 않으면 천하의 모든 제후들이 자신들을 공격할 것임을 알기 때문이었다.

이각과 곽사의 추격에 여러 번의 위기와 갖은 고초를 겪은 끝에, 헌제는 마침내 낙양으로 돌아왔다. 그러나 이미 예전의 낙양이 아니었다. 궁전은 불타고 시가지는 황폐했으며, 무너진 토담만 즐비하게 늘어서 있었다.

헌제는 기도위(騎都尉) 양봉에게 소궁을 수리하게 하여 거처하였고, 문무백관들은 가시덤불 위에서 조례를 드려야 했다.

이 해에 또다시 흉년이 들었다. 낙양의 백성들은 성 밖으로 나가 나무껍질과 풀뿌리를 캐먹으며 연명했다. 양표가 다시 조조를 불러들여 황실을 지킬 것을 진언하였다.

"즉시 산동으로 가서 조조를 불러들여라."

조조는 헌제의 칙명을 받고, '드디어 천하가 내 손안에 들어왔다'며 기뻐했다. 조조는 20만 대군을 이끌고 이각과 곽사의 군사들을 무찔렀다. 조조는 수도를 낙양에서 허도(許都)로 옮기고, 대장군 무평후(武平侯)가 되어 모든 권력을 손에 쥐었다. 조정의 중요한 정무는 모두 조조의 손을 거쳐 천자에게 전해졌다.

"서주의 유비가 여포와 손을 잡으면 어미 뱃속에 든 살모사와 같다. 이를 어찌 하여야 하는가?"

조조가 참모들을 불러 놓고 물었다.

"유비는 지금 서주를 맡고 있지만, 칙명을 받지는 못했습니다. 그러니 칙사를 보내어 정식으로 자사의 직책을 맡기는 한편, 여포를 죽이도록 하십시오."

조조는 그날로 천자의 허락을 얻어 여포를 죽이라는 밀서를 동봉하여 칙사와 함께 보냈다. 유비는 그 밀서를 읽자마자 곧 참모들을 불러 의논했다.

"여포같이 의리를 모르는 놈은 죽여도 나쁠 것 없습니다. 제게 맡겨 주십시오."

장비가 나섰지만 유비는 고개를 저었다.

"사람의 의리가 그런 것이 아니다."

이튿날 유비는 축하하러 온 여포를 불러 사정을 설명하고, 조조가 보내 온 밀서를 보여 주었다. 여포는 밀서를 보고는 얼굴이 사색이 되어 말했다.

"이것은 조조가 우리 두 사람 사이를 이간시키려는 계략이 틀림 없소."

"나도 알고 있으니, 걱정하지 마시오."

여포는 유비에게 거듭 감사하다는 말을 하고 소패성으로 돌아갔다. 조조는 계략이 성공을 거두지 못하자 다시 순욱을 불러 의논했다.

"원술에게 사신을 보내어 유비가 지금 남양(南陽)을 치려고 천자에게 표문을 올렸다고 하는 한편, 유비에게는 원술을 토벌하라는 칙명을 내리시면 둘이 싸울 것입니다. 그렇게 하면 배신을 밥 먹듯 하는 여포는 경비가 허술한 서주를 손에 넣으려 할 것입니다."

순욱의 말을 들은 조조는 걱정이 한꺼번에 사라지는 듯 했다. 조조는 즉시 일을 진행시켰다. 곧바로 유비에게 원술을 토벌하라는 황제의 칙서가 도착했다.

"이것도 조조의 계략이니, 속아서는 안 될 것입니다."

미축이 말했다.

"하지만 천자의 칙명이니 어찌 어길 수 있겠소."

이때 손건이 입을 열었다.

"기어이 출병을 하시겠다면, 뒤에 남아서 성을 지킬 사람이 있어야 합니다."

"제가 지키겠습니다."

관우가 먼저 나섰다.

"운장이 남는다면 든든할 것이나, 싸움터에서 대사를 의논하자면 아무래도 내 곁에 있어야 할 것 같네."

"그럼 제가 남겠습니다."

장비가 자리를 박차고 일어나며 말했다. 유비는 장비의 술버릇이 불안하기도 하였으나 따로 맡길 만한 장수가 있는 것도 아니었다. 결국 장비에게 거듭 다짐을 받아두는 한편, 진등에게 뒷일을 부탁하고 3만의 군사를 거느리고 남양으로 떠났다.

유비의 군사는 우이현에서 조조의 밀서를 받고 출병한 원술의 군대와 마주치게 되었다. 유비는 군사가 적은 것을 극복하기 위해 산을 등지고 물가에 진을 쳤다.

장비는 유비가 떠난 후 한동안은 술을 입에 대지 않았으나 끝까지 참지 못하고 부하들을 초대해 딱 하루만 마시자고 했다.

"저는 하늘에 맹세한 일이 있어 마실 수가 없습니다."

자리를 함께 한 조표가 술 마시기를 거부했다.

"그런 소리를 한다면 더더욱 먹여야겠다!"

그래도 조표는 술 마시기를 거부했다. 시간이 흐르고 술이 취한 장비는 조표를 끌어내어 곤장 1백대를 쳤다. 원한이 뼛속까지 사무친 조표는 소패에 있는 여포에게, 유비는 남양으로 떠났고 장비는 술에 만취되어 있으니 서주를 손에 넣으라고 편지를 보냈다.

여포는 즉시 군사를 일으켜 서주로 쳐들어왔다. 술에 취해 잠들어 있던 장비는 여포라는 소리에 벌떡 일어났다. 허겁지겁 갑옷을 걸치고 장팔사모를 들고 뛰쳐나갔지만, 아직 취기가 가시지 않아 여포를 당해 낼 자신이 없었다.

장비는 18명의 기병만을 거느리고 성의 동문을 도망쳐 나왔다. 조표가 즉시 뒤쫓았지만 장비의 손에 목이 떨어졌다.

장비는 깊은 탄식을 하며 유비가 있는 회남(淮南) 땅으로 향했다. 장비는 유비를 보자 고개를 숙인 채 울먹이며, 조표와 여포가 내통하여 서주를 공격하였다는 보고를 하였다.

"살아 뵐 면목이 없습니다만, 죄를 빌기 위해 예까지 왔을 뿐입니다."

"성을 얻었다고 기뻐할 것도 없고 성을 잃었다고 근심할 것도 없다. 하늘의 뜻이 우리에게 있다면 다시 돌아오리라."

유비는 하늘을 우러러보며 한숨을 내쉬었다.

"형수님은 어디에 계시느냐?"

관우가 고개를 숙인 장비에게 물었다.

"모두 성 안에 계실 것입니다."

관우가 발을 구르며 호통을 치고 칼을 빼들어 장비의 목을 치려했다. 유비가 놀라 제지하며 입을 열었다.

"옛말에 이르기를 형제는 수족과 같고 처자는 의복과 같다고 하였다. 옷은 해지면 다시 지을 수 있으나, 손발이 끊어지면 어찌 이을 수가 있겠느냐?"

유비가 눈물을 흘리며 말하자, 관우와 장비도 목이 메었다.

원술은 여포가 서주성을 빼앗았다는 소식을 듣고 기뻐하며 여포에게 사람을 보내, 유비의 후진을 공격하여 물리친다면 군량을 주겠다는 제의를 했다. 여포는 두말없이 고순(高順)에게 군사 5만을 주어 유비의 후미를 공격하게 했다.

이 소식을 전해들은 유비는 급히 광릉(廣陵)으로 퇴각했다. 고순이 도착했을 때 유비가 도망간 후였음으로 원술과의 약속은 지킨 셈 이었다. 고순은 약속한 물건을 내놓으라고 채근하였으나 유비를 사로잡아 오면 주겠다고 했다. 여포는 속았음을 알고 원술을 치려했으나 진궁이 말렸다.

"원술의 병력은 우리보다 강하니, 패주한 유비를 타일러 우리 편으로 끌어들인 후 선봉으로 삼아 원술을 치도록 하십시오."

진궁의 말을 들은 여포는 귀가 솔깃하여 유비에게 서찰을 보냈다. 그때 유비는 원술에게 기습을 받아 군사의 절반을 잃은 터라 여포가 보낸 글을 보고 매우 기뻐했다.

"여포는 의리 없는 자입니다. 믿어서는 안 됩니다."

유비는 참모들의 반대를 무릅쓰고 다시 서주성으로 들어갔다. 유비가 서주에 이르자 여포는 유비의 의심을 풀기 위해 그의 가족을 돌려보내 주었다.

"나는 결코 서주를 빼앗을 생각이 없었소. 다만 장비가 술에 취해 함부로 사람이 죽도록 매질을 하니 혹시라도 잘못될까 하여 잠시 성을 지키고 있었을 뿐이오."

"저는 이미 서주를 장군에게 양보한 바 있었습니다."

결국 여포는 서주성을 차지하고 유비는 여포가 머물렀던 소패로 물러났다. 관우와 장비의 불평이 대단하였으나, 유비는 '때를 기다려야 할 줄 알아야 한다'며 그들을 달랬다.

소패왕 손책

　　손견의 아들 손책은 21세의 늠름한 청년으로 성장해 있었다. 손책은 부친이 죽고 가문의 재기를 위해 노력하였으나 계속되는 역경을 헤쳐 나가기에 역부족이었다. 손책은 노모와 가족을 친척집에 맡기고 원술에게 의지하고 있었다. 하지만 원술은 오만한 태도를 보일 뿐 아니라 부친의 땅 강동까지 넘보고 있어 마음이 상했다.

　　손책은 부친이 넘겨준 옥새를 원술에게 주며 원수를 갚기 위해 필요하다며 군사 3천을 내달라고 했다. 손책은 주치 · 여범(呂範) · 정보 · 황개 · 한당 등을 거느리고 강동으로 향했다. 군사를 거느리고 역양에 이르렀을 때 한 떼의 군마가 다가왔다. 여강(廬江) 서성 출신의 주유(周瑜)였다. 열여섯에 처음 만나 둘은 의형제를 맺었고 생일이 빠른 손책이 형이 되었다.

　　"주유 아닌가? 여긴 어떻게 왔는가?"

　　"형님께서 강동으로 간다는 소식을 듣고 달려왔습니다."

　　손책은 기뻐하며 주유와 함께 가기로 했다. 주유는 손책에게 재능이 뛰어난 장소(張昭)와 장굉(張紘)을 천거했다. 손책은 장소를 무군중랑장(撫軍中郎長)으로 삼고, 장굉은 참모 정의교위(正議校尉)로 삼았다.

손책은 숙부 오경을 괴롭힌 양주의 유요부터 치기로 했다. 이 소식을 들은 유요는 장영에게 대군을 주어 방비토록 했다. 그러나 장영은 황개에게 패해 도망쳐 돌아왔다.

유요와 손책은 고개 하나를 사이에 두고 남과 북으로 진을 쳤다. 손책은 광무제 사당에 참배하고 돌아오는 길에 유요의 진영을 정탐하기 위해 적진으로 들어갔다. 유요의 척후병이 손책을 발견하고 급히 보고하였다. 유요는 함정일 것이라며 머뭇거렸다.

"이번에 손책을 잡지 않으면 어느 때를 기다린단 말입니까?"

태사자가 소리 지르며 일어났다. 그는 동래(東萊) 황현 출신으로 북해의 포위를 뚫고 공손찬을 구출한 뒤 유요를 찾아와 섬기고 있었다. 태사자는 말에 올라탔고 장수들이 껄껄거리며 그를 비웃었다.

"게 섰거라. 손책!"

손책이 정탐을 마치고 말머리를 돌리려할 때 태사자가 소리쳤다. 손책과 태사자는 서로 창을 휘두르며 말을 몰아 싸웠으나 승부가 나지 않았다. 장수들은 탄복할 뿐이었다. 태사자는 손책을 부하 장수들로부터 유인해내야겠다고 생각했다. 태사자는 슬쩍 말을 돌려 숲 속으로 들어갔다.

손책은 그를 뒤쫓으며 그 등을 향해 창을 던졌다. 던진 창은 태사자의 몸을 살짝 스치고 땅에 꽂혔다. 태사자는 등골이 오싹했으나 말을 박차며 더욱 깊은 숲 속으로 말을 몰았다. 마침내 두 사람만 남았다는 것을 확인한 태사자는 돌연 말머리를 돌려 손책에게 창을 휘둘렀다. 번개 같은 공격이었다. 이를 피한 손책의 몸놀림 또한 눈 깜짝할 사이였다. 무려 1백여 합이 넘게 싸웠으나 승부는 나지 않고 쌍방이 비 오듯 하는 땀과 가쁜 숨소리만 내뿜을 뿐이었다. 둘은 서로 창을 버리고 주먹으로 싸우기 시작했다. 그때 북소리와 함성이 일며 유요의 군사가 숲에까지 다다랐다. 천하의 손책도 큰일 났구나 하는 사이 주유와 장수들이 도착했다. 유요의 군사 1천과 손책의 장수 12명이 해가 기울 때까지 싸웠다. 하지만 갑자기 비가 쏟아져 싸움을 중단했다.

다음 날 손책이 유요의 군사와 대치하고 있을 때, 주유가 곡아성(曲阿城)을 공격하여 함락시켰다. 돌아갈 곳이 없는 유요는 말릉성으로 줄행랑쳤다. 손책은 말릉성으로 진격해 갔다. 전의를 상실한 유요는 형주의 유표에게 찾아가 몸을 의지했다.

한편 태사자는 경현성(涇縣城)에서 2천의 군사를 수습하여 복수를 계획하고 있었다. 손책은 태사자를 사로잡을 계획을 수립했다. 손책은 경현성 안에 병사들을 잠입시켜 여기저기 불을 질렀다. 불은 삽시간에 성 안 구석구석까지 번져 갔다. 태사자는 할 수 없이 성을 버리고 동문으로 빠져나왔다. 그렇게 30여 리쯤 달리다 보니, 뜻밖에도 한 떼의 군사들이 앞길을 가로막는 것이었다. 태사자는 혼자서 싸우다 생포되었다. 손책은 끌려온 태사자의 결박을 직접 풀어주며 큰일을 함께 도모하자고 설득하였다. 태사자는 뿔뿔이 흩어진 군사들을 데려오겠다며 삼일간의 여유를 달라고 했다. 손책은 승낙했고 태사자는 약속을 지켰다. 손책의 군세는 날로 증강되어 거느린 군사도 어느 새 수만을 헤아리게 되었다.

손책은 먼저 동오(東吳)의 엄백호를 치고, 다시 회계의 왕랑을 치니 강동은 손책에 의해 완전히 평정되었다 사람들은 이때부터 손책을 강동의 소패왕(小覇王)이라고 부르며 두려워했다.

의리 없는 여포, 쫓겨나는 유비

원술은 마음속 깊이 황제가 되겠다는 야망을 품고 군비와 세력 확장에 각별히 힘을 기울이고 있었다. 이쯤 손책으로부터 다시 옥새를 돌려달라는 편지가 도착했다.

"무례하기 짝이 없는 놈! 내가 군사를 빌려 주지 않았더라면 강동 땅을 장악할 수 있었겠는가? 이놈을 당장 쳐야겠다."

"손책은 요충지를 점령하고 있으며, 군세가 강하고 군량도 넉넉합니다. 먼저 지난날 까닭 없이 싸움을 걸어온 유비를 제거한 후 손책을 쳐도 늦지 않을 것입니다."

양대장이 말했다. 원술은 옳은 말이라 생각하였으나 여포가 마음에 걸렸다. 원술은 여포에게 지난번 약속했던 군량미와 금은보화를 보내 마음을 달래놓고, 기령(紀靈)에게 10만 군대를 주어 유비를 치도록 했다. 놀란 유비는 여포에게 도움을 요청했다. 여포는 받아먹은 것이 있어 고민하였으나 소패로 함락된다면 다음 목표는 서주라는 생각에 군사를 이끌고 소패로 향했다. 드디어 기령·여포·유비 군사가 소패에서 진을 치게 되었다.

여포는 유비와 기령을 초대하여 화해를 주선했다. 군사가 적은 유비는 화해를 받아드리려 했지만 기령이 받아드릴 리가 없었다.

"어서 내 화극을 가져오너라!"

여포가 소리치자 한 군졸이 방천화극을 받아 움켜쥐었다. 순간 유비와 기령의 얼굴이 새파랗게 질렸다. 여포는 군졸에게 방천화극을 진문 밖에 세워놓게 했다.

"여기서 저 진문까지의 거리는 백 오십 보 정도요. 내가 활을 쏘아 화극 끝에 달린 곁가지를 맞히면 하늘의 뜻이라 생각하고 돌아가고, 못 맞히면 싸우든 말든 상관하지 않겠소."

화해를 반대하던 기령은 불가능한 일이라 생각하고 여포의 조건에 응했다. 유비는 선택의 여지가 없어 여포가 쏜 화살이 적중하기만 빌었다. 여포는 한쪽 무릎을 꿇고 시위에 화살을 메긴 후, 활줄을 당겨 시위를 놓았다. 화살은 일직선으로 선명한 미광을 그으며 날아가더니 화극의 작은 곁가지에 정확하게 꽂혔다.

"약속했으니 두 분은 하늘의 뜻을 따르도록 하시오."

여포는 군사들에게 명하여 다시 술을 가져오게 했다. 커다란 잔에다 술을 따른 후 두 사람에게 권했다.

"장군의 말씀을 따르기로 하겠습니다. 그러나 주군께 뭐라 말씀드려야 할지 모르겠습니다."

기령은 난감한 표정을 하며 돌아갔다. 이로써 한동안 유비와 여포는 사이좋게 지낼 수 있었다. 하지만 장비가 산적으로 가장해 여포의 말 1백50 필을 빼앗은 사건이 생겼다. 보고를 받은 여포는 군사를 이끌고 소패성으로 향했다.

"네 이놈! 내가 화극을 쏘아 너희를 구해주었더니 보답이 도적질이란 말이냐?"

그러자 장비가 장팔사모를 들고 나가 외쳤다.

"네놈의 말을 빼앗은 건 나다! 겨우 말 몇 필 빼앗긴 걸 가지고 웬 호들갑이냐? 네놈이 우리 형님의 서주를 빼앗은 건 까맣게 잊었느냐?"

여포는 분을 참지 못해 방천화극을 움켜쥐고 달려나가 장비와 맞섰다. 두 호걸이 1백여 합을 싸워도 승부가 나지 않았다. 장비가 다칠까 걱정이 된 유비는 징을 쳐 불러들였다.

"지금 여포와 싸워 이로울 것이 하나도 없다. 빼앗은 말을 돌려주고 화해를 청해보자."

유비는 말을 돌려주고 사람을 보내 여포에게 화해를 청했다. 여포가 수락하고 돌아가려할 때 진궁이 말렸다.

"서주성의 민심이 유비에게 쏠려 있다는 것을 모르십니까? 지금 유비를 죽이지 않으면 반드시 후환이 있을 것입니다."

여포는 그 말에 더욱 불끈하여 그대로 숨 돌릴 틈도 없이 소패성을 공격했다. 마침내 더 이상 견딜 수 없게 된 유비는 손건과 미축을 불러 의논했다. 손건이 먼저 입을 열었다.

"이렇게 된 바에는 별 도리가 없습니다. 일단 성을 버리고 허도의 조조에게 의지했다가 때를 엿보는 수밖에 없습니다. 조조는 여포에게 깊은 원한을 가지고 있어 우리를 물리치지 않을 것입니다."

달리 방법이 없던 유비는 손건의 말에 따르기로 하고 장비에게 선봉을 맡겨 길을 뚫게 했다. 관우에게는 뒤쫓는 여포의 군을 막도록 하고 노약자와 가솔들을 이끌고 소패성 나와 달아났다. 여포는 유비를 뒤쫓지 않고 고순에게 소패성을 지키게 한 후 군사를 거두어 서주성으로 돌아갔다.

허도에 도착한 유비는 손건을 조조에게 보내 사정을 설명한 후 조조의 수하로 들어가고 싶다고 말했다. 조조 기뻐하며 성으로 들어오게 했다. 유비는 관우·장비와 군사들을 성 밖에 머물게 하고, 손건과 미축만 데리고 성안으로 들어갔다. 조조는 그들을 빈객의 예로 맞아들였다.

"원래 여포는 의를 모르는 놈이오. 그대와 내가 힘을 합쳐 여포를 치면 될 것이니 너무 심려치 마시오."

조조는 잔치를 베풀어 유비를 극진히 대접했다. 유비는 호의에 감사하며 날이 저물 무렵 승상부에서 물러 나왔다. 유비가 물러나자 순욱이 다가와 말했다.

"유비는 보통 인물이 아닙니다. 힘을 더 키우기 전에 없애는 것이 상책입니다."

그러나 조조는 순욱의 말에 그냥 고개만 끄덕일 뿐 아무런 대꾸도 하지 않았다. 조조는 순욱이 나간 후 곽가에게 의견을 물었다.

"그건 안 될 말입니다. 만일 주공께 의탁하러 온 유비를 죽여 버린다면 어진 이를 해쳤다 하여 민심을 잃게 될 것이고, 천하의 지모 있는 인재들은 주공께 의지하지 않을 것입니다. 그때는 누구와 더불어 천하를 평정하시렵니까? 화근 하나를 덜기 위해 천하의 신망을 잃는 우를 범해서는 안 될 것입니다."

조조는 흐뭇한 미소를 지으며 입을 열었다.

"내 뜻도 그대와 같다. 지금은 한 사람의 영웅이라도 필요한 때이다."

이튿날 조조는 유비를 예주(豫州)태수로 주청했다. 그리고 유비에게 군사 3천과 군량미 1만 석을 주어 예주로 떠나게 했다. 유비로 하여금 여포를 정벌케 하자는 조조의 속셈이었다.

조조가 유비와 손을 잡고 여포를 치려고 하는데 '장제의 조카 장수(張繡)가 그 세력을 계승하여 장차 허도로 쳐들어와 천자를 빼앗으려 한다'는 급보가 날아들었다.

조조는 여포를 치려던 군사를 이끌고 장수를 치기위해 완성으로 향했다. 막상 조조의 군세가 하늘을 찌르는 것을 본 장수는 겁이 덜컥 났다. 이때 모사 가후가 승산이 없다며 항복을 권했다.

달리 방법이 없다고 판단한 장수는 가후를 조조에게 보냈다. 조조는 가후를 모사로 쓰고 싶어 함께 대업을 도모하자고 권했다.

"저는 지난날 이각의 휘하에서 지은 죄가 큰데도 신임해준 장수를 버릴 수는 없습니다. 승상의 깊은 뜻만 품고 가겠습니다."

가후는 조조의 권유를 정중히 물리치고 장수에게 돌아갔다.

다음 날 장수는 가후와 함께 조조를 찾아와 항복했다. 완성으로 들어간 조조는 죽은 장제의 처 추씨에게 반하여 밤이 새도록 뜨거운 정을 나누었다.

"제가 성안에 오래 있으면 장수가 알아차리고 남의 입에 오르내릴까 두렵습니다."

새벽이 되자 추씨가 걱정하는 소리를 했다. 조조는 추씨를 데리고 성 밖 진영으로 돌아와 밤낮을 가리지 않고 추씨의 몸을 탐했다. 이 일이 곧 장수에게 알려졌다.

"조조, 이놈! 내 얼굴에 먹칠을 해도 유분수지."

장수는 전위를 초청해 술을 먹인 후 군사를 이끌고 조조를 죽이러 갔다. 술에 취한 전위는 20여 명의 적병을 죽였지만 쏟아지는 창에 찔려 수십 군데에 상처를 입었다. 보병이 물러서자 궁수들이 일제히 활을 당겼다. 전위는 막사 앞에 버티고 서서 빗발치듯 날아오는 화살을 양팔을 휘두르며 막았다. 그때 뒤에서 적군이 던진 창이 전위의 등을 관통하면서 숨을 거뒀다.

조조는 그 사이에 말을 몰아 막사의 뒷문을 통해 도망쳐 나왔다. 조카 조안은 걸어서 뒤쫓아 오다 적에게 죽었고, 조조가 탄 말도 적의 화살에 눈을 맞아 쓰러졌다. 그때 조조의 장남인 조앙(曹昻)이 달려와 자신의 말을 아버지에게 주고 화살에 맞아 죽었다. 조조는 장남 조앙의 목숨을 대가로 간신히 도망칠 수 있었다. 조조는 전위의 제사를 지내며 통곡하며 말했다.

"맏아들과 조카를 잃었음에도 슬프지 않구나. 하지만 전위의 죽음을 생각하니 가슴이 찢어지는 것 같다."

다음날 조조는 도읍인 허도로 회군했다.

황제를 자칭한 원술에 대한 협공

한편 회남을 차지한 원술은 세력을 키웠다. 회남은 땅이 드넓고 군량도 풍부한데다 손책이 바친 옥새도 있었다. 원술은 스스로 황제가 되기로 결심했다. 원술은 중앙과 지방의 관직과 제도를 공포하는 한편, 풍씨부인을 황후로, 맏아들을 황태자로 삼았다. 여기에 여포의 딸을 황태자비로 삼으려고 한윤을 사신으로 보냈다. 하지만 여포가 청혼을 거절한데다 한윤까지 조조에게 보내 죽게 했다.

"여포 이놈! 눈에 보이는 것이 없단 말이냐? 내가 여포를 죽여 한을 풀겠다."

원술은 장훈을 20만 대군의 총사령관으로 임명하고 일곱 갈래, 즉 칠로로 나누어 서주를 공격하게 했다. 또한 자신은 3만 군대를 거느리고 지원하기로 했다. 여포는 원술의 대군이 쳐들어온다는 보고를 받고 불안해하며 참모들을 소집했다. 이때 진등이 계책을 냈다.

"원술의 군사는 오합지졸에 불과하니 자기들끼리 싸우도록 하면 원술을 사로잡을 수 있을 것입니다. 그렇게 하면 서주를 방어하는 것은 물론, 원술까지 사로잡을 수 있을 것입니다."

"무슨 계책이 있느냐?"

"원술의 대군 가운데 한섬과 양봉은 한나라의 신하였는데 조조가 무서워 원술에게 의탁한 사람으로 원술의 푸대접에 불만을 품고 있습니다. 이들을 회유하고, 예주의 유비와 동맹하면 쉽게 무찌를 수 있습니다."

여포는 곧 한섬과 양봉에게 진등을 보내고, 예주의 유비에게 지원을 요청했다. 그리고 서주성에서 30리 떨어진 곳에서 진을 치고 있었다. 그날 밤 한섬과 양봉이 여기저기 불을 질러 원술의 진영은 큰 혼란에 빠지고 이 사이에 여포가 진격했다.

소스라치게 놀란 장훈은 진영을 버리고 도주했다. 도망을 치던 장훈은 기령의 구원군이 당도하자 다시 여포와 맞서 싸우려 했으나 한섬과 양봉의 협공으로 또다시 패하고 말았다. 나중에 원술의 군대까지 합세했지만 승기를 잡은 여포를 상대하기에는 역부족이었다. 원술은 패잔병을 데리고 여포의 추격을 간신히 뿌리쳤다. 그러나 5리도 못 갔을 때, 갑자기 산 뒤에서 나타난 관우가 소리쳤다.

"천자를 자칭한 역적 놈아! 어디로 달아나느냐?"

청룡언월도를 휘두르며 달려오는 관우를 보고 기겁한 원술은 부하들을 살필 겨를도 없이 줄행랑쳤다. 대승을 거둔 여포는 관우·한섬·양봉 등을 데리고 서주로 돌아왔다.

회남으로 돌아온 원술은 분한 마음을 억누를 수 없었다. 복수를 위해 강동의 손책에게 군대를 빌려 달라고 요청했으나 손책은 오히려 '정신 나간 놈!' 이라며 사신을 돌려보냈다.

"하룻강아지 범 무서운 줄 모른다더니! 감히 짐을 능멸하다니. 손책

111

을 쳐서 한을 풀어야겠다."

사신의 보고를 받은 원술은 화가 솟구쳐 출병을 결심했다. 하지만 양대장을 비롯한 참모들이 간곡히 만류하는 바람에 가까스로 분을 참고 때를 기다리기로 했다.

손책은 원술이 군사를 일으킬 것이라 생각하고 대비를 철저히 했다. 이때 허도의 조조가 보낸 사자가 천자의 조서를 전했다. 손책을 회계 태수로 삼으니 군사를 일으켜 원술을 치라는 명령이었다. 손책이 출정을 서두르자 전략가 장소가 계책을 냈다.

"원술이 여포에게 패하기는 했지만 여전히 군사와 군량이 많아 쉽게 무너트리지 못할 것입니다. 그러니 조조와 남북에서 협공하자고 제의하십시오."

손책은 좋은 계책이라 생각하고 조조에게 답변을 보냈다. 이에 출병을 결심한 조조는 조인(曹仁)에게 허도 방어를 맡기고, 17만 대군을 이끌고 회남으로 향했다. 도중에 유비와 여포에게 원술을 치자고 서신을 보냈다.

조조의 대군이 장계산에 이르자 마중을 나온 유비가 조조에게 한섬과 양봉의 머리를 내 놓았다.

"어떻게 손에 넣으셨소?"

"여포가 이들에게 두 고을을 맡기었는데 민가를 약탈하여 백성들의 원성이 이만저만이 아니었지요. 그래서 내가 상의할 일이 있다고 초청하여 목을 베었소."

조조가 노고를 치하하고 함께 서주성에 이르니 여포가 합류하였다. 조조는 중앙인 북쪽에서 지휘하면서 여포를 동쪽에, 유비를 남쪽에 배치하고 하후돈과 우금을 선봉에 세워 공격했다. 이때 손책은 수군을 이끌고 수춘성(壽春城) 서쪽에 당도해 있었다.

원술은 크게 놀라 이풍·악취·양강·진기에게 10만 군사로 수춘성을 지키게 하고 회수(淮水)로 도망쳤다. 조조가 아무리 싸움을 걸어도 이풍은 성문을 걸어 잠그고 꼼짝도 하지 않았다. 조조의 17만 대군이 날마다 소비하는 군량은 엄청나 한 달이 지나자 군량이 바닥났다.

"양식이 점점 떨어져 가고 있으니 어찌해야 하겠습니까?"

군량책임자 왕후가 조조에게 물었다

"오늘부터 작은 되로 바꾸어 군량을 지급하도록 하라."

"군사들의 불평이 높을 것입니다."

"내게 생각이 있다."

왕후는 명령대로 군량을 조금씩 나누어 지급했다. 왕후의 말대로 군사들의 원성이 하늘을 찌를 것 같았다. 조조는 다시 왕후를 불러들였다.

"자네에게 한 가지를 빌려 군사들의 원성을 잠재우려하니 이해하게."

"무엇을 빌리시겠다는 것입니까?"

"바로 네 머리다. 네 가족들은 내가 보살피겠다."

왕후가 사색이 되어 살려달라고 말하려는 순간 도수부가 달려들어 단칼에 목을 쳤다. 왕후의 머리는 긴 장대에 높이 매달렸고 그 아래에 방문이 하나 나붙었다.

'왕후가 사리사욕을 채우기 위해 고의로 되를 속여 군량을 도적질했다. 이에 군법에 따라 처형한다.'

그제야 군사들은 조조에 대한 원망을 풀었다. 군사들의 분위기가 금세 달라진 것을 본 조조는 즉각 휘하 장수들에게 명을 내렸다.

"오늘부터 사흘 내에 수춘성을 함락하지 못할 경우 너희들 목을 벨 것이다."

조조는 스스로 성 아래까지 나아가 흙을 나르며 군사들의 사기를 돋우었다. 이때 두 장수가 쏟아지는 화살을 두려워해 잠시 뒤로 물러서자 칼을 뽑아 목을 베었다. 이를 본 군사들은 물밀듯 성을 향해 돌진하더니 마침내 수춘성을 함락시켰다. 조조는 그 여세를 몰아 원술을 치려하였으나 순욱이 군량문제와 백성들의 원성을 이유로 허도로 회군하자고 말했다. 이에 조조가 고심하고 있을 때, 형주의 유표에게로 도망갔던 장수가 다시 세력을 확장해 남양과 강릉(江陵)까지 손에 넣었다는 급보가 날아들었다.

조조는 허도로 철군을 결정하고, 손책에게 장강의 양쪽 기슭에 진을 치고 유표를 견제하도록 했다. 또한 유비에게 전처럼 소패를 지키게 한 다음 여포와 화해를 주선하였다. 조조는 여포가 먼저 군사를 거두어 서주로 떠나자 유비를 불러 말했다.

"공에게 소패를 지키게 한 것은 훗날 여포를 도모하기 위함이니, 진규(陳珪)와 진등하고 의논하시오. 나도 돕겠소."

유비와 조조는 잠시 무언의 눈빛을 교환하고는 고개를 끄덕였다.

여포의 최후

　　다음해 조조는 장수를 치기 위한 출정 길에 올랐다. 장수는 조조가 대군을 이끌고 온다는 보고를 받자 유표에게 구원을 청하고는, 남양성(南陽城)으로 들어가 농성에 들어갔다.

　　조조는 동남쪽으로 공격할 계획을 세우고, 서북쪽에 대군을 집결시키는 한 편 성문 앞에 장작을 쌓았다. 이를 본 장수의 참모 가후가 조조의 작전을 간파하고 계략에 말려든 체하면서, 군사들을 동남쪽 뒤에 매복시켰다.

　　가후의 계략을 알지 못한 조조는 낮에는 군사를 몰고 서북쪽을 공격하다 밤이 되자 동남쪽 성을 넘었다. 하지만 대포소리가 울리더니 함성과 함께 매복병들이 우르르 몰려나왔다.

　　"계교에 빠졌다! 후퇴하라!"

　　조조는 달아나 날이 밝아서야 패잔병을 점검해보니 전사자가 수만이 넘었고 군량은 모두 적에게 빼앗기고 말았다. 여건과 우금 두 장수도 부상을 당했다. 조조는 안중현(安衆縣) 경계까지 퇴각하였다. 앞에는 유표의 군대가 기다리고, 뒤에서는 장수의 추격군이 뒤를 쫓고 있었다.

조조는 캄캄한 밤을 틈타 계곡에 기병대를 매복시켰다. 승기를 잡았다고 생각한 유표와 장수는 추격하는 데만 정신이 팔려 있었다. 계곡으로 들어갔을 무렵 대포소리가 들리고 매복병들이 벌떼같이 몰려나왔다. 유표와 장수는 놀라 허둥지둥 도망치기에 바빠 크게 패하였다.

조조는 이번에야말로 장수와 유표를 섬멸할 작정으로 군사를 수습하고 있었다. 하지만 하북(河北)의 원소가 조조가 없는 빈틈을 노려 군사를 일으킨다는 소식이 날아들었다. 조조가 허도로 돌아오니 원소로부터 서신 한통이 도착해 있었다. 공손찬을 치려하니 군사와 군량을 빌려 달라는 내용이었다. 하지만 말투가 마치 아랫사람을 대하듯 교만하고 건방졌다. 조조는 곽가에게 의견을 구했다.

"내 이놈을 당장이라도 죽여 버리고 말겠소. 하지만 힘이 미치지 못하니 어떻게 하면 좋겠소?"

"옛날 한고조가 항우를 이긴 것은 힘이 강해서가 아니었습니다. 원소란 인물과 승상을 비견해 볼 때, 승상께서 이길 수밖에 없는 이유가 열 가지나 된다는 것을 아셔야 합니다. 첫째로 원소는 허례허식을 좋아하는 반면, 승상께서는 항상 검소하고 민심을 따릅니다. 둘째로 원소는 천자를 거스르는 역적이지만, 승상께서는 천자를 받들어 백성들에게 존경을 받습니다. 셋째로 원소는 문란한 정치를 하지만, 승상께서는 법에 따라 정치를 하십니다. 넷째로 원소는 관대한 척 하면서도 의심이 많아 친척들만을 중용하지만, 승상께서는 재주가 좋으면 누구든지 중용하십니다. 다섯째로 원소는 모략을 즐기는 반면 결단력이 없으나, 승상께서는 계책을 정한 후 신속히 행동하십니다. 여섯째로 원소는 관리들에 의해 나라가 이 모양인데도 소문만 듣고 사람을 대하지만, 승상께서는 지혜로 사람을 대하십니다. 일곱째로 원소는 남의 눈에 띄게 선행을 자랑하지만, 승상께서는 보이지 않는 곳까지 배려하십니다. 여덟째로 원소는 중상모략에 쉽게 흔들리지만, 승상께서는 판단력이 정확하고 흔들리지 않으십니다. 아홉째로 원소는 옳고 그름에 기준이 없지만, 승상께서는 법을 집행하는데 엄격하십니다. 마지막으로 원소는 허세를 좋아하여 병법을 소홀히 하지만 승상께서는 군사를 부리는 병법이 뛰어나십니다. 이러니 원소를 무찌르는 것은 시간문제입니다."

조조는 이 말을 듣고 잔잔한 미소를 띠며 말했다.

"내겐 너무 과분한 칭찬이오."

그러자 옆에 있던 순욱이 거들었다.

"곽가의 말에 저도 동감입니다. 지금은 서주의 뱃속에 든 살모사와 같은 여포를 경계해야 할 때입니다. 그러니 원소로 하여금 북쪽의 공손찬을 치게 내버려 두시고, 우리는 여포를 쳐서 동남쪽을 평정하는 것이 상책입니다."

조조는 곽가와 순욱의 말에 따라 유비에게 협조하도록 편지를 보내는 한편, 원소에게 사자를 보내 대장군 태위에 임명한다는 천자의 조서와 공손찬을 토벌하는데 모든 지원을 아끼지 않겠다는 밀서를 동봉하여 보냈다. 원소는 곧 공손찬을 치기 위해 출정 길에 올랐다.

유비는 조조의 서신을 받고 '자신이 선봉에 서겠다!'는 답신을 보냈다. 하지만 이 서신이 그만 여포의 손에 들어가고 말았다. 화가 머리 끝까지 치민 여포는 즉시 고순과 장요(張遼)에게 군사를 주어 소패성을 치게 했다. 겁이 덜컥 난 유비는 급히 조조에게 원군을 청하고 성문을 굳게 닫았다.

유비의 소식을 들은 조조는 하후돈에게 5만의 군대를 주어 출발시키고 자신은 뒤를 따랐다. 하후돈 군대와 여포군대가 소패성 앞에서 격전을 벌였다. 하후돈의 기세에 눌린 고순은 감히 싸워 볼 엄두도 내지 못하고 서둘러 군사를 되돌렸다. 이때 고순의 진중에서 한 대의 화살이 날아와 하후돈의 왼쪽 눈에 명중했다. 하후돈이 외마디 신음소리와 함께 화살을 뽑으니 눈알이 화살에 꽂힌 채 빠져 나왔다.

"부모님이 주신 눈을 어찌 버릴 수 있겠는가!"

하후돈은 자신의 눈알을 한입에 먹어버리고 용감하게 싸웠다. 조조는 하후돈의 병석을 직접 찾아가 위로하고 허도로 돌아가 치료를 받도록 했다. 그러나 소패성은 여포의 군대에 함락되고 유비는 조조에게 달아났다. 조조는 조인에게 3천 군사를 주어 소패성을 공격하라고 명령하고 자신은 유비와 함께 소관(蕭關)으로 향했다.

다시 서주성으로 돌아와 있던 여포는 소패성이 공격받고 있다는 말을 듣고 진규에게 서주성 수비를 맡기고 진등을 데리고 소패성으로 출발했다. 출발하기 전 진규가 아들 진등을 불렀다.

"전에 조조가 동쪽일은 모두 너만 믿는다고 했지? 이번에는 여포가 반드시 패배할 테니 여포를 사로잡아라."

"저에게 맡기고 아버님은 미축과 함께 성문을 굳게 걸어 잠그고, 절대로 여포를 들여보내지 마십시오."

"그렇지만 여포의 처자식과 식솔은 물론 그의 심복들이 함께 있으니 걱정이다."

"제게 좋은 계책이 있습니다."

의논을 마친 진등은 여포에게 갔다.

"이번에는 조조가 필사적으로 공격할 터이니 군량과 가족들을 모두 하비성으로 옮기는 것이 좋겠습니다."

여포는 좋은 생각이라며 즉시 시행했다. 여포를 따라 소패성으로 향하던 진등은 소관이 위급하다하니 사정을 알아보겠다며 떠났다. 진등은 여포와 소관을 지키는 진궁 사이를 오가며 여포를 함정에 빠뜨리기 시작했다.

여포가 밖으로 나와 싸우는 사이 서주성은 유비의 참모인 미축이 장악하였고, 소패성이 함락되었다. 다급해진 여포는 하비성으로 들어갔다. 하비성은 천혜의 요새인데다 군량도 넉넉하여 안심할 수 있었다. 여포의 느긋함을 보다 못한 진궁이 성 밖을 나가 조조 군의 보급로를 끊자는 계책을 내놓았지만, 이미 조조의 군에게 잔뜩 혼이 난 여포는 꿈쩍도 하지 않았다. 여포는 또 한 번의 좋은 기회를 헛되이 버리고만 것이다. 진궁은 하늘을 우러러 탄식했다.

"아아, 이제 우리는 죽어도 묻힐 땅조차 없겠구나!"

그러던 어느 날, 모사 허사와 왕해가 여포를 찾아와 말했다.

"원술의 세력이 막강하니 구원을 요청하십시오."

여포는 허사와 왕해를 원술에게로 보냈다. 원술은 지난날 여포가 혼담을 거절한 것을 화내며 물리쳤다. 그러자 허사가 입을 열었다.

"폐하께서 지난 일 때문에 우리를 구해 주시지 않는다면 입술이 밉다 하여 이를 외면하는 격이 될 것입니다."

"여포는 믿을 수가 없으니 딸을 먼저 보내면 출병하겠다고 전하라."

원술의 말을 전해들은 여포는 걱정스러운 얼굴로 입을 열었다.

"조조가 성을 에워싸고 있는데, 어찌 딸아이를 보낼 수 있겠느냐?"

"장군께서 손수 이 포위망을 뚫지 않으면 누가 뚫을 수 있겠습니까?"

허사가 말했고 여포는 고개를 끄덕였다. 이튿날 밤 여포는 딸에게 솜옷과 갑옷을 입히고 자신의 등에 업고 단단히 잡아맸다. 여포는 방천화극을 치켜들고 적토마에 올라타 조심조심 달렸다.

"도둑고양이처럼 어디를 가는 것이냐?"

갑자기 북이 울리더니 관우와 장비가 앞길을 가로막고 큰 소리로 외쳤다. 천하의 맹장 여포지만 사랑하는 딸을 등에 업고 마음대로 싸울 수가 없었다. 여포는 할 수 없이 말머리를 성안으로 되돌렸다.

여포는 깊은 수심에 잠겨 날마다 술만 마셔댔다.

초조한 것은 조조도 마찬가지였다. 하비성을 공격한 지 2개월이 지났건만 성은 좀처럼 함락될 기미를 보이지 않았다. 북쪽에서는 원소가 동쪽에서는 유표와 장수가 호시탐탐 기회를 노리고 있으니 허도를 장시간 비워 놓을 수도 없었다. 고민하던 조조는 곽가의 계책에 따라 강둑을 터 물길을 돌려놓게 했다.

하비성은 순식간에 물바다가 되어 오직 동문만 물에 잠기지 않았다. 부장 하나가 이 사실을 급히 알렸으나, 술에 취해 있던 여포는 오히려 큰소리로 꾸짖을 뿐이었다.

"내 적토마는 강물도 평지처럼 걸으니 걱정하지 마라."

여포는 매일 밤낮없이 아내 엄씨와 초선의 방을 오가며 술만 마셔댔다. 그러던 어느 날 후성·송헌·위속이 여포를 배신하기로 모사를 꾸몄다. 먼저 후성이 적토마를 훔쳐 조조에게 바친 후에, 송헌과 위속이 성에 백기를 꽂히는 것을 신호로 동문을 열기로 했다.

이튿날 새벽 여포가 방천화극을 들고 부대를 순시하는데 조조의 대군이 북소리와 함성을 지르며 일제히 공격을 시작하였다. 깜짝 놀란 여포는 직접 지휘하여 조조의 군을 물리쳤다. 하루 종일 싸워 양군의 시신에서 흘러내린 피로 성벽은 붉게 물들었다. 해가 서쪽으로 기울어서야 조조의 군이 물러났다.

새벽부터 싸운 여포는 지친 몸을 잠시 문루에 기댄 채 깜빡 잠이 들었다. 이때 송헌이 방천화극을 훔친 후 위속과 함께 여포의 몸을 밧줄로 꽁꽁 묶었다.

"여포를 사로잡았다!"

위속이 백기를 흔들며 동문을 활짝 열어젖혔다. 그러자 하후연을 선두로 군사들이 밀물처럼 성안으로 밀려들었다. 고순·장요·진궁도 죽기를 다해 싸우다 사로잡히는 몸이 되었다. 조조는 성안에 고여 있는 강물을 다시 되돌리고 방을 붙여 백성들을 안심시켰다.

조조는 유비와 함께 성안에서 가장 높은 백문루에 자리를 잡고 앉아 사로잡힌 1천여 명의 포로를 끌어오게 했다. 관우와 장비가 유비의 뒤에 서 있었다. 제일 먼저 끌려온 것이 여포였다. 일장이 넘는 장대한 기골이었으나 왜소해 보일 만큼 온몸이 밧줄에 꽁꽁 묶여 있었다.

"이토록 욕되게 하지 않아도 되지 않소? 우선 묶은 밧줄을 조금 느슨하게 풀어주시오."

조조가 쓴웃음을 지으며 대꾸했다.

"호랑이를 묶을 때는 느슨하게 묶지 않는 법이다."

여포는 조조 옆에 서 있는 후성·위속·송헌을 노려보며 소리쳤다.

"네 이놈들! 어찌 나를 배신하느냐?"

"계집과 첩년의 말에만 귀를 기울이면서 장수들의 계책은 거들떠보지도 않았으니 별 수 있겠소?"

여포는 입을 다물었다. 그때 고순이 끌려왔다.

"할 말이 있느냐?"

조조의 물음에 고순은 입을 꽉 다문 채 대꾸조차 하지 않았다.

"저 놈을 끌어내어 목을 베라."

이어 진궁이 끌려왔다. 조조가 싸늘하게 입을 열었다.

"진궁! 실로 오랜만일세. 그간 별고 없었는가?"

"보는 바와 같다. 그대의 속이 시커멓고 돼먹지 않아 내가 등을 돌린 것이오. 어찌 아는 체를 하는가?"

"그렇다면 왜 여포를 섬겼는가?"

"여포는 우매하고 포악스러워도 그대같이 간교하지 않기 때문이오."

"그대는 지략이 탁월한데 어찌하여 비참한 신세가 되었는가?"

진궁은 옆에 있는 여포를 바라보며 입을 열었다.

"여포가 내 말만 따랐더라면 그대 따위에게 이토록 치욕은 당하지 않았을 것이오. 그러나 이제와 후회한들 무슨 소용이 있겠소?"

"그렇다면 그대를 어찌하면 좋겠소?"

"빨리 내 목을 쳐라!"

"그대의 늙은 어미나 처자식은 어쩌고?"

진궁은 한참을 울다가 목소리를 가다듬고 말을 이었다.

"나의 노모와 처자식은 그대의 손에 달린 것 아니겠소? 나는 처형당하길 바랄 뿐이오."

말을 마친 진궁은 스스로 문루 아래로 조용히 내려갔다. 진궁을 살리고 싶은 조조의 표정이 굳어졌다. 조조가 동탁을 죽이려다 실패하고 도망칠 때, 진궁이 벼슬까지 버리면서 목숨을 구해준 적이 있었다. 조조는 좌우를 보며 눈짓을 했다. 여럿이 달려들어 진궁의 소매를 잡았지만 진궁은 끝내 목을 내밀었다.

"진궁의 노모와 처자식을 허도로 모시고 극진히 부양하라. 소홀히 하는 자는 목을 벨 것이다."

진궁은 끝내 뒤돌아다보지 않고 참형을 당했다. 훗날에 조조는 관에 진궁의 시신을 넣어 정중하게 장례를 치러주어 혼을 달랬다.

진궁이 떳떳이 죽음을 택한 그 순간 여포는 유비를 보고 처량한 목소리로 애원했다.

"현덕공은 높은 자리에 앉아 있으면서 왜 나를 위해 한 마디도 안 해 주시는 거요?"

유비는 대답 없이 가볍게 머리를 끄덕였다. 이때 조조가 진궁을 따라 잠시 문루 아래로 내려갔다가 돌아오자 여포가 큰 소리로 말했다.

"승상께서 나를 살리신다면 천하대사를 도모하는 데 어려울 게 없을 것이오."

조조는 옆에 있는 유비를 돌아보며 물었다.

"어찌 생각하시오?"

유비가 차분하게 입을 열었다.

"승상께서는 지난날 정원과 동탁의 일을 잊으셨습니까?"

유비가 던진 뜻밖의 말에 여포는 얼굴이 흙빛으로 변했다.

"이 귀 큰 놈아! 내가 전에 네놈을 살려 준 은혜를 잊었단 말이냐?"

"여포야! 부끄럽지도 않느냐? 당당히 죽을 일이지 무슨 잔말이 많으냐?"

그때 도부수에게 끌려오는 장요가 소리쳤다. 조조는 여포의 목을 벤 뒤 그의 머리를 네거리에 효수하도록 했다.

"처음 보는 놈이군."

"복양성에서 본 적이 있는데 어찌 잊었단 말이냐? 그날 불이 거세지 못해 너 같은 역적 놈을 죽이지 못한 것이 분할 뿐이다."

유비가 조조의 손을 잡고 장요를 살려줄 것을 간청했다. 조조도 장요의 마음이 곧은 것을 알고 있던 터라 직접 결박을 풀어주고, 자신의 겉옷을 벗어 입혀준 뒤 백문루에 자리를 마련해 앉혔다. 조조가 이토록 정중히 대하니 장요도 감격하여 진심으로 항복하고 말았다.

조조의 부대가 허도로 개선할 때, 서주의 백성들이 모두 길가로 나와 유비를 다시 서주 자사로 삼아 달라고 엎드려 간청했다. 조조는 잠시 얼굴이 굳어졌으나 허도로 돌아가 천자를 알현하고 다시 보내겠다고 약속했다.

물속으로 숨어든 용

영웅대영웅

허도에서 유비를 만난 황제가 족보를 조사해보니 유비가 헌제의 숙부뻘이었다. 헌제는 기뻐하며 유비에게 숙질간의 예를 갖추고 좌장군(左將軍)이라는 관직과 의성정후(宜城亭侯)라는 제후의 작위를 내렸다. 이때부터 유비는 조정에서나 백성들에게 '유황숙'이라 불렸다.

권력을 쥐고 있던 조조의 군사들이 못마땅하게 여기고 불평을 했다. 조조는 유비를 시험하기 위해 천자와 함께 사냥을 계획했다. 조조는 심복들을 거느리고 헌제와 나란히 나갔다. 유비형제들도 황제의 뒤를 따랐다.

조조는 10만의 군사를 풀어 둘레가 2백리에 이르는 사냥터를 둘러싸게 했다. 사냥을 하는 도중 가시밭을 헤치며 사슴 한마리가 뛰어 나왔다. 헌제가 연달아 세 번이나 활을 쏘았지만 빗나가고 말았다.

"이번에는 승상께서 쏘아 보시오."

헌제는 황제가 쓰는 보석으로 아로새긴 보궁(寶弓)과 황금 촉이 달린 금비전을 조조에게 건넸다. 조조가 보궁에 금비전을 메겨 쏘니 사슴의 등에 깊숙이 박혀 풀 위로 쓰러졌다.

문무백관들은 금비전이 사슴의 등에 꽂혀 있는 것을 보고 천자가 맞힌 것으로 착각하여 저마다 뛰어나와 '천자 폐하 만세!'라고 외쳤다. 이때 조조가 말을 몰아 천자의 앞을 가로막더니, 두 손 높이 쳐들어 화답을 했다. 순간 모든 군신들의 얼굴빛이 흙빛으로 변했다.

유비의 등 뒤에 있던 관우가 눈을 부릅뜨며 손을 칼집으로 가져갔다. 당장이라도 조조의 목을 벨 것 같은 기세였다. 이를 본 유비가 깜짝 놀라며 눈짓으로 말렸다. 조조가 유비를 향해 눈길을 돌렸다.

"승상의 활솜씨는 따를 자가 없을 듯하옵니다."

유비의 칭찬에 조조는 큰 소리로 웃으며 말했다.

"이게 다 천자 폐하의 홍복이 아니겠소."

자기같이 유능한 사람이 있는 것이 황제의 복이라는 오만한 이야기였다. 헌제는 대궐로 돌아오자마자 분한 나머지 눈물까지 흘리며 복황후에게 자신의 처지를 호소했다. 복황후가 친정아비를 통해 거기장군 동승(董承)을 시켜 조조를 죽이라고 천거하였다. 동승은 동태후의 조카로 황실의 피가 흐르고 있었다.

이튿날 헌제는 은밀히 동승을 불렀다. 헌제는 옥대를 주면서 말했다.

"집으로 돌아가 자세히 살피어 부디 짐의 뜻을 버리지 말라."

집에 돌아온 동승이 옥대를 자세히 살펴보니 흰 비단에 피로 쓴 천자의 밀서가 나왔다.

'충의열사를 규합하여 간사한 무리를 멸하고 종묘사직을 구하라!'

조조를 죽일 궁리를 거듭하던 동승은 왕자복 등과 함께 연판장을 만들어 피로 서명한 다음 황제의 밀서를 품속 깊이 감추고 유비를 찾아갔다. 처음에는 동승을 의심하여 시치미를 떼던 유비는 동승의 충심을 알게 되자 본심을 털어놓았다.

"천자의 조서를 받은 이상 어떠한 고생이 되더라도 역적을 치겠습니다."

유비는 붓을 들어 연판장의 일곱 번째에 '좌장군 유비'라고 썼다. 이날 이후 유비는 외출을 삼가고 뒤뜰 빈터에 채소밭을 만들어 하루 종일 그곳을 떠나지 않았다. 이유를 알 턱없는 관우와 장비가 입을 모아 불평을 늘어놓았다. 유비는 신경 쓰지 않고 채소 가꾸는 일에만 충실했다. 그로부터 며칠 후 관우와 장비가 없는 사이 허저와 장요가 찾아와 조조가 부른다고 했다. 유비는 불안했지만 가지 않을 수가 없었다. 유비가 승상부에 도착하자 기다리고 있던 조조가 정중하게 맞이했다.

"요즈음 집에 들어앉아 큰일 하신다고 들었소."

유비는 들통이 나지 않았나하는 생각에 뜨끔했다.

"채소를 가꾸신다고요? 그래 하실만하오?"

유비는 그제야 한숨을 내쉬며 가슴을 쓸어 내렸다.

"소일 삼아 하는 것입니다."

"매화나무에 매실이 영근 것을 보고 술이나 한 잔 하자고 불렀소."

마음을 놓은 유비는 조조가 이끄는 대로 정자로 올라가 술상을 앞에 두고 마주 앉았다. 술이 몇 순배 돌아갈 즈음, 갑자기 하늘을 검은 구름이 뒤덮었다.

"용이다! 용이 하늘로 오르고 있다!"

술시중을 들던 하인이 놀라 소리쳤다. 하늘을 보니 검은 구름이 뒤엉켜 산등성이 위로 떠오르는 모습이 용이 여의주를 물고 승천하는 것 같았다. 이어 장대같이 굵은 빗방울이 쏟아지기 시작했다.

"공은 용의조화를 알고 계시오?"

"자세히는 모릅니다."

"용은 몸집의 크기를 자유자재로 한다 하오. 커지면 구름을 일으키고 강물을 뒤집으며 바닷물을 말아 올리기도 하지요. 또 작아질 때는 먼지 속에도 몸을 숨길 수 있소. 그 솟아오름은 대우주를 종횡하며 잠길 때는 물 아래 엎드리되 잔물결조차 일으키지 않소. 용의 조화는 천하의 영웅들이 원대한 포부를 품고 움직이는 것과 같소. 공은 천하를 두루 살폈으니 당대의 영웅이 누구인지 알고 계실 터이니, 그 이야기나 해주시오."

"회남의 원술은 대군을 거느리고 있으며 군량도 풍부하니 영웅이라 할 수 있겠지요."

유비의 말에 조조가 차디차게 웃으며 말했다.

"그자는 조만간 이 조조의 손에 잡힐 것이오."

"그럼 하북의 원소나 형주의 유표, 강동의 손책은 어떻습니까?"

"그들은 입에 담을 가치조차 없는 소인배들이오."

조조가 손등을 문지르며 웃었다.

"그 밖에는 내가 아는 사람이 없습니다."

"무릇 영웅이란 가슴에 큰 뜻을 품고 머릿속에는 뛰어난 계략을 지니고 있으면서도 우주를 포용하는 호기와 천지를 삼키겠다는 의지가 있는 자를 말하는 것이오."

"그런 인물이 어디 있겠소?"

조조는 손가락으로 유비를 가리킨 다음 다시 자기의 얼굴을 가리켰다.

"오늘날 천하의 영웅이라 할 만한 사람으로 현덕공과 나 말고 또 누가 있겠소?"

유비는 소스라치게 놀라 젓가락을 바닥에 떨어트렸다. 마침 천둥번개와 함께 장대 같은 소나기가 쏟아졌다. 유비는 천천히 젓가락을 주우며 말했다.

"천둥소리에 놀라 젓가락을 떨어뜨리는 추태를 보였습니다."

조조가 크게 웃으며 말했다.

"대장부가 천둥소리를 두려워하시오?"

조조는 '천둥소리에 놀랄 정도라면 필부에 불과하지 않은가?' 라고 속으로 생각하며 껄껄 웃었다. 그때 칼을 빼어든 관우와 장비가 문을 가로막는 장수들과 실랑이를 벌이면서 후원으로 뛰어 들어왔다. 외출하였다 돌아오니 허저와 장요가 유비를 데리고 갔다는 소리를 듣고 헐레벌떡 달려온 것이다.

"두 장수는 웬일인가?"

사정을 눈치 챈 조조가 환한 미소로 그들을 맞았다.

"승상께서 술자리를 하신다기에 검무라도 보여드릴까하여 왔습니다."

"검무는 됐으니, 두 사람도 이리 올라와 한잔씩 하시게."

이윽고 술자리를 끝내고 돌아오는 길에 유비형제들은 안도의 한숨을 내쉬며 가슴을 쓸어내렸다. 전후 사정을 알고 난 후 관우와 장비는 농사일을 한다고 불평을 했던 자신들이 부끄러워졌다.

서주로 돌아온 유비

며칠 후 조조는 다시 유비를 불렀다. 두 사람이 마주 앉아 술을 마시고 있을 때 원소의 동태를 정탐해온 만총이 돌아왔다.

"공손찬이 크게 패하고 처자식을 죽인 다음 자결하였습니다. 또한 원술은 민심을 잃어 더 이상 버틸 수가 없어 회남을 버리고 하북의 형 원소에게 옥새를 바치기 위해 간다는 소문이 자자합니다."

유비는 공손찬의 소식을 듣자 가슴이 찢어지는 것 같았다. 반면 조조의 곁을 벗어날 수 있는 절호의 기회라 생각했다.

"원술과 원소가 힘을 합친다면 큰 화근이 될 것입니다. 원술은 서주를 통과해야 하북으로 갈 수 있습니다. 제게 약간의 군사를 주시면 원술을 사로잡아 승상께 바치겠습니다."

조조는 선뜻 승낙하며 유비에게 군사 5만을 내주었다. 유비는 밤낮 없이 군사를 재촉하며 행군을 서둘렀다. 그러자 관우가 물었다.

"형님! 이처럼 서두르시는 이유가 무엇입니까?"

"허도에 있는 나는 새장 속에 갇힌 새요, 그물에 걸린 물고기와 다름이 없다. 이제 새가 푸른 하늘을 날고 물고기가 대해로 돌아가는데 어찌 서두르지 않겠느냐?"

유비는 조용히 웃으며 대답했다. 관우와 장비는 비로소 유비의 뜻을 알아차리고 고개를 끄덕였다.

한편 곽가와 정욱은 조조가 유비에게 군사를 주어 서주로 떠나보냈다는 사실을 알고 깜짝 놀라 승상부로 달려갔다.

"승상께서는 어찌하여 유비에게 군사를 맡겼습니까?"

"원술을 치기 위해서요."

그러자 정욱이 입을 열었다.

"지난날 유비가 예주자사로 있을 때 그를 제거하라고 말씀드렸으나 승상께서는 듣지 않으셨습니다. 그런데 이제 군사까지 주었으니 이는 호랑이에게 날개를 달아준 것이며 용을 바다로 들게 한 격입니다."

곽가도 입을 열어 정욱의 말에 동조했다.

"유비를 죽이지는 않더라도 붙잡아둬야 합니다. 후한을 어찌 감당하시려 하십니까?"

그때서야 경솔했음을 깨달은 조조는 급히 허저에게 군사 5백을 주어 유비를 뒤쫓도록 했다. 유비가 행군을 재촉하는데 후방에서 흙먼지가 자욱하게 일어났다.

"저들은 필시 우리를 뒤쫓는 조조와 군사임에 틀림없다. 이곳에 즉시 진을 치고 맞을 준비를 하라."

유비가 관우와 장비에게 일렀다. 5만의 군대는 곧 행군을 중지하고 진을 치고 허저를 맞아들였다.

"승상께서 긴히 상의할 일이 있으니 즉시 돌아오라고 하셨습니다."

"장수가 일단 출정하면 황제의 지휘도 받지 않는 법이오. 이미 천자께 아뢰었고 승상의 허락까지 받은 마당에 무슨 의논이 있겠소. 장군은 속히 돌아가서 내 말을 잘 전해 주시오."

할 수 없이 빈손으로 돌아온 허저가 조조에게 유비의 말을 전했다.

"유비의 속셈이 드러났습니다. 지금이라도 군사를 동원해야 합니다."

정욱과 곽가가 입을 모아 말했다. 그러나 조조는 후회해도 소용없다고 생각하고 더 이상 추격을 단념했다.

서주성에 도착한 유비는 조조의 명으로 성을 지키고 있던 차주로부터 영접을 받았다. 손건과 미축으로부터 인사를 받은 뒤 가족들과도 상봉을 하였다. 유비는 곧바로 척후병을 보내 원술의 동태를 살피도록 했다. 원술이 곧 서주를 지난다는 보고가 들어왔다. 유비는 관우와 장비에게 5만의 군사를 주어 원술이 지나갈 만한 길목을 지키게 했다.

얼마 후 유비의 군과 원술의 군이 마주치게 되었다.

장비가 쏜살같이 달려 나갔다. 선봉에 선 기령이 용감하게 맞섰지만 10여 합을 싸우지 못하고 장비의 장팔사모에 목이 달아나고 말았다. 기령이 맥없이 쓰러지자 원술이 몸소 군사를 거느리고 뛰쳐나왔다.

"이 대역무도한 놈아! 내가 황제의 조서를 받들어 너를 치러 왔으니 순순히 항복하면 목숨만은 살려주마."

유비는 채찍을 들어 원술을 가리키며 큰 소리로 꾸짖었다.

"돗자리나 짜던 천한 놈이 누구 앞에서 큰소리를 치느냐. 내 너를 사로잡아 목을 치리라."

원술이 소리치며 정면공격으로 나섰다. 유비의 군사가 좌우에서 원술의 군사를 협공하자 우왕좌왕하며 무너지기 시작했다.

원술은 대패하고 패잔병을 수습하여 달아났다. 하북 행을 포기하고 다시 수춘으로 가는 방법밖에 없었다. 엎친 데 덮친 격으로 원술을 배신하고 산적으로 살던 뇌박과 진란에게 군량과 재물을 모두 빼앗기고 군사도 절반 이상을 잃었다.

남은 군사라고는 겨우 1천명이었다. 더위가 기승을 부리는 한여름인데다 양식마저 떨어져서 굶어 죽는 자가 속출했다. 고생을 모르고 자랐으며 황제 칭호까지 사용했던 원술이 정신 차릴 리가 없었다.

"여봐라! 짐에게 꿀물을 가져오너라."

옆에 있던 부하가 비아냥거리며 입을 열었다.

"이 판국에 꿀물이 어디 있소? 핏물이나 말 오줌이라면 몰라도."

부아가 치민 원술은 외마디 비명을 지르며 그대로 땅바닥에 쓰러져 피를 토하더니 죽었다. 조카 원윤이 원술의 시신과 유족들을 이끌고 달아났으나 광릉의 서구에게 습격을 받아 몰살당했다. 서구는 원윤의 몸에서 옥새를 발견하고 즉시 허도로 달려가 조조에게 바쳤다. 조조는 기뻐하면서 서구를 광릉태수로 삼았다.

한편 원술의 죽음을 알게 된 유비는 조정에 표문을 올리면서 조조에게 빌린 군사 5만은 돌려보내지 않았다. 조조는 크게 화를 냈다.

"서주성을 맡고 있는 차주에게 유비를 암살토록 밀서를 보내면 쉽게 제거할 수 있을 것입니다."

조조는 즉시 차주에게 밀서를 보냈다. 차주는 조조가 보낸 밀서를 받고 즉시 진등을 불러 의논했다.

"지금 유비는 사방으로 흩어진 백성들의 민심을 얻으려고 성 밖에 나가 있으니 군사들을 매복시켜 두었다가 단칼에 베어 버리십시오."

차주는 기뻐하며 즉시 준비를 서둘렀다. 차주와 헤어져 집으로 돌아온 진등이 아버지 진규에게 털어놓았다.

"조조는 멀리 있고 유비는 가까이 있으니 유비에게 일러라."

진등은 말을 타고 성 밖으로 나가 관우와 장비에게 차주의 계획을 일러바쳤다.

"이런 쥐새끼 같은 놈! 내 당장 차주의 목을 치리라."

장비가 화를 내며 달려가려하자 관우가 이를 말리며 말했다.

"군사를 매복시켜 놓고 우리를 기다린다니 밤이 되길 기다렸다가 조조의 군사로 가장하고 차주를 성 밖으로 끌어내어 기습하면 우리 쪽의 피해도 없을 것 아닌가."

밤이 되자 관우는 조조의 깃발을 앞세우고 성문 앞까지 와서 큰소리로 성문을 열라고 소리쳤다. 차주는 반신반의했지만 계속 되는 독촉에 못 이겨 결국 성문을 열고 밖으로 나왔다.

그러자 관우가 쏜살같이 달려들어 단칼에 차주의 목을 베어 떨어뜨렸다. 이튿에 장비는 성안으로 들어가 차주의 가족을 몰살하였다.

뒤늦게 소식을 들은 유비는 조조의 반격이 걱정되어 불안한 표정을 감추지 못했다. 진등이 나서며 말했다.

"조조가 두려워하는 것은 원소뿐입니다. 지금 원소는 백만 대군과 헤아릴 수 없는 모사와 장수들을 거느리고 있습니다. 그에게 도움을 청하면 될 것입니다."

"본래 나는 원소와 친분이 없는데다 동생인 원술을 죽게 했는데 돕겠는가?"

"정현 선생께서 서신으로 부탁하면 어려운 일도 아닐 것입니다."

정현은 당대 최고수준의 학자로 원소와 여러 대에 걸쳐 각별한 의를 나누고 있었다. 환제 때 원로대신 상서의 직위까지 승진했다가 십상시의 난리가 일어나자 서주로 낙향하였다. 그때 유비가 스승으로 모셨고 서주에 있을 때에도 가르침을 받고 극진히 모셨다.

유비가 진등과 함께 정현을 찾아가 간곡히 청하자 응낙하며 서신을 써 주었다. 유비는 손건에게 서신을 주며 급히 원소에게 전하도록 했다. 정현의 서신을 받은 원소는 고민에 빠졌다. 동생을 죽인 유비를 도울 수도 없고 정현선생의 청을 거절할 수도 없는 처지였다.

문무백관들 사이에서는 출병을 해야 한다는 쪽과 훗날 기회를 노리자는 쪽으로 의견이 나뉘었다. 이때 뒤늦게 나타난 허유와 순심이 입을 열었다.

"지금이야말로 역적 조조를 쳐서 황실의 법통을 세울 때입니다. 주공께서는 속히 군사를 일으키십시오."

마침내 원소는 출병을 결심하고 기마병 15만과 보병 15만의 30만 대군을 일으켜 여양(黎陽)을 향해 진군하기로 결정했다. 원소의 군이 출진 준비를 마치자 곽도가 원소에게 진언했다.

"주공께서 군사를 일으켜 조조를 정벌함에 앞서 조조의 그릇됨과 죄악을 낱낱이 들추는 격문을 만들어 대의명분을 세우십시오."

원소는 뛰어난 문장가 진림(陳琳)에게 격문을 쓰게 했다. 진림이 쓴 1천 5백자의 문장은 희대의 명문장이었다. 조조의 할아버지는 환관 십상시처럼 간악하고, 조조의 아버지는 출세를 위해 환관의 양자로 들어갔으며, 조조는 의리가 없으며 잔인할 뿐만 아니라 천자를 능멸하는 역적이라는 내용이 흐르는 강물처럼 거침없이 이어졌다.

조조는 곧 유대와 왕충에게 5만의 군사를 주어 서주의 유비를 치게 했다. 자신은 20만 대군을 이끌고 여양으로 진격하여 원소를 치기로 했다. 여양에서 조조의 군사와 원소의 대군은 80십 리의 거리를 두고 진을 친 채 싸우지는 않고 대치만 하고 있었다.

한편 서주성 밖에 진을 치고 있던 유대와 왕충은 서로 선두에 나서 길 꺼려하다 왕충이 5천의 군사를 이끌고 서주성으로 진격했다. 여기에 맞서 관우가 3천의 기병을 인솔하여 싸운 끝에 왕충을 생포했다. 그러자 장비가 나서 이번에는 유대를 사로잡았다.

유비는 사로잡혀 온 유대와 왕충을 극진히 대접하며 조조와의 화해를 주선해 달라고 부탁했다. 곧 목이 떨어질 줄로만 알았던 두 사람은 그저 감개무량할 뿐이었다.

"저희 목숨을 살려주신 은혜를 어찌 잊겠습니까. 기회를 보아 승상께 유황숙의 참뜻을 전하도록 하겠습니다."

조조는 유대와 왕충의 보고를 받고 화가 치밀어 두 사람의 목을 베려 했다. 그러자 옆에 있던 공융이 조조를 달래며 입을 열었다.

"원래 두 사람은 유비의 적수가 되지 못하였습니다. 이들을 죽여 봤자 다른 장수들의 민심만 잃을 뿐입니다. 그보다는 형주의 유표와 양성의 장수를 우리 편에 끌어들인 후 서주를 도모하는 것이 좋을 줄 압니다."

조조는 공융의 말에 따라 장수와 유표에게 사자를 보냈다. 장수는 참모 가후를 비롯한 휘하의 군사들을 이끌고 순순히 조조에게 항복했다. 하지만 유표는 끝끝내 항복하지 않았다

서주성의 함락

동승은 한의사 길평을 시켜 조조를 독살하려 하였으나 하인 진경동의 고자질로 발각되었다. 조조는 동승과 이에 동조한 조정 대신들은 물론 그의 가족 7백여 명을 잔혹하게 참살해버렸다. 또한 임신한 천자의 애첩 동귀비(董貴妃)도 성 밖으로 끌어내 죽여버리고 조홍에게 군사 3천을 주어 천자가 외부와 연락하지 못하게 감금시켜 버렸다.

조정의 일을 마무리한 조조는 연판장에 함께 서명한 유비와 마등을 제거할 생각에 골몰하였다. 조조는 정욱을 불러 두 사람에 대해 의논하였다.

"동승 일파는 모조리 죽여 버렸지만 아직 유비와 마등이 남아 있다. 저들도 한 패이니 어떻게 해서든 없애버려야 할 것이다."

"마등의 군사는 서량에 진을 치고 있기 때문에 쉽사리 무찌르기 어려울 것이니 차후에 도성으로 꾀어 죽이는 것이 좋을 듯합니다. 유비 또한 방비를 게을리하지 않으니 섣불리 건드려서는 안 될 것입니다. 더욱이 원소가 관도(官渡)에 군사를 두고 허도를 노리고 있습니다."

"그렇지 않다. 마등의 일은 공의 말을 따른다 해도 유비야말로 만만치 않은 인물이다. 지금 쳐부수지 않았다가 후에 크게 후회할 것이다."

그때 곽가가 나서며 말했다.

"원소는 지혜가 부족하고 의심이 많습니다. 게다가 그의 참모들도 서로를 시기하고 있어 단결이 안 되니 걱정할 것이 못 됩니다. 지금이 유비를 칠 때입니다. 유비의 군사들은 거의 새로 들어온 군사들인지라 오합지졸에 불과합니다."

"내 생각이 바로 그렇다."

조조는 즉시 20만 대군을 이끌고 서주로 향했다. 이 사실을 알게 된 유비는 하북의 원소에게 손건을 사자로 보내 도움을 청했다. 그러나 원소는 막내아들이 병으로 사경을 헤매고 있다는 이유로 거절했다.

"돌아가면 현덕에게 사정을 설명하고 급해지면 이곳으로 오라 하시오."

원소는 떠나가는 손건에게 미안한 투로 말했다. 손건의 보고를 들은 유비는 크게 당황하며 두 아우에게 물었다.

"장차 이 일을 어찌하면 좋단 말인가?"

"형님! 걱정 마십시오. 조조의 군사는 먼 길을 오느라 지쳐 있을 것입니다. 도착하자마자 밤에 기습하면 무찌를 수 있을 것입니다."

장비가 말했다. 유비도 그 방법밖에 없다고 생각하여 야습을 하기로 했다.

한편 조조의 군대가 행군하던 도중 갑자기 돌풍이 불어 선두에 섰던 장수의 깃대가 꺾이는 일이 발생했다. 이를 본 조조는 참모들과 의논한 끝에 적의 야습이 있을 징조라는 것으로 알고 8개 부대를 사방에 매복시켰다.

마치 희미한 달빛이 야습하기에 알맞은 밤이었다. 장비는 이것이야 말로 절호의 기회라고 생각하면서 기병을 이끌고 조조의 진영으로 돌진했다. 그러나 그곳에서 기다리고 있는 것은 엉성하기 짝이 없는 부대였다. 당황한 장비가 주위를 두리번거리고 있을 때 갑자기 사방에서 횃불이 비치더니 함성이 요란하게 울려 퍼졌다.

장비는 적의 계략에 빠졌음을 깨닫고 급히 진지에서 벗어나려고 했다. 동에서는 장요가, 서에서는 허저가, 남에서는 우금이, 북에서는 이전이, 동남에서는 서황(徐晃)이, 서남에서는 악진이, 동북에서는 하후돈이, 서북에서는 하후연이 각각 군사를 이끌고 달려왔다.

장비가 거느리고 있는 군사들은 예전에는 조조의 군사였으므로 모두 무기를 버리고 항복했다. 하지만 장비는 무술이 뛰어난 장수였다. 앞에서 달려드는 서황과 10여 합을 싸우다, 뒤에서 달려드는 악진의 포위망을 뚫고 망탕산으로 도망쳤다.

한편 유비도 적에게 포위되어 겨우 30여 명의 기병을 거느리고 도망쳤으나 소패성은 불길이 솟아오르고 서주와 하비성 방향도 조조의 대군에게 길이 막혀 있었다. 그때 문득 원소가 손건에게, 일이 더 시급해지면 자신에게 오라던 말이 생각났다.

유비는 혼자의 몸으로 청주성으로 달렸다. 청주의 자사인 원소의 장남 원담(袁譚)은 유비를 정중히 맞아 주었으며, 즉시 원소에게 유비가 당도했음을 알렸다. 원소는 30리 길을 마중 나와 유비를 맞이했다.

조조는 그날 밤으로 소패를 함락시키고 서주로 진격했다. 미축과 간옹이 최선을 다해 보았으나 버티지 못하고 도망쳤다. 이제 남은 것은 관우가 지키고 있는 하비성뿐이었다. 조조가 다시 하비성을 함락시키기 위해 참모들을 소집시켰다.

"관우는 현덕의 처자를 보호하고 있어 죽기를 다하여 성을 사수할 터이니 되도록 빨리 쳐부수어야 합니다. 원소가 나설까 우려됩니다."

순욱이 서둘러 싸울 것을 권했다.

"나는 전부터 관우의 무예와 인품을 아껴 왔소. 내 사람으로 만들고 싶은데 방법이 없을까?"

"관우는 의리를 중히 여기는 사람으로 절대로 항복하지 않을 것입니다."

곽가가 이렇게 대답했을 때 장요가 나서며 말했다.

"제가 관우와 사귄 적이 있으니 한 번 설득해 보겠습니다."

그러자 정욱이 말했다.

"장요가 관우와 가까운 사이이기는 하지만 관우는 절대 설득당하지 않을 사람입니다. 관우를 진퇴양난에 빠지게 한 뒤 장요가 나선다면 반드시 항복할 것입니다."

정욱은 관우를 성 밖으로 유인한 후 하비성을 손에 넣어 절박해 할 때 설득하자는 계책을 냈다. 이 계책에 걸린 관우는 하비성을 나오게 되고 하비성은 조조의 손에 들어갔다. 뒤늦게 깨달은 관우는 하비성으로 돌아가려 하였으나 퇴로가 차단되어 돌아갈 수가 없었다. 해가 질 때까지 싸우다 지친 관우는 산자락에 진을 치고 새벽을 맞이했다. 그때 장요가 올라왔다.

"공이 나와 싸우러 왔는가?"

관우

관우가 말했다. 장요는 칼을 내던지고 말에서 내렸다.

"그렇지 않소. 옛정을 생각해 일부러 찾아온 것이오."

"그렇다면 그 세 치 혀로 나를 설득하러 온 것이오?"

"아니오. 전에 관공이 나를 구해 주었으니 오늘은 내가 관공을 구하려고 온 것이오. 지금 유황숙과 장비의 생사는 알 수 없으며, 승상께서 하비성을 함락시켰소. 하지만 백성들은 하나도 다치지 않았고 유황숙의 가족 또한 정중히 잘 모시고 있소. 관공께서 근심할까봐 알리러 온 것이오."

"역시 항복을 권하러 왔군. 어서 돌아가시오. 나는 여기서 죽겠소."

"관공의 말은 천하의 웃음거리밖에 되지 않소. 관공이 여기서 죽으면 세 가지 죄를 짓게 되는 것이오."

"그건 또 무슨 헛소리요?"

"옛날 유황숙이 당신과 의형제를 맺을 때, 같은 날 함께 죽자고 했소. 지금 죽게 되면, 유황숙이 다시 일어서 당신의 도움을 받으려 해도 불가능한 일이 될 것이오. 이것이 첫 번째 죄요. 그리고 유황숙은 자신의 가족을 그대에게 맡겼소. 그대가 만일 죽는다면 유황숙의 신의를 저버리는 것이 되니 이것이 두 번째 죄요. 마지막으로 뛰어난 학식과 무예로 유황숙을 도와 한나라 황실을 돕지 않고 만용을 부리는 것이 세 번째 죄가 되는 것이오."

"그렇다면 승상께 세 가지 약속을 받아 두고 싶소. 만일 승상이 약속을 지키겠다면 나도 갑옷을 벗고 항복하겠소."

"승상께서 관대하시니 받아 주실 거요. 말해주시오."

"첫째로 나는 한나라의 천자에게 항복하는 것이지 결코 조조에게

144

항복하는 것이 아니오. 둘째로 유황숙의 가족들을 극진히 봉양하고 부인이 거처하는 곳에는 그 누구의 출입도 금지시켜야 하오. 셋째로 유황숙의 행방을 알게 되면 천리만리 떨어져 있다 하더라도 반드시 찾아가게 해주오."

조조는 관우의 조건을 들어주기로 하였다. 관우가 온다는 소리를 듣고 조조는 관문까지 나가 그를 맞이하였다.

허도에 돌아오자마자 조조는 관우에게 특별히 집 한 채를 주어 살게 하고 자주 연회를 베풀어 극진히 대접했다. 뿐만 아니라 비단과 금은보화를 관우에게 보내고 10명의 미녀로 하여금 관우의 시중을 들게 했다. 그러나 관우는 그 물건들을 모두 유비의 부인에게 맡기고 미녀들은 부인의 하녀로 일하게 했다.

이후에도 관우를 사로잡으려는 조조의 노력은 집요하게 이어졌다. 조조는 하루가 멀다 하고 관우를 초청해 주연을 베풀고 선물을 보냈다. 그러나 관우는 눈 하나 꿈쩍하지 않았다. 하루는 조조가 관우의 여윈 말을 보고 이유를 물었다.

"제 몸이 무거워선지 말이 힘겨워 하는 것 같습니다."

그 말을 들은 조조는 곧 말 한 마리를 끌고오게 했다. 여포가 타던 적토마였다. 조조는 말과 함께 보석으로 치장된 안장을 관우에게 주었다. 관우가 두 번 절하며 감사함을 표시했다.

"내가 미녀와 금은보화를 그대에게 주었는데 한 번도 고맙다고 말한 적이 없었는데 이토록 기뻐하는 것을 보니 귀한 말인가 보구려."

"이 말은 하루에 천 리를 달린다고 들었습니다. 이 말만 있으면 형님의 소식을 듣는 즉시 달려갈 수 있을 것입니다."

순간 조조는 아차 하고 후회하였지만 어쩔 도리가 없어 안타까워 할 뿐이었다. 곧 장요가 관우의 속을 알기 위해 찾아가 말을 시켜보았다. 관우는 조조의 은덕은 꼭 갚고 가겠다는 의사를 표시했다. 장요가 조조에게 돌아와 만약 관우에게 공을 세울 기회를 주지 않는다면 떠나지 않을 것이라 말했다.

하북의 두 장수를 베어 은혜를 갚다

유비는 하북의 원소에게 몸을 맡긴 채 편치 않은 마음으로 한숨만 쉴 뿐이었다. 그 모습을 본 원소가 물었다.

"현덕은 무슨 걱정이 그리도 많으시오?"

"두 아우는 소식을 알 길이 없고 처자는 조조 역적 놈에게 잡혔으니 죽었을 것입니다. 위로는 나라에 보답하지 못하면서 가정 하나 제대로 거느리지 못하는 신세니 마음이 편할 수 있겠습니까?"

"나도 전부터 허도를 칠 생각이었소. 봄이 되었으니 군사를 일으킬 작정이오."

원소는 참모들을 소집하여 조조를 격파할 논의를 시작하였다.

"전에 조조가 서주를 칠 때 허도가 비어 있었습니다. 그때라면 몰라도 이제는 다릅니다. 조조의 군사의 기세가 한창 올라있을 터이니 다음을 기다리는 것이 좋을 것입니다."

전풍이 출병을 반대하며 나섰다. 원소는 결정을 하지 못하고 나와 유비에게 물었다.

"조조는 천자를 우습게 아는 역적입니다. 만일 장군이 그를 쳐부수지 않는다면 대의를 저버린 일이라 소문날까 두렵습니다."

유비가 부추기자 원소는 즉시 출병을 결심했다. 전풍이 다시 만류하자 원소는 전풍을 하옥시키고 안량(顏良)을 앞세워 백마현(白馬縣)으로 진격했다.

조조는 원소를 막기 위해 15만 대군을 3개부대로 나누고, 스스로 5만 군사를 이끌고 앞장섰다. 백마현에 당도해 야산 위에 진을 치고 바라보니 멀리 넓은 평야에 안량이 이끄는 선발 부대 10만이 진을 치고 있었다. 조조는 송헌과 위속을 내보냈으나 싸워보지도 못하고 목이 달아났다.

"누가 저놈의 목을 가져오겠느냐?"

낙담한 조조가 탄식하자 서황이 달려 나갔다. 그러나 서황 역시 20여 합 싸우더니 도망쳐 왔다.

"안량을 상대할 사람은 관우뿐입니다."

정욱이 나서며 말했다.

"나도 그렇게 생각하고 있소. 그러나 관우가 공을 세운다면 언젠가는 떠날 것이 아닌가?"

"유비가 살아 있다면 아마 원소에게 의탁하고 있을 것입니다. 만일 관우가 안량을 죽인다면 원소는 유비를 의심하여 죽여 버릴 것입니다. 유비가 죽으면 관우는 갈 곳이 없어집니다."

기막힌 계책이었다. 조조는 기꺼이 관우를 데려오도록 했다. 관우가 도착하자 조조는 산 위에서 적진을 가리키며 말했다.

"하북의 군대가 웅장하지 않소?"

"제 눈에는 개떼로 보입니다."

"저 아래 칼을 들고 말에 올라탄 자가 바로 안량이요."

관우는 무섭게 적토마에 올라타고 청룡언월도를 들고 두 눈을 부릅
뜬 채 쏜살같이 달렸다. 안량이 누군가 확인하려 할 때 관우는 이미
앞에 도달하였다. 안량이 칼을 들고 대적하려 하였으나 관우의 청룡
언월도가 번쩍이더니 안량의 목이 떨어졌다.

관우가 급히 말에서 내려 안량의 목을 주워 말의 목에 동여매고 적
진을 뚫고 나오는데 마치 무인지경을 가는 것 같아, 하북의 군사들은
모두 넋을 놓고 바라보기만 했다. 기회를 이용하여 조조의 군사들이
쳐들어가자 하북의 군사들은 우왕좌왕하여 도망치기 바빴다. 관우가
산 위에 올라와 안량의 목을 내밀자 조조는 관우의 손을 잡았다.

"관공의 무예는 정말 귀신같구려!"

"저 같은 건 아무것도 아닙니다. 제 동생 장비는 백만의 적군을 헤
치고 대장 죽이기를 주머니의 물건 꺼내듯 합니다."

관우의 말에 깜짝 놀란 조조는 주위의 장수들을 둘러보며 말했다.

"앞으로 장비를 보면 가볍게 나서지 마라."

조조는 황제에게 건의하여 관우에게 '한수정후(漢壽亭侯)'의 벼슬
을 내렸다.

한편 안량이 죽었다는 보고를 들은 원소는 깜짝 놀랐다. 그것도
얼굴이 붉고 수염이 긴 장수에게 단칼에 죽었다는 말은 믿을 수가
없었다.

"그 장수가 누구이던가?"

"볼 것도 없이 현덕공의 동생 관우일 것입니다."

저수(沮授)가 말했다. 원소는 화가 머리끝까지 치밀어 유비를 끌어

내어 목을 치라고 소리를 질렀다. 그러나 유비는 얼굴빛 하나 변하지 않고 말했다.

"저를 죽여 한을 푸시겠다면 어쩔 수 없습니다. 하지만 저는 서주 싸움에서 패한 이후 관우의 생사조차 모르고 있습니다. 그리고 얼굴이 붉고 수염이 길다고 관우라고 단정 지을 수는 없지 않습니까?"

원래 원소는 줏대 없는 인물이었다. 원소는 오히려 저수를 꾸짖고 안량의 원수를 갚기 위한 회의를 열었다.

"제가 가겠습니다. 안량과 저는 형제나 다름없었습니다. 이 원한을 기필코 갚겠습니다."

키가 8척이고 해태같이 생긴 하북의 명장 문추였다. 원소는 그에게 10만의 군사를 주어 황하를 건너 조조를 정벌케 했다. 그러자 저수가 말렸다.

"섣불리 황하를 건넜다가 변고라도 생기면 살아서 돌아올 수 없습니다."

"재빠른 공격으로 선수를 치는 것이 제일이라는 말도 못 들었느냐? 물러가거라."

원소는 저수를 꾸짖으며 물리쳤다. 저수는 길게 탄식하며 원소 곁을 물러나 병을 핑계로 회의에 참석하지 않았다.

이때 유비가 출전을 자원했다. 문추가 달갑지 않은 표정을 하였지만 원소는 기꺼이 승낙하여 문추에게 7만의 군사를 이끌고 먼저 출발하도록 하고, 유비에게 3만 군사를 주어 뒤따르게 했다.

한편 조조는 문추가 황하를 건너 연주 부근까지 쳐들어왔다는 보고를 받고, 일부러 군량미를 실은 수송대를 먼저 보냈다. 문추의 군사들

150

이 군량과 수레를 빼앗기 위해 대열에서 이탈했다. 조조는 이때를 이용하여 공격명령을 내렸다. 문추의 군사들은 큰 혼란에 빠졌다. 분전하던 문추는 말 머리를 돌려 도망쳤다.

"문추는 하북의 명장이다. 누가 생포해 오겠느냐?"

산위에 있던 조조가 그를 가리키며 외쳤다.

말이 떨어지기가 무섭게 장요와 서황이 나란히 달려 나갔다. 그러나 장요는 문추가 쏜 화살에 얼굴을 맞아 말에서 떨어졌고, 서황은 큰 도끼를 휘두르며 달려들었으나 도리어 역습을 받아 도망쳐 왔다.

"네 이놈, 나와 한 번 겨뤄 보자!"

소리치며 달려가는 장수는 관우였다. 문추는 관우와 30여 합을 겨루다가 도망쳤으나 결국 관우에게 목이 날아갔다. 문추가 죽자 하북의 군사들은 조조의 군사에 쫓겨 우왕좌왕하다 대부분이 강물에 빠져 죽었다.

뒤늦게 도착한 유비가 바라보니 '한수정후 관운장'이라는 일곱 자가 씌어 있었다. 유비는 마음속으로 천지신명에게 감사했다.

싸움을 마치고 돌아온 관우는 다시 황건적 잔당을 토벌하러 가게 되었고, 그곳에서 손건을 만나 유비가 원소와 함께 있다는 소식을 듣게 되었다.

다섯 관문을 지나며
여섯 장수를 베다

관우는 조조를 만나 유비에게 돌아가겠다는 말을 하려고 했다. 하지만 이를 눈치 챈 조조가 문에 '면회사절' 이라는 푯말을 걸어놓고 만나주지 않았다. 다음날도 찾아갔으나 마찬가지였다. 관우는 작별을 고하는 편지를 써서 조조에게 보내고 받은 재물들을 모두 싸서 일일이 봉해 창고에 넣은 다음, '한수정후' 라는 인감도 관저에 걸어놓았다. 그리고 유비의 두 부인을 마차에 태우고 자신은 적토마를 타고 청룡언월도를 손에 든 채 성문을 빠져나왔다.

"관우가 북문을 강제로 열고 이 십여 명을 데리고 떠났습니다."

"아! 운장이 기어코 가버리는 구나!"

조조는 관우가 떠났다는 소리를 듣고 한탄을 했다.

"제가 군사 삼천을 거느리고 뒤쫓아 관우를 생포해 오겠습니다."

채양이 말했다.

"옛 주인을 잊지 않고 처음부터 끝까지 떳떳이 행동하는 운장이야 말로 진짜 대장부다. 그대들은 본받도록 하라."

"승상께서 그렇게 보살폈는데도 인사도 없으니 승상의 위엄을 모독

한 것입니다. 게다가 그가 원소의 편에 선다면 호랑이에게 날개를 달아주는 격이니 죽여 후환을 없애는 것이 좋을 것입니다."

조조는 고개를 가로젓더니 장요를 불렀다.

"내가 작별인사를 할 테니 먼저 가서 운장에게 잠시만 기다려 달라고 전해 주게."

관우가 타고 있는 적토마는 하루에 1천리를 달릴 수 있지만 수레와 짐을 호위하느라 빨리 달릴 수가 없었다. 장요가 관우를 잡아 조조의 뜻을 전했다. 관우는 다리위에 말을 세우고 조조를 기다렸다. 멀리서 조조가 수십 명의 기병을 이끌고 달려왔다. 허저 · 서황 · 우금 · 이전이 그의 뒤를 따르고 있었다.

"운장! 무엇 때문에 이렇게 급히 떠나는 것이오?"

관우가 말 위에서 몸을 굽히며 말했다.

"전에 말씀드린 바와 같이 형님께서 하북에 있다는 소식을 듣고 급히 떠나는 것입니다."

조조는 여비라며 황금을 내주었으나 관우가 거절하였다.

"그렇다면 이것이라도 받으시오."

한 장수가 비단옷을 내려놓았다. 그것마저 거절할 수 없다고 생각한 관우는 옷을 받았다.

"고맙게 받겠습니다. 다음에 또 뵐 때가 오겠지요."

관우는 조조에게 고개를 한 번 숙여 보이고는 말 머리를 돌려 길을 재촉했다.

그날 저녁 관우 일행은 어느 민가에 들어가 하룻밤 묵어가기를 청했다. 머리와 수염이 모두 하얀 노인이 관우의 비범함을 알아보고 물었다.

"장군의 성함을 여쭤도 되겠습니까?"

"나는 유황숙의 동생 관우라하오."

"그럼 안량과 문추의 목을 단칼에 베었다는 그분이 아니십니까?"

"그렇소."

노인은 기뻐하며 집 안으로 맞아들여 극진히 대접했다. 노인은 아들 호반이 형양 태수 왕식 밑에서 속관을 지내고 있는데 지나는 길에 편지를 전해달라며 써주었다.

이튿날 관우는 동령관(東嶺關)에 닿았다. 동령관 관문의 책임자는 공수였다. 공수는 5백여 명의 군사를 거느리고 고갯마루를 지키고 있었다.

"장군은 어디로 가시오?"

공수가 무섭게 물었다.

"승상께 작별하고 하북으로 형님을 찾아가는 길이네."

"하북 땅은 원소의 땅으로 승상의 적인데, 통행증은 받았소?"

"바삐 오느라 통행증은 받지 못했네."

"그럼 허도로 사람을 보내 허락을 받은 후에 통과시켜 드리겠소."

"그러면 내 갈 길이 너무 늦어지네."

"그렇다면 부인들을 인질로 두고 가시오."

그 말에 화가 난 관우는 청룡언월도를 뽑아들고 휘둘렀다. 공수가 재빨리 도망치고 전열을 정비한 다음 다시 나왔다. 아무리 관우가 용장이라 하나 자신은 5백여 명의 군사를 거느리고 있었다.

하지만 관우와 공수의 말이 엇갈리는가 싶더니 공수의 목이 땅에 떨

154

어졌다. 5백여 명의 군사들은 공수의 목이 떨어지자 일제히 무릎을 꿇고 엎드렸다. 관우는 동령관을 지나 북쪽으로 길을 재촉했다.

이 사실이 낙양 태수 한복에게 전해지자 그는 곧 부하 장수들을 모아놓고 의논을 했다.

"관우는 안량과 문추를 쉽게 죽였으니 힘으로는 그를 상대할 수 없을 것이다. 계책을 써서 생포할 수밖에 없다."

"제게 계책이 있습니다. 관우가 오면 제가 관문 밖에서 싸우는 척하다 그를 유인할 테니 활로 말을 쏘아 사로잡으시오. 관우를 잡아 허도로 보내면 큰상을 받을 것입니다."

맹탄이 말했다. 이에 한복은 직접 화살을 맨 기병 1천명을 이끌고 관문 앞에 나란히 세운 후 관우를 맞았다.

"거기 오는 장수는 누구시오?"

"나는 한수정후 관우요. 이곳을 지나가게 해 주시오."

"승상의 증명서를 갖고 있소?"

한복은 여전히 정중함을 잃지 않고 말했다.

"급히 떠나느라 가지고 오지 못했소."

"나는 승상의 명령에 따라 이곳을 지키고 있소. 증명서가 없다면 통과시킬 수 없소."

그러자 관우가 화가 나서 말했다.

"동령관의 공수도 그렇게 말하다 목이 달아났다. 너도 죽고 싶어 길을 막느냐?"

"누가 저놈을 잡아 오겠느냐?"

한복이 소리치자 맹탄이 쌍칼을 휘두르며 관우에게 달려갔다. 그는 서너 번 싸우다가 말을 돌려 도망치려 했지만 관우의 말은 적토마였다. 눈 깜짝할 사이 맹탄의 목이 떨어졌다. 순간 한복이 쏜 화살이 관우의 왼쪽 팔꿈치에 명중했다. 관우는 입으로 화살을 빼어내고 한복에게 달려들어 칼로 머리에서 어깨까지 내리쳐 한복의 몸을 갈랐다.

관우는 지체하지 않고 기수관(沂水關)을 향해 달렸다. 기수관은 변희가 지키고 있었다. 그는 관문에서 가까운 사찰 진국사에 2백여 명의 복병을 숨겨 놓고 관우를 유인한 다음, 술잔을 던지는 것을 신호로 일제히 덤벼들기로 했다. 만반의 준비를 마친 변희는 관문 밖까지 나가 관우를 맞아들였다.

"장군의 명성을 일찍이 들어 알고 있습니다. 그런 장군을 모시는 것이 일생의 영광이라 생각하고 있습니다."

관우는 공수와 한복의 목을 자른 이야기로 으름장을 놓았다.

"어쩔 수 없었던 일이라고 생각합니다. 제가 나중에 승상을 뵙고 사정을 상세히 말씀드리겠습니다."

변희의 말재주에 넘어간 관우는 진국사로 향했다. 진국사에는 30여 명의 승려가 있었는데 그 중 관우와 동향인 보정이라는 승려도 있었다. 변희의 계략을 알아 챈 보정은 관우가 지나갈 때 눈짓으로 신호를 보냈다.

"네가 나를 초청한 것이 진심에서 우러난 것인가?"

술자리가 시작되려할 때 관우가 소리쳤다. 변희가 우물쭈물하며 대답을 하지 못했다.

"내가 너를 좋게 봤는데 감히 이럴 수 있느냐?"

"어서 나와 이놈을 잡아라!"

계략이 드러나자 변희는 큰 소리로 외쳤다. 좌우에 숨어 있던 병사들이 우르르 달려들었으나 관우가 뽑아 든 칼에 줄줄이 목이 달아났다. 변희는 재빨리 몸을 피해 복도로 도망을 쳤다. 관우가 뒤쫓아 단칼에 목을 베었다. 관우는 보정에게 감사를 표시하고 형양으로 달렸다.

형양 태수 왕식은 한복과 절친한 사이로 관우가 오면 원수를 갚으리라 벼르고 있었다. 관우가 도착하자 왕식은 변희처럼 정중하게 맞아들였다.

"장군께서는 어디를 가시는 길이십니까?"

"형님을 찾아 하북으로 가는 길이오. 이미 승상께서 허락하셨소."

관우는 왕식이 친절하게 대하여 성문 안으로 들어갔다. 왕식은 관우에게 술자리를 마련해주었다. 관우가 가지 않자 술과 음식을 보내왔다. 왕식은 관우 일행을 객사로 안내한 다음 종사 호반을 불러 1천 군사로 에워싸게 했다. 그런 다음 북이 세 번 울리면 불을 질러 모조리 태워죽이라고 명령했다.

마른 장작들을 몰래 객사 주변에 쌓아 만반의 준비를 한 호반은, 죽기 전에 관우의 얼굴이라도 봐야겠다는 생각으로 몰래 들여다보았다. 호반은 관우의 늠름한 모습에 자기도 모르게 감탄이 흘러나왔다.

"밖에 누구냐?"

"저는 형양 태수의 부하 호반이라고 합니다."

"그렇다면 허도성 밖에 사는 호화의 아들이 아니냐?"

"그렇습니다."

관우는 노인이 써 준 편지를 꺼내어 호반에게 건네주었다. 아버지로

부터 관우를 도와주라는 편지를 읽은 호반은 왕식의 계략을 알려주었다. 관우는 깜짝 놀라 수레를 이끌고 성을 빠져나왔다. 뒤늦게 관우가 도망친 것을 알고 왕식이 군사를 이끌고 뒤쫓아 갔으나 관우의 단칼에 목이 떨어졌다.

활주(滑州) 태수는 유연이었다. 관우가 안량을 죽일 때 유연을 곤경에서 구해준 적이 있었다. 유연은 관우가 온다는 소리를 듣고 성 밖까지 나와 마중을 했다.

"태수께서는 그간 별고 없으셨소?"

유연은 조조와 관우의 인물 됨됨이로 보아 관우를 보내줄 수 있을 것이라 생각하고 길을 터주기로 하였다.

"황하 나루터의 관문을 지키는 장수는 하후돈의 부하 진기요. 건네주지 않을 것이오."

관우가 유연에게 배를 빌려 달라고 부탁하였으나 유연은 자신에게 화가 미칠까 두려워 거절하였다. 관우는 할 수 없이 수레를 몰아 황하 나루터에 이르렀다.

"거기 오는 사람은 누구시오?"

진기가 군사를 이끌고 나타나 물었다.

"한수정후 관우요."

"지금 어디로 가시오?"

"하북에 계신 형님에게 가는 길일세."

"증명서가 없으면 건널 수 없소."

"내가 오는 도중에 길을 막는 자들의 목을 모조리 베어 버렸다는 것을 모르느냐?"

"그들은 모두 이름 없는 졸개다. 나까지 죽일 수 있다고 생각하느냐?"

진기는 칼을 뽑아 들고 관우에게 달려들었다. 하지만 진기도 마찬가지로 관우가 내리친 청룡언월도에 목을 떨어졌다.

관우는 다섯 관문을 지나며 여섯 장수의 목을 베었다.

다시 피는 도원의 결의

 황하를 건너자 원소의 땅이었다.

"운장은 거기 서시오."

관우가 한참 길을 재촉하는데 말 탄 사람 하나가 달려오는 것이 보였다. 자세히 보니 손건이었다.

"여남(汝南)에서 헤어진 후로 여러 날이 지났소?"

손건에 말에 의하면 유비는 이미 여남의 유벽에게 갔다는 것이었다. 관우는 길을 바꾸어 여남으로 향했다.

관우는 여남으로 향하던 중 와우산(臥牛山) 기슭에서 황건적 잔당 배원소와 주창(周倉)을 만나 부하로 두었다. 그리고 며칠이 지난 후 고성을 지나다 그곳에 장비라는 장수가 성을 빼앗아 세력을 키우고 있다는 소리를 들었다.

관우는 크게 기뻐하고 손건을 성으로 보내어 형수 일행을 맞으러 오게 했다. 장비는 손건의 말을 듣고 아무 말 없이 갑옷을 걸치더니 창을 든 채, 1천여 명의 군사를 거느리고 성문 밖으로 나왔다. 관우는 장비가 뛰어나오는 것을 보자 기쁨에 넘쳐 마주 달려 나갔다. 그러나 장비는 눈을 부릅뜨고 우레 같은 소리를 지르며 관우를 향해 창을 휘둘렀다.

"아우는 무슨 일로 이러는가? 도원의 맹세를 잊었단 말이야?"

관우는 깜짝 놀라 외쳤다.

"너는 의리를 저버린 놈이다. 무슨 낯짝으로 내 앞에 나서는 것이냐!"

"내가 어째서 의리를 저버렸단 말이냐?"

"형님을 배반하고 조조에게 항복하여 벼슬까지 한 주제에 나를 속일 셈이냐?"

이에 사태를 파악한 관우는 수레에 타고 있던 유비의 부인들에게 사정을 설명토록 하였으나 장비는 그래도 믿지 않았다. 그때 마침 황하 나루터에서 목을 벤 진기의 숙부 채양이 수백의 군사를 거느리고 달려왔다.

"그게 사실이라면 북을 세 번 치는 사이에 달려오는 놈의 목을 베어 오너라."

관우는 아무 대꾸도 없이 청룡언월도를 들었다. 장비가 직접 북채를 들었고 첫 번째 북이 울리는 사이 채양의 목이 떨어졌다. 그때서야 장비의 오해는 풀렸다.

마침 서주에서 헤어졌던 미축과 미방 형제도 지나가던 길에 성안에 장비가 있다는 소리를 듣고 찾아왔다. 관우와 장비는 일행을 이끌고 성안에 들어가 그 동안 있었던 일들에 대해 밤새 이야기를 나누었다.

이튿날 관우는 장비에게 유비의 두 부인을 맡기고 손건과 함께 여남으로 향했다. 유벽과 공도가 마중을 나왔으나 유비는 다시 원소에게

161

로 갔다는 말을 들었다. 두 사람은 주창이 이끌던 부하 5백여 명을 뒤따르게 하고 하북으로 가기 위해 길을 재촉했다.

"아무래도 장군께서 하북으로 가벼이 가서는 안 될 것 같습니다."

손건이 관우가 안량과 문추를 죽인 것이 마음에 걸린다며 말했다. 관우는 손건을 하북으로 보내고 자신은 장원에서 하룻밤 묵기로 결정했다. 마침 장원의 주인은 관우와 성이 같은 관정(關定)이라는 노인으로 관우에게 안방을 내주었다. 손건은 즉시 유비에게로 달려가 지금까지의 경위를 설명해주었다. 유비는 눈물까지 흘리며 기뻐했다. 유비는 자신의 처지와 마찬가지로 원소에게 의지하고 있는 간옹을 불러 탈출 방법을 의논했다. 간옹이 유비에게 은밀하게 계책을 알려주었다. 유비는 간옹을 말을 듣고 원소에게로 갔다.

"유표는 형주, 양양에 걸쳐 아홉 고을을 다스리고 있으며 군사가 강하고 군량도 풍부합니다. 그와 손을 잡는다면 조조를 칠 수 있을 것입니다."

"나도 그렇게 생각하여 사신을 보내 힘을 합치자 하였으나 그때마다 거절당하였소."

"그는 저와 종친임으로 제가 가서 설득하면 거절하지 못할 것입니다."

"유표를 얻을 수만 있다면 유벽보다 몇 배의 힘이 될 것이오."

원소는 유비에게 출발을 준비하도록 했다. 유비가 물러나자 간옹이 원소에게 다가와 말했다.

"유비가 이곳을 떠난다면 이번에야말로 돌아오지 않을 것입니다 제가 따라가 유비를 감시하겠습니다."

원소는 좋은 의견이라 생각하여 간옹에게 동행을 명령했다. 그러자 이번에는 곽도(郭圖)가 원소에게 말했다.

"유비는 전에도 유벽을 설득한다고 말했지만 속셈은 따로 있었습니다. 이번에 또다시 유표를 설득하러 간다지만 이번에야말로 돌아오지 않을 것입니다. 특히 유비와 간옹은 고향사람으로 어렸을 때부터 친구였습니다."

원소는 오히려 곽도가 너무 의심이 많다고 질책을 하였다. 곽도는 물러나 한탄을 하며 유비가 돌아오지 않을 것이라는 생각을 굳혔다.

유비가 돌아온다는 소식을 들은 관우는 장원 문 밖에서 기다렸다. 유비가 도착하자 관우는 엎드려 절을 하며 그간 안부를 물었다. 유비가 말에서 뛰어내려 끌어안았다.

"운장을 살아서 다시 만나니 꿈만 같구나!"

두 형제는 손을 잡고 한참 동안 눈물을 흘렸다. 장원의 주인 관정이 초당에 자리를 마련해 두었다며 두 형제를 이끌었다. 관정은 모두 앉기를 기다렸다가 두 아들 관녕과 관평(關平)을 불렀다. 그중 둘째 아들이 무예가 뛰어난데 관우를 따르게 하고 싶다고 했다.

"나이가 몇인가?"

유비가 관평을 향해 물었다.

"열여덟 입니다."

"마침 내 아우에게 자식이 없으니 양자로 삼으면 되겠군."

관정은 크게 기뻐하며 관평에게 명하여 관우를 아버지로, 유비를 큰아버지로 부르게 했다.

다음 날 아침 원소의 추격을 우려한 유비 일행은 서둘러 길을 떠났다. 관우가 앞장서서 와우산으로 향하는데 뒤따르던 주창이 수십 명의 부상자를 데리고 나타났다. 관우가 주창을 유비에게 소개시킨 다음 이유를 물었다.

"제가 와우산에 도착해보니 한 장수가 졸개도 없이 배원소에게 시비를 걸었습니다. 배원소가 싸웠으나 단칼에 죽고 졸개들을 모두 빼앗겨 버렸습니다. 제가 화가 나서 대결했으나 세 군데나 상처를 입고 가까스로 빠져나왔습니다."

관우가 앞장서고 유비가 뒤에 서서 와우산으로 향했다. 주창이 산을 향해 욕을 퍼붓자 갑옷을 입은 장수가 산을 내려왔다.

"거기 오는 것이 자룡이 아닌가?"

유비가 소리쳤다. 장수는 유비를 보자 말에서 내려 엎드렸다.

"조운, 황숙께 인사 올립니다."

"나도 공손찬 형님이 죽었다는 말을 듣고 자룡을 걱정했네. 나는 자룡을 처음 보았을 때부터 사모했는데 공손찬 형님 밑에 있는 사람이라 어쩔 수 없었는데, 이렇게 만나니 천군만마를 얻은 것보다 기쁘네."

조운이 합류하고 그가 사로잡았던 졸개들이 뒤따르니 제법 당당한 행렬이었다. 유비는 고성으로 사람을 보내 도착을 알렸다. 장비와 미축·미방 형제 등이 달려 나와 유비 앞에 엎드렸다. 유비 형제들은 소와 말을 잡아 도원결의를 할 때처럼 제사를 지내고 잔치를 열었다. 이리하여 관우·장비·조운·손건·간옹·미축·미방·관평·주창 등과 보병·기병을 합쳐 5천의 군사를 거느리게 되었다.

이후 유비는 유벽과 공도가 맞으러 오자 함께 여남으로 이동하여 다시 군사를 모집하고 군마를 사들여 세력을 확장하기 시작했다.

손책의 최후와 손권의 등장

뒤늦게 유비에게 속은 것을 안 원소는 크게 화를 내며 직접 토벌에 나서려고 했다. 이때 곽도가 말했다.

"유비는 걱정하지 않으셔도 됩니다. 오히려 강한 적은 조조이니 조조부터 제거해야 합니다."

"그건 나도 안다. 그래서 유비 놈을 보내 유표와 손을 잡으려 했던 것 아닌가?"

"유표는 형주를 차지하고 있으나 세력이 크지 못하지만 강동의 손책이야 말로 여섯 고을을 다스리고 있으며 모사와 장수들이 많습니다. 그와 동맹을 맺은 다음 조조를 치십시오."

원소는 그 말에 따라 진진을 사자로 하여 손책에게 보냈다.

한편 26세의 손책은 그 즈음 강동을 장악하고 있었다. 병력이 강하고 군량도 풍부했으며 여강과 예장(豫章)까지 집어 삼켰다. 이에 손책은 장굉을 허도로 보내 조정에 승전을 보고했다. 손책의 세력이 날로 강성해지자 조조는 한탄을 했다.

"호랑이 새끼와 싸우는 것은 불리할 뿐이다."

조조 또한 손책이 두려워 조인의 딸을 손책의 동생 손광에게 시집보내어 사돈을 맺었다. 하지만 손책은 대사마(大司馬) 벼슬까지 달라고 하였다. 아무리 손책이라 해도 이것까지 들어줄 수가 없었다. 거절하고 손책의 사자 장굉을 허도에 잡아두었다. 이에 손책은 큰 원한을 품고 허도를 공격할 기회만 노리고 있었다.

　이를 눈치챈 오군 태수 허공이 조조에게 손책의 계략을 알리면서 대군을 동원하여 공격하라는 내용의 서신을 보냈다. 하지만 사신이 서신을 들고 가다 잡혀 손책에게 발각되었다. 손책은 격노하여 허공과 가솔을 모두 처단하였다.

　이때 간신히 목숨을 건진 허공의 가객 세 사내가 주인의 원수를 갚기 위해 기회를 노렸다. 어느 날 손책이 사슴 사냥을 하고 있을 때 이들이 손책에게 활을 쏘고 창으로 찔러 얼굴과 넓적다리에 큰 상처를 입혔다.

　손책의 부하들이 명의 화타(華陀)를 부르러 갔으나 마침 중원으로 나가 없고 제자만 있었다.

　"독이 뼈까지 퍼져 백일 동안 잘 조리를 해야 고비를 넘길 수 있습니다. 만약 화를 내면 상처를 다스리기 어려울 것입니다."

　그리고 며칠이 지난 후에 원소로부터 조조를 함께 치자는 사자가 도착한 것이다. 손책은 기뻐하며 원소의 뜻을 받아들이기로 하고 장수들을 누각으로 불러 연회를 베풀었다. 한참 술자리가 무르익을 무렵 장수들이 수군거리더니 몇 사람씩 짝을 지어 누각을 내려갔다.

　"무슨 일이냐?"

　"선인 우길(于吉)이 지금 누각 아래를 지나고 있다고 합니다. 그래서 장수들이 예를 갖추러 내려간 것입니다."

손책은 화가 치솟은 얼굴로 누각 아래를 내려다보았다. 길 한복판에 한 도인이 학의 깃털을 한 옷을 걸치고 지팡이를 짚은 채 서있는데, 백성들이 향을 피우고 엎드려 절을 올리고 있었다. 손책은 도인을 잡아 목을 베라고 했다. 부하들이 수십 차례나 말려 옥에 가두고 목숨은 살려주었다. 하지만 손책의 어머니는 물론 장수와 백성들까지 도인에게 존경을 표하며 살리려 하자, 손책은 시기심이 생겨 도인의 목을 쳤다. 이후 손책은 헛것에 시달리다 문무백관과 동생 손권(孫權)을 불렀다.

"이제 내 목숨이 다한 것 같소! 비록 천하가 어지럽다하나 우리에게는 수많은 백성과 삼강(三江)의 험난함이 있어 충분히 지킬 수 있으니 내 동생을 잘 받들어 주시오."

손책은 동생 손권에게 인장을 넘겨주며 입을 열었다.

"싸움터에서는 네가 나를 따르지 못할 것이나 현자를 등용하는 데는 내가 너를 따르지 못할 것이다. 아버님과 내가 걸어온 창업의 고난을 명심하여 소홀히 하지 말라."

손권은 울면서 인장을 받았다. 손책은 모친을 바라보았다.

"저는 이제 어머님을 모실 수가 없습니다. 손권이 저보다 열 배는 나으니 어머님께서 잘 보살펴 주십시오. 어려운 일이 생기면 안으로는 장소에게 물으시고 밖으로는 주유에게 물으라 하십시오."

이번에는 여러 동생들을 바라보았다.

"너희들은 형을 잘 모셔야 한다. 만약 형제 중 딴 마음을 품는 자가 있으면 모두 합심하여 죽여야 할 것이다."

마지막으로 아내를 바라보았다.

"당신과 영원히 이별하게 되었소. 어머님을 잘 섬기시고 아이들을 잘 보살펴주시오. 처제가 내 장례를 보기 위해 오거든 남편 주유에게 나를 대신하여 내 동생을 잘 도와달라고 부탁하시오."

손책은 말을 마치자 숨을 거두었다. 이때 그의 나이 겨우 26세였다.

형으로부터 제위를 물려받은 손권은 태어나서부터 턱이 네모지고 입이 컸으며 눈은 푸른데다가 수염은 붉었다. 손씨 형제들은 모두 재기가 뛰어났는데 특히 손권은 제왕이 될 상이라고 사람들이 말했다.

하지만 손권은 형을 잃은 슬픔에 잠겨 제대로 정사를 돌보지 못하고 있었다. 그때 손책의 유언을 들은 주유가 돌아왔다.

"돌아가신 형님께서 나라 안의 일은 장소에게, 나라 밖의 일은 그대에게 의논하라 하셨소."

"장소는 현명하고 식견이 있으므로 넉넉히 해낼 것입니다. 하지만 저는 자격이 없어 무거운 소임을 감당하기 힘드니 저보다 크게 쓰실 수 있는 인물을 추천하려고 합니다."

"그게 누구요?"

"임회(臨淮)의 동성 땅에 있는 노숙(魯肅)입니다. 모든 전략을 꿰뚫고 지식과 지혜가 출중한 인물이지요."

주유는 노숙을 불러들였다. 노숙이 오자 손권은 예를 갖추어 맞아들였다. 두 사람은 뜻이 통해 하루 종일 토론을 해도 끝이 없었다. 노숙은 다시 제갈근(諸葛瑾)을 추천했다. 손권이 제갈근을 불러들여 만나보니 그 또한 비범하였다.

"선생께서는 저게 어떤 가르침을 주시려하십니까?"

"원소는 백만 대군이 있다 하나 내실이 튼튼하지 못하여 필히 조조에 패망할 것입니다. 지금은 조조와 손을 잡고 기회를 보아 원소를 치십시오."

손권은 즉시 원소의 사자 진진을 돌려보내면서 교류를 끊겠다는 서신을 주었다.

한편 조조는 손책이 죽었다는 말을 듣고 강동을 공략하려 했다. 그러나 허도에 머물고 있던 장굉이 초상난 집을 공격하는 것은 의로운 일이 못된다고 하여 중단하였다. 조조는 손권을 토로장군(討虜將軍) 및 회계 태수로 임명하는 한편, 장굉을 돌려보냈다. 손권은 크게 기뻐하며 장굉을 높이 등용하였고, 장굉은 고옹을 추천했다. 이후 손권의 위세는 강동에 널리 퍼졌으며 날로 인망이 높아져 갔다.

천하를 가르는 대전

관도대전

강동에서 돌아온 진진은, 원소에게 손책이 죽고 뒤를 이은 손권이 조조와 손을 잡았다는 보고를 했다. 크게 화가 난 원소는 70만 대군을 이끌고 허도를 치기 위해 관도를 향해 떠났다.

소식을 들은 조조는 순욱에게 허도를 지키게 하고 원소와 맞서기 위해 7만 대군을 이끌고 나갔다. 드디어 원소의 군과 조조의 군이 요충지 관도에서 대치하게 되었다. 그때까지 옥에 갇혀 있던 원소의 모사 전풍이 하늘이 주신 때를 기다리라며 출병을 반대했다. 또한 조조 군과 대치한 뒤에는 저수가 지구전을 주장하며 공격에 반대했다.

"전풍이 우리 군의 사기를 꺾어 놓았기에 조조를 무찌르고 돌아가면 목을 베려고 했는데 너까지 그런 말을 하는가?"

크게 노한 원소는 저수를 감금했다.

"조조를 친 다음 전풍과 저수의 죄를 다스리리라!"

한편 조조 측에서는 원소의 대군과 싸우기 위한 회의가 열렸다. 순유가 일어나 말했다.

"원소의 군사가 비록 많으나 오합지졸인 반면 우리의 군사는 정병으로 용맹하니 걱정할 것 없습니다. 하지만 빨리 싸워야 한다는 것을 잊어서는 안 될 것입니다. 헛되이 시간을 보내다보면 마초와 군량이 떨어져 불리하게 됩니다."

"내 생각도 같다. 내가 직접 싸움을 돋워야겠다."

조조는 장졸들에게 북을 치며 나서게 했다. 저수의 말대로 조조는 지구전을 두려워하고 있었다.

원소의 참모 심배는 조조의 군사들이 용맹하다는 것을 알고, 쇠뇌를 쏘는 군사 1만 명과 궁수 5천을 숨겨 포 소리를 신호로 하여 일제히 쏘도록 했다.

드디어 원소와 조조가 직접 나선 가운데 양군이 마주하게 되었다. 조조가 원소에게 소리쳤다.

"내 일찍이 천자에게 상주하여 네놈을 장군으로 오르도록 했는데 어찌 반역을 하느냐?"

원소가 지지 않고 되받았다.

"네놈은 한나라의 승상이라고는 하지만 동탁보다 더한 역적이거늘 누구에게 반역을 운운하느냐?"

격분한 조조가 소리쳤다.

"장요는 어서 나가 역적 놈의 목을 베어오너라!"

말이 채 끝나기도 전에 장요가 말을 몰고 달려 나갔다. 원소 진영에서는 장합이 나왔다. 두 장수가 50여 합을 싸웠으나 승부가 나지 않았다. 조조의 진영에서 허저가 검을 휘두르면서 달려들었다. 그걸 본 원소 쪽에서 고람이 창을 들고 맞섰다. 네 장수가 어우러져 싸우자 구경하는 사람들이 어지러울 뿐이었다.

조조는 하후돈과 조홍에게 각각 3천의 군사를 이끌고 적의 본진을 공격하라고 명령했다. 심배가 이것을 보고 신호를 보내자 쇠뇌와 화살이 쏟아졌다. 조조의 군사는 참패하고 후퇴하였다. 심배는 조조의 진영 앞에 토산을 쌓고 망루를 만들어 궁수들로 하여금 화살을 쏘게 했다.

이에 조조 측에서 돌덩이를 쏘는 수레인 발석거(發石車)를 만들어 대응했다. 돌덩이가 날아오는 것 때문에 토산이 무용지물이 된 원소 측에서는 급습하기 위해 조조의 진영을 향해 땅굴을 팠다. 하지만 조조의 진영에서 이를 눈치채고 성 둘레에 도랑을 팠다. 원소의 군사들은 조조 측이 판 도랑에 막혀 더 이상 땅굴을 팔 수가 없게 되었다.

원소의 군대와 조조의 군대가 대치하기 시작한 것이 8월이었다. 9월 말에 이르자 조조는 불안했다. 병사들은 지치고 군량이 떨어져가기 시작했다. 조조는 관도를 버리고 떠날 생각을 하며 순욱에게 편지로 물었다. 순욱은 이번에 원소를 치지 못하면 그에게 기회를 주는 것이며, 이 싸움은 천하의 향방을 가르는 계기가 될 것이니 절대 물러서서는 안 된다고 말했다.

"이번에 원소를 이기지 못하면 절대 허도로 돌아가지 않겠다. 모든 장수와 사졸은 죽기를 각오하고 싸워라."

조조는 용기를 내어 방어를 했다. 조조의 저항이 강력하자 밀리는 것은 원소였다. 특히 원소의 보급부대가 서황의 습격을 받아 모두 불타 버리고 말았다. 이때 허도로 가던 조조의 사자가 원소의 모사 허유에게 붙잡히고 말았다.

허유는 조조와 동향 사람이라는 이유로 원소에게 몹시 푸대접을 받아오던 장수였다. 그는 이 기회에 크게 공을 세워 보겠다는 생각으로 조조의 밀서와 사자를 원소에게 데려갔다.

"조조가 허창을 비워 방비가 허술하니 기습할 때입니다. 또한 조조군이 군량과 마초가 다한 것이 분명하니 지금이 때입니다."

그러나 의심이 많은 원소는 이 편지도 적의 속임수일지 모른다며 받아들이지 않았다.

"만약 지금 우리가 허창을 손에 넣지 않는다면 나중에 큰 화를 당할 것입니다. 때를 놓치지 마십시오."

또 다시 간청하였지만 원소는 심드렁한 표정을 지었다. 허유는 한탄하며 물러났다. 마침 심배로부터 허유가 백성들로부터 뇌물을 받고 있다는 보고가 들어왔다. 격분한 원소는 허유를 크게 꾸짖으며 다시는 앞에 나타나지 말라고 했다.

그날 밤 허유는 심복 몇 사람을 데리고 아무도 모르게 진지를 벗어나 조조의 진영으로 달려갔다. 조조는 허유를 반갑게 맞으며 극진히 대접했다. 그는 허유에게서 사정을 자세히 듣고는 크게 놀랐다.

"원소가 만일 그대의 계책대로 공격했다면 우리는 크게 패했을 것이오. 이제 어떻게 해야 원소를 물리칠 수 있겠소?"

허유는 잠시 생각하더니 얼굴을 들어 물었다.

"승상께서 가지고 있는 군량이 얼마나 됩니까?"

"이달치 군량밖에 없소."

그러자 허유가 의미 있는 눈빛을 띠며 말했다.

"농담하지 마십시오. 군량은 이미 동이 났지 않습니까?"

조조는 그 소리를 듣고는 허유의 손을 덥석 잡으며 청했다.

"그대는 나를 믿고 찾아온 것이니 내게 좋은 계교를 일러 주시오."

"원소의 군량은 모두 오소에 있습니다. 지금 그곳을 지키고 있는 장수 순우경은 술을 좋아하여 방비도 제대로 하지 안할 것입니다. 승상께서 정병을 골라 군량을 불살라 버리면 원소의 군사는 사흘도 못 가서 큰 혼란에 빠질 것입니다."

조조가 들으니 기막힌 계책이었다. 조조는 날랜 기병 5천을 뽑아 보냈다.

한편 감금되어 있던 저수는 하늘을 보고 큰 화가 미칠 징조를 알아차렸다. 감옥을 지키는 군사에게 원소를 만나게 해줄 것을 부탁했다.

"무슨 일로 나를 보자고 한 것인가?"

원소가 마땅치 않은 표정으로 물었다.

"천문을 보니 불길한 징조가 있습니다. 생각하건데 오소에 믿을 만한 장수를 보내 대비하여야 할 것입니다."

"죄인 주제에 요망한 소리를 하느냐? 이놈을 지키던 군사의 목을 베라."

뒤늦게 군량이 불타고 있다는 소리를 들은 원소는 깜짝 놀라 참모들을 모아놓고 의논을 했다.

"제가 고람과 함께 가서 오소를 구하겠습니다."

장합이 나섰다. 하지만 곽도가 다른 의견을 제시했다.

"안됩니다. 군량을 습격한 것으로 보아 조조가 직접 나선 것이 분명합니다. 따라서 그의 본진은 텅 비어 있을 것이니 그곳부터 공략하는 것이 옳을 줄 압니다."

원소는 이러지도 저러지도 못하고 망설이다 절충안을 선택했다. 장기에게는 1만의 군사를 주어 오소를 구원하게 하고, 장합과 고람에게는 5천의 군사를 주어 관도를 공격하게 했다. 그러나 양쪽 모두 조조의 군대에 대패하였다.

장합과 고람이 패했다는 소리를 들은 곽도는, 계책을 낸 자신에게 피해가 올 것이 두려워 두 장수를 모함했다.

"장합과 고람이 패한 것은 평소 조조와 내통하여 힘을 다하지 않고 싸웠기 때문입니다."

"당장 두 놈을 불러 오너라. 목을 쳐서 죄를 다스려야 하겠다."

하지만 이를 알게 된 장합과 고람은 조조에게 항복했다. 조조는 두 장수가 항복했다는 소리를 듣고 크게 기뻐했다.

"장합과 고람은 이미 주인을 여러 번 바꾼 적이 있습니다."

하후돈이 못마땅한 듯 말했다.

"주인이 옳지 못하면 떠나는 것이 이치요."

원소의 진영에서는 두 장수가 배반했을 뿐만 아니라 오소의 군량까지 잃자 군사들의 사기가 크게 떨어졌다. 허유는 자신의 계책으로 조조 측에 승기가 보이는 것을 보고 야습을 권하였다. 장합과 고람도 선봉을 자청했다. 조조는 장합과 고람을 시켜 야습을 감행했다.

불의의 기습을 당한 원소의 진영은 글자 그대로 암흑 속에서 아비규환을 이루었다. 군사들은 미처 싸울 생각조차 못하고 도망을 치기에 바빴고, 원소 자신도 갑옷도 입지 못한 채 말을 타고 도망쳤다. 원소가 황하를 건넜을 때에는 그를 따르는 기병이 불과 8백여 명밖에 되지 않았다.

조조의 군사는 대승을 거두었고 얻은 노획물이 어마어마했다. 그런데 노획물 속에서 한 묶음의 편지가 나왔다. 평소 조정 대신들과 조조의 부하들이 원소와 내통하느라 나눈 편지들이었다.

"이럴 수가 있나! 이런 놈들은 모두 잡아서 극형에 처해야 합니다."

주위의 장수들이 모두 분개해 외치자 조조가 미소를 지으며 말했다.

"원소의 세력이 천하를 뒤덮었을 때에는 나 역시 어떻게 할까 하고 고민했었소. 나조차 그러했는데 하물며 보통 사람들이야 더 말해 무엇하겠소."

조조는 그 편지들을 자기 손으로 불태워버리도록 했다.

"다시는 이 일을 입 밖에 내지 마라."

원소의 멸망

원소의 모사 저수는 갇혀 있던 탓에 도망치지 못했다. 생포된 저수는 조조 앞에 끌려 나갔다. 저수의 능력을 아껴 왔던 조조는 자기 사람으로 만들고 싶었다.

"이 저수는 항복할 수 없다. 어서 목이나 베라!"

조조는 저수의 목을 베지 않고 후하게 대접하고 진중에 머물게 했다. 하지만 저수는 그날 밤 말을 훔쳐 원소에게 달아나려다 발각되어 죽임을 당했다. 저수는 죽을 때까지 얼굴 빛 하나 변하지 않고 당당한 모습을 보여 조조를 탄복하게 만들었다.

조조는 저수의 장례를 성대히 치러준 뒤 황하 나루터에 안장하고 '충렬저군지묘(忠烈沮軍之墓)'라는 비석을 세워 주었다.

8백 명 가량을 데리고 기주를 향해 달아나던 원소는 장수 장의거가 구원하러와 목숨을 건졌다. 이튿날 다시 봉기가 마중을 왔다. 원소는 봉기에게 전풍의 말을 듣지 않은 것을 탄식했다. 평소 전풍과 사이가 좋지 않던 봉기가 거짓으로 전풍을 헐뜯었다.

"전풍은 옥중에서 우리가 패했다는 소식을 듣고는 내가 예상했던

대로 되었다며 손뼉을 치며 기뻐하였습니다."

"뭐라고? 내 반드시 그놈을 죽이리라."

원소는 사자를 먼저 보내 전풍을 죽이도록 명령했다. 그때 전풍은 원소가 대패하였다는 소식을 듣고 죽을 것을 예상하여 스스로 목을 매었다. 전풍이 죽었다는 소문이 퍼지자 듣는 사람들 모두가 눈물을 뿌리며 그의 죽음을 애석해 했다.

원소는 기주에 돌아와서도 마음이 산란하여 정사가 손에 잡히지 않았다. 그때 청주에 있던 장남 원담이 5만 군사를, 유주에 있던 차남 원희(袁熙)가 5만 군사를, 병주에 있던 조카 고간이 5만 군사를 이끌고 왔다. 원소는 조조와 다시 한 번 싸우기 위해 30만의 군사를 일으켜 창정(倉亭)에 진을 쳤다. 하지만 이곳에서도 원소는 대패하였고 병까지 얻었다.

이때 조조 진영에는 순욱으로부터 급보가 날아들었다. 유비가 여남에서 유벽과 공도의 도움을 받아 수만의 군사를 길렀으며, 조조가 하북으로 간 틈을 이용하여 군사를 이끌고 허도로 오고 있다는 내용이었다.

조조는 옛날부터 불안하게 여겼던 일이 현실로 닥치자 크게 놀랐다. 조조는 조홍에게 대군이 주둔해 있는 것처럼 위장하도록 지시하고 유비를 치기 위해 여남으로 향했다. 이때 유비는 관우·장비·조운과 함께 양산(穰山)을 지나고 있었다. 조조가 허도로 회군하기 전에 허도를 칠 수 있을 것이라 생각했던 유비는 조조 군과 양산에서 마주치자 당황하지 않을 수가 없었다.

"내가 저를 귀한 손으로 극진히 대접했거늘 너는 어찌 은혜도 모르느냐?"

조조가 유비에게 소리쳤다.

"너는 한의 승상이라 하나 사실은 역적이다. 나는 황실의 종친으로 천자의 뜻에 따라 역적을 치러 왔다. 어찌 네가 의(義)와 은혜를 따지느냐?"

유비는 천자가 동승에게 내린 밀서 내용을 크게 읽으며 소리쳤다.

"저 귀 큰 놈의 목을 가져오너라!"

격분한 조조가 허저에게 말했다. 허저가 말을 몰아 달려 나갔다. 그러자 유비 뒤에 서 있던 조운이 맞서기 위해 나갔다. 창과 칼이 부딪칠 때마다 불꽃이 일고 말굽 아래에는 흙먼지가 일어났다. 둘이 30여 합을 싸웠으나 승부가 나지 않았다.

이때 홀연히 동남쪽에서 관우가 군사를 이끌고 조조의 진영으로 달려들었다. 조조는 급히 군사를 갈라 관우를 막도록 했다.

그러나 서쪽에서 다시 장비가 군사를 이끌고 달려왔고 유비도 군사를 이끌고 조조의 본진을 향해 달렸다.

조조의 군사는 오랜 싸움을 치렀고 먼 길을 달려왔기에 지쳐 있었다. 유비의 군이 삼면에서 총공세를 펴니 더 이상 견디지 못하고 흩어졌다. 다행히 조조가 신속히 퇴각 명령을 내려 크게 패하지는 않았다.

이튿날 조운이 조조의 진영으로 가 싸움을 걸었다. 그러나 어쩐 일인지 조조의 군사들은 꼼짝도 않고 진영을 지키고 있을 뿐이었다. 이렇게 보름이 지났을 무렵 유비에게 급보가 날아들었다. 여남에서 군량을 호송해 오던 공도가 조조의 매복 군에 포위되었다는 보고였다.

"장비는 어서 가서 공도를 구하라!"

하지만 장비가 출발하자마자 또 다시 급보가 날아들었다. 하후돈이 후방으로 돌아 여남을 공격하고 있다는 보고였다. 여남이 함락당하면 돌아갈 곳조차 없다고 생각한 유비는 관우를 급히 보냈다.

관우가 출발하고 하루가 지나지 않아 하후돈이 벌써 여남성을 점령하였으며, 유벽은 성을 버리고 달아났다는 보고였다. 뿐만 아니라 관우와 장비는 적에게 포위되었다는 것이었다.

당황한 유비는 어둠을 이용해 일부 군사들에게 북을 울리게 했다. 유비는 보병을 앞세우고 기병을 뒤따르게 한 채 살금살금 도망을 쳤다. 간신히 산을 넘는가 싶었는데 수많은 횃불이 나타나더니 함성 소리가 들렸다.

"유비야! 어디로 달아나는 게냐? 내 기다리신 지 오래다!"

조조가 소리쳤다.

"주군은 염려 마시고 저만 따라오십시오."

어쩔 줄 몰라하는 유비에게 조운이 말했다. 조운이 창을 휘두르며 말을 달려 길을 여니 유비도 쌍고검을 뽑아 들고 뒤를 따랐다. 허저가 말을 달려왔다. 조운이 맞서는데 우금과 이전이 달려와 허저를 도왔다. 유비는 혼자 몸으로 간신히 산속 오솔길로 도망쳤다.

어느새 먼동이 떠오르고 있었다. 조금 쉴까하는 사이 다시 한 떼의 군마가 나타났다. 놀라 바라보니 패주한 유벽이 손건 · 간옹 · 미방과 함께 기병 1천명을 끌고 유비의 가족을 호위해 오고 있었다.

그러나 재회의 기쁨은 오래 가지 않았다. 10리도 채 못 가서 장합이 이끄는 기병대와 맞닥뜨렸던 것이다. 유비가 뒤로 물러서려 하자 뒤에서 고람이 기병대를 몰고 달려들었다. 유비는 하늘을 우러러 탄식했다.

"이제는 끝이구나. 치욕스런 죽음을 당하느니 차라리 목숨을 끊겠다!"

칼을 들어 스스로 목을 찌르려고 하자 유벽이 달려들어 유비의 팔을 잡았다.

"제가 죽기로 싸워 길을 열겠습니다."

유벽이 달려 나갔으나 불과 3합에 고람의 칼에 맞아 말 아래로 굴러 떨어졌다. 더 이상 물러설 곳이 없는 유비는 쌍고검을 들고 고람을 노려보았다. 그때 갑자기 고람의 기병대 뒤쪽이 무너지기 시작하더니 조운이 바람같이 달려와 고람을 단번에 창으로 찔러 죽였다.

고람을 죽이자마자 장합이 군사를 이끌고 달려왔다. 장합은 조운의 상대가 되지 못했다. 30여 합을 싸우더니 도망쳤다. 하지만 장합의 군대가 길을 막고 있어 앞으로 나갈 수가 없었다. 그때 관우가 관평·주창과 함께 3백여 명의 군사를 이끌고 나타나 장합의 기병대를 물리쳤다. 유비는 장비가 걱정되어 곧 관우를 보내 구하도록 했다. 얼마 후 유비는 산 밑 진영에서 두 아우를 다시 만날 수 있었다.

"너희 둘 모두 성한 것을 보니 하늘이 아직 나를 버리지 않는가 보구나!"

유비는 두 형제를 손을 잡고 눈물을 흘렸다. 유비가 불과 1천명도 안 되는 패잔병을 이끌고 간신히 도착한 곳은 한강(漢江)이었다. 유비는 잠시 군사를 쉬게 했다. 주민들은 말로만 듣던 유황숙이 왔다는 말을 듣고 양고기와 술을 내왔다.

"자네들 모두 뛰어난 재능을 갖고 있으면서도 이 못난 나를 만나 빛을 보지 못하고 있구려. 나는 이제 운이 다해 송곳 하나 세울 만한 땅도 없는 신세가 되었으니 그대들은 훌륭한 주인을 찾아가 공을 세워 이름을 후세에 남기도록 하게."

"무슨 말씀을 그리 하십니까? 옛날 한고조는 항우와 천하를 겨루어 번번이 패했으나 최후의 일전을 승리로 이끌어 한나라 사백년의 기틀을 열었습니다. 이기고 지는 것은 언제나 있는 것이거늘 어찌 큰 뜻을 버리려 하십니까?"

관우의 말에 손건도 거들었다.

"여기서 멀지 않은 곳에 형주의 유표가 있습니다. 그곳은 군사도 강하고 군량도 풍부합니다. 그는 주군과 같은 한나라 황실의 후손이니 그에게 가서 의지하는 것이 어떻겠습니까?"

유비는 손건을 형주로 보냈다. 손건은 밤새도록 달려가 유표를 만났다.

"유사군은 천하가 다 아는 영웅입니다. 현재 거느리고 있는 장수와 군사가 적다하나 기울어져가는 사직을 바로 잡으려는 뜻은 어느 누구보다도 강합니다. 더욱이 명공과 우리 유장군은 한실 종친이니 부디 깊이 헤아리시어 좋은 기회가 되도록 하십시오."

"현덕은 나의 동생이오. 오래전부터 만나고 싶었는데 잘 되었소."

하지만 옆에 있던 유표의 처남 채모(蔡瑁)가 말렸다.

"안됩니다. 유비는 여포, 조조, 원소에게 의지하였으나 그들 모두를 배신하였으니 믿으셔서는 안 됩니다. 저자의 목을 베어 조조에게 바쳐 사이를 돈독히 하시는 것이 주공이나 형주의 백성을 위하는 것입니다."

이에 손건이 눈 하나 꿈쩍하지 않고 입을 열었다.

"나는 죽음이 두렵지 않소. 그러나 우리 유사군을 헐뜯으니 한마디 하겠소. 우리 유사군의 충성심은 조조나 원소, 여포 따위와는 다르오. 그들은 모두 옳지 않고 불충함으로써 떠난 것이오. 하지만 형주의 유 장군께서는 한실의 종친이라 믿고 의지하려는 것이오."

채모의 말에 잠깐 흔들렸던 유표는 생각을 다시 바꾸었다.

"이미 내 뜻은 정해졌으니 여러 소리 말라. 유현덕에게 전하시오. 내가 채비가 되는 대로 마중나간다고."

유표는 유비에게 집과 노비를 내주어 생활에 불편함이 없도록 했다. 이로써 유비일행은 형주에서 다시 시작하게 되었다.

조조는 유비가 형주의 유표에게 의지하고 있다는 사실을 알고 형주 를 치기 위해 군사를 동원하려 했다. 하지만 원소의 세력이 아직 건재 함으로 안심할 수가 없었다.

조조는 허도로 돌아와 전열을 다진 다음 이듬해 대군을 이끌고 관도 로 향했다. 조조 군이 쳐들어온다는 소식을 들은 원소는 셋째 아들 원 상(袁尙)을 보냈다. 원상은 여양(黎陽)에서 조조 군과 만났다. 조조군 의 선봉은 장요였다. 원상은 제대로 싸워보지도 못하고 장요에게 크 게 패했다. 이 소식을 들은 원소는 지병이 악화되어 한 말이나 되는 피를 토하고 죽었다.

상중에 원소의 유부인이 원소가 사랑하던 첩 다섯 명을 끌어내어 머 리카락을 자르고 얼굴을 도려 죽였다. 아들 원상은 어머니가 죽인 첩 의 가솔들을 모조리 죽이고 원소의 뒤를 이었다. 청주에서 달려온 장남 원담은 이를 인정하지 않고 원상과 대립했다.

원상과의 싸움에서 밀리기 시작한 원담은 조조에게 연합을 요청했다. 연합군에 대항하여 심배가 끝까지 저항하였으나 역부족이었다. 원상은 도망치고 심배가 조조 앞에 끌려왔다. 조조는 심배를 자기 사람으로 삼고 싶어 설득하였지만 끝까지 거부하여 죽였다. 과거에 조조를 비방한 격문을 쓴 진림이 끌려왔다.

"너는 나만 욕할 것이지 어찌하여 내 조상과 부친까지 능멸하였느냐?"

"당겨진 화살은 쏠 수밖에 없는 것 아니겠소?"

진림은 태연하게 대답했다. 그 말을 듣고 좌우의 측근들이 입을 모아 진림을 죽이라고했다. 조조는 그의 재주를 아껴 자신의 종사로 삼았다.

조조는 원씨 집으로는 아무도 들여보내지 말라고 엄명을 내렸다. 이때 조조의 맏아들 조비(曹丕)는 18세였다. 조비는 군사들의 만류에도 칼을 들고 후당으로 들었다. 후당에서 서로 끌어 앉고 울고 있는 두 부인이 있었다. 원소의 아내 유씨와 둘째 아들 원희의 부인 진씨였다.

진씨는 절세미인이었다. 조비는 그들을 죽이려고 칼을 들었으나 진씨의 아름다음에 넋을 잃었다. 곧 조조가 오고 후당으로 들어온 조비를 꾸짖었다. 그때 유씨가 조조에게 엎드려 절하며 말했다.

"세자가 아니었더라면 첩의 집안은 목숨을 유지하지 못하였을 것입니다. 진씨를 세자에게 바치고 싶습니다."

조조가 진씨를 얼굴을 보더니 말했다.

"과연 나의 며느릿감이다."

이리하여 조비와 진씨는 결혼을 했다.

한편 원상은 유주로 도망가 둘째 형 원희에게 몸을 맡겼다. 동생 일을 해결한 원담은 조조와 연합을 파기하고 기주를 탈환하려다 조홍의 칼에 죽었다. 원상과 원희는 요동(遼東) 태수인 공손강(公孫康)에게 도망갔으나 공손강은 둘의 목을 베어 조조에게 바쳤다.

복룡과 봉추

형주의 유표에게 몸을 의탁한 유비는 신야현(新野縣)이라는 작은 고을에서 융숭한 대접을 받으며 지냈다. 이때 나이가 50이 다되어 감부인(甘夫人)으로부터 첫 아들 아두를 낳았다.

채모는 유비를 살려두면 형주를 통째로 삼킬 것이라며 죽이라고 충동질하였으나 유표는 듣지 않았다. 채모는 유표가 유비를 죽일 생각이 없다는 것을 알고 자신이 스스로 유비를 죽이기 위해 유인하였다. 이를 눈치 챈 유비는 단신으로 남장 땅까지 도망쳤다. 이곳에서 우연히 수경선생이라 불리는 사마휘(司馬徽)를 만나게 되었다.

"귀공의 높은 이름은 전부터 듣고 있었소. 그런데 어찌하여 놀라운 일을 겪게 되었소?"

"운이 나빠 이 모양 이 꼴 입니다."

"장군이 좌우에 훌륭한 인물을 두지 못하고 있기 때문이오."

"저는 재주가 없지만 모사로는 손건과 미축, 간옹이 있고, 장수로써는 관우와 장비, 조운이 있습니다."

"관우와 장비, 조운은 만인을 상대할 수 있지만 손건과 미축, 간옹은 백면서생에 불과하여 세상을 평정할 그릇이 못되오."

"그렇다면 어떤 인물이 좋겠습니까?"

"복룡과 봉추 중 한 사람만 얻어도 천하를 평정할 수 있을 것이오."

"복룡과 봉추라니요? 누구를 말씀하시는 겁니까?"

수경 선생은 손뼉을 치며 크게 웃기만 할 뿐 더 이상 아무런 말도 하지 않았다. 이튿날 조운이 수백 명의 부하들을 이끌고 유비를 찾으러 왔기에 함께 신야로 돌아왔다. 하지만 유비의 마음속에서는 복룡과 봉추에 대한 생각이 끊이지 않았다.

그러던 어느 날 외출했던 유비는 선복이라는 사람을 만나 그의 인물 됨됨이에 반해 군사로 삼고 군대를 훈련시키도록 했다.

한편 허도로 돌아온 조조의 다음 목표는 형주였다. 그래서 조인에게 3만 군사를 주어 번성에 주둔한 채 정세를 살피라고 했다. 어느 날 원소의 부하였던 여광과 여상 형제가 5천 군사를 주면 유비의 목을 가져오겠다고 큰 소리쳤다. 조인이 기뻐하여 승낙했다.

적군의 이동 보고를 들은 유비는 선복을 불러 계책을 물었다.

"적이 우리 땅에 들어오게 해서는 안 될 것입니다. 관우를 왼편으로 보내 적의 중앙을 치고, 장비를 오른편으로 보내 적의 뒤를 치고, 주공과 조운이 정면을 막는다면 물리칠 수 있을 것입니다."

유비는 선복의 계략을 따라 병력을 배치했다. 정면에서 여광과 여상, 유비와 조운이 만났다. 조운이 말을 박차고 나가자 여광이 나왔다. 겨우 몇 합을 싸우고 여광의 목이 떨어졌다. 곧 양군사이에 싸움이 벌어지고 여상은 달아나기 시작했다. 여상은 정신없이 도망치다 장비에게 한칼에 목이 떨어졌다.

소식을 들은 조인이 2만 5천 군사를 이끌고 신야로 향했다. 조인은 유비의 진영 앞에 진을 치고 군사들을 시켜 크게 외치게 했다.

"유비는 보아라! 우리가 어떤 진을 쳤는지 알기나 하겠느냐?"

선복이 높은 곳에서 내려다보며 유비에게 설명했다.

"저것은 팔문금쇄진(八門金鎖陣)이라 합니다. 8문(八門)이라는 것은 휴(休)·생(生)·상(傷)·두(杜)·경(景)·사(死)·경(驚)·개(開) 문을 말하는데, 생·경·개문으로 들어가면 이길 수 있지만, 상·경·휴문으로 들어가면 실패할 확률이 높고, 두·사문으로 들어가면 반드시 패합니다. 그런데 조인의 팔 문 배치는 겉으로는 정확한 것 같지만 중앙이 허술합니다. 동남쪽의 생문으로 쳐들어가서 서쪽의 경문으로 나오면 쉽게 깰 수 있을 것입니다."

선복의 계책대로 조운이 기병 5백을 거느리고 동남쪽으로 공격하자 조인의 진영은 큰 혼란에 빠졌다. 조인은 그 길로 번성으로 퇴각했다. 조인은 패배를 만회하기 위해 번성을 비운 채 밤을 이용하여 유비의 진영을 급습했다. 이 또한 선복이 알아차려 조인은 크게 패배하고 번성까지 유비에게 빼앗기고 허도로 도망쳤다.

"유비를 누가 보좌하였느냐?"

패하고 돌아온 조인에게 조조가 물었다.

"선복이라는 사람입니다."

"선복이 어떤 인물이지?"

조조가 좌우를 돌아보자 정욱이 말했다.

"선복은 진짜 이름이 아닙니다. 그는 서서(徐庶)라는 인물로 수경선생 사마휘와 신분이 두텁고 저보다 열배는 뛰어난 인물입니다."

조조는 탄식하며 서서를 유비에게 빼앗긴 것을 탄식했다. 이때 정욱이 서서는 효심이 지극한 자이니 허도에 머물고 있는 그의 어머니를 인질로 삼아 서서를 오게 하면 된다고 말했다.

조조가 즉시 서서의 어머니를 모셔오도록 했다. 조조는 서서의 어머니를 극진히 대접하고 편지를 써 줄 것을 요청하였으나 서서의 어머니는 조조에게 역적이라며 벼루를 던졌다. 조조가 목을 베려하였으나 정욱이 말리고, 서서의 어머니 필체를 위조하여 서서에게 편지를 보냈다.

'승상이 나를 허도로 불러 올렸다. 네가 역적을 도와 조정을 배반하였기 때문에 나를 감옥에 처넣겠다는 것을 정욱 덕분에 면할 수 있었다. 편지를 받는 즉시 급히 돌아와 받나 갈 거라.'

노모의 가짜 편지를 받아본 서서는 눈물을 펑펑 흘렸다. 이윽고 유비에게 보이고 선복이란 이름이 가명임을 이야기하였다.

"유황숙을 만나 감격할 뿐이었는데 어머니의 목숨이 위태롭다하니 훗날을 기약하여야 하겠습니다."

"부모와 자식의 사이야말로 하늘이 내린 인연이오. 혹시 인연이 닿아 훗날 다시 가르침을 받을 기회가 있다면 천만 다행이겠소."

유비가 탄식하며 말했다.

"서서를 조조에게 보낸다면 우리가 위태로워집니다. 만약 그를 보내지 않으시면 조조가 그의 어머니를 죽일 터이고, 서서는 조조를 원수로 생각할 것입니다."

"남의 손을 빌려 어머니를 죽게 하고 내가 그 자식을 이용하는 것은 옳지 않은 일일세."

유비는 서서와 밤새 이별주를 마셨다. 아침이 되어 서서가 떠나게 되자 유비는 20리 밖까지 전송했다.

"선생이 가고 나면 나는 대체 어찌해야 하오?"

서서와 유비는 눈물을 흘리며 작별인사를 했다. 유비는 서서가 떠난 숲을 바라보며 자리를 떠날 줄 몰랐다. 그런데 서서가 다시 돌아오고 있었다.

"마음이 심란하여 중요한 이야기를 잊었습니다. 양양성에서 이십리쯤 떨어진 융중이란 곳에 숨어사는 제갈량(諸葛亮), 자는 공명(孔明)이라는 선비가 있습니다. 사람들은 와룡 선생이라 부르지요. 그를 얻는다면 천하를 쉽게 장악할 수 있을 것입니다."

"얼마 전 수경선생이 복룡과 봉추 한사람만 얻을 수 있다면 천하를 평정한다고 했소? 혹시 그분이 복룡이나 봉추요?"

"봉추는 양양의 방통(龐統)을 말하고, 복룡은 제갈공명을 말합니다."

서서는 유비와 헤어져 다시 길을 재촉했다. 허도에 도착한 서서는 조조와 인사를 나누고 그 길로 노모를 찾았다. 노모는 서서를 보자 깜짝 놀라면서 물었다.

"아니, 네가 여긴 어찌 왔느냐?"

"어머니께서 보내신 편지를 받고 왔습니다."

그러자 노모는 불같이 화를 내며 말했다.

"세 살 먹은 어린아이도 아니고 겨우 가짜 편지 한 통에 주인을 바꾸었단 말이냐?"

노모는 벌떡 일어나 밖으로 나갔다. 서서는 바닥에 엎드려 한참 동안 얼굴을 들지 못했다. 그때 시종 하나가 뛰어 들어오며 말했다.

"어머니께서 목을 매셨습니다."

서서가 황급히 뛰어갔으나 노모는 이미 숨이 끊어져 있었다. 서서는 비통한 나머지 실신을 했다가 겨우 정신을 되찾아 장례를 치른 다음, 모친을 애도하며 하루하루를 보냈다.

삼고초려

유비는 관우와 장비를 비롯하여 몇 명의 참모들을 데리고 공명의 초가집으로 찾아갔다. 말에서 내린 유비는 사립문을 두드렸다. 그러자 동자 하나가 나와 누구냐고 물었다.

"한나라 좌장군 의성정후 예주자사이자 황제의 아저씨뻘 되는 유비가 선생님을 뵙고 싶어 왔다고 전해라."

"그렇게 긴 이름은 외울 수가 없습니다."

"그럼 유비가 찾아왔다고 전해라."

"선생님께서는 오늘 아침에 출타하셨습니다."

"어디로 가셨느냐?"

"모르겠습니다."

"언제쯤 돌아오신다고 하셨느냐?"

"그것도 모르겠습니다. 사나흘 걸릴 때도 있고 열흘 남짓 걸릴 때도 있습니다."

유비는 낙심했다. 관우와 장비가 돌아가자고 재촉했다. 하는 수 없이 유비는 동자에게 왔다는 말을 전하게 한 뒤 발길을 돌렸다.

며칠이 지나 부하로부터 공명이 돌아왔다는 보고를 받았다. 유비는 말을 준비하라고 하였다. 관우와 장비가 한낱 촌뜨기 때문에 형님이 직접 가야하느냐고 투덜거렸다. 유비는 그런 동생들을 꾸짖고 길을 나섰다. 때는 엄동설한이라 추위가 심하고 잿빛 구름이 하늘을 뒤덮고 있었다. 얼마 안 가서 북풍이 세차게 불며 눈발이 흩날리기 시작했다. 장비가 투덜거렸다.

"땅이 꽁꽁 얼어붙은 겨울에는 전쟁도 하지 않는데 그까짓 촌사람 하나 때문에 이처럼 사나운 눈길을 헤쳐 가야 하는 겁니까?"

"내가 바라는 것은 공명이 이런 내 진심을 알아주는 것이네. 동생들은 추우면 먼저 돌아가게."

유비가 공명의 초가집에 당도해 문을 두드리니 다시 동자가 나왔다.

"오늘은 선생님이 계시냐?"

"지금 사랑에서 책을 읽고 계십니다."

유비는 곧 동자를 따라 안으로 들어갔다. 중문에 이르니 시를 읽는 소리가 들려왔다. 시 읽기가 끝나기를 기다렸다가 유비가 공손히 말을 걸었다.

"일찍이 서서의 말을 듣고 찾아왔더니 계시지 않았습니다. 오늘은 이렇게 뵙게 되니 큰 영광으로 알겠습니다."

"장군은 유황숙이지요? 우리 둘째 형님을 뵈러 온 것 같군요. 저는 동생 제갈균이라 합니다. 우리는 삼형제인데 큰 형님 제갈근은 강동의 손권에게 갔지요. 둘째 형님은 오늘 놀러 갔습니다."

유비의 입에서 저절로 탄식의 한숨이 터져 나왔다.

"유비는 이다지도 인연이 없단 말인가!"

제갈균이 차를 대접하는데 장비가 또 다시 투덜거렸다.

"선생이 없으니 빨리 돌아가시죠."

"넌 좀 가만히 있어라."

유비는 장비를 나무라고 벼루와 붓을 빌려 편지를 써 놓고 나왔다. 유비는 우울한 심정으로 펑펑 쏟아지는 함박눈을 맞으며 와룡산을 내려올 수밖에 없었다.

이듬해 봄 유비는 다시 공명을 찾아가기 위해 준비를 서둘렀다. 그러자 장비는 물론이고 관우까지도 탐탁지 않게 여겼다.

"두 번이나 찾아갔으면 그것으로 예는 충분합니다. 일부러 피하는 것 같은데 배운 것 없이 명성만 높아져서 그런 것 아니겠습니까?"

장비는 한술 더 떴다.

"형님이 나설 것 없습니다. 누구를 보내든지, 제가 오랏줄로 묶어서 끌고 오리다."

유비는 장비를 호되게 야단치며 말했다.

"주나라 문왕이 강태공을 찾아간 이야기도 모르느냐? 문왕은 이미 천하의 삼분의 이를 손에 넣고도 강태공의 낚시질을 방해하지 않고 해가 지도록 서서 기다렸다."

세 사람은 다시 융중으로 떠났다. 문을 두드리자 다시 동자가 나왔다.

"선생님께서 지금 초당에서 낮잠을 주무시고 계십니다."

"그럼 알리지 마라. 기다리마."

유비는 관우와 장비를 문 밖에서 기다리게 하고 조용히 안으로 들어갔다. 공명은 침대 위에 반듯이 드러누워 잠들어 있었다. 유비는 맷돌

아래에서 공손히 두 손을 마주잡고 서서 기다렸다. 그 모습을 본 장비는 화가 치밀어 관우에게 투덜댔다.

"저 시건방진 놈을 보소. 형님이 저렇게 공손히 서 계신데 자빠져 자는 척만 하고 있다니! 집에 불을 질러버릴 테니 그때도 안 일어나나 한 번 봅시다!"

관우가 당황하여 말렸다. 제갈량은 침대에서 잠깐 몸을 뒤척이며 깨어날 듯했으나 이내 벽을 향해 잠들어 버렸다. 보다 못한 동자가 깨우려 하는 것을 유비가 손짓으로 말렸다. 다시 한 식경이 흘러 잠자리에서 일어난 공명이 동자를 불러 물었다.

"손님이라도 오신 게냐?"

"유황숙께서 오랫동안 기다리고 계셨습니다."

"진작 깨우지 그랬느냐. 옷을 갈아입고 나가야겠다."

또 반 식경이 흐르고 나서야 단정한 옷차림의 공명이 모습을 드러냈다. 키가 8척에 얼굴은 관옥처럼 희고 머리에 건을 썼으며 몸에는 하얀 학 무늬 장삼을 걸친 것이 신선처럼 보였다.

유비가 공손히 몸을 굽혀 인사를 올리자 공명도 점잖게 인사를 했다.

"지난번 남기신 편지를 보고 장군께서 나라와 백성을 생각하는 마음을 잘 알 수 있었습니다. 다만 이 사람이 나이도 어리고 재주가 없어서 물으시는 말씀을 감당할 수 없는 것이 한입니다."

"세상을 구할 재주가 있으면서도 헛되이 세월을 보내는 것은 대장부의 도리가 아닙니다. 천하의 백성을 염려하시어 이 유비를 가르쳐 주십시오."

공명은 그제야 비로소 입가에 웃음을 띠고 물었다.

"그러시다면 먼저 장군의 뜻을 알고 싶습니다."

드디어 공명이 마음을 여니 유비가 마음속에 있던 말을 털어 놓았다.

"한 황실은 이미 기울어 역적들이 천하를 짓밟고 있습니다. 이에 유비가 천하에 대의명분을 펴려고 하나 재주가 없어 어찌할 바를 모르고 있습니다. 어리석음을 덜어주십시오."

공명이 옷깃을 바로하고 조용히 말했다.

"동탁이 반역을 꾀한 이후 사방에서 호걸들이 일어나고 있습니다. 그중에서 가장 강한 원소는 조조에게 멸망했습니다. 하늘이 준 때를 잘 활용한 것도 있지만 역시 사람을 잘 써서 의지한 힘이 컸습니다. 조조는 이제 백만 대군을 거느리고 천자를 방패로 삼고 있으니 그와 겨룰 수는 없는 일입니다. 그리고 손권은 강동에 삼 대를 지냈을 뿐만 아니라 국토는 천연의 요새를 이루고 있고 백성들도 잘 따르니 손을 잡을지언정 싸워서는 안 될 것입니다. 다음은 이곳 익주(益州)와 형주를 말하자면 북쪽으로는 한수(漢水)와 면수(沔水)를 두어 남해(南海)에 이르기까지 다 이로운 땅이요, 동쪽으로는 오군(吳郡), 회계 땅과 닿고 서쪽으로는 파(巴)와 촉(蜀) 땅과 통하니 군사를 거느리고 천하를 경영할 만한 곳입니다. 그런데 지금의 유장(劉璋)은 사리에 어둡고 나약하여 백성들이 새로운 주인을 애타게 기다리고 있습니다. 장군은 황실의 종친으로서 이미 신의를 천하에 드러냈습니다. 장군께서는 형주와 익주의 새로운 주인이 되셔서 이곳을 발판으로 삼는다면 천하통일의 대업을 성취할 수 있을 것입니다."

천하삼분책(天下三分策)이라는 것이었다. 공명은 이어서 동자에게 지도를 펼쳐 방 가운데 걸게 했다.

"북쪽의 조조는 하늘의 도움을 받고 남쪽의 손권은 지형의 도움을 받고 있으니 그냥 내버려 두십시오. 장군이 패권을 잡으려면 먼저 민심을 얻어 형주와 익주를 차지하여야 할 것입니다."

"그러나 형주의 유표와 익주의 유장은 모두 한나라 황실의 종친으로 나오는 친척뻘인데 어떻게 그 땅을 빼앗을 수 있겠습니까?"

"제가 보기에 유표는 곧 세상을 떠날 사람이고 유장은 대업을 성취할 만한 그릇이 못 됩니다. 결국 형주와 익주는 장군의 손에 들어오게 될 것입니다."

유비는 공명에게 머리를 조아리며 산에서 내려와 자기를 도와달라고 간청했다. 몇 번 거절하던 공명도 유비의 간곡한 청에 따라 함께 신야로 내려왔다.

때는 서기 207년 이었다.

밀려드는 조조의 대군

유비는 공명에게 스승을 대하는 것처럼 극진했다. 50이 다 된 유비의 정성에 27세의 공명이 감동하지 않을 수가 없었다. 다음 해 조조는 하후돈에게 10만의 군대를 주어 신야를 공격하게 했다. 유비는 공명을 불러 의논했다. 공명은 유비에게 관우와 장비가 자신의 명령을 따르지 않을 것이 염려된다며 유비의 칼과 관인을 빌려달라고 했다.

"박망성의 왼쪽에는 산이 있고 오른쪽에는 숲이 있소. 관우는 일천의 군사를 이끌고 숨어 있다가 남방에서 불길이 오르면 즉시 출격하여 적의 군량을 태우시오. 장비 역시 가운데 골짜기에 매복해 있다가 남쪽에서 불이 일거든 군량에 불을 지르시오."

관우가 공명의 계책이 마땅치 않은 듯 불만을 터트렸다.

"나는 주인의 칼과 관인을 갖고 있소. 명령을 어기는 자는 목을 베겠소."

공명은 이어 유비가 양자로 삼은 유봉(劉封)과 관우의 양자 관평을 불렀다.

"너희들은 오백 명의 군사를 이끌고 박망성 언덕 뒤에 숨어 있다가 적군이 오면 불을 지르고, 조운은 앞장서서 적과 싸우되 이기려하지 말고 패한 척 도망쳐 나오도록 하라."

공명은 이어 유비를 바라보았다.

"주공은 박망성 아래서 기다리십시오. 반드시 적이 올 테니 진지를 버리고 도망치십시오. 그러다 횃불이 타오르면 곧 되돌아와 공격하십시오."

하후돈의 군사들은 적의 허술함을 비웃으며 진격해 나갔다. 정신 없이 가다보니 험하고 좁은 길이었다. 하후돈은 그제야 상황을 간파하고 진격중지 명령을 내렸으나 이미 공명의 계략에 빠져들고 난 후였다.

갑자기 후방에서 함성이 일어나더니 불길이 치솟았다. 하후돈의 군대는 아수라장이 되어 갈팡질팡하는 사이 조운과 관우·장비가 잇따라 군사를 이끌고 공격해 왔다. 하후돈은 간신히 목숨을 건져 도망쳤지만 다른 군사들은 불길에서 떼죽음을 당했다.

하후돈이 대패하였다는 소식을 들은 조조는 형주와 강동을 치기위해 50만 대군을 일으켰다. 이때 형주의 유표는 병이 더욱 심해지자 신야에 있는 유비를 불러들였다. 유표는 유비에게 형주를 맡아 달라고 부탁했다. 이때 조조가 대군을 이끌고 쳐들어왔다는 보고가 날아들었다. 유비는 일을 마무리짓지 못하고 급히 신야로 돌아왔다.

결국 유표는 숨을 거두고 채 부인이 채모와 가짜 유언장을 만들어 차남 유종(劉琮)을 형주의 후계자로 정했다. 그러나 유종은 조조의 50만 대군이 두려워 항복하기로 하였다. 이때 조조의 군사들이 박망성 앞에까지 진격했다는 보고가 들어왔다. 유비는 공명을 불러 대책을 물었다.

"지난번 하후돈의 군대를 불로 물리쳤으니 이번에도 같은 계책을 써야 하겠습니다. 다만 신야는 우리가 있어봤자 얻을 것이 없으니 번성으로 옮기는 것이 좋겠습니다."

공명은 신야의 주민들에게 곧 번성으로 피난가라는 명령을 내린 후 장수들을 불러 모았다.

"관우는 일천 명의 군사에게 각각 포대 하나씩을 나누어 주어 백하 상류로 가서 몸을 숨긴 채 포대에 진흙을 가득 채워 물을 막으시오. 내일 새벽 개천 아래서 사람의 목소리와 말 우는 소리가 들리면 즉시 포대를 치워 물을 흘려보내고 하류로 가서 공격하시오. 장비는 일 천 군사를 이끌고 박릉 나루터로 가시오. 그곳은 물의 흐름이 느리므로 물 공격을 받은 적이 그곳으로 후퇴할 것이오. 그때 지체 없이 공격하시오. 조운은 유황과 염초를 사용해 민가 지붕에 재워놓고 일천 오백 군사를 데리고 동문 쪽에서 매복하는 한편, 동문과 서문 그리고 남문에서 각각 오백 군사를 나누어 놓았다가 조조의 군대가 민가에서 쉴 때 불화살을 쏘도록 하시오. 그리고 함성을 질러 동문으로 도망치게 한 다음 매복군으로 하여금 공격하게 하시오."

장수들이 공명을 명을 받고 서둘러 나갔다. 공명은 미방과 유봉을 불렀다.

"너희들은 이천 군사를 이끌고 반은 푸른 기를, 나머지 반은 붉은 기를 갖고 신야성 삼십 리밖에 있는 작미파에 진을 치도록 하라. 처음에는 푸른 기와 붉은 기를 뒤섞어 정렬시키고 적군이 쳐들어오면 붉

203

은 기를 대열 왼쪽으로, 푸른 기를 대열 오른쪽으로 이동시켜 어지럽게 한 후, 성안에서 불길이 솟아오르면 관우를 도우라."

한편 조조 측에서는 허저가 3천 철갑 기병을 이끌고 선두에 섰으며, 조인과 조홍이 10만의 군사를 이끌고 뒤를 따랐다. 정오경에 작미파에 도착해 보니 고갯길에 푸른 기와 붉은 기를 세운 적병이 있었으나 그 수는 알 수 없었다. 허저가 전진하자 푸른 기와 붉은 기가 금세 양쪽으로 갈라섰다. 복병이라 생각하고 조인에게 보고했다.

"그건 우리를 혼란케 하려는 것일세. 복병은 아닌 것이 분명하니 어서 진격하도록 하라."

조인이 말했다. 허저가 군사를 이끌고 쳐들어 갈 때 커다란 양산 아래서 유비와 공명이 마주 앉아 술을 마시고 있었다. 그 모습을 본 허저는 화가 머리끝까지 치밀어 올라 산으로 공격해 올라가려고 했다. 그때 산꼭대기에서 통나무와 큰 돌덩이가 마구 굴러 떨어졌다. 허저는 어떻게 해서든지 적진으로 진격하려고 했으나, 이미 해가 떨어져 어두웠으므로 더 이상 손을 쓸 수가 없었다.

그때 조인도 군사를 이끌고 당도했다. 먼저 성을 빼앗고 나서 병사들을 쉬게 하려고 성 밑에 가 보니 성문이 열려 있었다. 일제히 쳐들어갔으나 성안에는 사람의 그림자조차 없었다.

병사들은 지칠 대로 지치고 배도 고팠으므로 앞을 다투어 민가로 들어가 식사 준비를 시작했다. 이윽고 바람이 강하게 일기 시작하더니 삽시간에 불바다가 되었다. 조인의 군사들은 불이 붙지 않은 동문으로 앞 다투어 빠져나가려했다.

서로 밀리고 깔려 죽는 이가 태반이었고, 막상 성을 빠져나간 군사들도 조운의 공격에 정신을 차릴 수가 없었다. 뿐만 아니라 미방과 유봉의 군사들도 들이닥쳐 공격을 했다. 새벽녘이 되어 지칠 대로 지친 조인의 군사들은 백하의 기슭에 이르렀다. 다행히 물이 깊지 않아 사람과 말이 함께 내려가 물을 마셨다.

백하 상류에 있던 관우는 하류에서 사람과 말이 떠들썩하는 소리가 들리자 곧 명령을 내려 포대를 일제히 치우게 했다. 그러자 갑자기 물이 불어나 조인의 군사는 물살에 휩쓸려 수 없이 죽어 갔다. 조인이 장수들과 함께 물살이 느린 곳을 찾아 헤매면서 박릉의 나루터까지 왔을 때 갑자기 장비가 나타나 길을 막았다. 장비가 허저와 싸우는 사이에 조인이 도망쳐 버리자 허저도 싸울 의욕을 잃고 달아났다.

그사이 유비는 공명과 함께 번성으로 이동하였다. 화가 머리끝까지 치민 조조는 대군들을 신야로 이동시키고 8개 방면으로 나눠서 번성 공격을 준비시켰다.

장판교의 조운과 장비

유비는 공명과 의논하여 번성을 포기하고 양양을 손에 넣기로 하였다. 유비가 떠나려하자 신야의 백성들이 모두 따르기를 자청하였다. 백성들을 이끌고 양양에 도착하였으나 성문이 굳게 닫혀 있었다.

"조카 유종은 어서 문을 열어 주게."

유비가 큰 소리로 외쳤다. 그러자 성문 망루 위에서 화살이 쏟아져 내렸다. 유비는 이들과 싸우면 백성들의 희생이 많을 것을 염려하여 양양에 입성하는 것을 단념하고 강릉으로 향했다. 장수들이 한결 같이 백성들을 놓고 길을 재촉하여야 한다고 했다. 하지만 유비는 끝까지 백성들과 함께 가겠다고 고집을 피웠다.

한편 조조는 우금을 시켜 항복한 유종과 채씨 부인을 죽이도록 했다. 양양을 손에 넣은 조조는 유비가 백성들을 이끌고 가느라 행군이 느리다는 보고를 받고 철기병 5천을 뽑아 밤낮으로 추격하도록 했다.

유비는 10만의 피난민을 이끌고 강릉으로 향하고 있었다. 이때 관우는 유표의 장남 유기에게 원군을 청하러 갔다. 관우가 돌아오지 않자 걱정이 된 공명이 강하(江夏)로 떠났다.

유비 일행은 당양현(當陽縣)에 이르러 경산(景山) 기슭에서 야숙했다. 새벽이 되자 갑자기 서북쪽에서 함성이 울리더니 조조의 군사가 일제히 쳐들어왔다.

유비는 즉시 말을 몰아 본진의 정병 2천을 이끌고 적을 맞아 죽음을 각오하고 싸웠다. 적군이 유비를 겹겹이 에워쌌다. 다행히 장비가 달려와 한 가닥 혈로를 열어 유비는 동쪽으로 도망쳤다.

이때 미방이 비틀거리며 달려와 조운이 조조에게 항복하기 위해 달려갔다고 말했다.

"말을 삼가라. 자룡은 나를 저버릴 사람이 아니다."

유비가 소리쳤다.

"사태가 위급해지니 부귀영화를 누리기 위해 그럴 수 있습니다. 내가 달려가 사실을 알아보고 한창에 죽여 버릴 것이오."

장비가 20여명의 기병을 데리고 장판교(長坂橋)를 향해 달렸다. 장비는 20여명의 기병을 숲속에 숨겨놓은 채 대군이 진을 친 것처럼 나뭇가지로 먼지를 일으키도록 했다. 장비는 장팔사모를 들고 장판교에 올라섰다.

한편 조운은 조조의 군사를 맞아 밤새 싸우다보니 유비의 두 부인과 유비의 아들 아두가 사라지고 없었다. 조운은 30여명의 기병을 이끌고 유비의 가족을 찾아 사방으로 헤맸다. 조조의 군사들이 피난민들을 닥치는 대로 죽이니 비명소리와 피투성이가 된 채 도망치는 백성들로 아비규환이었다. 조운은 숲속에 쓰러져 있던 간옹을 발견했다.

"두 주모를 보지 못하셨소?"

"수레를 버리고 아드님을 데리고 달아나는 것을 보았소. 나는 적의 장수에게 등을 찔려 말을 빼앗기고 이곳에 죽은 척하고 쓰러져 있었소."

조운은 마음이 급해졌다.

"장군님! 감부인이 피난민 틈에 끼어 남쪽으로 가셨습니다."

한 군사가 소리쳤다.

조운은 곧장 남쪽으로 말을 달렸다. 수백 명의 피난민들이 앞을 다투어 달아나고 있었다. 조운은 피난민을 향해 감부인을 불렀다. 마침 무리에 섞여 있던 감부인이 통곡을 하며 나왔다.

"부인을 잘 보위하지 못한 것은 저의 죄입니다. 미부인과 아드님은 어디 계십니까?"

"어디로 갔는지 모르겠구려."

그 순간 갑자기 피난민들의 비명 소리가 들리더니 적이 나타나고 미축이 사로잡혀 가고 있었다. 조운은 크게 소리를 지르며 적의 장수를 단 칼에 찔러 죽이고 미축을 구한 다음 말 한 필을 빼앗아 감부인을 태우고 적진을 헤치면서 장판교로 달렸다.

"이놈! 자룡아! 너는 왜 형님을 저버리느냐?"

다리위에 장팔사모를 들고 버티고 있던 장비가 소리쳤다.

"나는 두 부인을 찾아헤매고 있는데 어찌 그런 말씀을 하시오."

조운은 미축에게 감부인을 모셔갈 것을 부탁하고 미부인과 아두를 찾기 위해 다시 적진으로 향했다.

적장하나가 조운을 향해 덤벼들었다. 조조가 자신의 청홍검을 매고 항상 뒤따르게 한 하후은(夏候恩)이었다. 조운은 그를 단칼에 베고 조조의 청홍검을 빼앗았다.

이러저리 적병을 베며 간신히 무너진 민가 토담 밑에 있는 미부인과 아두를 만났다.

"장군을 만나게 되어 아두는 목숨을 건지게 되었소."

"부인께서 재난을 당하게 된 것은 모두 제 탓입니다. 어서 말에 오르십시오."

"저는 상처가 무거워 함께 가면 위험합니다. 어서 가시오."

조운이 말을 듣지 않고 버티자 미부인은 우물 속으로 몸을 던졌다. 조운은 갑옷 속에 아두를 묶은 다음 말에 올라탔다.

어느새 적이 에워쌌다. 조운은 적장을 찔러 죽이고 포위망을 뚫었다. 장합이 앞을 막았다. 조운은 10여 합을 싸우다 도망쳤다. 다시 네 명의 장수가 달려들었다. 조운은 조조의 청홍검을 뽑아 적의 장수들을 닥치는 대로 베었다.

"저자는 누구인가?"

산 정상에서 내려다보던 조조가 참모들에게 물었다. 그러나 아무도 아는 자가 없었다. 사람을 내려 보내 알아보니 조운이라는 것을 알게 된 조조는 다음과 같은 명령을 내렸다.

"호랑이 같은 장수로다. 반드시 생포하여 부하로 삼겠다."

적은 조운을 죽이지 않기 위해 화살을 쏘지 않았다. 덕분에 조운은 겹겹이 쌓인 포위망을 뚫고 빠져나왔다. 이때 조운이 벤 적의 장수는 50명이 되었다. 장판교까지 왔을 때는 그와 말 모두 지칠 대로 지쳐 있었다.

"장비는 어서 나를 도우시오."

"자룡은 빨리 가라! 뒷일은 내가 맡겠다."

조운을 쫓아온 적장들은 장판교 앞에 장팔사모를 들고 버티고 있는 장비를 보자 움찔 놀랐다. 동쪽 숲 속에서 흙먼지가 이는 것을 보니 병사들이 매복해 있는 것이 분명했다. 곧이어 조인·이전·하후돈·우금·하후연·악진·장요·허저 등이 도착했다. 두 눈을 부릅뜬 장비가 보니 적군 뒤편에 푸른 비단이 움직이는 것이 보였다. 조조가 도착한 것이 분명했다.

"나는 장비다! 누가 나와 겨뤄보겠느냐?"

장비의 우레 같은 목소리에 조조의 군사들을 모두 벌벌 떨었다. 조조는 얼른 비단 양산을 감추게 하고 측근에게 말했다.

"전에 관운장에게 들으니 장비는 백만 군중을 제치고 적장의 목을 자르는 것이 주머니 속에서 물건을 꺼내는 것보다도 쉽다고 했다. 함부로 덤비지 마라."

"장비가 여기 있다. 겨룰 자가 없느냐?"

장비는 눈을 부릅뜨고 다시 큰 소리로 말했다. 이때 조조 곁에 있던 장수 하후걸이 놀라 말에서 떨어졌다. 놀란 조조군은 일시에 뒤로 물러나기 시작했다.

조조가 말머리를 돌려 달아나기 시작했다. 조조가 달아나는 모습을 보이자, 수십만 군사가 무너지기 시작했다. 병사들 중에는 창을 땅바닥에 던져 버리고 투구를 떨어뜨리는 자가 수두룩했다. 장비는 적이 한꺼번에 퇴각하자 장판교를 허물어버리고는 유비에게로 돌아왔다.

한편 조운은 나무그늘에서 쉬고 있던 유비에게 달려가 그간에 사정을 이야기하며 무릎을 꿇고 사죄했다. 정신을 차려 갑옷을 헤쳐 보니 아두는 잠이 들어 있었다.

"아드님은 무사하십니다."

조운이 기뻐하며 양손으로 아두를 유비에게 바쳤다. 그러나 유비는 아들을 받아 땅바닥에 내동댕이쳤다.

"이놈 때문에 뛰어난 장수 한 사람을 잃을 뻔했구나."

조운은 얼른 아두를 안아 올렸다. 뒤늦게 도착한 장비에게 장판교 이야기를 듣고 유비는 탄식했다.

"네가 만약 다리를 끊지 않았다면 매복이 있을까 추격을 하지 않을 텐데, 조조가 뒤늦게 알아차리고 추격해 올 것이다."

유비는 강릉으로 가는 것을 단념하고 좁은 길을 택해 한진(漢津) 나루터를 거쳐 면양(沔陽)을 향하여 달렸다. 유비 일행이 한진의 나루터 근처에 이르렀을 때 다시 조조 군의 추격대가 보였다. 앞은 강이요, 뒤는 적군이었다. 낙심한 유비는 최후의 결전을 준비했다.

그때 조조군 추격대 뒤에서 북소리가 나더니 관우가 강하의 유기로부터 빌려온 1만 명의 군사를 이끌고 나왔다.

"조조는 어디 있는가? 관우가 기다린 지 오래다."

청룡언월도를 들고 적토마를 탄 장수가 외쳤다.

"또 공명의 계략에 걸렸구나."

조조는 관우를 보자 전군에 후퇴 명령을 내렸다. 또한 뒤이어 유기가 배를 끌고 왔고 공명 또한 하구(夏口)의 군사들을 모아 이끌고 왔다. 유비가 조조의 대군을 격파할 계책을 묻자 공명이 입을 열었다.

"하구는 험준한 요새라 적이 공격하기 쉽지 않고, 군량이 넉넉하여 오래 버틸 수 있습니다. 그러니 장군께서는 하구에 주둔하시고, 유기

211

자사님께서는 강하로 돌아가 군비를 갖추어 연합한다면 조조를 막을
수 있을 것입니다."

"지당한 말씀이십니다. 하지만 숙부께서 일단 저와 함께 강하로 가
서 군대를 정돈한 다음 하구로 가도 될 것입니다."

유기가 말했다. 유비는 유기 말에 따라 관우에게 5천 군사를 주어
하구를 지키라고 지시한 뒤, 강하로 갔다.

손권을 일깨우는 공명

유비 추격을 단념한 조조는 대신 강릉을 손에 넣었다. 조조는 기병 · 수군 · 보병 83만 명을 동원하여 수륙양면으로 3백리에 걸쳐 진을 쳤다.

한편 동오의 손권은 조조가 강릉까지 빼앗았다는 소문을 듣고 참모들을 불러 의논을 했다.

"조조가 형주를 손에 넣는다면 그 칼끝은 우리를 향할 것이오."

손권이 근심어린 표정을 말했다.

"형주는 강과 산이 험하여 지키기 좋고 백성들의 살림살이도 넉넉합니다. 만약 우리가 그곳을 손에 넣는다면 제왕에 이르는 밑천으로 삼을 만합니다. 저를 유비에게 보내주시면 함께 조조를 칠 수 있도록 의논하겠습니다."

손권은 즉시 노숙을 유비에게 파견하였다.

한편 유비 또한 손권과 손을 잡을 방법을 논의를 하고 있던 중에 노숙이 왔다는 보고를 들었다. 유비는 즉시 사람을 보내 노숙을 성 안으로 맞아들였다.

"우리 동오는 군사들이 용맹스럽고 양식도 넉넉합니다. 우리와 손 잡고 큰일을 도모하는 것이 나을 것입니다. 공명 선생께서 친히 동오 를 방문해주신다면, 제가 손장군과 함께 의논할 수 있도록 주선하겠 습니다."

이에 유비는 공명을 노숙과 함께 손권에게 보냈다.

"선생께서는 우리 손장군께 조조의 군사가 강대하다는 말은 하지 말아주십시오."

노숙이 말했다. 손권이 조조의 군사를 두려워해 손을 잡을까하는 마 음에서였다.

"제가 미리 생각해 둔 바가 있으니 염려하지 마십시오."

한편 손권의 진영에는 조조로부터 격문이 도착해 있었다. 함께 손을 잡고 유비를 치고 형주를 나눠 갖자는 제의였다. 이에 많은 참모들이 조조와 손을 잡을 것을 권유했다. 하지만 노숙은 조조에게 항복하면 기껏해야 제후의 칭호밖에 듣지 못한다고 반대하였다. 그래도 결정을 내리지 못하자 노숙은 공명을 손권에게 데려갔다.

손권과 마주한 공명은 그가 범상치 않은 인물이라는 것을 알아차리 고 마음을 굳게 먹었다.

"조조의 군사가 도대체 얼마나 되오?"

손권이 물었다.

"보병과 기병, 수군을 합쳐 백만은 됩니다."

"그건 과장이 아니오?"

"과장이 아닙니다. 연주에 있을 때부터 이십만 군대를 거느리고 있 었고, 원소를 토벌하여 사오십만의 군대를 얻었으며, 중원에서 삼사

십만을 뽑았지요. 또한 이번 형주에서 이삼십만은 얻었습니다."

노숙이 그렇게 부탁했는데도 공명은 더 과장되게 말하고 있었다. 노숙이 몇 번 눈짓을 했지만 공명은 본 척도 하지 않았다.

"장수는 얼마나 되오?"

"지모가 훌륭하고 무용이 뛰어난 자만 이천은 될 것입니다."

"형주를 정복한 조조는 더 큰 야심을 품고 있는 것 같소?"

"지금 장강 기슭에 진을 치고 군선을 갖추고 있으니 분명 강동을 치려는 계획일 것입니다."

"그럼 그와 싸워야 하오, 싸우지 말아야 하오?"

"조조의 군사와 싸울 생각이라면 빨리 조조와 손을 끊는 것이 좋습니다. 그렇지 않다면 여러 사람의 의견에 따라 군사를 이끌고 신하로서 조조를 섬기십시오. 이처럼 사태가 긴박할 때 결단을 내리지 않으면 재앙이 닥칠 것입니다."

"그럼 유비는 어찌하여 항복을 하지 않았소?"

"황실의 일족으로 그 인품이 뛰어나 사람들의 존경을 한 몸에 받고 계십니다. 어찌 조조에게 몸을 굽힐 수 있겠습니까?"

한마디로 유비가 손권보다 훌륭하다는 말이었다. 손권은 얼굴빛이 변하며 벌떡 일어나 안으로 들어갔다. 노숙은 공명이 말을 잘못하여 일을 망쳤다고 불평했다. 하지만 공명은 웃으면서 자기 뜻대로 되었다며 여유를 부렸다.

"선생께서 좋은 계책이 있다면 말해주십시오."

공명과 마주앉은 노숙이 말했다.

"조조의 백만 대군은 개미떼와 같아서 내가 한번 손을 대면 가루처럼 흩어질 것이오."

노숙은 공명이 거짓말하는 것 같지 않아 다시 손권에게로 데려갔다.

"비록 유황숙이 싸움에 패하기는 했지만 관우가 이끄는 일만과 유기가 이끄는 일만은 정예 병력입니다. 반면, 조조는 대군을 거느리고 있지만 하루에 삼 백리나 되는 길을 달려왔으므로 모두 지쳐 있습니다. 게다가 북쪽 지방 사람들은 수전에 약합니다. 장군께서 유황숙과 힘을 합친다면 반드시 조조를 무찌를 수 있을 것입니다."

처음과 다른 이야기였다. 공명은 잠시 쉬었다가 다시 말을 이어갔다.

"조조는 이번 싸움에서 지면 북쪽으로 돌아갈 것이니 동오의 세력은 전보다 커질 수 있을 것입니다. 그것은 곧 조조, 우리 유황숙, 그리고 장군께서 천하를 나누어 가지게 되는 것입니다. 이 모든 것이 장군의 결단에 달려 있습니다."

"선생의 말을 들으니 내 가슴의 응어리가 풀리는 것 같소. 내 군사를 일으켜 조조를 치겠소."

그러자 문무백관들이 들고 일어나 반대했다. 손권은 허리에 차고 있던 칼을 뽑아 책상모서리를 잘라내며 소리쳤다.

"앞으로 조조에게 항복하고자 하는 자는 이 책상과 같이 될 것이다."

그리고 그 칼을 주유에게 주어 대도독(大都督)으로 삼고 정보를 부도독으로, 노숙을 찬군교위(贊軍校尉)로 삼았다.

적으로부터 화살을 얻다

주유는 공명의 재주를 두려워해 죽이려 하였으나 노숙의 반대로 일단 보류하였다.

한편 하구에 주둔한 유비가 멀리 강 건너 남쪽을 바라보니 군기가 줄줄이 늘어서고 창과 칼에 반사되는 햇빛이 눈이 부셨다. 손권의 군대가 움직이기 시작했다는 것을 알아차린 유비는 유기에게 강하의 군대를 번구에 진을 치도록 했다.

"공명은 강동으로 간 후 소식이 없으니 누가 가서 안부와 그쪽의 사정을 알아오시오."

그러자 미축이 자원하고 나섰다. 미축은 물길을 따라 하류로 내려가 주유를 만났다. 미축은 주유에게 절을 하고 유비가 보낸 술과 예물을 바쳤다. 주유가 술자리를 마련하여 극진히 대접했다.

"공명이 오래전에 왔으니 이번에 모시고 돌아갔으면 합니다."

미축이 말했다.

"공명은 내 곁에 머물면서 전쟁에 관한 의논을 하여야 하는데 지금 돌아간다는 것은 말이 안 되오. 여러 가지 의논할 일이 있으니 유황숙께서 직접 와 주셨으며 좋겠소."

주유는 공명과 더불어 유비도 없애야겠다는 생각으로 유비를 오도록 한 것이다. 주유는 군사 50명을 천막 안에 숨겨두었다가 술잔을 던지는 신호로 유비를 죽이도록 계획을 세웠다.

미축의 보고를 들은 유비는 관우와 부하 20여 명을 거느리고 배를 탔다. 주유는 유비가 도착하자 상좌에 모시고 술을 내어 접대했다. 공명은 유비가 왔다는 말을 듣고 본진으로 달려갔다.

주유의 눈빛에 살기가 보이고 천막 양쪽에 무사들이 숨어 있는 것이 보였다. 큰일 났다는 생각으로 보니 관우가 뒤에서 버티고 있었다. 그제야 안심하고 강변으로 가서 유비를 기다리기로 했다.

주유는 술잔을 던질 기회를 엿보았으나 관우의 기세가 당당하여 식은땀만 흘렸다. 결국 주유는 유비를 죽이지 못하고 자리에서 일어났다. 강변에 도착한 유비는 공명을 만났다.

"만약 운장이 없었더라면 주공께서는 오늘 죽었을 것입니다."

공명이 말했다. 그제야 깨달은 유비는 공명이 걱정되었다.

"나와 함께 번구로 돌아가도록 합시다."

"저는 호랑이 입 안에 있어도 태산처럼 안전합니다. 장군은 군선과 병마를 준비하고 기다려 주십시오. 그리고 십일월 이십일 자룡에게 배를 타고 남쪽 기슭으로 마중을 나오도록 해주십시오. 날짜를 잊지 마십시오."

"알아들을 수가 없군요. 선생의 뜻을 자세히 말해주시오."

"동남풍이 불기 시작하면 반드시 돌아가겠습니다."

유비 일행이 배를 타고 떠난 지 얼마 안 되어 조조에게서 사자가 왔다. 주유는 사자가 내놓은 편지를 펴보지도 않고 발기발기 찢어 버리고는 사자의 목을 베어 버렸다. 조조는 크게 화를 내며 즉시 유표의 부하였다가 항복한 채모와 장윤(張允)을 앞세워 군선을 출격시켰다. 손권 측에서는 감녕(甘寧)이 맞섰다. 조조의 병력은 대부분 북쪽 출신으로 수상전에 익숙하지 못했다. 그들은 배가 흔들리면 몸을 가누지 못하고 비틀거려 크게 패했다.

조조는 채모와 장윤에게 수군을 재건하도록 지시했다. 조조의 진영을 몰래 훔쳐본 주유는 조조의 군세가 만만치 않은 것을 보고 놀랐다. 주유는 수전을 잘 아는 채모와 장윤을 처치하지 않으면 승리하기 힘들다고 판단하여 계략을 썼다.

한편 조조 또한 주유의 항복을 받기 위해 주유와 동문수학했던 친구 장간(蔣幹)을 주유 진영에 보냈다.

주유는 이를 눈치챘지만 모른 척하고 장간을 후하게 접대했다. 주유는 장간과 술을 취하도록 마시고 채모와 장윤이 자신과 내통한 것처럼 꾸며 장간에게 흘렸다. 즉시 조조에게 보고되었고 화가 난 조조는 앞뒤 생각 없이 채모와 장간의 목을 베었다.

"그들이 죽었다면 이제 내 걱정은 사라졌도다."

보고를 받은 주유는 기뻐하며 말했다.

"도독의 솜씨가 이토록 탁월한데 조조를 쳐부수는데 무슨 근심이 있겠습니까?"

"이번 일은 아무도 모르게 진행했는데 제갈량이 알고 있는지 궁금하오."

노숙은 즉시 공명에게로 갔다. 서로 안부를 묻자 공명이 곧바로 말했다.

"도독께서 기쁜 일이 있으신 줄 알면서도 경하를 드리지 못했습니다."

공명은 주유의 옆에 있었던 것처럼 모든 사실을 꿰뚫고 있었다. 보고를 받은 주유는 공명을 두려워하며, 공명을 죽이고도 천하의 비웃음을 사지 않을 방법을 찾기로 했다. 이튿날 주유는 공명과 장수들을 본진에 모아 놓고 회의를 했다.

"조조와 물위에서 싸우는데 있어서 가장 필요한 무기가 무엇인지 아시오?"

주유가 공명에게 물었다.

"물 위에서 싸울 때에는 활과 화살이 제일 필요한 법입니다."

"내 생각도 그렇소. 그러나 우리에게는 화살이 턱없이 부족하오. 선생이 십만 개의 화살을 만드는데 감독을 맡아주신다면 큰 도움이 될 것이오."

"도독의 부탁이라면 어찌 거절하겠습니까? 그런데 언제까지 만들어야 합니까?"

"열흘이면 가능하겠습니까?"

"오늘이라도 적이 몰려올지 모르는데 열흘이나 끌어서야 되겠습니까? 사흘이면 충분합니다."

"군대에서는 우스갯소리가 용서가 되지 않는 법이오."

"우스갯소리라니요? 사흘 이내에 만들지 못하면 어떠한 처벌이라도 감수하겠다는 각서를 쓰겠습니다."

주유는 즉시 공명에게서 각서를 받았다. 주유는 이제 공명을 죽일 수 있을 것이라는 확신을 갖고 기뻐했다.

걱정이 된 노숙은 곧 공명을 찾아갔다. 그러자 공명이 태연한 얼굴로 말했다.

"배 이십 척만 빌려 주시오. 그리고 배에는 각각 삼십 명의 군사를 태우고 배마다 푸른 천막을 치고 짚단을 천 개 가량 양쪽으로 쌓아 주시오."

노숙은 공명의 의도를 알지도 못한 채 그대로 준비해 주었다. 공명은 첫날은 한가로이 책을 읽으며 하루를 보냈다. 다음날도 마찬가지였다. 드디어 사흘째 되는 날 밤 노숙을 불러 화살을 가지러 함께 가자고 했다. 노숙은 의아해하면서도 공명을 따라나섰다.

공명은 배 20척을 서로 이어 놓으라고 명령하고 북으로 향하게 했다. 강위는 안개가 자욱하여 마주앉은 사람도 보이지 않을 지경이었다. 새벽이 가까워질 무렵 배는 조조 수군의 진지 경계선까지 접근했다. 공명은 뱃머리를 서쪽으로 돌려 20척의 배를 일자로 늘어서게 하고 갑자기 북을 치면서 함성을 질렀다.

한편 북소리와 함성에 깜짝 놀란 조조가 모개(毛介)와 우금 두 장수를 불렀다. 조조는 나가서 싸우지 말고 화살을 쏘아 적을 물리치도록 했다. 급히 궁수 6천명이 공명의 배를 향해 화살을 쏘아댔다.

공명은 배를 조금 더 접근시켜 북을 울리고 함성을 지르게 했다. 이윽고 날이 밝아 안개가 걷힐 무렵 공명은 급히 뱃머리를 돌렸다. 20척의 배에 세워놓은 짚단과 휘장에는 화살이 빈틈없이 꽂혀있었다. 공명은 병사들로 하여금 일제히 외치게 했다.

"조 승상! 화살을 주어 고맙소!"

노숙은 돌아오는 내내 감탄하여 입을 다물지 못했다.

"배마다 화살이 약 오륙천 개는 되니, 십만 개는 충분할 거요."

"선생은 참으로 귀신같은 분이구려. 어떻게 오늘 안개가 낀다는 것을 알았소?"

"싸움을 하는 장수가 천문과 지리에 밝지 못하면서 어떻게 병법을 제대로 운용할 수 있겠소? 주 도독께서 나를 죽이려 하지만 내 명은 하늘에 있는데 어찌 죽일 수 있단 말이오."

공명은 미소를 지으면서 주유에게 화살을 전하라고 했다.

공명, 동남풍을 일으키다

주유는 공명을 하늘이 낸 재주꾼이라고 탄식하며 장막 밖까지 마중나가 맞이했다. 주유는 술상을 차리게 하고 마주앉았다.

"어제 주공께서 빨리 진군하라는 재촉이 왔소. 좋은 계책이 있으면 가르침을 주십시오."

"제가 생각한 계책이 있으니 서로의 계책을 손바닥에 쓰고 뒤집어 보도록 하시지요."

두 사람은 서로 보이지 않게 붓으로 손바닥에 글자를 쓴 뒤 뒤집어 보았다. 똑같이 불화 자가 적혀 있었다. 두 사람은 크게 웃고 다른 사람에게 발설하지 않기로 다짐했다.

장군 황개가 주유를 찾아왔다. 황개는 적의 전력이 대단하여 쉽게 깨뜨릴 방법이 없으니 자신이 거짓 항복하여 적을 무너뜨리겠다고 말했다. 주유는 황개와 짜고 황개를 곤장 50대를 때렸다. 황개는 주유에게 맞은 것이 분통하다며 조조에게 항복하겠다는 서신을 보냈다.

이때 조조의 진영에서 조조에게 목이 달아난 채모의 사촌 채중과 채화가 거짓 항복을 해왔다. 주유는 처음에는 믿었으나 그들이 가족을 놓고 왔다는 것을 알고 거짓항복임을 알아차렸다. 주유는 그들을 역이용하기 위해 모른 척하고 있었다. 채중과 채화는 황개가 벌 받은 상황을 그대로 조조에게 보고하였고, 조조는 황개를 믿었다.

주유는 사마휘가 봉추라고 말한 방통에게 조조를 쳐부수는 계책을 물었다. 방통은 조조의 배와 배를 쇠고리로 연결하도록 한 뒤 화공을 써야한다고 말했다.

때마침 장간이 다시 주유를 찾아왔다. 장간은 조조에게 다시 한 번 공을 세울 기회를 달라고 하여, 황개의 항복이 사실인가를 염탐하러 온 것이었다. 주유는 장간이 찾아오자 기뻐하며, 이 또한 역이용하기로 했다.

"내가 이번 전쟁에 승리하고 못하고는 이 사람에게 달려 있다."

주유는 이렇게 중얼거리며 장간을 암자에 감금하도록 지시했다. 주유의 부하들에 의해 암자에 갇힌 장간은 잠을 이루지 못했다. 감시병이 잠든 사이 밖을 거닐고 있을 때 옆집에서 책 읽는 소리가 들려왔다. 자세히 다가가 들여다보니 선비가 등불 아래서 큰 소리로 병서를 읽고 있었다. 보통 사람이 아니라고 생각한 장간은 그의 방으로 들어갔다.

"글 읽는 소리가 낭랑하여 실례를 했습니다. 선생의 이름이라도 가르쳐 주십시오."

"제 성은 방(龐)이요, 이름은 통(統)라 부르오."

"그렇다면 봉추 선생이 아니십니까?"

"그렇소."

장간은 방통을 만난 것을 기뻐하며 조조에게 갈 것을 권하였다. 방통도 아무도 자신을 알아주지 못해 한스럽다며 장간의 뜻을 따르겠다고 했다. 두 사람은 그날 밤으로 산에서 내려와 쏜살같이 강북으로 향했다.

조조는 방통이 왔다는 말을 듣고 직접 마중을 나가 막사로 안내했다. 간단한 인사를 마친 후 조조는 가르침을 부탁했다. 방통은 조조의 군용을 보고 싶다고 말했다. 두 사람은 높은 언덕으로 올라갔다.

"산기슭을 등지고 옆으로 숲을 끼고 있으며 서로 호응할 수 있도록 앞뒤가 연결되어 있어 공격과 후퇴가 모두 용이합니다. 옛날의 손자나 오자와 같은 병법가가 다시 태어난다고 해도 이보다는 못할 것입니다."

방통이 감탄하며 말했다. 조조는 매우 흡족해하며 수군을 보여주었다.

"과연 승상의 용병술은 신선과 같군요."

조조는 무척 기뻐하여 막사에 돌아왔다. 두 사람은 술을 마시며 병법에 대한 토론을 했다. 방통은 술이 취한 체하며 물었다.

"진중에 훌륭한 의사가 있습니까?"

"선생께선 그건 왜 묻습니까?"

"수군에 환자가 많은 것 같습니다."

이내 조조의 얼굴이 어두워졌다. 조조의 군사는 모두 북쪽 출신으로 수상에 익숙하지 못해 구토증을 일으켜 죽는 자들이 많았다. 조조는 전부터 이것을 걱정하고 있었다.

"어떻게 하면 좋겠소?"

"큰 강은 물결이 세차고 풍파가 그치질 않습니다. 환자가 많은 이유는 북방 사람들이 물에 약해 멀미를 하기 때문입니다. 만약 크고 작은 배를 연결하여 삼십 척이나 오십 척을 하나로 묶고 그 위에 넓은 판자를 깔면 사람은 물론이고 말도 달릴 수 있을 것입니다. 그렇게 하면 배가 흔들리지 않아 환자들이 생기지 않을 것입니다."

조조는 즉시 대장장이를 모아 큰 못과 고리를 만들게 해서 배들을 연결시켰다. 방통은 조조에게 작별을 고하고 떠났다.

조조의 명령을 받은 모개와 우금은 이틀 사이에 배들을 쇠고리로 묶었다. 방통의 말대로 배가 흔들리지 않아 병사들의 얼굴이 밝았다.

"봉추의 묘한 계책이야 말로 하늘이 도운 것이다."

조조의 말에 참모들 모두 동감하였으나 오직 정욱이 걱정하는 소리를 했다.

"배를 사슬로 연결하면 흔들림은 막을 수 있지만 만일 적이 화공을 쓴다면 도망칠 길이 없습니다."

조조는 껄껄 웃으면서 말했다.

"화공이란 바람의 힘을 빌어야 하는데 지금은 한 겨울이라 서북풍만 불지 동남풍은 불지 않네. 우리는 서북쪽에 진을 쳤고, 적은 남쪽 기슭에 진을 쳤으니 화공을 쓰면 자기들만 태울 뿐이야."

그 말을 들은 장수들은 모두 감탄하여 말했다.

"승상의 지략은 도저히 우리가 따를 수 없습니다."

한편 주유는 모든 준비는 되어 있으나 동남풍이 불지 않아 피를 토하며 쓰러져 병석에 누웠다. 참모들이 당황하면서도 대책이 없어 근심만 할 뿐이었다. 노숙은 공명에게 가서 물었다.

"도독의 병은 내가 고쳐드리지요."

공명이 웃으면서 말했다. 공명은 노숙과 함께 주유를 문병 갔다.

"도독께 제가 처방을 내려주겠습니다."

공명은 붓과 종이를 가져오게 하더니 무언가를 쓱쓱 써 내려갔다.

조조를 무찌르려면

화공을 써야 하리

모든 준비가 다 되었지만

다만 동풍이 불지 않는구나.

공명은 다 쓰고 나서 종이를 주유에게 주었다. 주유는 공명이 자신의 마음을 꿰뚫어 본 것에 깜짝 놀라며 물었다.

"선생께서 내 병을 알았으니 처방도 내려주십시오."

"제가 비록 재주가 없으나 일찍이 스승으로부터 바람을 일으키고 비를 내리게 하는 방법을 알고 있습니다. 남병산(南屛山)에 '칠성단(七星壇)'이란 제대 하나만 쌓아주십시오. 그러면 제가 사흘 밤낮 동안 동남풍이 불도록 해드리겠습니다."

"사흘은 그만두고 하룻밤만 동남풍이 불어준다면 이 싸움은 끝난 것이오."

공명은 몸을 깨끗이 씻고 도복을 갈아입은 다음 머리를 산발한 채 맨발로 칠성단 위로 올라갔다. 공명은 제단 위에서 하늘을 향해 주문을 외웠다.

드디어 11월 20일 동남풍이 불기 시작했다. 주유는 기쁘면서도 한편으로는 바람과 비를 내릴 줄 아는 공명이 무서웠다. 주유는 정봉(丁

奉)과 서성(徐盛)에게 군사 1백 명씩을 주어 남병산에 가서 공명의 목을 베어오도록 했다.

정봉과 서성이 남병산에 도착했을 때 공명은 보이지 않았다. 정봉과 서성은 곧바로 추격하였다. 서성은 수군을 데리고 강으로 추격했고, 정봉은 보병을 거느리고 상류 쪽으로 추격했다. 서성의 배는 돛을 달고 있어 빠른 속도로 공명을 따라잡았다.

"공명 선생! 되돌아오십시오. 도독께서 부르십니다."

서성이 소리쳤다.

"도독께 싸움이나 잘 하라고 전하게. 나는 잠시 하구로 돌아가니 다음에 또 만날 걸세."

"잠시 머물러 주십시오. 긴히 드릴 말씀이 있습니다."

"나는 이미 도독이 나를 죽이려는 것을 알고 조운에게 마중 나오라 했으니 쫓아와도 소용없네."

서성이 공명의 배에 가까이 갔을 때 기다리고 있던 조운이 활을 당기며 큰 소리로 외쳤다.

"나는 상산의 조운이다. 네놈은 언제까지 뒤쫓아올 셈이냐?"

조운의 화살이 서성의 배 돛 줄을 끊어 버리자 돛이 물속으로 떨어지고 배가 기우뚱했다. 서성은 공명을 죽이는 것을 포기하고 돌아와 주유에게 보고했다. 주유는 크게 놀라며 탄식했다.

"당장 조조를 치는 것이 급합니다."

노숙이 말했다. 주유는 정신을 차리고 군령을 내렸다.

적벽대전

　　주유는 황개에게 화공을 준비한 후 조조에게 오늘 밤 항복하
겠다는 서신을 보내게 했다.

　이어 감녕에게 남쪽 기슭을 따라 진격하여 조조의 군량에 불 지르
도록 하고, 태사자에게 조조의 원병을 차단하도록 했다. 여몽(呂蒙)
에게는 감녕의 뒤를 받쳐주고 조조의 진지를 불사르도록 했다. 능통
(凌統)에게는 불길이 솟아오르면 공격하도록 하고, 동습에게는 한천
을 따라 조조의 진영을 공격하고, 반장(潘璋)에게는 동습을 후속하라
고 명했다.

　황개를 앞에 나가게 하고 뒤에 싸움배 4척을 뽑아 도울 수 있도록
했다. 수군으로는 한당 · 주태(周泰) · 장흠(將欽) · 진무로 하여금 각
각 3백 척의 군선을 이끌고, 황개의 화선(火船) 20척의 뒤를 따르게
했다.

　그리고 주유 자신은 정보와 함께 대형 군선 위에서 총지휘를 하기로
하고, 좌우에서 서성과 정봉이 호위하게 했다.

　한편 기다리던 공명이 돌아오자 유비는 기뻐 어쩔 줄을 몰라 했다.

공명은 간단히 인사를 한 다음 서둘러 싸울 준비부터 하였다.

"전에 준비해두라고 했던 병마와 군선은 어떻게 되었습니까?"

공명이 유비에게 물었다.

"다 준비해 두었소."

공명은 즉시 군령을 내리기 시작했다.

"자룡은 군사 삼천을 데리고 강을 건너 오림(烏林)에서 빠져나오는 오솔길에 매복하라. 오늘밤 반드시 조조가 그곳으로 달아날 것이다. 조조의 군마가 지나가거든 불을 지르고 공격하되, 모조리 죽여서는 안 된다. 절반만 죽여라."

조운이 나가자 장비를 불렀다.

"익덕은 군사 삼천을 데리고 이릉(彝陵) 뒷길을 끊고 호로곡(葫蘆谷)에 매복하시오. 조조는 감히 남이릉으로 가지 못하고 북이릉으로 갈 것인데 그곳에서 식사를 해결하려 할 것이오. 연기가 솟아오르거든 산에 불을 지르고 공격하시오."

장비가 나가자 미축·미방·유봉 세 사람을 불렀다.

"그대들은 있는 배를 모두 동원하여 조조의 패잔병을 사로잡고 병기 등을 빼앗도록 하라."

세 사람이 나가자 유기를 불렀다.

"무창(武昌)은 매우 중요한 곳이오. 급히 돌아가시어 그곳의 군사들을 이끌고 안구(岸口)에 진을 치고 있다가 도망쳐 오는 무리들을 사로잡으시오."

유기가 떠나자 공명은 유비를 바라보며 높은 곳에 올라가 오늘밤 주유가 싸우는 것을 구경하자고 했다. 그때까지 듣고만 있던 관우가 벌컥 화를 내며 소리 질렀다.

"이 관우는 어찌 임무가 없단 말이오?"

공명이 조용히 웃으면서 말했다.

"운장은 너무 섭섭하게 생각하지 마시오. 원래 운장에게는 가장 중요한 일을 맡기려 하였으나 미덥지 않아 보내지 못하고 있소."

"미덥지 못하다니요?"

"지난날 조조가 그대를 후하게 대했으니 그대도 보답하려 할 것이오. 싸움에서 진 조조는 반드시 화용도(華容道)로 도망칠 텐데 운장을 보낸다면, 그냥 보낼 것이 분명하오."

"의심이 지나치구려. 조조가 나를 후히 대해준 건 사실이지만 나는 이미 안량과 문추의 목을 자르고 또 백마에서 포위를 뚫어 이미 그 은혜를 갚았소. 조조를 만나면 어찌 놓아주겠습니까?"

"만약 놓아주면 어떻게 하겠소?"

"군법에 따라 벌을 받겠소."

관우는 즉시 군령장을 쓰고 중요한 임무를 받게 된 것이 기뻤다.

"운장께서는 화용도에 가시거든 높은 산에 불을 피우도록 하시오. 그러면 조조는 반드시 운장에게로 올 것이오."

"조조가 연기를 보고 매복이 있다는 것을 알고 피할 텐데 불을 놓으라니 무슨 까닭이오."

"조조는 연기를 보면 제 꾀에 넘어가 거짓매복을 알리기 위해 불을 놓았다고 판단하여 그 길을 택할 것이오."

한편 조조는 황개가 군량을 싣고 항복하러 온다는 소리를 듣고 기뻐하였다. 동남풍이 점점 세차게 불어와 크게 파도치는 가운데 조조는 때마침 불어온 바람은 불길을 부채질하였고 하늘을 뒤덮었다. 삽시간에 조조의 진영은 불바다가 되었으나 조조의 배는 쇠사슬에 연결되어 있어 달아날 수가 없었다.

큰 배 위에서 멀리 양자강 쪽을 바라보고 있었다. 이윽고 달이 떠올라 수면을 비추었다. 마치 수만 마리의 흰 뱀이 춤을 추는 것 같았다.

"강남 쪽에서 많은 배들이 몰려오고 있습니다."

병사가 소리쳤다. 바라보니 뱃머리마다 청룡기가 꽂혀 있고 '선봉 황개'라고 쓰여 있었다.

"하하하, 황개가 항복하러 오는구나! 이거야 말로 하늘이 나를 돕는 거다!"

조조는 크게 기뻐했다. 황개의 배를 유심히 바라보던 정욱이 입을 열었다.

"황개의 배를 아군의 진지로 들어오게 해서는 안 됩니다. 흉계가 숨겨져 있습니다."

"그걸 어떻게 알 수 있나?"

깜짝 놀란 조조가 물었다.

"군량을 싣고 있다면 배가 깊숙이 가라앉아야 하는 데 저 배는 물위에 가볍게 떠 있습니다. 게다가 오늘 밤엔 동남풍이 심하게 불지 않습니까?"

조조도 가만히 살펴보니 정욱이 말대로 배가 가볍게 미끄러져 오고 있었다. 조조는 문빙(文聘)을 보내 급히 배를 멈추게 했다. 하지만 이미 때는 늦었다. 황개가 칼을 한 번 휘둘러 신호를 보내자 일제히 불을 뿜었다.

때마침 불어온 바람은 불길을 부채질하였고 하늘을 뒤덮었다. 삽시간에 조조의 진영은 불바다가 되었으나 조조의 배는 쇠사슬에 연결되어 있어 달아날 수가 없었다. 조조는 강 언덕으로 뛰어내렸다.

"조조 역적 놈아! 황개가 여기 있다. 달아나지 마라!"

조조는 군사를 수습할 엄두도 내지 못하고 장요와 함께 도망쳤다. 하지만 이미 육지까지 불이 옮겨 붙어 조조군 전체가 혼란에 빠져있었다. 사방에서 몰려온 동오의 군이 조조의 군을 거의 괴멸시켰다.

"이곳을 빠져나갈 길을 찾아라."

다급해진 조조는 우왕좌왕하며 소리쳤다.

"이제 오림으로 가는 길밖에 없습니다."

장요가 말했다. 조조는 오림을 향해 달렸다. 1천여 명의 장수와 1백만의 군사는 모두 무너지고 조조를 따르는 것은 장요·문빙·모개와 1백여 기의 군사뿐이었다.

곧바로 여몽과 능통이 조조를 사로잡기 위해 뒤쫓아 왔다. 다행히 서황과 마연·장의가 3천 군사를 이끌고 달려왔다. 조조는 마연과 장의에게 1천명의 군사를 주어 길을 열도록 한 후 뒤를 따랐다.

하지만 앞서나갔던 마연과 장의는 감녕에게 목이 달아나고 육손(陸遜)과 태사자의 군사들까지 몰려왔다. 조조는 이릉으로 말머리를 돌렸다.

간신히 적벽에서 벗어난 조조는 한숨을 돌렸다. 하지만 갑자기 길 양쪽에서 북소리가 울리면서 군사들이 쏟아져 나왔다.

"나는 상산 조자룡이다."

조자룡이란 이름을 들은 조조는 깜짝 놀랐다. 장판교에서 대군사이를 휘젓고 달리던 모습을 떠오른 것이다.

"서황과 장합이 함께 나가 조운을 막으라."

영을 내린 조조는 앞뒤를 돌아볼 생각도 없이 도망치기 시작했다.

다행히 조운은 조조를 뒤쫓지는 않았다. 밤새 도망치던 조조와 따르던 군사들은 배고픔에 더 이상 걸을 수도 없을 지경이었다. 조조의 군사들은 마을로 내려가 곡식을 빼앗아 오도록 하여 해결하였다. 그때 이전과 허저가 모사들을 데리고 도착하였다.

조조는 호로구(胡虜口)로 빠져나가기 위해 길을 잡았다. 호로구에 도착한 조조 일행은 다시 민가에서 곡식을 빼앗아 밥을 지었다. 지친 군사들은 옷을 벗어 말리고 말안장도 내렸다.

그때 사방에서 불길과 연기가 솟아오르더니 군사들이 몰려나왔다. 조조는 옷을 챙겨 입을 겨를도 없이 말에 올라탔다.

"조조 이 역적아, 달아나지 마라."

장비가 장팔사모를 꼬나 잡고 달려왔다. 허저와 장요 · 서황이 함께 나가 장비를 막았다. 양쪽 군사들도 서로 뒤엉켜 싸움이 붙었다. 하지만 지친 조조의 군사들은 장비의 군사들을 당해낼 수가 없었다.

조조는 생각할 것도 없이 달아나고 장비와 싸우던 장수들과 군사들이 뒤를 따랐다. 장비는 그런 조조의 군사를 뒤쫓으며 마음대로 죽였다. 그러거나 말거나 조조는 말 등에 바싹 엎드려 말을 재촉했다. 간신히 장비의 추격에서 벗어난 조조는 한숨을 돌렸다.

"앞에 두 갈래의 길이 있습니다."

"어느 길이 가까우냐?"

"넓은 길은 오십 리가 멀고, 좁은 길 화용도는 오십 리가 가깝습니다."

"산으로 올라가 두 갈래 길을 살펴보아라. 빈틈이 없이 살펴야 한다."

명을 받은 군사가 한참 뒤에 돌아와 조조에게 말했다.

"좁은 길은 연기가 나고 큰 길은 조용합니다."

"그렇다면 좁은 길로 가자."

"연기가 난다면 분명 매복이 있을 것입니다."

조조를 이해하지 못한 장수들이 말했다.

"병서에 있는 듯 하며 없고, 없는 듯하며 있다고 했다. 그게 군사를 부리는 이치 아닌가? 저 것은 제갈량의 꾀이니 다른 소리 말라."

그제야 장수들이 감탄하여 마음 놓고 뒤를 따랐다. 추운 겨울이라 험준한 산길을 넘는 것이 쉬운 일이 아니었다. 조조는 병들거나 다친 병사들의 목을 베며 길을 재촉했다. 험한 산길을 넘었을 때에는 살아남은 자가 3백여 명에 불과했다. 몇 십리 전진하던 조조는 껄껄거리며 웃었다.

"어찌하여 웃으십니까?"

장수들이 물었다.

"주유와 공명이 지혜가 뛰어나고 하지만 내가 보기에는 멍청한 자들이다. 이곳에 조금의 복병만 있다면 우리는 죽은 목숨이다."

조조의 말이 끝나자마자 함성과 함께 한 떼의 군사들이 쏟아져 나왔다. 정신을 차리고 바라보니 청룡언월도를 들고 적토마를 탄 관우였다. 조조의 군사들은 도망칠 생각도 못하고 서로 얼굴만 마주볼 다름이었다.

"이미 여기까지 온 이상 한판 죽도록 싸워나 보자."

조조가 말했다.

"군사들이 이미 힘을 잃었습니다. 어떻게 싸운단 말입니까?"

장수들이 입을 모아 말했다.

"저는 관우의 기질을 잘 알고 있습니다. 윗사람에게 교만하지 않고 아랫사람에게는 동정이 많으며 강자에게 아부하거나 약자를 학대하지 않습니다. 또한 은혜와 원수를 구분할 줄 압니다. 지난날 승상께서 베푼 은혜를 이용하시면 벗어날 수 있을 것입니다."

정욱이 말했다. 조조는 말을 달려 앞으로 나가 관우에게 몸을 굽혔다.

"장군께서는 그 동안 별일 없으셨소?"

"나는 군령을 받고 승상을 기다린 지 오래되었소."

"나는 도망칠 힘조차 잃었소. 장군께서 옛정을 생각하시어 길을 열어주시오."

"이 관우가 승상께 은혜를 입은 것은 사실이지만 안량과 문추의 목을 베었고, 백마에서 구해주었으니 은혜는 갚은 것이오. 더욱이 오늘은 군령을 따르는 것이오."

"하지만 장군께서 다섯 관문을 지나며 여섯 장수의 목을 베었을 때 나는 뒤쫓지 않았소. 대장부는 신의를 존중해야 하는 줄 알고 있소."

관우는 잠시 망설였다. 뿐만 아니라 조조 뒤에 있는 군사들이 눈물을 흘리며 서있는 꼴이 처량하기가 그지없었다.

"길을 열어라!"

관우가 조용히 명령했다. 조조가 재빨리 관우를 지나쳐 달렸다.

빈손으로 돌아온 관우는 공명에게 죽기를 청했다. 공명은 관우의 죄를 용서할 수 없다며 목을 베려했다. 이때 유비가 황급히 말려 관우의 목숨을 구했다.

제5장

천하는 삼국으로

싸우지 않고 형주 땅을 얻은 유비

적벽대전에서 승리한 주유는 군을 격려하고 장수들에게 상을 내렸다. 이제 남군(南郡)을 공격해야 했다. 이때 유비의 사자 손건이 왔다는 보고가 들어왔다. 주유가 유비의 예물을 받고 손건에게 물었다.

"현덕 공은 지금 어디에 계시오?"

"지금은 유강(油江) 어귀로 군사를 옮기어 계십니다."

주유는 깜짝 놀라 물었다.

"공명도 유강에 있소?"

"그렇습니다."

"그대는 먼저 돌아가오. 내가 곧 답례하러 가겠소."

주유는 선물을 받고 손건을 돌려보냈다. 그러자 노숙이 물었다.

"도독께서는 어찌하여 그렇게 놀라셨습니까?"

"유비가 유강에 군사를 옮겼다는 것은 남군을 칠 의도이지요. 우리가 엄청난 희생을 하면서 전쟁에 승리하여 남군이 눈앞에 있는데 그놈이 가로채려는 것이오. 내가 직접 가서 담판을 지어야겠소. 좋은 말

241

로 해보겠지만 듣지 않는다면 내가 결판낼 것이오."

주유는 노숙과 3천 기병을 데리고 유강으로 갔다.

한편 공명은 주유의 속셈을 알아차리고 군선을 강 위에 띄우고 강 언덕에 군사들을 줄지어 세웠다. 또한 유비에게 주유를 맞아 해야 할 언동에 대해 알려주었다.

곧 주유가 도착하자 유비는 예를 갖춰 맞이했다. 주유는 군선과 군사들을 보고 유비의 군세가 만만치 않다는 것을 느꼈다.

"유황숙께서 군사를 이곳으로 옮기신 것은 남군을 빼앗으려는 속셈 아니십니까?"

"그렇지 않습니다. 나는 도독을 도우러 온 것뿐입니다. 하지만 만일 도독이 남군을 넣지 못한다면 내가 차지하겠습니다."

"우리는 형주 일대를 장악하려고 생각한지 오래되었습니다. 남군은 이미 손에 넣은 거나 마찬가지입니다."

주유는 웃으면서 말했다.

"전투의 승패는 장담할 수 없습니다. 조조는 돌아갔으나 조인에게 남군을 지키게 하고 있소."

"만일 공략하지 못하면 그땐 유황숙 마음대로 하십시오."

주유는 남군을 손에 넣는 것쯤은 식은 죽 먹기라고 생각했다. 하지만 주유는 조인의 계략에 빠져 왼쪽 옆구리에 화살을 맞았다. 주유의 군사와 조인의 군사가 성 밖에서 공방전을 벌였고 조인은 남군을 버리고 하후돈이 지키는 양양으로 달아났다. 주유는 군사를 수습하여 남군으로 달렸다. 하지만 어찌된 일인지 성벽위에 깃발이 가득 꽂혀 있고 장수 하나가 버티고 서 있었다.

"나는 상산의 조자룡이오. 명을 받들어 이미 성을 차지하였소."

이미 공명의 계책에 따라 산속에서 숨어 있던 조운이 양쪽이 싸우는 사이에 성을 차지한 것이었다. 주유는 뜻밖의 상황에 화가 치밀어 올랐다.

"무엇들 하느냐? 성을 쳐부숴라!"

하지만 조운의 저항이 거세 성을 점령할 엄두를 내지 못하였다. 할 수 없이 주유는 형주와 양양을 먼저 빼앗고 남군을 치기로 했다. 하지만 형주는 이미 장비의 손에 들어갔고 양양은 관우의 손에 들어가 있었다. 이리하여 남군과 형주·양양 모두 유비의 손에 들어갔다.

보고를 들은 주유는 외마디 비명을 지르며 쓰러졌다. 조인과 싸울 때 화살을 맞은 상처가 터져버린 것이다.

"공명 촌놈의 목을 베기 전에는 한이 풀리지 않는다. 남군을 공격하여 빼앗겠다."

그러자 노숙이 만류했다.

"그건 무모한 일입니다. 아직 조조와의 싸움이 끝나지 않은 마당에 유비와 싸우다 조조가 다시 대군을 일으킨다면 당해내지 못할 것입니다. 또한 친분관계가 있는 조조와 유비가 힘을 합친다면 우리는 큰 위기를 맞이할 것입니다."

"우리는 조조의 군사를 격파하느라 그 많은 군마를 잃고 군량을 소비했지만 아무것도 얻지 못했소. 그런데 저들은 앉아서 남의 몫을 가로챘으니 어찌 참을 수 있단 말이오?"

"제가 현덕을 만나 달래보겠습니다."

노숙은 형주에 있는 유비를 찾아갔다.

"전에 조조는 백만 대군을 이끌고 강남을 치겠다고 말했지만 사실은 황숙을 없애려 한 것입니다. 다행히 우리 오나라가 조조의 군사를 무찔러 황숙을 구해드렸습니다. 그러니 형주의 아홉 고을은 모두 우리 오나라에 속하는 것이 당연합니다. 그런데 황숙께서는 속임수로 형주와 양양을 모두 빼앗아 버렸습니다. 이는 이치에 맞지 않으며 천하에 비웃음거리가 될 것입니다."

그러자 유비를 대신해 공명이 대답했다.

"고명한 선비께서 어찌 그런 말씀을 하십니까? 본래 형주와 양양의 아홉 고을 모두 유표공의 땅입니다. 그리고 우리 주군은 유표 공의 아우뻘 되시는 분입니다. 또한 유표공은 돌아가셨지만 아드님 유기가 아직 살아 있습니다. 숙부가 조카를 도와 형주를 지키는 것이 어찌 부당하다는 것입니까?"

이에 노숙은 유기를 뵙기를 청했다. 곧바로 유기가 병들어 부축받으며 나왔다. 유기가 형주에 있으면서 선친을 이어받는다는 논리를 내세운다면 동오로서는 어찌할 수가 없었다.

"만약 공자가 없다면 어떻게 하겠소?"

노숙이 말했다.

"그때에는 동오와 상의를 해야겠지요."

"공자가 안계시다면 우리에게 반드시 성을 돌려주셔야 할 것입니다."

"그렇게 하지요."

노숙은 돌아와 주유에게 사정을 설명했다.

"유기가 아직 젊은데 죽을 리가 있겠소? 언제 형주를 돌려받는단 말이오."

"유기는 주색이 지나쳐서 병이 뼛속까지 스며들어 반년을 살지 못할 것입니다. 그때 형주를 차지한다면 유현덕도 어쩔 수 없을 것입니다."

주유는 화가 치밀어 올라 어쩔 줄 몰라 하고 있는데 손권이 사자를 보내왔다.

"주공께서 합비성에서 여러 번 싸웠으나 아직 점령하지 못하였으니 도독께서 돌아와 도우라 하십니다."

주유는 할 수 없이 군사를 되돌렸다. 자신은 상처가 악화되어 시상(柴桑)에 머물러 치료를 하고 정보에게 군사와 전함을 주어 합비로 가서 손권을 돕도록 했다.

한편 형주·남군·양양을 얻은 유비는 무릉(武陵)·장사·계양(桂陽)·영릉(零陵) 땅을 얻기 위해 군사를 일으키기로 하였다.

"장비는 선봉에 서고 자룡은 후군이 되어 뒤를 막아라. 나는 공명과 중군이 되리라."

영릉태수 유도는 유비가 쳐들어온다는 소식을 듣고 아들 현(賢)과 장수 형도영에게 군사 1만 명을 주어 유비를 막게 했다. 형도영이 조운에게 죽자 태수 유도가 성문을 나와 항복하였다.

"다음은 계양 땅이다. 누가 나가겠는가?"

"제가 한번 가보겠습니다."

유비의 말이 떨어지자마자 조운이 나섰다. 이어 장비가 나가겠다고 소리쳤다. 공명이 제비뽑기를 제의하여 조운이 나갔다. 계양태수 조범은 조운이 온다는 소리를 듣고 성문을 나가 항복하였다.

조운과 조범이 술을 마시다 성과 고향이 같아 의형제를 맺었다. 조운이 생일이 빨라 형이 되었다. 잠시 후 조범이 상복을 입은 부인을 부르더니 술을 따르게 하였다.

"이분은 누구신가?"

"저의 형수 번씨올시다."

조운은 번씨에게 예를 표했다. 조운은 번씨를 들어가게 한 다음 조범에게 물었다.

"동생은 어찌 형수에게 술을 따르게 하는가?"

"저희 형님이 세상을 떠난 지 삼 년이 지났는데 형수께서 아직 재가를 하지 못하였습니다. 제가 권하였는데 형수께서는 세 가지 조건이 맞으면 재가를 하겠다고 하였습니다. 그 조건의 첫째는 문무가 겸비한 사람이어야 하고, 둘째는 용모가 당당하고 위엄이 있어야 하며, 셋째 우리 형과 같은 조씨 성이라야 한답니다. 이 세 가지 조건을 갖춘 사람이 바로 자룡 형님이니 아내로 삼아주십시오."

"너 이놈! 내가 이미 너와 의형제를 맺어 너의 형수는 바로 나의 형수인데 인륜을 거스르려 하느냐?"

"나는 좋은 뜻으로 한 말인데 어찌 이리도 무례하나?"

조범은 화가 나 소리치며 부하들에게 조운을 치라는 눈짓을 보냈다. 조운은 한주먹에 조범을 때려눕히고 성을 빠져나왔다. 그날 밤 조범은 진응과 포용을 시켜 조운에게 거짓항복을 하게 하였다. 이를 눈치챈 조운은 두 사람의 목을 베고 조범을 사로잡았다.

곧이어 유비와 공명이 성으로 들어왔다. 조운은 조범을 꿇어앉히고 그간의 사정을 설명했다.

"형수를 출가시키려는 것은 아름다운 일인데 자룡은 어찌 그랬소?"

"제가 조범과 의형제를 맺었는데 내가 형수를 얻는다면 천하가 비웃을 것이요. 또한 부인이 다시 출가한다면 죽은 지아비에 대한 절개를 잃는 것이며, 마지막으로 조범이 거짓항복을 했는지 알지 못하는데 어찌 아녀자 문제로 큰 일을 망칠 수 있겠습니까?"

"자룡의 말이 옳다. 이제 일이 끝났으니 아내로 삼는 것이 어떻겠는가?"

"천하에 여자가 많은데 명예를 손상할까 두렵습니다. 대장부가 공명을 얻지 못하는 것이 두렵지 어찌 아내와 자식이 없는 것이 걱정이겠습니까?"

"자룡은 실로 군자로다."

유비는 조범을 벌하지 않고 계양태수로 삼고 조운에게 따로 상을 내렸다. 옆에 있던 장비가 약이 올라 무릉성(武陵城)을 빼앗고 태수 김선을 사로잡겠다고 나섰다. 김선은 장비의 상대가 아니었다. 장비가 한번 소리를 내지르니 싸울 엄두를 내지 못하고 줄행랑을 쳤다. 김선이 성으로 다시 들어가려 했으나 공지라는 부하가 배반하여 화살을 쏘았다. 김선은 공지가 쏜 화살이 얼굴에 박혀 죽었고 무릉성은 싱겁게 함락되었다.

조운과 장비가 각각 공을 세웠다는 소리를 들은 관우는 장사공략을 자신에게 맡겨 달라고 간청했다.

"장사성에는 유표 밑에서 중랑장으로 있던 황충(黃忠)이라는 노장이 있어 힘겨운 상대요."

공명이 말했다.

"늙어 빠진 장수 하나쯤은 문제없습니다. 저에게 오백 명의 군사만 주십시오."

관우는 이렇게 말하고 5백 명의 기병을 이끌고 곧 장사로 쳐들어갔다. 관우는 황충과 1백여 합이나 싸웠으나 승부가 나지 않았다. 둘은 이튿날 다시 50여 합을 싸웠으나 승부가 나지 않았다. 관우는 일부러 말을 몰아 도망치기 시작했다. 관우는 황충이 뒤쫓아 오는 것을 기다렸다가 갑자기 뒤돌아서서 청룡언월도로 황충이 탄 말의 다리를 후려쳤다. 말이 고꾸라지면서 황충도 말에서 떨어졌다.

"목숨을 살려줄 테니 다른 말을 타고 덤벼라."

황충은 곧 다른 말에 올라타고 성으로 물러났다.

이튿날 새벽에 관우가 도전하여 황충과 싸웠다. 관우는 이틀을 싸워도 황충을 이기지 못해 초조한 나머지 사나운 기세로 덤벼들었다. 30여 합을 싸우고 황충은 일부러 도망쳤고 관우가 뒤쫓아 갔다.

황충은 활을 잘 쏘았다. 하지만 어제 목숨을 살려준 관우를 죽이고 싶지 않았다. 황충은 일부러 딴 곳으로 활을 쏘았다. 관우가 계속 추격하자 두 번째 활도 딴 곳으로 쏘았고, 세 번째 화살은 관우의 투구 끝에 명중했다. 관우는 깜짝 놀라 진지로 돌아왔다. 그때서야 관우는 황충이 어제의 은혜에 보답하기 위해 일부러 맞히지 않았다는 것을 깨달았다.

한편 장사 태수 한현(韓玄)은 황충이 일부러 관우를 죽이지 않은 것을 알아차리고 황충을 체포하여 목을 베도록 했다. 이에 위연(魏延)이라는 장수가 반란을 일으켜 한현의 목을 베고 관우에게 항복했다.

관우는 장사에 도착한 유비와 공명에게 황충과 위연을 소개했다. 유비는 기꺼이 이들을 맞았으나 공명이 위연의 관상이 반역할 상이니 목을 베라고 말했다. 하지만 유비는 듣지 않고 위연을 살려주었다.

드디어 유비는 영릉 · 무릉 · 계양 · 장사 땅을 평정하였다. 이때부터 돈과 곡식이 늘어나고 어진 선비들이 유비에게 몰려들었다.

주유의 최후

손권은 적벽대전 이후 줄곧 합비에서 조조의 군사와 싸웠다. 그러나 수십 차례를 싸웠으나 승부를 내지 못하였다. 그때 정보가 많은 군사들을 데리고 온다는 보고가 들어왔다. 손권이 마중 나갔을 때 노숙이 먼저 도착했다.

노숙을 영접하여 장막 안으로 들어와 합비성을 함락시킬 의논을 하고 있는데, 조조 측 장요가 사자를 파견하여 도전장을 보내왔다. 손권은 직접 나가 맞섰으나 자신을 호위하던 송겸을 잃은 채 돌아왔다. 이어 태사자가 나갔으나 계략에 빠져 화살을 맞고 돌아와 죽었다. 이때 태사자의 나이 41세였다.

이 무렵 지병이 악화된 유기가 드디어 세상을 떠나고 말았다. 유비는 공명의 의견에 따라 관우에게 양양을 지키도록 했다.

손권은 유기가 죽었음으로 약속대로 형주 땅을 되돌려 받기 위해 노숙을 파견하였다. 유비는 술을 내어 노숙을 접대했다.

"예전에 황숙께서는 유기가 세상을 떠나면 형주를 내주시겠다고 말씀하셨는데 언제쯤 돌려주시겠습니까?"

술 몇 잔이 돌기도 전에 노숙이 입을 열었다. 그러자 유비가 대답하기 전에 공명이 입을 열었다.

"우리 한나라의 고조황제께서 큰 뱀을 베고 의(義)로써 몸을 일으키신 뒤 나라의 토대를 닦아 오늘에 이르렀소. 허나 불행하게도 역적이 연달아 일어나 천하가 산산조각이 났습니다. 그러나 하늘의 도(道)는 결코 정통한 천자에게 무심하지 않을 것입니다. 우리 영주는 중산정왕의 후예요, 효경황제의 후손이며 폐하의 숙부이십니다. 또한 유표의 동생뻘 되는데 어찌 한 조각의 땅도 차지할 수 없단 말입니까? 그에 반해 그대의 주인은 말단 관원의 아들로 조정에 공도 세우지 않고 여섯 고을 팔십일 개 주를 점령하고도 형주까지 달라고 하고 있습니다. 뿐만 아니라 적벽에서 조조의 군사를 격파한 것도 우리 유황숙께서 여러모로 애쓰신 덕분입니다."

공명의 준엄한 말에 노숙은 잠시 아무 말도 하지 못하고 있다가 입을 열었다.

"그렇다면 그동안 약속을 전하고 믿게 했던 저는 돌아가서 뭐라 말해야 됩니까?"

"우리 주공께서 서천(西川) 땅을 얻는다면 그때 형주를 돌려드리리다."

노숙이 이에 동의하였고, 유비는 손수 계약 문서를 작성하고 공명과 노숙이 보증하여 함께 도장을 찍었다. 노숙에게 보고를 받은 주유는 다시 공명의 계략에 속았다는 생각에 화가 치밀었다.

이때쯤 유비의 감부인이 세상을 떠났다는 소식이 전해졌다. 이에 주유는 유비를 손권의 여동생과 결혼시킨다는 구실로 유인하여 사로잡기로 했다.

주유의 계략이 손권에게 전해지자 손권은 기뻐하며 여범을 사신으로 보냈다. 여범은 형주에 가서 유비를 만나 정식으로 혼담을 꺼냈다.

"내 나이 벌써 쉰이 되어 머리는 백발이 다 되었소. 손 장군의 동생은 처녀일 것이니 나와 어울리지 않소."

유비가 말했다.

"그분은 여자지만 남자보다 더 용감한 성품이라 평소 천하의 영웅이 아니면 혼인을 하지 않겠다고 했습니다. 황숙과 꼭 어울리는 배필입니다."

유비는 주연을 베풀어 여범을 접대한 후 공명과 의논했다. 공명은 혼담을 받아들이라고 했다. 유비가 손권의 계략일 것이라 말하자 공명은 계략이지만 방법이 있다고 했다.

공명은 손건을 강남에 보내 혼담을 추진하게 했다. 유비는 군사 5백 명을 거느린 조운을 호위대장으로 하여 남서(南徐)로 향했다. 공명은 떠나기 전 조운에게 비단주머니 3개를 주며 계략이 씌어 있으니 난감할 때마다 펴보라고 당부했다.

배가 남서에 도착한 후 첫 번째 비단 주머니를 열어보니 손책 부인과 주유 부인의 아버지 되는 교국로(喬國老)를 만나라고 적혀 있었다. 유비는 교국로에게 혼담 이야기를 하는 한편, 군사들을 시켜 소문을 내게 했다. 교국로는 즉시 손권의 모친 태부인을 찾아가 축하의 인사를 했다. 딸의 혼담에 대해 모르고 있던 태부인은 깜짝 놀라 손권을 불러 물으니 손권이 대답했다.

"이것은 주유의 계략입니다. 유비를 유인하여 형주를 되찾으려는 것입니다. 만일 이쪽의 요구를 듣지 않을 경우엔 유비를 죽여 버리면 그만입니다."

이 말을 듣자 태부인은 버럭 화를 내면서 큰 소리로 말했다.

"주유 놈은 팔십일 주의 도독으로 있으면서도 형주 하나 공격할 지혜가 없어 남의 딸을 인질로 삼겠다는 것이냐? 만일 유비를 죽인다면 내 딸은 시집도 가기 전에 상자부가 되지 않느냐?"

"설사 이 계략으로 형주를 손에 넣는다고 하더라도 천하의 웃음거리가 될 것입니다."

옆에서 교국로가 부추겼다.

"내일 내가 유황숙을 만나보고 마음에 들면 내 딸을 줄 것이네."

이튿날 유비를 만난 태부인은 흠잡을 데 없는 사윗감이라 생각하고 딸을 시집보내기로 결정했다. 며칠이 지나 성대한 혼례식이 거행되었다.

두 사람 사이의 정은 날로 깊어 갔다. 뜻밖에 일이 꼬인 손권은 주유에게 편지를 보냈다. 주유는 유비를 오랫동안 오나라에 머물게 하는 한편, 관우·장비·공명과 사이가 멀어지게 하라고 했다.

손권은 저택을 수리하고 호화가구를 마련하여 유비와 여동생을 살게 했다. 그리고 보물과 비단은 물론 무희와 명창 수십 명을 보냈다. 주유가 예측한 대로 유비는 주색에 빠져 형주로 돌아갈 생각을 하지 않았다.

동쪽 저택에 살고 있는 조운은 하루하루가 권태로워 성 밖에 나가 활쏘기와 말 타기로 세월을 보냈다. 그러나 그 해가 다 저물어 가는데도 유비는 태평이었다. 조운은 문득 전에 공명이 준 비단주머니를 생각하고 두 번째 주머니를 펼쳐보았다. 그 속에는 과연 묘책이 들어 있었다. 그는 즉시 유비가 살고 있는 저택으로 달려갔다.

"공명께서 사람을 보냈는데 조조가 적벽의 한을 풀기 위해 오십만의 군사를 이끌고 쳐들어온다고 합니다. 한시바삐 형주로 돌아오시기를 바라고 있습니다."

"아내와 의논해 보겠소."

유비는 손부인(孫夫人)과 의논하였다. 이미 출가외인이었고 유비와 목숨을 함께하기로 한 손부인이 계책을 냈다. 유비와 손부인은 설날 강가에서 조상에게 제사를 올린다는 핑계를 대고 배를 타고 형주로 탈출을 했다.

늦게 보고를 받은 손권은 진무와 반장에게 5백 명의 기병을 주어 유비를 잡아오라고 하고, 곧이어 다시 장흠과 주태에게 자신의 칼을 주며 여동생과 유비의 목을 베어 오라고 명령했다.

한편 도망가던 유비는 주유가 매복해 놓은 서성과 정봉을 만나 위기에 빠져 있었다. 조운이 세 번째 비단주머니를 펴보니 과연 묘책이 적혀 있었다. 유비는 공명의 묘책에 따라 손부인에게 정으로 호소하여 직접 군사를 막도록 했다.

손부인이 수레 밖으로 나와 서성과 정봉에게 호통을 치는 사이 유비는 길을 열고 도망을 쳤다. 유비 일행이 유랑포(劉郎浦)라는 곳에 이르렀을 때 사공으로 위장한 공명이 나타나 마중을 나와 있었다.

공명은 유비 일행을 태우고 뱃길을 재촉했다. 그때 갑자기 주유가 왼쪽에 황개와 한당을 거느리고 무서운 기세로 쫓아왔다. 공명은 뱃머리를 돌려 북쪽 강기슭에 배를 대고 상륙했다. 그러자 주유도 상륙

하여 뒤쫓아 왔다.

"여기가 어디냐?"

주유가 군사 하나에게 물었다.

"저쪽은 황주의 경계입니다."

병사의 대답이 끝나자마자 북소리가 울리더니 산속에서 관우가 나타났다. 혼비백산이 된 주유는 말 머리를 돌려 도망쳤다. 그때 왼쪽에서 황충, 오른쪽에서 위연이 군사를 이끌고 쳐들어와 주유의 군대는 금세 무너지고 말았다.

주유가 간신히 배에 올라탔을 때 공명이 군사들을 시켜 소리치게 했다.

"천하에 이름난 주유의 계책, 천하를 편안하게 했네. 부인을 바치고 군사까지 꺾였구나!"

주유는 아물었던 상처가 다시 터져 뱃전에 쓰러졌다. 장수들은 급히 주유를 부축하여 시상으로 돌아갔다. 주유가 대패하였다는 소식을 들은 손권은 대군을 일으켜 형주를 치려했으나 장소가 나섰다.

"그건 안 됩니다. 조조는 전부터 패전의 한을 풀려 벼르고 있습니다. 다만 우리가 유비와 함께 힘을 합치고 있기 때문에 출병을 하지 못할 뿐입니다."

"그러면 어떻게 해야 하는가?"

손권이 말했다.

"사자를 허도로 보내어 유비를 형주자사로 임명해달라고 청하십시오. 그러면 조조가 우리와 유비가 굳게 맺어진 것으로 알고 공격할 엄두를 내지 못할 것입니다. 또한 조조와 유비를 이간시킨다면 형주를 빼앗을 수 있을 것입니다."

손권은 이 말을 듣고 크게 기뻐하며 곧 화흠(華歆)을 조조에게 보냈다.

한편 조조는 문무백관을 모아 놓고 잔치를 열면서 붓을 들고 시를 쓰려할 때 사신이 도착했다는 보고가 들어왔다.

"동오에서 유비를 형주 자사로 삼아달라는 청을 가져왔습니다. 또한 손권은 여동생을 유비와 결혼시켰답니다."

조조는 당황하여 손발을 떨더니 붓을 땅바닥에 떨어뜨렸다.

"화살이 빗발치는 싸움터에서도 흔들리지 않으시던 분이 어찌하여 이처럼 놀라십니까?"

정욱이 물었다.

"유비가 형주를 얻은 것은 용을 바다에 내보낸 것과 마찬가지네."

"승상께서는 화흠이 온 본뜻이 무엇인지 알고 계십니까?"

"본뜻이라니?"

"손권은 오래 전부터 유비를 경계해 왔습니다. 군사를 이끌고 쳐들어가고 싶지만 승상께서 그 기회에 쳐들어올까 봐 두려워하고 있습니다. 손권은 유비를 형주 자사로 임명하여 마음을 달래는 한편, 승상께서 출병을 못하도록 하기 위함입니다."

"옳은 말이오. 그렇다면 어떻게 해야겠소?"

"오나라의 기둥은 주유입니다. 승상께서 주유를 남군의 태수로, 정보를 강하의 태수로 임명하십시오. 남군과 강하는 형주의 턱밑이라 저절로 싸울 것입니다. 또한 화흠에게 벼슬을 내려 조정에 잡아둠으로써 주유와 정보가 의심치 않게 하여야 할 것입니다."

조조는 이에 동의하여 곧 주유와 정보를 태수로 임명했다. 주유는 다시 노숙을 유비에게 보내어 형주의 반환을 요구했다. 다시 거부를 당한 주유는 유비에게 자신이 서천을 공략하여 빼앗아 줄 테이니 길을 내달라고 했다. 길을 내주고 유비가 영접하러 왔을 때 사로잡을 계략이었다. 공명은 주유의 계략을 간파하고 있었으나 시치미를 떼고 제의를 받아들였다.

"이제야 내 계략에 말려들었구나!"

주유는 의기양양했다. 주유는 육군과 수군 5만의 군사를 이끌고 형주로 향했다. 상처도 어느 정도 아물어 가고 있어 군사를 이끄는데 별문제가 없었다. 군사들이 하구에 도착했을 때 미축이 마중을 나왔다.

"황숙께서는 어디 계시오?"

"주공께서는 성문 밖에 나와 기다리고 계십니다."

하지만 형주에 거의 다가가도 사람하나 보이지 않았다. 정탐병을 보내니 형주성에는 두 개의 백기가 꽂혀 있고 사람은 그림자도 보이지 않는다고 보고했다. 주유는 감녕·서성·정봉과 함께 3천 군사를 이끌고 형주성으로 달려갔다. 주유는 성문 앞에 다다라 병사에게 성문을 열라고 외치게 했다.

"오나라의 주 도독이 친히 행차하셨으니 빨리 문을 열라!"

말이 채 끝나기도 전에 딱따기 소리가 나며 백기가 사라지고 군사들이 일어나 창과 칼을 세웠다.

"주 도독은 무엇 때문에 왔소?"

조운이 망루에 서서 물었다.

"내가 황숙을 대신하여 서천을 치러 온 것을 아직 모르고 있소?"

"공명 군사께서 도독의 계략을 간파하고 이곳에 조운을 세워둔 것이오."

이 말을 듣고 함정에 빠진 것을 눈치 챈 주유는 말을 돌려 달렸다. 이때 병사가 뛰어와 보고를 했다.

"관우와 장비, 황충, 위연이 사방에서 몰려오고 있다합니다."

화가 난 주유는 상처가 다시 터지고 외마디 비명을 지르며 말위에서 떨어졌다.

"유현덕과 공명이 산 위에서 술을 마시고 있습니다."

다른 병사가 말했다. 주유는 점점 화가 치밀었지만 달리 방법이 없었다. 그때 손권의 사촌 동생 손유가 원병을 이끌고 달려왔다. 주유는 마음을 가라앉히고 진격하려는데 사자가 공명의 편지를 가지고 왔다.

'시상에서 헤어진 뒤로 늘 그리워하다 우리를 위해 서천을 치려 한다하여 몇 자 적어보오. 서천은 군사가 강하고 요새가 견고하여 공격하기 어려울 것이오. 더구나 조조가 적벽에서 패한 후로 보복할 기회를 노리고 있으니 쳐들어오면 강남은 쉽게 무너져 버릴 것이오. 부디 밝게 헤아려 군사를 일으키시오.'

주유는 편지를 다 읽고 한숨을 쉬며 종이와 붓을 가져오게 했다. 자신의 목숨이 얼마 남지 않았다는 것을 알고 손권에게 보내는 유서를 썼다.

"나라에 충성을 다하려고 했으나 내 수명이 다한 것 같소. 각자 주공을 잘 받들어 대업을 성취하기 바라오."

주유는 하늘을 우러러 탄식했다.

"하늘은 이 주유를 낳고 어찌하여 공명까지 낳았는가?"

그리고 뜻 모른 몇 마디를 중얼거리다 숨을 거두니 그의 나이 36세였다.

손권은 주유가 죽었다는 말을 듣고 대성통곡을 했다. 주유의 유언에 따라 노숙을 도독으로 임명하고 성대한 장례식을 열게 하였다.

공명은 조운과 함께 5백 명의 군사를 이끌고 주유의 조문을 갔다. 주유의 부하 장수들은 공명을 죽이려 하였으나 조운이 곁을 떠나지 않아 손을 쓰지 못했다. 공명은 주유의 영전에 조문을 읽고 엎드려 소리 내어 울었다. 조문을 마친 공명이 서둘러 배에 오르려하는데 한 사내가 옷소매를 잡아당겼다.

"네 이놈! 주유를 골탕 먹여 죽게 하고 조문을 오다니. 동오에는 사람이 없다고 깔보는 게냐?"

공명이 깜짝 놀라 돌아보니 방통이었다. 두 사람은 얼굴을 마주하고 껄껄 웃었다. 그리고 함께 배에 올라 서로 흉금을 털어놓고 이야기했다. 공명은 손권이 크게 써주지 않으면 유비에게 올 것을 권했다.

손권은 방통의 생김새가 마음이 들지 않는다는 이유로 탐탁지 않게 생각했고 실망한 방통은 유비에게로 갔다. 유비는 방통을 부군사중랑장(副軍師中郎將)으로 임명하여 공명과 함께 군사를 지휘하고 훈련시키게 했다.

조조와 마초의 대결

조조는 유비가 머지않아 북으로 쳐들어올지 모른다는 보고를 받고 참모들과 함께 의논했다.

"주유가 죽었으니 손권부터 무찔러야 합니다."

순유가 말했다.

"원정군을 일으키면 서량의 마등이 허도로 쳐들어오지 않을까 걱정이오."

"마등을 남정장군으로 임명한다는 칙령을 내려 허도로 불러들여 없애면 될 것입니다."

조조는 좋은 계책이라 생각하고 즉시 마등을 불러들이기로 했다. 마등은 장군 마원의 후손으로 키가 8척에 얼굴 생김이 용맹스러웠고 품성이 너그러워 많은 사람들에게 존경을 받고 있었다. 영제 말년에 민병을 이끌고 반란을 평정하여 정서장군(征西將軍)으로 임명되었으며, 서량 태수로 있는 진서장군(鎭西將軍) 한수와는 의형제를 맺고 있었다. 또한 동승 · 유비와 함께 조조를 치기로 연판장에 서명하였으나 실패한 적이 있었다.

마등은 조조의 칙명을 받고 허도로 가자니 조조의 간계가 숨어 있는 것 같고 버티자니 천자의 명을 어기는 것 같아 망설였다. 마등은 장남 마초에게 서량을 지키게 하고 군사 5천을 뽑아 차남 마휴(馬休)와 마철(馬鐵), 조카 마대(馬岱)를 데리고 허도로 향했다. 마등은 허도 성문 밖 20리쯤에 멈추어 조조의 움직임을 살폈다.

이때 조조가 보낸 문하시랑(門下侍郞) 황규가 와서 조조를 암살하자고 제의했다. 마등과 황규는 조조가 서량의 군사를 사열하러 온 틈을 이용해 암살하려 하였으나 사전에 들통 나고 말았다. 결국 마등은 마휴·마철·황규와 함께 죽고 마대만 간신히 탈출하여 서량으로 도망쳤다.

마등을 없앤 조조는 30만 대군을 이끌고 합비에 있는 장요의 군사와 합세하여 먼저 강남으로 내려갔다. 급하게 된 손권은 유비에게 도움을 요청했다. 유비가 공명에게 물었다.

"조조가 평생 두려워 한 것은 서량의 군대입니다. 서량의 마초는 아버지의 죽음 때문에 조조를 철천지원수로 생각할 것입니다. 마초에게 편지를 보내 동맹을 맺고, 마초로 하여금 중원으로 쳐들어오게 하십시오. 그렇게 되면 조조가 강남을 엿볼 수 없을 것입니다."

마침 아버지 죽음에 대한 보고를 받고 이를 갈던 마초는 아버지의 의형제 서량태수 한수와 20만 대군을 이끌고 장안으로 몰려갔다.

조조는 급히 군사를 돌려 서량의 군사들과 대치하였다. 조조가 나가 바라보니 서량의 군사는 모두 용맹무쌍하게 보였고 영웅이라 할 수 있었다. 그중 얼굴은 분을 바른 것처럼 희고 입술이 붉은 장수 한명이 긴 창을 들고 서 있었다. 바로 마초였다. 그 양쪽에 방덕(龐德)과 마대가 버티고 서 있었다.

"너는 한조의 복파장군(伏波將軍)의 후손이다. 어찌하여 조정에 대항하려 하는가?"

조조는 마음속으로 감탄하며 큰 소리로 외쳤다.

"역적 조조야! 너는 천자를 욕보이고 나의 부친과 아우들까지 죽였으니 불구대천의 원수다. 네놈을 생포하여 살점을 뜯어내고 말겠다."

마초는 말을 마치기도 전에 창을 들고 덤벼들었다. 조조의 뒤에 있던 우금이 나갔으나 9합 정도 싸우고 도망쳤다. 뒤를 이어 장합이 나갔으나 20여 합을 싸우고 돌아섰고, 이통이 나갔으나 마초의 창에 찔려 죽었다.

이통이 죽자 마초는 자기편을 향해 손짓을 했다. 서량의 병사들이 일제히 쳐들어오자 조조의 진지는 와르르 무너지고 말았다. 마초·방덕·마대는 1백여 명의 기병을 거느리고 본진까지 쳐들어가 조조를 사로잡으려고 했다. 이리저리 쫓기던 조조를 향해 서량의 병사가 소리쳤다.

"붉은 갑옷을 걸친 놈이 조조다!"

조조는 붉은 갑옷을 벗어 버렸다. 그러자 서량의 병사들이 다시 외쳤다.

"수염이 긴 놈이 조조다!"

조조는 당황하여 허리에 찬칼을 뽑아 자기의 수염을 잘라 버렸다. 조조가 수염 자르는 것을 본 병사가 그 일을 마초에게 알렸다.

"수염이 짧은 놈을 잡아라. 그놈이 조조다!"

이 말을 듣자 조조는 깃발을 찢어 목을 감싸고 도망쳤다. 한참 도망치고 있는데 마초가 뒤에서 쫓아오고 있었다.

"조조는 달아나지 마라!"

마초가 창을 던졌다. 조조가 급히 숲 속으로 뛰어드는 바람에 마초가 던진 창은 나무에 박혔다.

진지로 돌아온 조조는 패잔병을 모아 굳게 지키게 하고 경솔히 나가 싸우지 말라고 지시했다. 조조는 동관으로 마초의 군사를 끌어들인 후, 강을 건너 뒤에서 마초를 치려고 했다. 이것을 알아차린 마초는 강을 건너가는 조조의 군사를 습격했다.

조조의 병사들이 마초를 보고 공포에 떨며 앞을 다투어 배에 올라타려고 했다. 조조가 침착하라고 소리를 질렀지만 아무 소용이 없었다. 적군의 말 우는 소리가 함성과 뒤섞여 점점 가까이 들려왔다.

"적이 가까이 왔습니다. 승상께서는 어서 배에 오르십시오."

배에서 뛰어내린 허저가 조조를 끌다시피 다시 배를 타려고 하였으나 배는 강기슭에서 떨어져 있었다. 허저는 조조를 등에 업고 뛰었다.

군사들은 물속으로 뛰어들어 뱃전에 매달리면서 앞을 다투어 오르려고 했다. 병사들이 한꺼번에 배에 오르려하자 허저는 칼을 뽑아들고 후려쳤다. 배에 매달려 있던 병사들의 손이 잘리고 비명소리가 처참했다.

강기슭에서는 화살이 비 오듯 날아왔다. 허저는 한 손으로 노를 젓고 한손으로 말안장으로 화살을 막았다. 이때 위남 현령 정비가 조조의 위급한 상황을 보고 말을 풀어놓았다. 서량의 군사들이 말을 잡으려고 우왕좌왕하는 사이 조조는 간신히 몸을 빠져나갔다.

"오늘 별것 아닌 역적 놈 때문에 애먹네 그려."

진지로 돌아온 조조가 호기롭게 웃으며 말했다.

한편 마초는 한수에게 조조를 업고 뛴 장수가 누구냐고 물었다. 한수가 허저라고 대답했다.

어느 날 조조는 허저만 데리고 진지 앞에 나와 마초를 큰 소리로 불렀다. 마초가 말을 몰아 창을 들고 나타났다. 조조의 진지에서 허저가 칼을 휘두르면서 말을 달려오자 마초는 창을 들고 대적했다. 두 사람은 1백여 합이나 싸웠으나 승부가 나지 않았다.

"말이 지쳤으니 갈아타고 와서 싸우자."

두 사람은 진지로 돌아와 말을 바꿔 타고 다시 겨뤘다. 이번에도 1백여 합을 싸웠으나 승부가 나지 않았다. 허저는 성미를 못 이겨 영채로 돌아와 갑옷을 벗고 맨몸으로 칼만 들고 나가 싸웠다. 다시 30여 합을 싸워도 승부가 나지 않았다.

조조는 허저가 다치기라도 할까 두려워 하후연과 조홍더러 나가라 했다. 마초 쪽에서도 철기 군들이 달려 나와 한바탕 싸웠다.

본진으로 돌아온 조조는 서황을 시켜 마초의 군대 뒤에 영채를 세우게 했다. 이리하여 앞뒤에 적을 두게 된 마초는 한수에게 대책을 물었다. 장수 한명이 이렇게 된 이상 빼앗은 땅 일부를 돌려주고 화친을 맺자고 했다. 다른 장수들이 찬성하여 마초도 이에 따르기로 하였다.

마초의 편지를 받은 조조가 모사 가후에게 물었다.

"전쟁은 속고 속이는 것임으로 한수와 마초를 이간질시켜 둘이 싸우도록 한 후 쳐부수십시오."

조조는 마초에게 화친에 찬성한다는 답변을 보내고 병력을 후퇴시키는 척했다. 또한 한수에게 접근하여 다정스럽게 이야기를 걸고, 거짓편지를 보내 마초가 의심하게 만들었다.

조조의 계략에 빠진 마초는 한수를 몰아세웠다. 억울한 한수는 장수들과 의논하여 조조에게 항복하기로 했다. 한수는 조조에게 마초를 죽이고 불을 지를 테니 한꺼번에 들어오라고 전했다. 한수가 다섯 장수를 모아놓고 마초를 칠 의논을 하고 있는데 마초가 엿듣게 되었다.

"네 이놈들! 나를 죽이려 하다니!"

마초가 뛰어 들어가 칼을 내리쳤다. 한수가 당황하여 한 손으로 칼을 잡는 바람에 그의 왼손이 잘려 나갔다. 그러자 다섯 장수가 칼을 빼들고 덤벼들었다. 마초는 막사 밖으로 뛰쳐나와 다섯 장수와 혈전을 벌여 두 장수를 죽였으나 세 장수는 도망치고 말았다.

이때 조조의 대군이 쳐들어오고 마초는 방덕·마대와 겨우 1천여 명의 기병을 이끌고 서북으로 도망쳤다. 조조는 밤낮을 가리지 말고 마초를 뒤쫓으라고 하였지만 결국은 놓치고 말았다.

서천을 향하여

한중(漢中) 땅의 장로는 마초가 조조에게 패했다는 소식을 듣고 놀랐다. 한중 땅은 지세가 험하여 조정의 손길이 못 미치자 장로를 진남중랑장(鎭南中郎將)으로 삼고 한녕(漢寧) 태수로 임명하여 조공을 받치도록 했다. 장로는 조조가 마초를 물리친 여세를 몰아 한중으로 쳐들어 올 것이 분명하다고 생각하고, 서천의 마흔 한 고을을 차지하여 세를 늘려 조조에게 대항하기로 하였다.

이 소식을 들은 익주 자사 유장은 겁을 먹고 참모들을 불러 의논을 했다.

"주공께서는 염려 마십시오. 제가 세 치의 혀를 움직여 장로가 서천을 넘보지 못하게 하겠습니다."

장송(張松)이 말했다.

그는 이마가 툭 튀어나오고 머리는 비뚤며 납작코에 뻐드렁니를 가지고 있었다. 키는 5척에 불과했고 목소리는 깨진 종소리와 같았다.

"지금 조조에게 대항할 자가 없습니다. 주공께서 예물을 주시면 제가 허도로 가서 조조를 만나 그에게 군사를 일으켜 한중을 공략하여 장로를 무찌르도록 설득하겠습니다."

유장은 즉시 허락하였고 장송은 허도로 갔다. 그의 품에는 서천의 군사지도와 성의 위치, 백성과 군사의 숫자까지 적힌 문서가 들어 있었다. 허도에 도착한 장송이 조조를 만나게 해달라고 요청하였다. 하지만 조조는 마초를 물리친 것을 축하하는 술잔치에 빠져 며칠이 지난 후에야 장송을 만났다.

"유장이 근래에 조공을 게을리하고 있는데 웬일인가?"

조조의 마땅치 않은 표정으로 말했다.

"길이 거칠고 험한데다 산적이 많아 통행이 아주 어렵습니다."

조조의 물음에 장송이 대답했다.

"내가 중원을 평정했는데도 도적이 있단 말이냐?"

조조는 계속 책망조로 말했고 장송은 속이 뒤틀렸다.

"남에는 손권이 있고 북에는 장로가 있으며 서에는 유비가 있습니다. 그래도 천하가 태평하다고 할 수 있습니까?"

조조는 장송의 가시 돋친 말에 자리를 뜨고 말았다. 양수(楊修)가 장송의 식견을 알아보고 다시 조조에게 만나볼 것을 권했다. 조조는 서쪽 연병장에 군사를 총집합시키고 장송을 불렀다. 장송의 기를 꺾어 놓으려는 조조의 의도였다.

"자네는 이런 군사를 본적이 있는가?"

"우리 서천에서는 이런 군사를 본적이 없습니다. 다만 인의로 백성을 다스리는 것을 보았을 뿐입니다."

조조가 얼굴빛을 바꾸고 노려보았으나 장송은 조금도 두려워하는 기색을 보이지 않았다.

"우리 대군은 가는 곳마다 싸워 이기고 빼앗았다. 나에게 거역하는 자는 죽는다는 것을 알고 있느냐?"

"예, 잘 압니다. 옛날 여포와 싸우고, 완성에서는 장수와 싸우고, 적벽에서는 주유와 싸우고, 화용도에서는 관우를 만난 것도, 동관에서는 수염을 자른 것을 잘 알고 있습니다. 어찌 승상께 대항할 자가 있겠습니까?"

하나 같이 조조가 대패한 싸움뿐이었다. 조조는 노발대발하며 옆에 있는 부하에게 장송의 목을 베라고 명령했다. 참모들이 말려 목을 베는 대신 곤장을 쳐서 쫓아버렸다.

서천 땅을 조조에게 바치기 위해 왔던 장송은 조조의 푸대접에 그냥 돌아가게 된 것이다. 장송은 빈손으로 돌아갈 수 없어 덕망이 높다는 유비를 만나보기 위해 형주로 향했다.

장송이 형주 가까이 왔을 때 5백여 명의 기병을 거느린 조운이 기다리고 있었다. 그동안 공명이 첩자들로부터 장송의 동향을 보고 받고 준비한 것이었다.

"장 선생이 아니십니까?"

"그렇소이다."

조운이 황망히 말에서 내려 예를 표했다.

"조운이 이곳에서 기다리고 있었습니다."

장수는 조운의 호위를 받으며 형주 경계선에 이르렀다. 이번에는 관우가 1백여 명의 군사와 함께 북을 치며 영접하였다.

"관우가 형님의 명을 받고 여기서 기다리고 있었습니다."

장송은 더욱 감격하였다. 관우와 조운은 장송을 극진히 대접하고 이

튼날 다시 출발하였다. 5리 정도 가자 유비가 공명과 방통을 데리고 마중을 나와 있었다. 유비는 장송을 보자 말에서 내려 맞았다.

형주성에 도착한 장송은 극진한 대접을 받았다. 사흘 동안이나 주연이 계속되었으나 서천에 대한 것은 한 마디도 화제에 오르지 않았다. 이윽고 장송이 형주를 떠나려고 하자 성 밖의 정사에서 송별연이 있었다.

"언제 또 만날 수 있겠소?"

유비는 눈물까지 글썽이며 말했다. 장송은 유비에게는 옛날 요순의 인품이 있다고 생각하며 서천을 넘겨야겠다고 생각하고 입을 열었다.

"저도 조석으로 곁에서 모시고 싶지만 그렇게 할 수 없어 유감스럽습니다. 그런데 제가 보기에 이 형주 동쪽에는 손권이 호랑이처럼 도사리고 있고 북쪽에는 조조가 노리고 있습니다. 언제까지나 머물러 계실 곳이 못 되는 줄 압니다."

"그건 나도 알고 있소. 그렇지만 달리 방법이 있어야지요?"

"익주는 지형이 험해 지키기 좋을 뿐 아니라 기름진 평야가 있어 백성은 번성하고 나라는 부유하여 십만의 군사를 보유하고 있습니다. 게다가 지각 있는 사람들은 모두 유황숙의 덕을 사모하고 있습니다. 지금 이 형주의 군사를 이끌고 촉(蜀)을 공략하면 한의 왕실도 다시 일으킬 수 있을 것입니다."

"내가 어찌 그렇게 할 수 있겠소. 익주의 유장으로 말하면 본래 황실의 후손으로 오랫동안 촉 땅을 다스려 오면서 은덕을 펼쳐 왔소. 그런데 다른 사람이 그곳을 빼앗을 수 없는 일이오."

"저 역시 주인을 팔아 출세하고 싶은 생각은 조금도 없습니다. 다만

269

유황숙을 뵈니 흉금을 털어놓고 싶은 생각이 들었습니다. 유장 어른은 익주 땅을 다스리고 있기는 하지만 우매하고 연약합니다. 사실은 제가 이번에 여행길에 오른 것은 조조와 화친하기 위해서였지만 그는 역적이고 천자를 무시하며 한나라 조정에 재앙이 될 인물이었습니다. 유황숙께서는 먼저 서천을 공략하여 기반을 닦고 북의 한중을 손에 넣은 다음 다시 중원을 점령하여 한나라 황실을 일으켜 세우셔야 합니다. 만일 서천을 공략할 뜻이 계시다면 제가 안에서 도와드리겠습니다."

유비가 계속 거절하자 장송은 다그치면서 가져온 지도를 유비에게 넘겨주었다. 또한 법정(法正)과 맹달(孟達)을 소개하면서 둘과 의논하라고 일렀다.

유장은 기다리던 장송이 돌아오자 조급증을 내며 물었다.

"조조는 한의 역적이면서 우리 서천을 빼앗기 위한 야심으로 꽉차 있습니다."

장송이 한참동안 조조의 안 좋은 이야기를 하자 유장은 어두운 얼굴로 입을 열었다.

"그럼 어떻게 해야 하겠소?"

"형주의 유황숙은 주공과 친척뻘이며 어질고 너그럽습니다. 뿐만 아니라 적벽대전 이후 조조는 유황숙을 두려워하고 있습니다. 유황숙에게 사람을 보내어 화친을 맺도록 하십시오."

이어 장송은 법정과 맹달을 사자로 보내야 한다고 주장했다. 물론 법정과 맹달을 불러 유비를 도울 것을 약조한 후였다. 유장은 이에 동의하여 법정에게 편지를 써주고, 맹달에게는 군사 5천을 주어 유비를

270

맞으라 했다.

편지를 받은 유비는 공명을 불러 관우·장비·조운과 함께 형주를 지킬 것을 부탁하고, 자신은 방통·황충·위연 등과 함께 5만의 보병과 기병을 이끌고 서천으로 향했다.

한편 유비가 지원하러 온다는 소식을 들은 유장은 부성까지 나와 영접하기로 하였다. 유장의 장수 황권이 유비의 속셈을 알아차리고 유장이 가는 것을 만류하였다. 유장이 듣지 않자 황권은 머리를 땅에 찍어 피를 흘리고 유장의 옷자락을 물어 이빨이 빠졌으나 유장은 듣지 않았다. 또한 왕루는 자결을 하면서까지 충언하였으나 역시 유장은 듣지 않았다.

유장은 3만의 기병을 이끌고 부성에 도착하여 유비를 만났다. 두 사람은 인사를 마치고 서로 격의 없이 이야기를 주고받았다. 유장은 진지로 돌아와 흡족해했고 유비 또한 유장을 해칠 생각이 없었다.

방통이 유장을 초대하여 주연을 베풀다가 그의 목을 베라고 하였지만 유비는 듣지 않았다. 방통은 유비를 설득할 수 없다고 판단하여 위연을 불러 마루에서 검무를 추다가 기회를 보아 유장을 죽여 버리라고 지시했다. 주연이 시작되고 위연이 검무를 추기 시작하자 유장의 속관인 장임(張任)이 눈치채고 함께 검무를 추었다. 이어 방통이 유봉에게 눈짓하여 나가자 유장 쪽에서 냉포와 등현이 칼을 빼들고 각각 춤을 추기 시작했다.

이쯤에서 사태를 눈치챈 유비가 크게 놀라 허리에 찬 칼을 뽑아 들고 자리에서 벌떡 일어나 소리쳤다.

"우리 형제가 만나 즐기는데 무엇 때문에 칼춤을 추는 것이냐? 모두

271

칼을 버려라. 버리지 않는 자는 이 자리에서 목을 베겠다!"

유장도 책망했다.

"형제끼리 모인 것이니 칼은 필요 없다."

그러자 모두 물러갔다. 유비는 본진으로 돌아와 방통에게 다시는 그런 짓을 해서는 안 된다고 주의를 주었다. 그러는 사이 장로가 가맹관으로 쳐들어왔다는 보고가 들어왔다. 유장은 유비에게 방어를 부탁했고 유비는 즉시 군사를 이끌고 가맹관으로 향했다.

유장의 부하들은 관문마다 굳게 지켜 유비가 변심할 경우에 대비할 것을 권고했다. 처음에 동의하지 않던 유장도 부하들의 청이 너무 강력하자 양회와 고패에게 유비가 가맹관으로 가기 위해 필히 지나야 하는 부수관을 지키게 하고 자신은 성도(成都)로 돌아갔다.

피지도 못하고 떨어진 봉(鳳)

한편 손권은 유비의 출병 소식을 듣고 기회를 이용하여 형주를 치려고 생각했다. 하지만 유비에게 시집간 손부인이 문제였다. 장소가 계책을 냈다.

"태부인의 병이 위독한데 보고 싶어 한다고 전하십시오. 올 때 반드시 아두를 함께 데려오라 하십시오. 그래야만 유비가 자기 아들과 형주 땅을 교환할 것입니다."

손권은 즉시 장수 한 명을 손부인에게 보냈다. 하지만 일이 뜻대로 되지 않았다. 이를 눈치 챈 조운이 떠나는 손부인의 배에 뛰어 올라 아두를 빼앗았다. 손부인은 혼자 돌아갈 수밖에 없었다.

손부인은 돌아왔고 손권이 군사를 출동시켜 형주로 향하려 하였으나 조조가 적벽대전의 원수를 갚기 위해 동오를 향한다는 보고가 들어왔다. 손권은 형주의 공략을 뒤로 미루고 말릉으로 도읍을 옮긴 다음 유수(濡須) 강변에 토성을 쌓았다.

한편 조조의 위엄은 천자를 능가할 정도였다. 조조는 천자가 입는 곤룡포를 입고 천자가 쓰는 면류관을 쓰는 등 각종 특전을 누렸다.

이에 순욱이 탄식하며 반대하자 조조는 순욱을 미워하게 되었다. 조조는 강남으로 떠나면서 순욱도 데리고 떠났다. 수춘까지 왔을 때 순욱에게 조조의 사자가 음식 한 그릇을 가지고 왔는데 그 그릇 위에는 조조의 친필이 씌어 있었다. 열어 보니 그 속에는 아무것도 들어 있지 않았다. 조조의 뜻을 눈치 챈 순욱은 아무 말 없이 독을 마시고 죽었다. 그의 나이 50이었다. 뒤늦게 자신의 잘못을 깨달은 조조는 그의 장례를 성대히 치렀다.

조조가 순욱을 죽이고 남하하여 유수 땅에 닿아 바라보니 이미 손권이 만반의 준비를 하고 있었다. 한 달 가량 양군이 대진하였으나 특별한 승패 없이 해가 바뀌었다. 결국 조조는 군사를 허도로 되돌렸다.

조조가 물러나자 손권 또한 말릉으로 되돌아왔다. 손권은 되돌린 군사를 형주로 향하려 하였으나 조조가 다시 내려올까 두려워 고심하고 있을 때, 장소가 계책을 냈다.

"유장에게 유비가 우리와 동맹하여 서천을 빼앗으려 한다는 편지를 보내고 장로에게는 형주를 치라는 편지를 보내십시오. 그러면 유비는 진퇴양난에 빠질 것입니다. 그때 우리가 형주를 치면 쉽게 빼앗을 수 있을 것입니다."

손권은 기뻐하며 즉시 편지를 보냈다.

한편 가맹관에 주둔해 있던 방통은 손권의 동태를 눈치 채고 나름대로 계책을 세워 유비에게 건의했다.

"유장에게 다음과 같이 편지를 보내십시오. 손권이 조조의 공격을 받고 형주에 원병을 요청했다. 우리 형주는 동오와 운명을 함께 하여야함으로 안 들어 줄 수가 없다. 장로는 자기 땅을 지키기에 급급하니 걱정하지 않아도 된다. 그러니 정병 사만과 군량 십만 석을 빌려 달라 하십시오."

유비는 이에 동의하여 사자를 성도에 보냈다. 유장의 부하인 양회와 황권이 유비의 청을 들어주어서는 안 된다고 주장했다. 유장도 그들의 주장에 동의하여 늙은 병사 4천명과 쌀 1만석 정도 대여하겠다는 답장을 보냈다. 유비는 답장을 보고 화를 내며 편지를 갈기갈기 찢어 버렸다.

유비는 방통과 의논했다.

"날랜 군사를 뽑아 밤낮으로 달려가 성도를 치는 것으로 상계(上計)입니다. 그리고 형주로 회군한다고 하면 부수관을 지키는 양회와 고패가 마중 나올 것입니다. 그 틈을 이용해 죽이고 부수관을 빼앗는 것이 중계(中計)입니다. 마지막으로 형주로 후퇴한 후 후일을 기약하는 것으로 하계(下計)라 할 수 있겠습니다."

"상계는 너무 급하고 하계는 너무 더디니 중계를 써야겠소."

유비는 유장에게 형주로 회군한다는 거짓 편지를 썼다. 하지만 이를 알지 못하는 장송이 유비 군이 회군한다는 소리를 듣고 놀라 유비에게 보낼 편지를 쓰다 들통이 나고 말았다. 유장은 격노하여 장송을 붙잡아 목을 베어 버렸다.

유장은 각지에 격문을 보내 유비를 막으라 했다. 양회와 고패는 유장의 격문을 받아보기 전에, 나름대로 유비를 전송하는 척하며 죽이기로 계획했다.

하지만 오히려 유비에게 죽임을 당하고, 유비는 촉군(蜀軍)까지 차지하게 되었다. 유장은 양회와 고패 두 장수가 죽고 부수관이 점령되었다는 보고를 받고는 크게 당황했다.

"오늘 밤에 군사를 낙성으로 보내어 이곳으로 오는 길목을 막아야 합니다."

유장은 유괴·냉포·장임·등현 등에게 5만 대군을 주어 낙성으로 진격하게 했다.

"그대들은 밤낮을 가리지 말고 낙성으로 가서 유비를 막으라."

낙성에 도착한 그들은, 냉포와 등현이 성 밖에 영채를 치고 유괴와 장임이 성안에서 지키기로 했다.

유비 쪽에서는 황충과 위연이 선봉에 서기를 자원했다. 서로 먼저 가겠다고 싸워 황충은 냉포의 영채를, 위연은 등현의 영채를 각각 공략하기로 했다. 방통은 두 장수를 출발시키고 유봉·관평과 함께 5천 군사를 이끌고 뒤따라갔다.

하지만 위연이 공을 혼자 독차지하기 위해 계획된 시간보다 먼저 황충이 공격하기로 한 냉포의 영채부터 공격하였다. 냉포의 영채에서는 적이 쳐들어온다는 것을 눈치 채고 대기 중이었다. 공격도 하기 전에 기습을 당한 위연이 제대로 싸우지 못하고 도망쳤다. 5리쯤 도망치는데 산그늘에서 북소리가 울리더니 갑자기 등현이 나타났다.

"네 이놈 위연, 빨리 말에서 내려 항복하라."

위연이 말에 채찍을 가해 황급히 도망을 치는데 말의 앞발이 꺾이어 고꾸라졌다. 뒤쫓아 오던 등현이 창을 던지려고 했다. 그 순간 화살이 날아오더니 등현이 말에서 곤두박질쳤다.

"노장 황충이 여기 있다."

등현이 죽고 냉포는 잔뜩 겁을 먹고 도망쳤다. 촉의 군사는 혼란에 빠져 도망가기가 바빴다. 냉포가 자기 진지로 돌아가려고 하자 진지의 깃발이 변해 있었다. 자세히 살펴보니 황금 갑옷에 비단 옷을 입은 대장은 유비였고 왼쪽에는 유봉이, 오른쪽에는 관평이 서 있었다.

"네놈의 진지는 빼앗겼다. 이제 어디로 갈 테냐?"

냉포는 산모퉁이의 지름길을 지나 낙성으로 돌아가다 위연에게 생포 당하였으나 얼마 후 죽었다. 유비는 항복한 익주의 병사 중에서 항복하기를 원하는 자들은 군대에 편입시키고 항복을 원치 않는 자들은 고향으로 돌려보냈다.

이때 형주의 공명으로부터 한 통의 편지가 도착했다. 천문으로 점을 보니 흉한 일이 많고 길한 일이 적을 징조이니 가볍게 나서지 말라는 당부였다. 하지만 방통은 자신이 익주를 공략하면 공을 세울 것을 두려워한 공명의 질투라고 생각하고 유비에게 출격할 것을 청하였다.

유비는 망설였다. 하지만 방통이 세 번 네 번 출격할 것을 권하자 유비도 생각을 바꾸었다. 유비가 방통이 타고 다니는 말을 보니 말라 허약해 보였다. 유비는 자신을 타던 흰말을 방통에게 주었다. 방통은 위연과 함께 선봉에 서서 소로 길로 향했다.

한편 유장의 장수 장임은 군사 3천을 이끌고 소로 길에서 매복을 했다. 먼저 위연이 이끄는 군사들이 지나가기 시작했다.

"선봉을 보내주어라. 우리가 노리는 것은 본진이다."

장임은 영을 내려 군사들을 움직이지 못하게 하였다. 이윽고 방통이 이끄는 본진이 지나갔다. 장임의 군사들의 눈에 흰말이 보였다.

"저기 흰 말이 타고 있는 자가 유비가 분명합니다."

"신호를 시작으로 한꺼번에 유비를 쏘도록 하라."

선봉에 선 위연이 무사히 지나갔음으로 안심이 될 만한데 방통은 어쩐지 꺼림칙했다. 어떤 살기 같은 기운이 느껴졌다.

"이곳이 어디냐?"

방통이 문득 고삐를 당기며 군사에게 물었다.

"이곳은 낙봉파(落鳳坡)라는 곳입니다."

"내 도호(道號)가 봉추(鳳雛)인데 이곳이 낙봉파라면 어찌되는 것이냐? 나에게 이로울 수 없는 땅이다. 모두 물러서라!"

하지만 때는 늦었다. 갑자기 산위에서 신호가 울리더니 화살이 쏟아져 나왔다. 방통은 온몸에 화살을 맞아 말에서 떨어져 죽었다. 그때 방통의 나이가 36세였다.

서천을 얻은 유비

유비는 방통이 죽었다는 소식을 전해 듣고 소리 내어 슬피 울었다. 그리고 관평에게 한 통의 편지를 써 주며 형주에 가서 공명을 모셔 오라고 일렀다. 유비는 관평이 돌아올 때까지 굳게 지킬 뿐 나가 싸우지 않았다.

한편 공명은 형주에서 칠석날 밤에 서쪽 하늘에서 별 하나가 떨어지는 것을 보고 술잔을 떨어뜨리며 말했다.

"아! 이 얼마나 슬픈 일인가, 가슴 아프다 봉추여!"

그러고는 양손으로 얼굴을 가리고 울음을 터뜨렸다. 곁에 있던 사람들이 어리둥절해 까닭을 물었다. 며칠 후 공명의 말대로 관평이 나타나 방통의 전사 소식을 전했다.

"주공께서는 부성에 갇히어 진퇴양난에 빠져 있다하니 내가 가야겠소."

"군사가 가시면 형주는 누가 지킵니까?"

관우가 말했다.

"이 편지에는 누구라고 분명히 씌어 있지 않지만 관평에게 편지를 전하게 한 것을 보니 운장께서 중대한 임무를 맡아 주시길 바라는 뜻일 거요. 옛날 도원에서 맺은 의를 잊지 말고 형주를 지켜야 하오."

관우는 비장한 각오를 보이며 수락했다. 공명은 잔치를 베풀고 관인을 넘겨주었다.

"만일 조조가 쳐들어오면 어찌하겠소?"

"힘으로 막겠습니다."

"그럼 조조와 손권이 한꺼번에 쳐들어오면 어떻게 하겠소?"

"적을 분리시켜 막겠습니다."

"그렇게 하면 형주가 위험하오. 북으로 조조를 막고 동으로 손권과 손을 잡으시오."

"명심하겠습니다."

공명은 문관으로는 마량(馬良)·이적(伊籍)·상랑·미축을, 무장으로는 미방·요화(廖化)·관평·주창 등에게 관우를 돕게 했다.

한편 장비에게 1만의 정병을 주어 파주(巴州)를 친 뒤 낙성 서쪽으로 향하게 하고, 조운에게 군사와 배를 내주며 강을 거슬러 올라가 낙성으로 가도록 하고, 자신은 간옹·장완(蔣琬) 등과 함께 1만 5천의 병력을 이끌고 뒤를 따랐다.

파군(巴郡) 태수 엄안(嚴顔)은 익주의 명장으로 이미 늙었지만 기력은 쇠퇴하지 않아 활쏘기와 칼 쓰기가 젊은이 못지않았다. 그는 장비가 쳐들어왔다는 말을 듣고 성벽을 굳게 지키며 상대하지 않았다. 장비가 병사들을 시켜 하루 종일 욕을 퍼부어도 꼼짝을 하지 않았다. 장비는 파군을 지나쳐 가는 것처럼 위장하여 엄안을 유인해내는데 성공했다.

엄안은 장비가 샛길로 성을 지나친다는 첩보를 입수하고 기습하기 위해 군사들을 이끌고 밖으로 나왔다. 멀리서 보니 장비가 장팔사모를 들고 앞장서 가고 있었다. 엄안이 장비를 덮치기 위해 북을 울리는데 뒤에서 복병이 일어났다.

"이 늙은이야 꼼짝 마라. 기다린 지 오래다."

엄안이 깜짝 놀라 뒤를 돌아보니 장비였다. 엄안은 가슴이 철렁하였으나 어쩔 수 없이 응수했다. 10여 합을 싸우고 나서 장비는 일부러 허점을 보여 엄안이 후려치는 칼을 슬쩍 피하면서 엄안의 갑옷을 붙잡아 그대로 땅바닥에 내동댕이쳤다. 그러자 곧 군사들이 달려들어 엄안을 밧줄로 묶어버렸다. 우두머리가 잡히니 촉의 병사들은 거의 다 무기를 버리고 항복했다.

파군성도 엄안이 사로잡혔다는 소식을 듣고 성문을 열고 항복했다. 장비는 크게 꾸짖으며 엄안에게 항복할 것을 권했다. 하지만 엄안은 눈 하나 꿈쩍하지 않고 장비에게 목을 베라고 했다. 장비는 주위를 물리치고 엄안의 포승을 직접 풀어주고 머리를 숙였다.

"방금 저지른 무례를 꾸짖어주십시오. 노장군이야말로 호걸이라는 것을 알고 있습니다."

장비가 그렇게 나오자 엄안도 감동되어 항복했다. 장비는 엄안을 앞장 세워 손쉽게 낙성으로 달려갈 수가 있었다.

공명과 장비가 수륙 양면에서 낙성을 향해 진격하고 있다는 보고를 받은 유비는 황충과 위연을 좌우에 거느리고 장임의 영채를 협공했다. 방어하기가 힘들다고 생각한 장임은 낙성으로 도망쳤다. 유비는 약간 후퇴하여 진을 치고 낙성을 포위하여 삼일 밤낮을 계속해서 공격했다.

장임은 좀처럼 상대하지 않다가 유비의 군사가 지치기를 기다렸다 일제히 공격을 개시했다. 유비의 군사는 참패했다. 장임은 모든 것을 제쳐놓고 유비만을 사로잡기 위해 쫓았다. 유비는 단신으로 산속 샛길로 도망쳤다. 유비는 혼자요, 장임은 군사를 거느리고 쫓아오고 있어 위급한 상황이었다. 산길을 돌아가려 할 때 한 떼의 군사들이 가로막았다.

"아! 하늘이 나를 버리는구나!"

하지만 앞에선 장수는 장비였다. 장비는 유비에게 말을 건넬 틈도 없이 장임과 부딪쳤다. 10여 합을 싸우던 장임이 말을 돌려 도망쳤다. 유비는 장비의 손을 잡으며 안도의 숨을 내쉬었다. 장비는 엄안을 유비에게 소개하며 노고를 치하했다. 유비는 입고 있던 황금사슬 갑옷을 벗어 엄안에게 입혀주었다.

그때 도착한 공명은 장임을 사로잡은 뒤 성을 차지하기로 하였다. 공명은 낙성의 동쪽 금안교(金雁橋) 다리 주위에 위연·황충·장비·조운을 잠복시켜 놓고 수레를 끌고 성으로 다가갔다. 수레를 탄 공명은 윤건에 깃털 부채를 들고 장임에게 소리쳤다.

"조조의 백만 대군도 내 이름을 듣고 바람처럼 도망쳤는데 너는 누구기에 항복하지 않느냐?"

성위에서 바라보던 장임은 공명이 이끄는 군사들의 초라한 모습을 보고 말 위에서 비웃었다. 장임은 공명을 사로잡을 수 있는 기회라 생각하고 말을 몰고 나갔다. 장임과 군사들이 금안교를 지날 무렵 유비의 군사들이 사방에서 몰려나왔다. 그때서야 정신이 번쩍 든 장임은

282

군사를 모두 잃고 생포되었다.

"촉의 여러 장수들은 모두 항복했는데 어찌하여 그대는 항복하지 않았는가?"

유비가 장임에게 말했다.

"충신은 두 주인을 섬기지 않는다."

장임은 눈을 부라리면서 외쳤다.

"그대는 천시(天時)를 알지 못하는구나. 항복하면 살려주겠다."

"나는 절대로 항복하지 않는다. 빨리 목을 베라."

유비는 그 충성심을 귀히 여겨 차마 죽이지 못하고 망설였으나 공명이 끌어내어 목을 베라고 하였다. 유비는 장임의 시체를 금안교 옆에 안장하고 그를 추모했다.

유비는 낙성을 손에 넣게 되자 조운과 장비에게 명하여 각자 군사를 이끌고 고을을 돌며 민심을 가라앉게 하는 한편, 법정에게 편지를 쓰게 하여 유장에게 항복을 권하게 했다. 하지만 유장은 대노하며 법정의 편지를 찢어버렸다.

익주 태수 동화가 장로에게 도움을 청할 것을 진언했다.

"대대로 원수 사이였는데 어떻게 장로에게 도움을 청한단 말인가?"

유장이 말했다.

"설사 원수라 하더라도 한중은 우리나라와 이웃으로 같은 운명에 놓여 있습니다. 입술이 없어지면 이가 시린 법입니다. 잘 설득하면 반드시 힘이 되어 줄 것입니다."

제의를 받은 장로는 처음에는 거절하였으나 황권이 가서 설득한 결과 간신히 승낙을 받았다.

283

조조에게 패하고 장로에게 의지하고 있던 마초가 자원을 했다. 장로는 마초에게 2만 군사를 주어 출병시켰다.

한편 낙성에 있던 유비는 공명의 의견에 따라 황충과 위연을 앞세워 면죽으로 진격하여 손에 넣었다. 이때 마초가 가맹관으로 쳐들어온다는 급보가 전해졌다.

"마초는 만만치 않은 상대입니다. 장비나 자룡 이외에는 상대할 수 없을 것입니다."

공명이 말했다.

"공교롭게도 자룡은 군사를 이끌고 출전하여 돌아오지 않았으니 장비를 급히 보내도록 하지요."

공명은 장비에게 마초와 함부로 싸우지 않겠다는 다짐을 받은 후 위연에게 5백 기병을 주어 앞장서게 했다. 장비가 가운데 위치하고 유비가 뒤를 따라 가맹관으로 달렸다. 이튿날 장비와 마초가 1백여 합을 싸워도 막상막하였다.

"정말 호랑이와 같은 장수로구나!"

다시 1백여 합을 싸워도 승부가 나지 않았다. 유비는 장비가 다칠 것을 염려해 징을 울려 장비를 불러들였다.

"마초는 훌륭한 장수이니 결코 얕보아서는 안 된다. 승부는 내일로 미루는 것이 좋겠다."

그러나 장비는 화가 끓어올라 순순히 물러설 수 없었다. 유비의 만류에도 불구하고 장비는 횃불을 켜고 싸우자고 제의했다. 마다할 마초가 아니었다. 양군이 일제히 환성을 지르며 수많은 횃불을 피웠다.

두 장수는 다시 20여 합을 싸웠는데 마초가 말 머리를 돌려 달아났다. 장비가 뒤쫓자 마초가 몸을 돌리면서 구리 철퇴를 꺼내 던졌다. 장비가 몸을 슬쩍 피하였으나 구리 철퇴는 장비의 귓불을 스치고 날아갔다. 이번에는 역으로 장비가 화살을 쏘았으나 마초가 급히 피했다. 이튿날 장비가 다시 싸우려고 할 때 공명이 도착했다.

"마초는 호랑이와 같은 장수입니다. 필사적으로 싸우면 한쪽이 치명상을 입을 뿐입니다. 그래서 조운과 황충에게 면죽을 지키게 하고 이렇게 달려왔습니다. 제가 계략을 써서 마초를 항복하게 하지요."

"어떻게 하면 마초를 얻을 수 있겠습니까?"

공명은 뇌물을 좋아하는 장로의 참모 양송에게 금은보화를 주고 장로와 마초사이를 이간시켰다. 장로는 양송의 말에 속아 마초를 의심하여 목을 베려했다.

"어째서 갑자기 일이 이렇게 되었을까?"

마초는 크게 놀라 탄식하였다. 마초는 군사를 철수시키려 하였으나 양송이 또 다시 마초가 반란을 일으키기 위한 것이라는 소문을 퍼트렸다. 장로의 군사들이 길목마다 지키고 있어 마초는 진퇴양난에 빠져들었다.

이때를 이용하여 공명은 마초에게 항복할 것을 권하였다. 마초는 순순히 유비에게로 왔다. 유비는 마초를 영접하여 귀빈으로 후히 대접했다.

유장은 장로가 보낸 마초까지 유비에게 항복했다는 것을 알고, 자신도 항복하기로 결심했다. 유비는 진중에서 나와 유장을 영접했다.

"내가 인의를 잊은 것은 아니지만 이렇게 된 것은 대세에 밀려 어쩔수가 없었네."

유비는 유장의 손을 붙잡고 눈물을 흘리면서 말했다. 유비는 관인과 문서를 넘겨받고 성 안으로 들어갔다. 촉의 장수와 관원들도 나란히 나와 유비에게 항복하였다. 유비는 성대한 연회를 베풀고 유장을 진위장군(振威將軍)으로 삼아 형주의 공안현(公安縣)으로 옮기게 했다.

칼 하나에 의지하여 적진으로 가는 관우

　　손권은 유비가 서천을 손에 넣은 것을 알고 약속대로 형주를 돌려달라고 했다. 하지만 유비는 동천의 한중 여러 고을을 빼앗으면 돌려주겠다고 했다. 손권을 화를 내며 장사·영릉·계양 세 곳에 관원을 파견하였으나 관우에게 쫓겨 되돌아왔다. 손권은 노숙을 불렀다.

　　"그대가 언젠가 유비에게 사자로 갔을 때 서천을 손에 넣으면 반드시 형주를 돌려주겠다고 했지 않소? 그때 보증까지 섰는데 보고만 있을 거요?"

　　"이미 한 가지 계략을 세워 놓고 말씀 드리려던 참이었습니다."

　　"어떤 계략이오?"

　　"육구(陸口)에 군사를 머무르게 하고 주연을 베풀어 관우를 초청하여 달래보고, 그래도 안 되면 죽여 버리고 형주를 빼앗으면 됩니다."

　　손권은 좋은 계략이라고 생각하여 즉시 실천에 옮기도록 명령했다. 노숙은 곧 군사를 육구에 주둔시킨 후 관우를 초대했다.

　　"노숙이 잔치를 벌인다하니 안 갈 수가 없다. 내일 일찍 가겠다."

관평과 마량이 반드시 계략이 일을 터이니 안 된다고 말렸다. 관우는 관평에게 배 10척과 수군 5백 명을 강기슭에 대기시키고 깃발로 신호를 보내면 진격하라고 일렀다.

한편 노숙은 여몽과 감녕을 숨겨놓고 사람을 보내 형주 쪽을 살피게 했다. 진시(辰時)가 지나자 관우가 몇 사람만 데리고 배를 타고 오고 있었다. 배위에는 푸른 두건을 쓰고 초록색 옷을 걸친 관우가 앉아 있고 그 곁에는 주창이 청룡언월도를 들고 있었다. 노숙은 관우를 영접하여 주연을 베풀었다.

"장군께 드릴 말씀이 있어 청하였는데 이렇게 와주셔서 고맙습니다. 전에 유황숙께서 저를 보증인으로 하여 서천을 손에 넣으면 형주를 반환하겠다고 약속했는데 아직 반환하지 않고 있으니 이것은 신의를 저버린 처사가 아니겠소?"

노숙이 조급증을 내며 말했다.

"땅을 주고받는 일은 국가의 일임으로 술자리에서는 어울리지 않는 일이오."

"우리 주공께서 형주를 빌려 주신 것은 유황숙께서 싸움에 져서 몸둘 곳이 없는 것을 보고 딱하게 여겼기 때문이오. 이제 익주를 손에 넣은 이상 형주는 반환하는 것이 당연하오."

"적벽 싸움에서 형님께서 빗발치는 화살을 무릅쓰고 적을 격파했소. 그 공만으로도 형주를 받을 만하지 않소?"

"원래 장군께서는 황숙과 함께 장판에서 패하여 멀리 도망치는 신세였소. 우리 주군께서는 몸 둘 곳 없는 황숙을 동정하여 영지를 아끼지 않고 재기할 편의를 제공했었소. 그런데 황숙께서는 이미 서천을 손에 넣고도 형주를 차지하려고 하니 그것은 욕심이 앞서 의를 어기는 일로 세상의 웃음거리가 될 것이오."

"그것은 모두 형님이 한 일이오. 나는 모르는 일이외다."

관우가 말을 끊으려 해도 노숙은 자꾸 잡고 늘어졌다.

"그대와 황숙은 복숭아밭에서 의형제를 맺고 생사를 함께 하기로 서약한 사이라고 들었소. 그렇다면 황숙의 일이 곧 장군의 일이 아니겠소? 어찌 무관하다고 하시오?"

그때 관우의 청룡언월도를 들고 멀리 서있던 주창이 소리쳤다.

"천하의 땅은 오직 덕이 있는 자가 차지할 뿐이오. 당신네 동오의 것만은 아니요."

"국가의 대사를 논하는 자리에서 함부로 입을 열지 말고 저리 나가 있어라!"

관우가 얼굴을 붉히고 자리에 일어나 주창을 책망하며 청룡언월도를 빼앗아 들었다. 주창은 관우의 뜻을 알아차리고 강기슭으로 뛰어가 붉은 깃발을 흔들었다. 그러자 강기슭에 대기하고 있던 관평의 배가 쏜살같이 달려왔다. 관우는 오른손에 청룡언월도를 들고 왼손으로 노숙의 팔꿈치를 붙잡았다.

"공이 나를 술자리에 청했지 형주 땅을 논하자고 부른 것은 아니잖소?"

관우는 술에 취한 체하며 노숙의 손을 놓지 않았다. 관우는 노숙을 인질 삼아 강기슭으로 갔다. 군사를 이끌고 있던 여몽과 감녕은 노숙이 다칠까 염려되어 덤벼들지 못하고 망설였다. 그사이 관우는 배를 타고 형주를 향했다.

"안녕히 계시오. 술 잘 마시고 가오."

노숙은 즉시 손권에게 보고했다. 손권은 크게 화가 나서 전군을 이끌고 형주를 치기 위해 의논했다. 이때 갑자기 조조가 30만 대군을 이끌고 쳐들어온다는 보고가 들어왔다. 손권은 깜짝 놀라 형주로의 출정을 보류하고 군사를 합비와 유수로 옮겨 조조를 막기로 했다.

하지만 조조 진영에서는 부간이 조조에게 편지를 보내 지금은 군사를 일으킬 때가 아니고 문덕(文德)에 힘쓸 때라고 간청하였다. 조조는 부간의 간청을 받아들여 군사를 일으키는 것을 중지했다.

복황후를 때려죽이는 조조

조조가 한창 문덕을 쌓기 위해 힘쓰고 있을 때 화흠을 비롯한 장수와 모사들이 조조를 높여 위왕(魏王)에 앉히려 의논하였다. 이에 순유가 승상은 위공(魏公)으로 더 이상 오를 자리가 없는데 왕으로 높이는 것은 이치에 맞지 않는다고 반대했다.

소식을 들은 조조는 화를 내며 순유를 미워했다. 이에 순유는 울분을 참지 못하고 병을 얻어 보름 만에 죽었다. 그의 나이 58세였다.

조조는 순유의 장례를 후히 치르게 하고 위왕에 오르는 문제는 보류했다. 하지만 헌제에 대한 조조의 횡포는 심해졌다. 칼을 차고 헌제를 호통 치는 일이 잦아졌으며 헌제는 무서워 벌벌 떨 뿐이었다. 헌제를 모시는 중신이 참다못해 입을 열었다.

"소문에 따르면 조조가 스스로 왕위에 오르려고 한답니다. 그냥 두었다가는 천자의 자리를 빼앗으려 할 것이니 알아서 처결하십시오."

이 말에 헌제와 황후는 울음을 터뜨렸다.

"제 아버지 복완(伏完)은 언제나 조조를 없애고자 하는 마음이 있습니다. 제가 몰래 편지를 보내 계책을 짜보도록 하겠습니다."

"전날 동승이 일을 꾸미다가 탄로 나서 오히려 조조에게 큰 화를 당했소. 이번에 또 다시 들통 나면 나는 물론 황후까지 살아남지 못할 것이오."

"이렇게 사느니 차라리 일찍 죽는 것이 낫습니다. 제가 보건데 폐하를 모시는 신하 중 가장 충성스러운 자가 목순(穆順)입니다. 그에게 편지를 전하게 하십시오."

복황후는 목순을 병풍 뒤로 불러들여 역적 조조를 치라는 밀서를 주었다. 목순이 복완에게 밀서를 전했다. 복완은 딸의 친필을 알아보고 목순에게 조용히 말했다.

"역적 조조에게는 심복이 많아 당장 손을 쓸 수가 없습니다. 그러니 강동의 손권과 서천의 유비의 손을 빌려야 합니다. 그들이 힘을 합쳐 쳐들어오면 조조가 나갈 것이니 그때 충성스러운 신하들이 힘을 합치면 못할 일이 없을 것입니다."

"그렇다면 황후에게 편지를 보내 손권과 유비에게 보낼 황제의 밀서를 받아내도록 하십시오."

복완은 딸에게 보내는 편지를 써주었다. 목순은 편지를 상투 속에 숨기고 궁중으로 달려갔다. 하지만 황실을 밤낮으로 감시하던 조조에게 목순이 드나든다는 보고가 들어갔다. 조조는 직접 궁중 문으로 나가 목순을 기다렸다.

"어디 갔다 오나?"

조조가 묻자 목순이 대답했다.

"황후께서 병으로 누우셔서 의원을 부르러 갔다 옵니다."

"그렇다면 의원은 어디 있나?"

"곧 올 겁니다."

조조는 부하들에게 그의 몸을 샅샅이 뒤지게 했으나 아무 것도 나오지 않았다. 그때 갑자기 바람이 불어와 목순의 모자가 땅에 떨어졌다. 조조가 불러 세워 모자를 잘 살펴보았으나 역시 아무것도 눈에 띄지 않았으므로 다시 돌려주었다. 그러나 목순이 모자를 양손으로 받아 약간 뒤로 비스듬히 쓰자 조조는 이상하게 생각했다.

"저자의 머릿속을 뒤져봐라."

머릿속을 살펴보니 복완의 편지가 나왔다. 편지를 읽은 조조는 화가 머리끝까지 치밀어 올랐다. 목순을 밀실로 데려가 고문하였으나 목순은 끝내 입을 열지 않았다. 마음이 급한 조조는 그날 밤 3천명의 병사로 데려가 복완의 집을 에워싸고 집안을 수색하였다. 잠시 후 복완이 미처 감추지 못한 황후의 밀서가 나왔다.

조조는 복완의 삼족을 가두고 날이 밝자마자 궁궐로 달려가 황후의 옥새를 거둬오게 했다. 황후는 일이 잘못된 것을 알고 이중으로 된 벽속에 숨었다. 화흠이 5백명의 군사를 끌고 벽을 허물자 황후가 웅크리고 있었다. 화흠은 복황후의 머리채를 잡아 끌어냈다.

"부디 목숨만 살려 주시오."

"위공 앞에 가서 비시오."

황후는 머리가 흐트러진 채 맨발로 끌려 나갔다. 헌제가 황후를 잡고 통곡하였으나 화흠은 헌제를 물리치고 끌고 갔다.

"내가 너희를 후하게 대접했건만 나를 죽이려 드는 구나. 내가 너희를 죽이지 않으면 내가 죽을 것이다."

조조는 이미 이성을 잃어 있었다.

"저 년을 때려죽여라."

조조의 명이 떨어지자 부하들의 몽둥이가 춤을 추었다. 복황후가 죽자 조조는 그녀의 소생 두 황자를 끌어내어 독을 먹여 죽이고 복완과 목순의 일가 2백여 명을 처형하였다. 이어 조조는 귀인으로 있던 자신의 딸을 황후로 책봉했다.

이어 유비와 손권은 쉽게 없앨 수 없다고 판단한 조조는 우선 한중의 장로를 치기로 했다. 조조는 선두에 하후연과 장합이 서게 하고 자신은 가운데, 하후돈과 조인을 뒤따르게 하여 한중을 향했다. 한중의 장로는 힘을 다해 조조의 공격을 막아보려 하였지만 역부족으로 항복하고 말았다. 조조는 장로의 항복을 기쁘게 받아들여 그를 진남장군(鎭南將軍)으로 봉했다.

그래도 충신은 남아있다

한편 조조가 한중을 이미 빼앗았다는 소문을 들은 서천의 백성들은 서천으로 쳐들어올까 두려움에 떨었다. 유비는 공명과 의논하여 손권에게 강하 · 장사 · 계양 세 고을을 손권에게 돌려주는 대신 합비를 공격하도록 제의했다. 손권은 제의를 받아들여 10만 대군을 이끌고 출전했다. 이에 조조는 한중을 하후연과 장합에게 지키게 하고 스스로 40만 대군을 이끌고 유수를 향해 진격했다. 양군은 한 달 이상 밀고 밀리는 싸움을 했다.

손권이 허도에 매년 조공을 바치는 것으로 하고 휴전을 청했다. 손권으로서는 조공을 조조가 아닌 황제에게 바치는 것이었고, 조조는 조공이라는 명분을 얻었으니 둘 다 크게 손해날 것이 없었다. 조조는 즉시 군사를 허도로 철수시켰다.

서기 216년, 조조는 신하들이 헌제에게 상주토록 하여 위왕으로 책봉되었다. 조조는 일부러 세 번이나 서면으로 사양하는 척하다 받아들였다. 그는 옷차림을 천자와 똑같이 하고 육두마차를 탔다. 또한 출입할 때는 호위병을 따르게 하였으며 업군에 왕궁을 세우고 세자를 두기로 했다.

조조는 정실에게는 아들이 없었고 첩인 유씨가 조앙을 낳았으나 전사하였다. 또 다른 첩 변씨에게서 네 아들 조비·조창·조식·조웅을 두었다. 조조는 정실부인을 폐하고 변씨를 왕비로 삼았다. 그중 셋째 조식이 영리하여 세자로 삼고 싶어했다. 조조가 가후를 조용히 불렀다.

"누구를 세자로 삼았으면 좋겠는가?"

가후는 이내 대답하지 않았다. 조급해진 조조가 다그쳤다.

"그대는 왜 대답하지 않는가?"

"잠깐 다른 생각을 하느라 미처 대답을 하지 못하였습니다."

가후가 머뭇거리자 조조가 다그쳤다.

"무슨 생각을 하였는가?"

"원소와 유표가 뒤를 이을 후계자를 고르던 생각을 하였습니다."

조조는 이내 눈치를 챘다. 원소와 유표는 맏아들을 후계자로 세우지 않아 골육간의 싸움으로 허무하게 무너진 것을 상기시킨 것이다. 조조는 껄껄 웃으며 조비를 세자로 삼도록 했다.

조조가 용하다고 소문난 관로에게 점을 치게 하니 내년에 허도에 화재가 날 것이니 경솔히 진격하지 말고 업군에 주둔하라고 말했다. 조조는 그 말을 받아들여 업군에 주둔하면서 하후돈에게는 3만 군사를 주어 허도의 경비를 맡기는 한편, 왕필을 기병대장으로 임명하여 허도의 동화문(東華門) 밖에 주둔하게 했다.

당시 허도에는 경기라는 자가 있었다. 그는 조조가 왕위에 올라 천자의 수레를 타고 다니는 것을 보고 분노하여 친구인 위황과 함께 조조를 죽일 마음을 먹고 김위를 끌어들였다.

"먼저 왕필을 죽이고 그의 병력을 빼앗아 천자를 수호한 뒤에 유황숙의 도움을 얻으면 조조를 무찌를 수 있을 걸세."

김위가 말했다. 김위는 동승사건 때 죽임을 당한 길평의 두 아들과 친분을 유지하고 있었다. 길평의 두 아들은 동승사건 때 멀리 도망하여 목숨을 건질 수 있었는데 몰래 허도로 돌아와 있었다.

김위는 즉시 길씨 형제를 불러 사정을 설명하고 도움을 청하였다. 길씨 형제는 눈물을 흘리며 원수를 갚을 것을 맹세하였다. 이렇게 다섯이 모여 계략을 짰다.

"정월 보름날 밤, 성안에서는 집집마다 등불을 밝히고 보름잔치를 열 것이오. 경기와 위황 두 분은 힘센 하인들을 데리고 왕필의 병영 앞으로 나오시오. 그리고 왕필의 병영에서 불길이 오르면 지체 없이 쳐들어가 왕필을 죽이시오."

김위가 말했다.

"그 다음은 어떻게 해야 하오?"

경기와 위황이 물었다.

"나와 함께 궁중으로 들어가 천자를 모시고 오봉루(五鳳樓)에 올라가 문무백관을 소집하여 역적을 무찌르라는 명령을 내리게 하시면 됩니다. 이때 형제분은 백성들에게 나라의 역적을 무찌르라고 소리치십시오. 또한 백성들과 함께 원군이 성안으로 못 들어가게 한 후 천자에게 항복하는 자가 나타나나면 업군으로 진격하여 조조를 생포토록 하시오. 그리고 유황숙에게 사자를 보내어 모셔오는 것이오. 부디 조심하여 동승의 전철을 밟지 않도록 해야 하오."

다섯 사람은 하늘을 우러러 맹세한 다음 각자 집으로 돌아와 만반의 준비를 하고 약속한 날을 기다리고 있었다. 경기와 위황은 각자 하인 3, 4백 명이 사용할 무기를 준비했다. 길씨 형제도 역시 3, 4백 명 가량의 인원을 동원하여 사냥을 간다는 핑계로 성문주위에 배치하였다.

"위왕의 위세가 천하에 위엄을 떨치고 있는 이때, 대보름을 맞이하여 성안에 등불을 밝히고 평화의 기쁨을 나누어야 합니다."

김위가 왕필을 찾아가 건의하자 왕필은 이에 동의했다. 정월 대보름이 되자 하늘은 맑게 개고 달이 밝았다. 성안은 온통 형형색색의 등불이 장식되고 궁중의 호위병들도 이날 밤만은 경비를 소홀히 했다.

왕필은 근위장교들과 진중에서 술을 마시고 있었다. 두 번째 북이 울리자 갑자기 진중에서 '불이야!' 하는 고함 소리가 들렸다. 진중에서 반란이 일어난 것을 알아챈 왕필은 급히 말을 몰아 남문으로 도망가려다 경기가 쏜 화살에 어깨를 맞았다. 간신히 목숨을 건지고 서문을 향했다. 왕필은 김위의 집으로 달려가 대문을 두드렸다.

"벌써 왕필을 죽였나요?"

김위의 아내가 빗장을 열기 전에 남편인줄 알고 말했다. 왕필은 깜짝 놀라 김위도 공모자임을 알고 조휴의 집으로 달려가 반란을 보고했다. 조휴는 즉시 1천여 명의 병사를 이끌고 성을 수비했다. 성 안에서는 사방에서 불길이 오르더니 오봉루에까지 옮겨 붙었다. 천자는 궁중 깊숙이 피신하였다. 따라서 경기와 위황은 천자를 차지하지 못했다. 반란세력들은 군사가 적었고 3만 군사를 거느리고 있던 하후돈이 성안에서 불길이 일자 성을 에워싸고 일부 군사들을 성안으로 들여보내 반란을 진압하도록 했다.

김위와 길씨 형제들은 죽고 경기와 위황은 생포되었다. 반란을 평정한 하후돈은 반란을 꾀한 가족들을 모두 잡아들이고 조조에게 보고했다. 조조는 반란을 주도한 다섯 명의 가족들은 모두 늙고 젊고를 가리지 말고 죽이도록 명령했다. 경기와 위황은 끝까지 조조를 욕하다 의롭게 죽었다.

　또한 조조는 그날 허도에 있던 관원들을 모두 잡아들이라고 명령했다. 조조는 그들을 군사들이 조련하는 교장으로 끌고 간 후 오른편에는 붉은 기를 왼편에는 흰 기를 세우도록 했다.

　"경기와 위황 등이 허도에 불을 질렀을 때 불을 끄기 위해 나간 자는 붉은 기 쪽에 서고 불을 끄러 나가지 않은 자는 흰 기 쪽에 서라."

　관원들은 불을 끄러 나간 자는 무죄가 될 줄 알고 거의 붉은 기 쪽으로 우르르 달려갔다.

　"저 놈들을 모두 체포하라."

　조조가 붉은 기 쪽을 가리키며 말했다.

　"위왕 전하, 저희들은 불을 끄기 위해 나갔는데 무슨 죄가 있다고 이러십니까?"

　"너희들은 불을 끄기 위해서가 아니라 역적의 편을 들기 위해 나갔던 것이다."

　조조가 차갑게 흘기며 말했다. 그들을 모두 장하 기슭으로 끌어내어 목을 베게 하니 죽은 자가 3백 여 명에 달했다. 흰 기 아래 서 있는 자들에게는 상을 주어 허도로 돌려보냈다.

불붙은 한중쟁탈전

허도의 일이 마무리된 후 조조는 조홍에게 대군을 주어 한중으로 보냈다. 조홍은 장합과 하후연에게 요충지를 지키게 하고 자신은 적과 싸우기 위해 진격하였다.

이때 조홍과 먼저 마주친 것은 마초였다. 마초는 오란을 선봉으로 삼아 적을 살피도록 했다.

"적은 방금 도착하여 피곤할 것이오. 내가 나가 기세를 꺾어 놓아야겠소."

오란을 따라온 임기가 공을 세우기 위해 말을 몰고 나갔다. 하지만 조홍과 3합을 싸우지 못하고 목이 떨어졌다. 임기의 목을 벤 조홍이 기세를 몰아 공격을 했다. 오란은 대패하고 도망쳐왔다.

"너는 내가 적의 동태를 살피라했지 싸우라 했느냐? 이제부터 이곳을 지킬 것이니 함부로 나가 싸우지 마라."

마초는 조조의 대군이 몰려 온 것을 알아차리고 지키기만 할 뿐 진격하지 않았다. 조홍은 마초가 출격하지 않는 것은 아마도 계략이 있기 때문일 것이라고 생각하여 남정(南鄭)까지 군사를 철수시켰다.

"장군께서는 이미 적장까지 베었으면서 왜 군사를 뒤로 물리시는 것이오."

장합이 물었다.

"마초가 꿈쩍하지 않는 것을 보니 계략이 따로 있는 모양이오. 또한 내가 업군에 있을 때 점쟁이 관로가 이곳에서 장수 한 사람을 잃을 것이라고 했소. 그 말이 마음에 걸리는 구려."

"장군은 산전수전 다 겪었으면서도 그런 점쟁이의 말에 현혹되십니까? 제가 휘하의 군사를 이끌고 파서(巴西)를 공략 하겠습니다."

"파서를 지키는 장수는 장비요."

"장비를 두려워하는 자가 많지만 제 눈에는 어린애로 보입니다."

"만일 실패하면 어떡하겠소?"

"군율에 따라 처벌을 받아도 좋습니다."

조홍은 장합에게 군령장을 쓰게 하고 허락했다. 장합은 수하의 병력 3만을 3개의 영채로 나눠 진을 치고 지키도록 한 후 절반의 군사를 데리고 진격하였다. 이를 안 장비는 뇌동에게 군사 5천을 주어 숨게 하고, 장비 자신은 1만의 군사를 이끌고 정면으로 진격하였다.

장비와 장합은 낭중에서 30리 떨어진 곳에서 마주쳤다.

"장합은 어서 나와 목을 바쳐라."

장비와 장합이 30여 합을 싸웠을 때 갑자기 숨어 있던 장합의 군사들이 동요하기 시작했다. 뒤쪽에서 촉병의 깃발을 본 것이었다. 그걸 본 장합이 퇴각하자 숨어 있던 뇌동이 일제히 덤벼들었다. 장합은 크게 패배하고 영채로 도망쳤다.

장비가 매일 싸움을 걸어도 장합은 나올 생각을 하지 않았다. 장비의 군사들은 매일 장합의 영채 앞으로 나가 욕을 했고 장합은 술을 마시며 장비의 약을 올렸다. 그럭저럭 50여일이 지났다. 지루해진 장비도 산기슭에 앉아 술을 마시기 시작했다.

이것을 전해들은 유비가 걱정이 되어 공명과 의논하였으나 공명은 웃으면서 술을 더 보내라고 말했다. 그래도 걱정된 유비는 술을 보내면서 위연에게 장비를 도우라고 명했다.

첩자를 통해 장비가 술만 마신다는 보고를 받은 장합은 산꼭대기로 올라갔다. 들은 대로 장비는 술을 마시며 씨름을 하면서 소란을 피우고 있었다. 장합은 장비가 자신을 속이려는 수작이라는 것을 알면서도 화가 나 장비에게 말려들었다.

"오늘 밤 급습한다."

장합은 달빛이 희미해지는 것을 기다렸다가 군사를 이끌고 공격 명령을 내렸다. 장비는 그때까지 횃불을 환하게 켠 채 술을 마시고 있었다. 장합은 이때다 싶어 큰 소리로 외치고 북을 치며 장비를 향해 돌진했다.

장합은 말을 몰아 장비를 창으로 푹 찔러 그 자리에 쓰러트렸다. 그러나 그것은 장비가 아니라 장비의 모습을 한 허수아비였다. 당황한 장합이 말 머리를 돌렸다.

"이놈! 장합아. 어디를 달아나려하느냐?"

장막 뒤에서 폭죽 소리와 함께 장비가 나타나 소리를 질렀다. 두 장수는 횃불 아래서 4, 50 합을 싸웠다. 장합은 원군을 기다렸으나 그의 영채는 이미 위연과 뇌동에게 점령당한 후였다. 장합은 죽기 살기로 와구관(瓦口關)으로 도망쳤다.

장합의 군대는 1만 명밖에 남아있지 않았다. 급해진 장합은 조홍에게 구원을 요청했다.

"내 말을 듣지 않고 군사를 이끌고 가더니 구원병까지 청해? 네 힘으로 적을 막으라."

조홍이 버럭 화를 냈다. 장합은 할 수 없이 나가 싸웠으나 결국은 패하고 성문을 걸어 잠갔다.

장비는 농부를 통해 와구관 뒤쪽으로 통하는 샛길을 발견하였다. 장비는 본대는 정면으로 쳐들어가게 하고 자신은 5백 명의 군사를 데리고 샛길을 이용하여 뒤쪽을 쳤다. 협공을 당한 장합은 10여명의 군사만 데리고 조홍에게로 도망쳤다.

"내가 그렇게 말렸는데도 출전하여 대군을 잃고 너 혼자만 살아왔으니 부끄럽지도 않으냐? 저놈을 끌어내어 목을 베어라!"

그러자 행군사마(行軍司馬) 곽회(郭淮)가 나섰다.

"삼군은 모으기는 쉬워도 좋은 장수 한 명은 얻기가 어렵다 했습니다. 다시 한 번 기회를 주시는 것을 좋을 듯합니다."

조홍은 곽회의 의견에 따라 장합에게 5천 군사를 주어 가맹관을 공격하도록 했다.

한편 가맹관을 지키고 있는 장수는 맹달과 곽준이었다. 곽준은 관문을 굳게 지키자고 주장했다. 하지만 맹달은 응전을 주장하여 군사를 이끌고 관문으로 뛰쳐나갔으나 크게 패하고 돌아왔다. 곽준은 급히 성도에 보고하였다.

유비가 공명을 불러 의논했다. 공명은 장수들에게 장합을 물리칠 수 있는 장수는 장비밖에 없다고 말했다. 이에 노장 황충이 화를 내며 장합의 목을 베어 오겠다고 나섰다. 공명이 황충의 심기를 건드려 기세를 끌어올리기 위한 계략이었다.

"장군이 출전한다면 부장으로는 누가 좋겠소?"

"엄안을 데려가겠소. 비록 그도 나처럼 늙었으나 어떤 젊은이 못지 않소. 만일 일을 그르친다면 백발이 다 된 이 머리를 내놓겠소."

유비는 기뻐하며 두 사람에게 출전 명령을 내렸다. 칠순이 다 된 황충이 온다는 소리를 듣고 장합 뿐 아니라 아군인 맹달과 곽준도 비웃었다. 황충은 엄안에게 따로 지시를 하고 관을 나갔다.

"늙은 놈이 부끄러운 줄도 모르냐?"

장합이 황충을 보자 큰 소리로 빈정거렸다.

"내 몸은 늙었어도 내 칼은 아직 젊다."

황충은 소리를 지르며 말을 몰아 장합에게 덤벼들었다. 20여 합을 싸웠을 때 뒤에서 갑자기 함성이 들리더니 옆길로 돌아온 엄안이 장합의 배후를 찔렀다. 협공을 당한 장합은 밤새 도망쳐 퇴각했다. 보고를 받은 조홍이 격노했다.

"당장 놈의 목을 베어 군령이 엄한 것을 보이리라."

"장합을 너무 몰아세우면 서촉으로 항복할 것입니다. 다른 장수를 보내 구원하여 딴 마음을 먹지 않도록 하십시오."

곽회가 다시 건의했다. 조홍은 하후상과 한호에게 5천명의 군사를 주어 장합을 구원하도록 했다. 하지만 황충의 '적을 교만 하는 계책'에 걸려 패하고 도망쳤다.

"천탕산과 미창산은 군량을 쌓아 놓은 곳이오. 만약 그곳이 적에게 넘어가면 한중을 지키기 어려울 것이오."

도망치던 장합이 하후상과 한호에게 말했다.

"미창산은 우리 숙부이신 하후연 장군이 지킬뿐 아니라 뒤로 정군산(定軍山)이 있으니 걱정하지 않아도 될 것이오. 하지만 천탕산은 우리 형님 하후덕이 지키고 있는데 안심할 수 없소."

세 명은 미창산으로 가서 군량을 지키기로 했다. 세 사람은 하후덕을 만나 사태의 위급함을 전했다.

"이곳은 십만 대병이 지키니 걱정하지 않아도 될 것이오."

그때 군사 한명이 달려와 황충이 산 아래까지 밀고 들어온다는 보고를 했다.

"그 늙은 도적놈이 병법도 모르면서 날뛰는 구나."

하후덕이 웃으며 소리쳤다. 한호가 다시 한 번 나가 싸우겠다고 자청했다. 하후덕은 한호에게 3천 군사를 주었다. 하지만 한호는 황충의 단칼에 목이 달아났다. 기세가 오른 촉군들이 밀려들기 시작했다.

장합과 하후상이 적군을 막으려 할 때 뒤쪽에서 불길이 솟아올랐다. 황충이 미리 보낸 엄안이 군량에 불을 지른 것이었다.

그때서야 사태의 심각성을 깨달은 하후덕이 군사를 이끌고 불을 끄러갔으나 엄안에게 목이 달아났다. 더 이상 버틸 수 없다고 판단한 장합과 하후상은 하후연이 지키는 정군산으로 도망쳤다.

황충과 엄안의 승리 소식이 성도에 보고되었다. 유비는 여러 장군을 모아놓고 알리고 기뻐했다.

"지금 이 기회에 주공께서 스스로 대군을 이끌고 한중 정벌에 나선다면 쉽게 평정할 수 있을 것입니다. 이것은 하늘이 주신 기회입니다."

유비와 공명은 옳은 말이라고 고개를 끄덕였다. 곧 영을 내려 조운과 장비를 선봉으로 내세우고 유비와 공명은 10만 대군을 이끌고 한중을 치기로 했다.

한중을 얻은 유비

유비의 대군은 가맹관을 지나 진을 치고 황충과 엄안을 불러
내어 후한 상을 내렸다. 공명은 다시 한 번 황충의 심기를 건드려 분
기하도록 하였다. 황충은 하후연의 목을 바치겠다고 큰 소리쳤다. 공
명은 황충에게 법정을 딸려 보낸 후 조운에게는 옆길에서 도우라고
명령했다.

또한 유봉과 맹달에게 산속에 깃발을 세워 군사가 많은 것처럼 위장
토록 하고, 마초에게도 사람을 보내 계략을 지시하였다. 그리고 엄안
을 파서와 낭중으로 보내어 요충지를 지키도록 한 후, 장비와 위연을
불러들여 한중을 공략하게 했다.

한편 사태의 심각성을 깨달은 하후연은 급히 조조에게 보고했다. 크
게 놀란 조조는 즉시 40만 대군을 이끌고 직접 출정하였다.

조조의 대군이 남정에 도착하자 조홍이 장합의 패전을 보고하였다.

"이기고 지는 것은 언제나 있는 법이다. 장합의 죄가 아니다."

조조가 고개를 흔들며 장합의 죄를 묻지 않았다. 조조는 하후연에게
'그대의 재주를 구경하고자 하니 부디 욕됨이 없게 하라'는 편지를 보

냈다. 하후연은 감격하여 전공을 세우겠다는 마음을 먹고 싸움을 서둘렀다.

하후연은 하후상에게 3천의 군사를 주면서 계책이 있으니 거짓으로 져주라고 지시하였다.

한편 황충은 진지를 굳게 지키기만 하던 하후연의 군대가 쳐들어 왔다는 소리를 듣고 부장인 진식(陳式)을 내 보냈다. 하지만 진식은 이내 하후연에게 생포되었다. 당황한 황충이 법정을 불러 의논하였다.

"하후연은 가벼우면서 급하고 지모가 모자랍니다. 군사를 조금씩 전진시키면서 가는 곳마다 진지를 구축하여 그를 유인해 냅시다."

황충은 이에 따라 병사들을 격려하면서 날마다 조금씩 전진해 진지를 구축했다. 그러자 하후연은 자신이 직접 나갈 준비를 했다.

"저것은 손님이 주인을 내모는 계책입니다. 나가시면 안 됩니다."

장합이 말렸으나 하후연은 듣지 않고 하후상에게 수천 명의 군사를 주어 내보냈다. 황충이 말을 몰고나가 싸우는 척 하다 하후상을 사로잡았다. 놀란 하후연이 황충에게 사람을 보냈다.

"내일 하후상과 진식을 교환하도록 하자."

황충은 기꺼이 응했다. 이튿날 양군은 산 가운데 있는 평지에 나와 진을 쳤다. 황충과 하후연은 각각 진지 정면 깃발 아래 나섰다. 황충은 하후상을, 하후연은 진식을 데리고 있었다. 두 포로는 갑옷을 입지 않고 평복차림이었다. 북소리를 신호로 진식과 하후상은 각각 자기 편 진지로 돌아갔다. 그러나 하후상이 자기 진지 입구에 도착하였을 때 황충이 쏜 화살이 등에 꽂혔다.

화가 난 하후연은 황충에게로 달려들었다. 둘이 20여 합 싸웠을 때 조조의 진지에서 돌아오라는 신호로 징소리가 울렸다. 놀란 하후연이 진지로 말을 돌렸다.

"왜 징을 울렸는가?"

"산속에 무수한 촉병의 깃발이 보입니다. 매복이 분명합니다."

공명의 명령으로 유봉과 맹달이 적을 미혹시킨 것이었다. 하후연은 정군산에서 진지를 굳게 지켰다. 걱정이 된 황충이 법정에게 물었다.

"정군산 서쪽에 험한 산이 있는데 저곳을 빼앗으면 적의 허실을 파악할 수 있을 것입니다."

황충은 야밤을 이용하여 군사를 몰아 산 위로 올라갔다. 산을 지키는 하후연의 병력은 1백여 명에 불과하여 싸우지도 않고 도망쳤다. 법정은 황충에게 산 정상에서 적을 살피고 있을 터이니 산중턱을 지키고 있다 붉은 기를 올리면 공격하라고 말했다.

한편 산 정상이 적의 수중에 들어갔다는 보고를 받은 하후연은 크게 화를 내었다.

"내가 직접 나갈 수밖에 없다."

하후연의 말에 장합이 말렸다.

"적이 우리의 허실을 보고 있는데 어찌 나가지 않을 수가 있단 말이오."

하후연은 군사들에게 산을 포위하게 하고 싸움을 걸었다. 하지만 산 위에는 흰 기만 보일 뿐 황충은 움직이지 않았다. 한나절 동안 싸움을 걸어도 상대편에서 반응이 없자 하후연의 군사들은 스스로 지쳐 말에서 내려와 쉬는 자도 있었다.

이때 법정이 붉은 기를 흔들자 일제히 북소리와 함성이 일어나더니 촉병들이 물밀 듯이 쏟아져 나왔다. 당황한 하후연이 군사를 수습하려 할 때 황충이 달려와 칼을 내리쳤다. 하후연은 칼도 뽑지 못하고 두 동강이가 났다. 황충은 기세를 몰아 정군산을 빼앗아버렸다.

도망친 장합은 조조에게 하후연의 죽음을 알렸다. 조조는 소리 내어 울었다. 조조는 이를 갈며 서황을 선봉으로 한중으로 진격하였다. 조조는 미창산(米倉山)에 있는 군량과 마초들을 모두 북산으로 옮기게 했다.

유비는 황충이 하후연의 목을 베어오자 기뻐하며 정서대장군(征西大將軍)으로 삼았다. 그때 조조가 군량과 마초를 옮기고 있다는 보고가 들어왔다.

"조조는 대군을 거느리고 있으므로 군량이 걱정되는 모양입니다. 그것 때문에 군사를 잠시 멈추게 하고 군량과 마초부터 옮기는 것입니다. 누가 적의 진지로 들어가 군량을 불사른다면 조조의 기세를 꺾을 수 있을 것입니다."

공명이 말했다. 이번에도 황충이 자청했다.

"조조는 하후연과 다르오."

공명이 말했다.

"하후연이 적의 우두머리라 하나 장합을 따라가지 못하오. 누가 장합의 목을 베어온다면 하후연의 목을 벤 것보다 열배는 나을 것이오."

유비가 거들었다.

"제가 장합의 목을 베어오겠습니다."

황충이 계속 조르자, 공명은 조운과 함께 갈 것을 조건으로 달았다. 황충과 조운은 서로 앞장서겠다고 다투다 제비뽑기를 하여 황충이 앞장서게 되었다. 조운은 시간을 정하고 그때까지 돌아오지 않으면 군사를 움직여 돕겠다고 말했다.

황충은 밤을 새우며 산 아래까지 다다랐다. 적의 군량이 산더미처럼 쌓여 있었으나 지키는 군사는 소수였다. 황충은 기병을 모두 말에서 내리게 한 다음 군량 위에 장작을 쌓고 불을 지르려고 했다. 이때 장합과 서황의 부대가 나타나 황충의 군사를 포위했다.

정해진 시간이 되어도 황충이 돌아오지 않자 조운은 3천 기병을 이끌고 황충을 구원하러 갔다. 도중에 길을 막는 위의 장수들을 무찌르고 북산 기슭에 이르자 장합과 서황의 부대가 황충을 포위하고 있었다. 조운이 말을 몰아 창을 휘두르며 포위망을 뚫으니 마치 홀로 춤을 추는 것 같았다.

"저게 누군가?"

산 위에서 바라보던 조조가 물었다.

"상산의 조자룡입니다."

"지난 날 장판의 영웅이 아직 변함없이 남아 있구나! 결코 가볍게 맞서지 말도록 이르라!"

조운이 황충과 부장 장저를 구하는 모습을 본 조조는 생각이 바뀌고 화가 치밀어 올랐다.

"나를 따르라. 조자룡을 그냥 보내서는 안 된다. 그를 사로잡으리라."

조조가 앞장서 조운을 쫓아갔다. 조운은 영채 문을 닫지 않고 군사들을 영채 밖에 파놓은 도랑 속에 매복시켰다. 그런 다음 창 한 자루를 들고 혼자서 우뚝 서있었다.

성문이 열려 있고 조운 혼자 서 있는 것을 본 장합과 서황이 머뭇거렸다. 조조는 군사들의 진격을 재촉했다. 전군이 일제 함성을 지르며 쳐들어가도 조운은 움직이지 않았다. 이것을 보자 조조의 군사는 슬금슬금 뒤로 물러섰다. 이때 조운이 창을 한 번 휘두르자 도랑 속에서 군사들이 일제히 활을 쏘아 댔다. 벌써 주위가 컴컴하여 촉나라 군사가 얼마나 되는지 알 수 없었으므로 조조가 먼저 말 머리를 돌려 달아났다.

순식간에 조조의 군사들은 아수라장이 되어 서로 밟히어 죽으면서 한수까지 도망쳤다. 조운이 군사를 이끌고 추격하자 조조의 군사들은 강물에 빠져 죽은 자가 태반이었다.

그 사이 유봉과 맹달은 조조의 군량과 마초를 모조리 불태운 후 조조의 앞길을 막았다. 조조는 북산까지 버리고 황급히 남정까지 철수하였다.

승전 소식을 들은 유비는 조운을 호위장군(虎威將軍)으로 삼고 장병들의 노고를 치하하는 잔치를 열었다.

이때 조조의 대군이 한수를 되찾기 위해 쳐들어온다는 보고가 들어왔다. 유비는 직접 군사를 이끌고 한수의 서쪽 기슭에서 응전하기로 했다.

조조의 선봉에 나선 서황은 한수까지 와서 강을 건너 배수의 진을 치려고 했다. 그때 근처의 지리에 밝은 부장 왕평(王平)이 강을 건너는 것을 반대했다. 서황은 왕평의 만류를 듣지 않고 강을 건너 진을 쳤다. 그리고 아침부터 저녁때까지 도전했는데 촉의 군사는 반응이 없어 후퇴하려 할 때 황충과 조운이 급습을 하였다.

서황은 크게 패하고 많은 군사를 잃었다. 간신히 목숨을 건져 도망친 서황은 왕평을 불렀다.

"너는 왜 우리 군사들이 위태로운 것을 보고 구경만 하였느냐?"

"만약 제가 구하러 갔더라면 진지까지 빼앗겼을 것입니다."

"내, 네놈을 죽여 비겁한 장수가 어찌 되는지 보여줄 것이다."

그날 밤 분한 마음에 왕평은 막사에 불을 지르고 조운에게 항복했다. 왕평은 유비에게 한수 부근의 지리에 대해 상세히 설명했다.

"내가 그대를 얻었으니 한중은 분명히 내 손 안에 들어오게 될 거요."

유비는 크게 기뻐하며 왕평을 편장군(偏將軍)에 임명하여 길 안내를 맡게 했다. 조조는 왕평이 항복했다는 보고를 받고 격노하여 한수의 진지를 탈환하기 위해 스스로 대군을 이끌고 쳐들어갔다.

양군은 강을 사이로 대치하였다. 공명은 조운에게 명하여 한수 상류의 산모퉁이에 5백 명의 복병을 숨겨 놓고 피리와 북을 갖고 가서 밤중에 신호를 보내면 피리와 북을 치되 나가 싸우지 말도록 했다.

이튿날 조조가 아무리 싸움을 걸어도 촉측에서는 받아주지 않았다. 밤이 되어 조조의 막사에 불이 꺼지고 군사들이 잠이 들었을 때 공명은 신호를 보내 조운에게 피리를 불고 북을 치도록 했다.

조조의 진지에서는 야습을 당한 줄 알고 큰 소동이 일어났으나 아무 일도 생기지 않았다. 이런 일이 사흘이나 지속되자 불안한 조조는 군사를 30리 가량 후퇴시켰다. 공명은 강을 건너 강기슭에 진을 쳤고 조조는 싸움을 거는 글을 보냈다. 공명은 유비를 대신해 내일 결판을 내자는 글을 보냈다. 이튿날 조조의 군사와 유비의 군사가 정면으로 대치하게 되었다.

"유비야! 너는 어찌하여 조정을 저버리고 역적이 되느냐?"

조조가 소리쳤다.

"나야 말로 대한의 후손으로서 천자의 명을 받아 역적을 치려는 것이다."

"서황은 무엇하는가? 저 귀 큰 역적 놈의 목을 가져오너라."

서황이 말을 몰고 나왔다. 유비는 유봉을 보내어 서황과 싸우게 하고 진지로 숨어버렸다. 유봉도 서황과 싸우다 당해내지 못하고 말머리를 돌렸다.

"진격하라! 유비를 사로잡는 자는 서천왕(西川王)으로 삼겠다."

조조군은 일제히 덤벼들었다. 촉의 군사는 진지를 버리고 한수를 향해 도망쳤다. 진지에는 촉병들이 버린 말과 무기가 가득 널려 있었다. 조조군사들이 앞 다투어 쫓아가자 조조는 급히 징을 울려 철수시켰다. 조조는 촉의 군사가 한수를 등지고 진을 치고 있으면서 말과 무기를 마구 버리고 도망치는 것을 보고 의심을 품었던 것이다.

공명은 조조의 군사가 철수한 것을 보고 신호의 깃발을 올렸다. 유비가 복판에서 군사를 이끌고 쳐들어가고 황충이 좌측에서, 조운이 우측에서 공격하자 조조의 군사들은 우왕좌왕하다 참패를 당했다.

급해진 조조는 남정으로 후퇴하였다. 하지만 공명의 지시에 의해 장비와 위연이 남정을 점령하고 있었다. 놀란 조조는 양평관(陽平關)으로 도망쳤다. 공명은 다시 장비와 위연에게 양쪽에서 조조의 군량 길을 차단하도록 하고, 황충과 조운에게 양평관 사방의 산에 불을 지르도록 했다.

조조는 장비가 군량을 빼앗아 가고 있다는 보고를 받고 허저를 보내 장비와 싸우도록 했다. 허저는 장비에게 어깻죽지를 창에 찔리고 도망쳐왔다. 허저가 패하고 돌아오자 조조는 화가 치밀어 올라 대군을 몰고 다시 유비와 싸우기 위해 나갔으나 다시 패하고 양평관으로 돌아왔다.

조조의 군사가 양평관으로 돌아와 한숨 돌리고 있을 때, 촉의 군사들이 성 밑까지 쳐들어와 남문과 동문에서 불이 나고 서문에서 함성 소리가 들리고 북문에서 북소리가 들렸다. 조조는 겁이 나 양평관을 버리고 도망쳤다. 촉의 군사들이 조조를 끝까지 추격했다. 장비와 조운·황충이 공격해왔다. 위기에 빠져 목숨마저 장담할 수 없던 조조를 구한 것은 차남 조창이었다.

조조는 다시 전열을 정비한 후 다시 한 번 결전을 벌였으나 마초까지 가담한 유비군을 상대할 수가 없었다. 조조군과 유비군이 대치한 상태로 며칠이 지났다. 조조는 진격하자니 마초군이 가로막았고 철수하자니 웃음거리가 될 것 같아 고민하였다.

하루는 식사에 닭죽이 나왔다. 조조는 사발 속에 들어 있는 닭의 갈비뼈를 보자 떠오르는 것이 있었다. 그가 생각에 잠겨 있을 때 하후돈이 막사로 들어와 오늘 밤의 암호에 대해 문의했다.

"계륵(鷄肋)"

조조는 무심코 말했다. 하후돈은 장병들에게 오늘 밤의 암호는 '계륵'이라고 전파했다. 행군 주부인 양수는 군사들에게 철수할 것이니 짐을 싸라고 했다.

"어째서 공은 짐을 싸라고 하셨소?"

놀란 하후돈이 물었다.

"오늘 밤의 암호를 듣고 위왕께서 곧 군사를 철수시킬 것이라는 사실을 알게 되었습니다. 원래 계륵이란 먹기에는 고기가 없고 버리기에는 맛이 있어 아깝습니다. 지금은 진격해도 승리할 수 없고 후퇴하면 남의 웃음거리가 됩니다. 그렇다고 이곳에 머물러 있는 것도 무익하므로 빨리 돌아가는 편이 유리합니다."

"공이야 말로 위왕의 마음속을 꿰뚫어 보고 있구려."

하후돈은 이렇게 말하고는 자기도 짐을 꾸리기 시작했다. 이를 알게 된 조조는 자신의 마음속까지 꿰뚫어본 양수를 시기하여 유언비어를 퍼뜨린다는 죄로 목을 쳤다. 이튿날 조조는 다시 진격했다. 그때 앞에 한 부대가 나타나 응전했다. 앞장선 장수는 위연이었다. 조조는 방덕을 내세워 싸우게 했다. 두 사람이 싸우는 동안에 조조의 진중에서 불길이 치솟았다. 마초가 쳐들어온 것이었다. 조조는 칼을 빼들고 장수들에게 외쳤다.

"물러서는 자는 목을 베리라!"

조조의 성화에 장수들은 필사적으로 진격했다. 높은 언덕에서 싸움을 바라보고 있을 때 위연이 나타나 조조에게 화살을 날렸다. 화살은 조조에게 명중되어 외마디 비명을 지르며 말에서 떨어졌다. 기세가 오른 위연은 칼을 뽑아들고 조조에게 덤벼들었다.

"위연아! 주공을 해치지 마라."

달려오는 장수는 마초의 부하였다가 조조에게로 간 방덕이었다. 방덕이 나타나 조조를 구출하였으나 조조는 앞니 두개가 부러져 있었다.

결국 조조는 전군에게 허도로 철수하라는 명령을 내렸다. 후미는 방덕이 맡았다. 조조는 담요를 깐 수레에 드러누워 친위대의 호위를 받았다. 사곡(斜谷)을 떠나려고 할 때 좌우에서 불길이 치솟더니 마초의 복병이 뛰쳐나왔다. 조조군은 깜짝 놀라 응전할 엄두도 내지 못하고 도망치기에 바빴고 겨우 경조(京兆)에 이르러서야 안도의 숨을 내쉬었다.

드디어 한중이 유비의 손으로 들어온 것이다.

모든 장수들이 유비를 한중 왕으로 추대하고 싶었다. 하지만 유비를 설득할 방법이 없어 공명과 의논하였다. 공명은 법정을 데리고 유비에게 가서 왕위에 오르라고 권고했다. 유비가 깜짝 놀라며 입을 열었다.

"나는 한나라의 종실이기는 해도 천자의 신하가 아니겠소? 왕위에 오른다는 것은 역적이 되는 것이오."

"그렇지 않습니다. 천하가 무너지고 영웅들이 일어나 각 지방에서 패권을 장악하고 있습니다. 재주가 있고 덕을 겸비한 자들이 주공을 섬기는 것은 주인에 따라 공명을 이루려는 것입니다. 만일 주공께서 의를 고집하신다면 여러 사람을 잃게 될 것입니다."

"그대들이 나를 왕으로 떠받들려 하나 천자의 조칙이 없으면 결국 참칭에 지나지 않소."

유비가 끝까지 거절하였으나 공명을 비롯한 장수들도 포기하지 않았다.

서기 219년, 결국 유비는 승낙하고 한중 왕으로 오르는 의식을 치렀다. 왕관과 옥새를 받고 문무백관들로부터 하례를 받고 표문을 작성하여 헌제에게 올렸다.

그리고 아들 아두, 유선(劉禪)을 세자로 삼고, 허정을 태부로, 법정을 상서령(尙書令)으로, 공명은 군사(軍師)로서 군무를 통괄하게 하는 한편, 관우·장비·조운·마초·황충을 오호대장(五虎大將)으로 임명하고, 위연을 한중의 태수로 삼았다.

소열황제 유비

솟아오르는 형주의 불길

유비의 표문이 허도에 이르자 발칵 뒤집혔다. 보고를 받은 조조가 그냥 있을 리가 없었다.

"돗자리나 짜던 어린놈이 어찌 이럴 수가 있단 말이냐? 내 어떠한 일이 있어도 이놈을 죽이리라!"

화가 머리끝까지 치밀어 오른 조조는 유비를 치기 위한 군사를 일으키라는 명령을 내렸다.

"대왕께서 직접 군사를 이끌고 멀리 싸우러 가실 필요가 없습니다. 제게 활 한 번 쏘지 않고 유비를 꼼짝 못하게 할 계략이 있습니다."

조조가 바라보니 사마의(司馬懿)였다.

"좋은 계책이란 무엇인가?"

"강동의 손권은 유비가 형주를 반환하지 않기 때문에 사이가 몹시 나쁩니다. 손권을 설득시켜 형주를 공략하게 하면 유비는 반드시 형주를 구하러 떠날 것입니다. 그 틈을 이용하여 대왕께서 한중과 서천을 공략하시면 유비는 곤경에 빠질 것입니다."

멋진 계책이었다. 조조는 즉시 편지를 써서 손권에게 보냈다. 편지를 받은 손권은 모사들을 모아놓고 의논하였다. 의견이 분분한 가운데 제갈근이 입을 열었다.

"관우에게 딸이 있는데 주공의 세자와 혼인을 청하여 허락하면 유비와 손을 잡고 조조를 치고, 관우가 허락하지 않으면 조조와 손을 잡고 형주를 치면 될 것입니다."

손권은 제갈근을 형주로 보냈다. 제갈근은 관우를 만나 양가가 사돈을 맺어 조조를 정벌하자고 제의하였다. 하지만 관우는 생각도 하지 않고 화부터 냈다.

"어찌 범의 딸을 개의 아들에게 시집보낼 수 있겠는가! 그대가 공명의 형만 아니었다면 당장 목을 베었을 것이다."

제갈근은 도망쳐 나와 손권에게 있는 대로 보고했다. 손권은 격노하여 참모들을 불러 형주를 공략하기 위한 방안을 의논했다.

"조조가 두려워하는 것은 유비입니다. 지금 우리에게 촉을 치라고 하는 것은 유비의 칼끝을 우리 동오쪽으로 돌리려는 것입니다."

보질이 나서 말했다.

"그렇지만 나도 형주를 되돌려 받아야 하오."

손권이 말했다. 그러자 보질이 다시 계책을 내놓았다.

"조조에게 사신을 보내 조인을 형주로 출정시키도록 제의하십시오. 그렇게 되면 관우는 형주의 군사를 이끌고 번성을 빼앗으려 할 것입니다. 관우가 성을 비웠을 때 재빨리 군사를 이끌고 형주를 공격하면 쉽게 빼앗을 수 있을 것입니다."

손권은 이 계략에 따라 곧 사신을 허도로 보냈다. 조조는 이를 수락하여 조인에게 출정을 지시하는 한편, 손권에게는 수로에서 힘을 합쳐 형주를 공략할 것을 제의했다.

이것을 첩자가 탐지하여 촉에 급히 알려졌다. 놀란 유비는 공명을 불렀다.

"운장을 시켜 먼저 번성을 빼앗으면 적이 놀라 스스로 물러갈 것입니다."

공명이 말했다. 유비는 관우에게 사신을 보내 번성을 공략하라는 명령을 내렸다.

관우는 부사인(傅士仁)과 미방을 선봉으로 하여 형주성 밖에 진을 치도록 명령했다. 하지만 그날 밤 성 밖의 진중에서 불이 나서 무기와 군량이 모두 타 버렸다.

관우는 화가 나서 부사인과 미방을 불러 호되게 책망하고 곤장 40대를 친 다음 선봉을 거둬들여 남군과 공안의 수비를 맡겼다.

관우는 요화를 뽑아 선봉에 세우고, 양아들 관평을 부장으로 삼아 군사를 이끌고 출전했다. 관우가 쳐들어온다는 보고를 받은 조인은 깜짝 놀라 성문을 걸어 잠갔다. 하지만 부장 적원과 하후존이 싸울 것을 권하였다.

조인은 만총에게 번성을 지키도록 한 후 군사를 이끌고 관우를 맞으러 갔다. 하지만 조인은 크게 패하고 번성까지 후퇴하였고 적원과 하후존은 관우와 관평의 칼에 맞아 죽었다. 관우는 그 기세를 몰아 양양을 빼앗았다.

이때 수군사마(隨軍司馬) 왕보가 걱정스러운 얼굴로 말했다.

"장군께서는 북소리 한번으로 양양을 빼앗고 조조의 군사들을 떨게 만들었습니다. 하지만 동오의 장수 여몽이 군사를 모아 놓고 형주를 노리고 있습니다. 만약 우리가 조조와 싸우는 틈을 이용해 형주로 쳐들어간다면 어떻게 하시겠습니까?"

"나도 그것이 마음에 걸린다. 그대는 양자강 연안의 높은 언덕에 이십 리 또는 오십 리마다 봉화대를 만들어라. 봉화대마다 오십 명씩 지키게 하고 만일 동오의 군사들이 쳐들어오면 불과 연기로 신호를 해라."

"남군과 공안을 미방과 부사인이 지키고 있으나 힘을 다하지 않을까 걱정이 됩니다."

왕보가 다시 말했다.

"나도 염려되어 이미 반준을 보냈네."

"반준은 시기심이 많고 지나치게 이익을 탐내는 사람입니다. 충성스럽고 청렴한 조루로 바꾸십시오."

"나도 반준의 사람됨은 알고 있으나 이미 정해진 일이네. 그대는 봉화대나 설치하러 가게."

왕보가 떠나자 관우는 강을 건너 번성을 치러갔다. 조인은 관우가 번성을 치러 온다는 소리를 듣고 놀라 허둥대기만 했다.

"굳게 지키시기만 하면 아무리 관우라 해도 성을 빼앗지 못할 것입니다."

만총이 말했다.

"도대체 관우가 무엇이기에 이토록 놀라는 것이오. 나에게 몇 천 군사만 내주시면 막아보겠습니다."

여상이 나섰다. 조인은 만총의 만류에도 불구하고 여상에게 2천 군사를 주며 관우를 막으라고 명령했다. 여상은 군사를 몰아 양강(襄江)

324

어귀로 나갔다. 관우는 이미 강을 건너 청룡언월도를 들고 서 있었다.

"모두 적을 향해 나가라!"

여상이 소리 지르며 군사를 몰고 앞으로 나갔다. 하지만 군사들이 관우의 모습만 보고 기가 죽어 대패하여 군사만 잃었다.

조인은 허도에 급히 구원을 요청하였다. 조조는 우금과 방덕을 보냈다. 방덕은 직접 짠 관을 메고 선봉에 서서 번성을 향해 달렸다.

관우는 방덕이 선봉에서 관을 메고 온다는 소리를 듣고 수염을 떨며 크게 화를 냈다.

"천하의 장수들이 내 이름만 들어도 벌벌 떠는데 방덕 따위가 온단 말이냐? 관평에게 성을 지키게 한 뒤 내가 몸소 나가 놈의 목을 베어야 분이 풀리겠다."

"태산 같이 높으신 아버님께서 어찌 보잘것없는 방덕을 상대하겠습니까? 제가 먼저 나가겠습니다."

관평이 말했다.

"그렇다면 군사를 줄 테니 가보아라. 나도 뒤 따라갈 것이다."

관평은 곧 방덕을 맞으러 갔다. 방덕과 관평은 말을 달려 여러 합을 싸웠으나 좀처럼 승부가 나지 않았다. 그러자 결국 관우가 칼을 휘두르면서 말을 달렸다. 방덕과 관우는 1백여 합을 싸웠으나 승부를 내지 못했다. 진지로 돌아온 방덕이 갑옷을 벗으며 놀란 소리로 말했다.

"사람들이 말하는 관우의 무용을 오늘에야 실감했소."

방덕을 우습게만 보았던 관우도 놀란 것은 마찬가지였다.

"방덕이 칼 쓰는 솜씨가 제법이었다. 나의 상대가 될 만했다."

다음날 관우와 방덕은 다시 싸웠다. 50여합 싸웠을 때 방덕이 갑자기 말을 돌렸다. 관우가 뒤쫓아 가자 관평도 관우의 신상이 염려되어 바로 뒤를 따랐다.

그때 방덕이 갑자기 활을 꺼내 관우를 향해 쏘았다. 화살은 관우의 왼쪽 팔꿈치에 명중했다. 뒤따라온 관평이 관우를 부축하여 진지로 달렸다. 방덕이 말머리를 돌려 쫓아오는데 진지에서 방덕을 부르는 징소리가 들렸다. 방덕은 혹시 후방에 무슨 일이 일어났나 하고 급히 되돌아왔다 그러나 사실은 방덕이 관우를 쏘아 맞힌 것을 본 우금이 공을 빼앗길 것을 염려하여 일부러 징을 울렸던 것이다.

관우의 상처는 다행히 깊지 않았다. 하지만 자존심이 상한 관우는 원수를 갚겠다고 이를 갈았다.

이튿날 방덕이 싸움을 걸었으나 관우는 꼼짝하지 않았다. 우금은 방덕에게 공을 빼앗기지 않기 위해 증구천 입구에 진을 치고, 방덕에게는 깊숙한 골짜기에 진을 치게 했다. 우금이 진지를 옮겼다는 보고를 받은 관우가 높은 언덕으로 올라가 지세를 살펴보고, 가을비 내리는 것을 이용하여 둑을 막아 터트렸다.

며칠 후 바람이 크게 일고 비가 세차게 내렸다. 조조군사들이 잠이 들었는데 갑자기 땅이 꺼지는 소리와 큰물이 쏟아져 내렸다. 놀란 우금과 방덕이 작은 산에 올라가 간신히 물을 피했다. 새벽녘이 되자 깃발이 나부끼고 북소리가 울려 퍼지는 가운데 관우가 큰 배를 타고 쳐들어왔다. 우금은 좌우에 군사가 불과 5, 60명밖에 남지 않았음을 깨닫고는 순순히 항복하였고, 방덕은 관우의 부하 주창에게 사로잡혔다.

먼저 우금이 관우 앞으로 끌려왔다.

"관공, 옛정을 생각하여 살려주십시오."

우금은 땅바닥에 엎드려 절을 하며 빌었다.

"내가 너를 죽이는 것은 개나 돼지를 잡는 것과 무엇이 다르랴. 저 놈을 묶어 형주로 보내라."

다음은 방덕이 끌려왔다.

"너희 형은 한중에 있고, 너의 옛 주인 마초도 촉의 대장이 되었다. 그런데 어찌 일찍 항복하지 않는다는 말이냐?"

"내가 네 놈에게 어찌 항복하겠느냐?"

방덕은 끝까지 버티다 목이 달아났다. 관우는 방덕의 죽음을 안타깝게 생각하여 성대하게 장례를 치러 주었다.

관우는 번성 공격을 서둘렀다. 관우가 번성 앞까지 나가 항복을 권했다. 이때 번성에서 화살이 빗발처럼 날아왔다. 관우는 오른쪽 팔꿈치에 화살을 맞고 떨어졌다.

관평은 급히 부친을 부축하여 진지로 돌아와 팔꿈치의 화살을 빼냈다. 그러나 화살에 바른 독약이 이미 뼛속까지 스며들어 오른쪽 팔꿈치가 시퍼렇게 부어올라 움직일 수 없게 되었다. 관평과 장수들은 상처가 악화될까 염려하여 형주에 가서 치료하도록 권유했으나 관우는 번성의 공략을 눈앞에 둔 채 물러설 수 없다고 거절했다. 관평은 할 수 없이 사방에 사람을 보내어 이름난 의원을 물색했다.

그러던 어느 날 강동에서 명의 화타가 배를 타고 찾아왔다. 관평은 매우 기뻐하며 화타를 본진으로 불러들였다. 관우는 팔꿈치가 몹시 쑤셨으나 병사들의 사기가 저하될까 두려워 꾹 참고 마량과 함께 바둑을 두고 있었다. 화타와 인사를 나눈 관우는 윗옷을 벗고 팔꿈치를 보여 주었다. 그것을 본 화타가 말했다.

"화살에 묻은 독이 뼛속까지 스며들었습니다. 살점을 도려내서 뼈에 묻은 독을 긁어내는 방법밖에 없습니다."

"아주 간단하군."

관우는 껄껄 웃더니 술을 대여섯 잔 마시고 난 후 다시 마량과 바둑을 두면서 팔꿈치를 내밀었다.

"시작하겠습니다. 너무 놀라지 마십시오."

화타가 뼈대까지 살점을 도려내니 과연 뼈가 시퍼렇게 물들어 있었다. 칼로 뼈를 긁어내는 소리에 옆에 있던 사람들은 모두 얼굴이 하얗게 질렸다. 그러나 관우는 태연히 바둑을 둘뿐 얼굴 한 번 찌푸리지 않았다.

"전처럼 팔을 움직여도 조금도 아프지 않으니, 선생은 참으로 명의시오."

치료를 마친 후 관우가 껄껄 웃으며 일어났다.

"오랫동안 의사 노릇을 했지만 이런 일은 처음입니다. 장군은 참으로 천신이십니다."

관우의 죽음

조조는 관우가 우금을 사로잡고 방덕의 목을 베었다는 소식을 전해 듣고는 하늘이 무너지는 것만 같았다.

"관우가 이제 형주와 양양까지 얻었다면 허도로 쳐들어오는 것은 시간문제다. 나는 도읍을 옮겨 관우의 기세를 피하려는데 그대들 생각을 말하라!"

"대왕께서는 고정하시고 손권에게 사람을 보내십시오. 군사를 일으켜 관우를 치게 하고 땅을 떼어주겠다고 약속을 하시면 위태로움에서 벗어날 수 있을 것입니다."

조조는 사마의의 건의에 따라 손권에게 사자를 보내어 관우의 후미를 치도록 했다. 이어 서황에게 5만의 군사를 주어 양릉파(陽陵陂)까지 진격하여 진을 치고 있다가, 손권의 군사가 움직이면 출동하라고 명령했다.

조조의 편지를 받은 손권은 여몽에게 군사를 주어 관우를 공격하게 했다. 하지만 여몽은 관우를 상대하여 이길 자신이 없다고 생각하여 병을 핑계로 자리에 누웠다. 그리하여 육손이 육구의 태수로 임명되었다.

육손은 육구에 도착하자마자 관우에게 많은 예물과 함께 가깝게 지내기를 청하는 서신을 보냈다. 관우는 육손의 서신과 예물을 받아 보고 흡족하여 안심하고 형주의 군사 절반을 번성으로 돌렸다.

육손은 관우의 동태를 손권에게 보고했고 손권은 여몽에게 군사 3만과 배 80여 척을 준비시켰다. 육손은 군사들을 상인으로 가장시켜 배를 젓게 하고 정병은 배 밑에 숨겨 출동시켰다. 또한 조조에게 사자를 보내어 군사를 출동시켜 관우의 배후를 칠 것을 요청했다.

상인으로 가장한 손권의 병사들은 80여 척의 배에 올라타고 북쪽으로 올라가 봉화대의 감시병들을 모두 사로잡았다. 여몽은 봉화대 감시병들을 잘 대해주고 상을 주어 길잡이로 삼아 쉽게 형주를 점령하였다.

손권이 형주에 도착하자 병사를 위로하고, 감금되어 있던 우금을 조조에게 돌려보냈다. 이어 손권은 공안과 남군을 지키는 부사인과 미방을 설득하여 항복을 받아냈다.

한편 조조는 동오가 형주를 친다는 소식을 듣고 기뻐하며 대책을 논의하였다.

"번성이 매우 긴박합니다. 곧 구원군이 간다는 것을 알려 안심하게 하십시오. 또한 운장에게 동오가 형주를 공격한다는 것을 흘려 후퇴하게 한 후, 서황에게 뒤를 치게 하면 운장은 무너질 것입니다."

동소가 말했다. 조조는 즉시 시행토록 하고 자신도 대군을 이끌고 양릉파로 향했다. 조조로부터 명령을 받은 서황은 즉시 공격을 시작했다.

"서황이 왔다면 내가 가겠다. 말을 준비하라."

관우가 말했다.

"아버님께서는 아직 몸이 온전치 못하십니다."

관평이 말렸다. 하지만 관우는 과거 조조에게 있을 때 서황과 각별히 지낸 사이였다. 관우는 앞으로 나가 서황을 찾았다.

"서공은 어디에 계시오?"

"오랜만이구려! 늙어서 이렇게 만나니 젊었을 때 생각이 나는구려."

서황은 몇 가지 안부를 묻더니 부하들에게 소리쳤다.

"운장의 머리를 베어오는 자는 천금으로 상을 주겠다!"

서황이 도끼를 휘두르며 관우를 향해 달려들었다. 관우도 청룡언월도를 휘두르며 서황을 맞았다. 둘이 80여 합을 싸웠으나 승부가 나지 않았다. 그러나 관우는 독화살이 맞은 팔이 다 낫지 않아 더 싸울 수가 없었다. 관우는 양강 상류 쪽으로 달아났다.

"형주는 이미 여몽에게 떨어졌습니다."

관우는 하늘이 무너지는 기분이었다. 관우는 양양으로 가려던 것을 포기하고 공안으로 향했다. 그러자 이번에는 부사인과 미방이 항복했다는 보고가 들어왔다. 관우는 격노하여 상처가 찢어지고 정신을 잃었다.

"이제 무슨 낯으로 형님을 뵌단 말인가?"

정신을 차린 관우가 탄식을 했다. 관우는 마량과 이적을 성도로 보내 급히 구원을 요청하는 한편, 스스로 군사를 이끌고 형주 탈환에 나섰다. 하지만 군사 대부분이 형주병사들로 형주로 도망치는 자가 많이 생기면서 전선이 급격히 무너지기 시작했다. 관우는 할 수 없이 맥

성(麥城)에서 쉬면서 구원병을 기다리기로 하였다.

맥성에서 가까운 상용(上庸)은 유봉과 맹달이 지키고 있었다. 관우는 요화를 사자로 상용에 보내 구원을 청하게 했다. 하지만 평소 관우를 미워하던 맹달이 유봉을 충동질하여 관우의 구원병을 거절하였다. 맹달과 유봉으로부터 지원을 받을 수 없다고 판단한 요화는 그길로 성도로 달렸다.

관우는 상용에서 원군을 보내 주리라고 기다리며 성을 굳게 지켰다. 하지만 아무 기별도 없으며 군량마저 떨어지자 주창과 왕보로 하여금 맥성을 지키게 하고 관평과 2백여 명을 이끌고 북문으로 도망쳤다.

"운장, 어딜 달아나느냐? 항복하라!"

20여리 남짓 갔을 때 주연(朱然)이 산골짜기에서 나타나 소리쳤다. 관우가 격노하여 칼을 휘두르면서 덤벼들자 주연은 재빨리 도망쳤다. 관우가 뒤쫓자 사방에서 군사들이 나타났다. 관우는 말을 돌려 도망쳤다. 하지만 도망가면 갈수록 쫓아오는 군사들은 늘어났다.

관우와 관평은 결구(決口)에서 복병들이 던진 밧줄에 생포되었다.

아침이 되어 관우는 손권 앞에 끌려 나갔다.

"나는 전부터 장군을 사모하여 친분을 맺으려고 했는데 왜 거절했소? 나와 손을 잡는 것이 어떻겠소?"

손권이 말했다.

"파란 눈의 애송이야! 나는 형님과 복숭아밭에서 의형제를 맺고 한의 왕실을 다시 일으켜 세우겠다고 맹세한 사람이다. 네놈처럼 한나라에 반역한 무리에 끼란 말이냐? 이번에 간계에 걸려 이렇게 된 이상 오직 죽음이 있을 뿐이다."

손권은 참모들을 돌아보며 말했다.

"운장은 천하의 호걸로 아까운 인물이다. 후히 대접하여 항복하도록 권하는 것이 어떻겠는가?"

"그것은 안 됩니다. 옛날 조조가 관우를 한수정후로 임명하고 사흘이 멀다 하고 주연을 열어주었으나 오관의 장수들의 목을 베고 도망쳤습니다. 당장 목을 베지 않으면 훗날 큰 재앙이 될 것입니다."

좌함이 말했다.

"옳은 말이오. 운장 부자를 끌어내어 목을 베라!"

이때 관우의 나이 58세였다.

조조의 죽음

손권은 관우가 타던 적토마를 마충에게 주었다. 적토마는 며칠 동안 먹이를 먹지 않더니 죽어버렸다.

또한 손권은 전군에게 상을 내리고 여러 장수들을 불러 큰 잔치를 열었다. 잔치에서 손권은 여몽에게 공을 치하하며 술을 따라주었다. 술을 받아 마시던 여몽이 갑자기 손권의 멱살을 잡고 내동댕이치며 호통을 쳤다.

"눈알이 파란 애송이야. 붉은 수염달린 쥐새끼야. 나를 알아보겠느냐?"

여러 장수들이 깜짝 놀라 급히 몰려왔으나 여몽은 뚜벅뚜벅 걸어가 손권의 자리에 앉더니 눈을 부릅뜬 채 호령했다.

"나는 황건적을 무찌른 후 삼십여 년 동안 천하를 호령하였다. 비록 네놈의 간계에 걸려들어 살아서 네놈의 고기를 먹을 수는 없으나 죽어서 여몽의 영혼을 사로잡고 말겠다."

혼비백산한 손권은 허겁지겁 땅바닥에 바싹 엎드렸다. 그러자 여몽도 땅바닥에 쓰러져 눈과 귀 등 일곱 구멍에서 피를 쏟으며 죽어버렸다. 여러 장수들은 이것을 보고 저마다 벌벌 떨었다. 손권은 여몽의 장례를 치르고 관우일이 신경 쓰여 불안한 하루하루를 보내고 있을 때 건업에 갔던 장소가 왔다.

"죽은 사람의 영혼이 산 사람을 어찌할 수 있겠습니까? 하지만 이번에 관우 부자를 죽였기 때문에 우리 오나라에는 머지않아 재앙이 닥칠 것입니다. 유비는 서천의 대군을 손에 넣고 있는데다가 공명의 지모와 장비, 황충, 마초, 조운 같은 장수를 보유하고 있습니다. 만일 유비가 관우 부자의 죽음을 알게 되면 반드시 전군을 이끌고 원수를 갚으러 쳐들어올 것입니다."

"그렇다면 어떻게 하면 좋겠소?"

"유비가 급하게 원수를 갚으려면 반드시 조조와 손을 잡을 터이니 조조에게 관우의 목을 보내십시오. 그럼 조조가 시켜서 한 것처럼 되고 유비는 조조에게 한을 품을 것입니다."

손권은 장소의 말에 따라 나무 상자에 관우의 목을 넣어 곧 조조에게 보냈다. 관우가 죽었다는 소식을 들은 조조는 기뻐했다.

"운장이 죽었으니 나도 베개를 높이 베고 잠들 수 있게 되었다."

"오(吳)가 우리에게 관우의 머리를 보낸 것은 재앙을 돌리려는 책략입니다."

사마의가 말했다. 조조도 옳은 말이라 생각하고 향나무로 관우의 몸을 만들어 목을 연결시켜 장사를 지내기로 했다. 드디어 관우의 목이 도착하여 뚜껑을 열어보았다. 관우의 목은 살아있을 때와 똑 같았다. 조조는 무심코 빙긋 웃으면서 입을 열었다.

"운장은 그간 별고 없으신가?"

그러자 죽은 관우의 입이 딱 벌어지면서 눈을 부릅떴다. 조조는 소스라치게 놀라 기절해 버렸다. 정신을 되찾은 조조는 주위를 두리번거리며 말했다.

"관운장은 실로 천신이다."

오의 사자가 관우의 혼이 여몽을 죽였다는 말을 덧붙이자, 조조는 더욱 두려워하여 낙양의 남문 밖에서 극진히 장사 지내고 관우에게 형왕(荆王)의 지위를 내렸다.

한편 한중왕 유비는 동천에서 성도에 돌아오자 법정의 진언으로 왕비를 맞아들여 두 아들 유영과 유리를 낳았다.

동천과 서천에서는 곡식이 잘 자라 백성들이 평안히 살 수 있었다. 형주에서 전해 오는 정보에 의하면 동오가 관우에게 혼담을 꺼냈으나 관우가 거절했다고 했다. 공명이 형주가 위태로우니 누구를 보내 관우와 교체시키자고 제의했으나 형주로부터는 승리의 소식이 잇달아 날아들어 없던 이야기로 되었다.

그러던 어느 날 유비는 갑자기 한기가 들어 좀처럼 잠을 이루지 못했다. 자리에서 일어나 촛불을 켜고 책을 읽다 잠깐 잠이 든 유비는 죽은 관우의 꿈을 꾸었다. 깜짝 놀라 깨어나 공명에게 물으니 관우에 대한 근심이 깊어서 그런 것이라며 유비를 안심시켰다.

하지만 그날 마량과 이적이 와서 형주의 함락과 관우의 패전에 대해 상세히 보고했다. 이어서 요화가 도착하여 유봉과 맹달이 원군을 보내지 않은 사실을 보고했다. 유비가 깜짝 놀라 곧 원군을 보내려고 하는데 관우가 죽었다는 소식이 전해졌다. 그 말을 듣자 유비는 외마디 소리를 지르며 정신을 잃고 쓰러졌다. 대신들이 부축해 일으키자 얼마 후에야 정신을 되찾았다.

"사람의 생사에는 천명이 있다고 합니다. 주공께서는 몸을 소중히 하셔서 후일을 도모하십시오."

"관우가 죽었는데 어찌 나 혼자 부귀를 누리겠소."

그때 관흥이 소리 내어 울면서 들어왔다. 그것을 보자 유비는 더욱 서럽게 울다가 또다시 기절했다. 곧 정신을 되찾았으나 사흘 동안 물 한 모금 넘기지 않고 울기만 했다.

손권이 관우의 목을 조조에게 바치고, 조조가 극진히 장례를 지냈다는 말을 들은 유비는 즉시 군사를 이끌고 오에 쳐들어가 원수를 갚으려 했다. 그러나 공명이 말렸다.

"지금 오는 우리로 하여금 위를 치게 하려고 하며, 위도 우리로 하여금 오를 치게 하려는 계략을 품고 서로 기회를 노리고 있습니다. 우선 관우의 장례부터 치른 다음 오와 위의 사이가 벌어지는 것을 기다렸다가 공략하는 것이 상책입니다."

"군사의 말이 옳습니다. 군자의 복수는 백년이 걸려도 늦지 않다고 했습니다."

대신들도 다함께 말렸다. 유비는 겨우 진정하고 나서 전국의 장병으로 하여금 조의를 표하게 하고, 스스로 남문을 나와 관우의 영혼을 불러 제사를 지내고 종일 소리 내어 울었다.

이때 낙양의 조조는 관우의 장례를 치른 후로 밤마다 눈을 감으면 관우의 모습이 떠올랐다. 그런 현상은 낡은 궁전에 요물이 많기 때문이라는 대신들의 말에 따라 궁전을 다시 짓기로 했다. 목수 소월을 시켜 먼지 전각의 그림을 그려오게 하였는데 마음에 들었다. 하지만 대들보로 쓸 재목이 없어 고민하다 수소문 한 끝에 낙양에서 30리 떨어진 연못 약룡담(躍龍潭) 옆에 있는 커다란 배나무가 적합하다는 말을 들었다.

조조가 곧 인부를 보내 베어 오게 했으나 톱이 들어가지 않고 도끼로 찍어도 날이 박히지 않았다. 보고를 받은 조조는 수백 명의 기병을 거느리고 약룡담으로 갔다. 배나무를 쳐다보니 과연 하늘 높이 곧게 치솟아 있었다. 조조가 베라고 명령하자 노인 몇 명이 나와 신이 살고 있다며 반대했다.

"나는 천하를 휘어잡은 지 사십여 년이 되었다. 어떤 요물이 내 뜻을 거역하겠느냐?"

조조는 화를 내며 칼을 빼들어 나무를 후려쳤다. 그러자 컥 하는 소리와 함께 나무에서 피가 쏟아져 조조는 온몸에 피를 뒤집어쓰고 말았다. 조조는 가슴이 철렁하여 칼을 내동댕이치고 말을 몰아 궁전으로 돌아왔다.

그날 밤 좀처럼 잠이 들 수 없던 조조가 책상에 기대어 미몽상태에 있을 때, 머리가 흐트러지고 칼로 지팡이를 삼고 검은 옷을 걸친 사내가 나타나 조조를 가리키면서 호령했다.

"나는 네 놈이 낮에 베려던 배나무의 귀신이다. 네놈이 감히 신목을 베려고 했으니 목숨을 거둬가겠다."

검은 옷을 걸친 사내는 칼을 들어 조조의 머리를 내리쳤다. 깜짝 놀란 조조는 비명을 지르며 깨었다. 하지만 조조는 머리가 아파 견딜 수가 없었다. 급히 전국에 알려 명의를 불러 치료를 받았으나 효과가 없었다.

그러던 어느 날 명의 화타가 찾아왔다. 조조가 의심을 하자 화흠이 화타의 의술을 늘어놓았다. 그때서야 조조는 화타를 만났다.

"대왕께서 머리가 아픈 것은 머리에 바람이 일기 때문입니다. 마취약을 드시고 예리한 칼로 머리를 쪼개 바람을 걷어내야 합니다."

"네놈이 나를 죽이려 하는 구나."

조조가 화를 내며 소리쳤다. 화타가 관우의 치료과정을 이야기하며 의심하지 말라고 했다. 하지만 조조는 화타를 옥에 가둬 고문으로 죽게 했다. 이때 화타가 옥을 지키는 졸개에게 의술이 담긴 책을 주었으나 그의 아내가 남편이 화타처럼 죽을지 모른다며 태워버렸다.

화타가 죽은 후 조조의 병세가 더욱 나빠졌다. 복황후·동귀인 및 두 황자·복완·동승 등이 나타나 목숨을 내놓으라고 소리치는 헛것이 보였다. 조조는 여러 신하들을 불렀다.

"내가 천하를 누비고 다닌지 사십 여 년 동안, 많은 영웅들이 나타났지만 모두 없어지고 손권과 유비만 남았다. 그러나 나는 병이 들었으니 집안일을 부탁하니 들도록 하라. 장남인 비에게 내 뒤를 잇도록할 터이니 그대들이 잘 도와 큰일을 이루도록 하라."

유언을 마친 조조는 숨을 거뒀다. 그의 나이 66세, 서기 220년이었다.

조비는 조조의 뒤를 이어 왕위에 올랐다. 조조의 둘째 아들 조창은 10만 대군을 이끌고 와 군사를 조비에게 바치고 다시 돌아갔다.

그런데 조식과 조웅은 끝내 부친의 장례식에 참석하지 않았다. 조비는 두 동생에게 사자를 보내어 장례식에 불참한 무례를 꾸짖었다. 조웅은 벌이 두려워 목을 매어 자살했다. 그러나 조식은 술에 취해 조비의 사자를 쫓아보냈다. 조비는 허저를 보내 조식를 체포하여 업군으로 불러들였다.

조비는 조식에게 예의를 저버린 것을 탓하고 벽에 걸린 소 두 마리의 그림을 제목으로 일곱 걸음 안에 시 한 수를 읊되, 그림에 있는 소 · 흙담 · 우물 · 죽음이란 단어를 사용하지 말도록 했다. 조식은 일곱 걸음을 걸으면서 시 한 수를 지었다

두 고기 덩이 나란히 길을 가는데
머리위에는 뿔이 있구나.
산 밑에서 만나
문득 서로 서로 싸우는데
두 적이 다 굳세지 못해
고깃덩이 하나가 쓰러졌구나.
힘이 없어서가 아니라
한꺼번에 힘을 다 쓰지 못한 탓이네.

조식의 시에 모두 놀랐다. 조비는 이번에는 일곱 걸음 틈을 주지 않고 형과 아우를 제목으로 하되, 형과 아우라는 단어를 쓰지 말고 시를 짓도록 했다. 조식은 이내 시를 읊었다.

콩깍지를 태워 콩을 볶는데
솥 속에 콩은 소리 내어 울고 있도다.
본래 한 뿌리에서 나서 자랐는데
어찌 이리도 급하게 볶아 대느냐.

340

이것을 듣고 있던 조비는 눈물을 흘리며 조식을 살려주었다.

한편 유비는 관우에게 원군을 보내지 않은 유봉과 맹달을 죽이기 위해 불러들이게 했다. 그러나 공명이 일을 서두르다 이변이 생기면 곤란하다며 말렸다. 유비는 공명의 의견에 따라 유봉에게 면죽을 지키게 했다. 맹달은 유비가 자신과 유봉을 떼어 놓으려는 의도를 알아차리고 위왕 조비에게 항복했다. 이것을 알게 된 유비는 크게 화를 내며 유봉에게 맹달을 잡아오라고 명령했다.

유봉은 5만 군사를 이끌고 맹달을 뒤쫓았다. 또한 조비는 맹달의 항복을 믿지 못하면서 유봉의 목을 가져오라고 했다. 유봉은 맹달과 하후상·서황에게 패하고 빈손으로 돌아왔다.

"무슨 낯으로 그 꼴을 하고 돌아왔느냐? 짐승만도 못한 놈을 끌어내어 목을 베라."

유비는 양자인 유봉을 살려주고도 싶었지만 어쩔 수가 없었다. 결국 유봉은 끌려 나가 목이 떨어졌다.

조비는 내치에 힘쓰는 한편, 30만 대군을 거느리고 고향을 방문하였다. 그때 하후돈이 죽어 후하게 장례를 치렀다. 조비의 신하들이 천자를 찾아가 조비에게 천자의 자리를 넘기도록 협박했다.

헌제가 망설이자 조비의 신하들이 차례대로 찾아가 천자를 협박했다. 겁에 질린 천자는 할 수 없이 천자의 자리를 넘겨주기로 했다.

조비는 형식적으로 세 번 사양한 끝에 이를 받아들여 수선대(受禪臺)에 올라가 제위를 넘겨받았다. 조비는 헌제를 산양공(山陽公)으로 봉하여 멀리 쫓아냈다.

유비, 황제가 되다

조비가 대위(大魏)의 황제가 되어 낙양에 궁전을 새로 지었다는 소식은 곧 성도에도 전해졌다. 뿐만 아니라 한의 천자는 이미 살해되었다는 소문까지 나돌았다. 소식을 들은 유비는 대성통곡을 하며 천자의 혼령을 제단에 모시고 제사를 지냈다. 공명을 비롯한 신하들이 유비에게 황제의 자리에 오르도록 청했다.

유비는 역적질이라며 강하게 반대했다. 하지만 신하들은 천자가 조비에게 해를 입었기 때문에 망설일 이유가 없다며 물러서지 않았다. 이에 유비는 허락을 하였고 천지신명께 제사를 지내고 제위에 올랐다. 서기 221년 일이었다.

제위에 오른 유비는 관우의 복수를 하기 위해 오를 치겠다고 말했다.

"그건 안 됩니다. 나라를 빼앗은 역적은 조조이지 손권이 아닙니다. 그런데 위는 그대로 두고 오를 치게 되면 전쟁은 언제까지나 끝나지 않을 것입니다."

조운이 엎드리며 말했다.

"손권은 나의 동생을 죽였다. 그리고 부사인 미방, 반장, 마충은 갈

342

아 마셔도 시원치가 않다."

"역적을 치는 것은 공적인 일이고 동생의 원수를 갚는 것은 사적인 일입니다."

조운이 다시 말했다. 하지만 유비는 끝내 조운의 말을 듣지 않고 군사들을 훈련시켰다. 공명이 보다 못해 나섰다.

"폐하가 제위에 오르셨으니 한의 역적을 무찔러 대의를 천하에 펴시는 거라면 친히 군사를 이끌고 출전하는 것이 당연합니다. 그렇지만 만일 오를 정벌하는 일이라면 한 장수에게 명령하시는 것으로 충분합니다. 폐하께서 손수 나설 필요가 없습니다."

이에 유비는 몸소 출정하는 것을 보류하려고 했으나 낭중에 있던 장비가 돌아와 원수를 갚지 않을 거냐며 울고 매달렸다. 유비는 드디어 출정하기로 결심한 후 장비도 군사를 이끌고 오도록 했다.

유비는 드디어 공명에게 촉의 수비를 맡기고 70만 대군을 이끌고 동오로 쳐들어갔다. 장비는 낭중으로 돌아와 삼일 후 출정한다고 전군에 통고했다. 하지만 부하인 범강과 장달이 그렇게 빨리 출정준비를 할 수 없으니 며칠 기한을 더 달라고 했다. 화가 난 장비는 두 사람을 나무에 매달아 각각 50대씩 곤장을 치게 했다. 그리고 난 후 내일까지 못 마치면 목을 베겠다고 했다. 곤장을 맞고 돌아온 범강과 장달은 진지로 돌아가서 상의했다.

"내일까지 준비를 마치지 못하면 장비의 성격으로 보아 우리의 목은 틀림없이 달아날 것이오."

"그놈의 손에 죽느니 차라리 그놈을 죽여 버립시다."

의논을 마친 둘은 장비가 술을 먹고 곯아떨어진 사이 배를 찌르고 목을 베어 동오로 달아났다. 장비의 나이 55세였다.

유비는 이미 대군을 거느리고 성도를 출발했다. 그런데 그날 밤 문득 하늘을 쳐다보니 서북쪽에 떠 있던 큰 별이 갑자기 땅에 떨어졌다. 불길한 예감이 들어 웬일인가 생각하고 있는데 장비가 죽었다는 보고가 들어왔다. 유비는 대성통곡을 하다가 그 자리에 쓰러지고 말았다. 이튿날 장비아들 장포(張苞)와 관우의 차남 관흥이 달려왔다.

둘이 서로 선두에 서겠다고 다퉈 무술로 정하기로 했다. 장포는 2백 보 맞은편에 빨간 동그라미를 그린 기를 세우고 활을 세 번 쏘아 모두 동그라미에 명중시켰다. 관흥은 날아가는 기러기 떼 세 번째 기러기를 맞히겠다고 말한 후 명중시켰다. 둘이 계속 다투자 유비는 오반을 선봉에 세우고 장포와 관흥에게 어가를 지키도록 한 후 동오를 향해 진격했다.

백제성(白帝城)에 진을 치고 있던 유비에게 제갈근이 오나라 사자로 찾아왔다.

"그대는 무슨 일이오?"

"내 아우가 오랫동안 폐하를 섬겨 온 터라 의지하여 몇 마디 드리려고 왔습니다."

"말해보시오."

"관우를 죽인 것은 여몽이 제멋대로 군사를 일으켜서 그런 것이지 오후(吳侯)의 탓이 아닙니다. 또한 여몽이 죽었으니 원수는 갚은 것이나 다름없습니다. 손부인께서도 폐하를 잊지 못하여 언제나 돌아갈 마음을 가지고 있습니다. 또한 형주 땅도 다시 되돌려 드리겠습니다."

"내 동생을 죽이고도 뻔뻔스럽게 발뺌을 하겠다는 게냐?"

유비는 성난 목소리로 말했다.

"제위를 빼앗은 조비를 치지 않고 의형제를 위해 오를 치려는 것은 대의를 버리시는 것입니다. 부디 다시 한 번 생각해 주십시오."

유비는 화가 머리끝까지 치밀어 큰 소리로 외쳤다

"동생을 죽인 원수와 한 하늘 아래 살 수 없다."

제갈근은 할 수 없이 오나라로 돌아가 그대로 전했다. 손권은 크게 걱정하며 탄식했다.

"주공께서 조비에게 보내는 표문하나를 적어주시면 제가 달려가 한 중을 치도록 달래보겠습니다."

중대부 조자가 나섰다. 손권은 조비에게 보내는 편지를 써주었다. 편지를 읽은 조비가 촉의 군사를 되돌리려는 계략이라는 것을 알면서 물었다.

"그대의 주인 손권은 어떤 사람인가?"

"밝고 어질며 큰 뜻을 가진 군주입니다."

조자가 서슴없이 말했다.

"칭찬이 지나치지 않은가?"

조비는 비웃으며 물었다.

"아닙니다. 졸개들 틈에서 여몽을 등용한 것은 그 총명함을 나타내며, 우금을 생포하고도 죽이지 않고 돌려보낸 것은 그 인자함을 나타내고, 칼에 피를 묻히지 않고 형주를 손에 넣은 것은 그 지혜로움을 나타낸 것입니다. 거기다 폐하에게 몸을 굽혔으니 계략을 안다 할 수 있겠습니다."

"내가 오를 치려고 하는데 가능하겠소?"

조비가 능청스럽게 물었다.

"대국에 정복하는 군사가 있다면 소국에는 그걸 막을 계책이 있습니다."

조비는 손권을 오왕(吳王)으로 봉하는 조서를 쓰게 했다. 신하들이 손권의 벼슬을 높이는 것은 호랑이에게 날개를 달아주는 것이라며 반대를 했다.

"짐은 오나라도 돕지 않고 촉도 돕지 않을 것이오. 오와 촉이 군사를 내어 싸우는 것을 보고 있다가 하나가 망하고 하나가 남으면 그때 군사를 낼 것이오."

조비는 손권을 오의 왕으로 책봉했지만 원군을 보내지는 않았다.

조비가 원군을 보내지 않는다는 소식을 들은 유비는 곧 진격을 명령했다. 손권은 놀라 문무백관들을 모아놓고 물었다. 문무백관들도 뾰족한 계책을 내놓지 못하고 있었다.

먼저 손환과 주연이 자청하여 5만을 주어 출병하도록 했다. 촉군에서는 관흥과 장포가 곧 맞서 싸우러 나섰다. 하지만 손환은 패배하여 이릉성으로 도망치고 배를 타고 올라가던 주연도 5, 60리 하류로 후퇴하였다.

손권은 다시 한당을 대장으로 주태를 부장, 반장을 선봉에, 능통을 후군에, 감녕을 구원으로 하여 10만의 군사를 동원했다.

유비가 관흥과 장포의 공을 치하하고 있을 때 노장군 황충이 대여섯 명의 기병을 이끌고 동오로 항복하러 갔다는 보고가 들어왔다. 유비는 황충이 배반할 리가 없다며 오히려 도와주라 말했다.

황충은 이릉으로 향하여 적장의 목을 베겠다며 반장에게 싸움을 걸었다. 반장이 관우가 사용하던 청룡언월도를 휘두르면서 황충에게 덤벼들었다. 몇 합을 싸웠으나 승부가 나지 않았다. 황충이 힘껏 후려치자 반장은 말 머리를 돌려 도망쳐 버렸다. 관흥이 황충에게 이미 공을 많이 세웠으니 곧 본진으로 돌아가도록 권했으나 황충은 듣지 않았다.

이튿날 반장이 또 쳐들어왔다. 황충이 말을 몰아 나아갔다. 관흥과 장포와 오반이 가세하려고 했으나 거절하고 오직 5천의 군사를 이끌고 맞서 싸웠다. 몇 합을 싸우지도 않고 반장이 칼을 들고 도망쳤다. 한참 반장을 뒤쫓는데 주태·한당·능통이 나타났다. 황충이 급히 말머리를 돌리려 하였으나 화살이 날아와 어깨에 명중했다. 황충이 말에서 떨어지려는 순간 관흥과 장포가 구출했으나 숨을 거뒀다.

유비는 스스로 효정까지 가서 여러 장수들을 모아 전군을 8개부대로 나누고 수륙으로 진격했다. 수군은 황권에게 지휘를 맡기고 보병과 기병은 몸소 이끌고 출전했다. 오군에서는 한당과 주태가 맞서 싸웠으나 장포와 관흥이 금세 적장의 목을 베고 한당과 주태에게 덤벼들자 허겁지겁 도망쳐 버렸다.

사기가 오른 촉의 군사들이 일제히 쳐들어가 오의 군사는 대패하였다. 관흥은 오의 진지에 쳐들어갔다가 원수인 반장을 보고는 말을 달려 추격하였다. 반장은 잡지 못하고 길을 잃어 달과 별빛에 의지하여 산기슭의 샛길을 더듬어 초가에 도착하여 먹을 것을 청했다. 노인이 방으로 안내하여 들어갔더니 관우의 신상이 걸려 있었다. 관흥은 관우의 신상 앞에서 무릎을 꿇고 통곡하며 울었다. 이상하게 생각한 노인이 이유를 물었다.

"이분이 바로 저의 아버지입니다."

그러자 노인이 놀라며 관흥 곁에서 함께 절을 하였다.

"이곳에서는 아버님을 신으로 모십니다. 우리는 모두 촉의 군사가 빨리 원수를 갚기를 바라고 있었습니다."

노인은 술과 음식을 내오게 하여 후의 대접했다. 그런데 새벽녘이 되어 문을 두드려 노인이 나가보니 반장이 하룻밤 묵게 해 달라는 거였다. 관흥이 칼을 뽑아들고 기다리고 있다고 반장의 목을 베고 심장을 꺼내 관우의 신상 앞에 제물로 바쳤다. 아버지의 청룡언월도를 되찾게 된 관흥은 반장의 목을 말에 매달고 본진으로 돌아왔다.

오에 항복했던 미방과 부사인은 마충을 죽이고 촉에 항복하기로 했다. 두 사람은 곧 마충의 목을 베어 유비에게 바쳤다. 하지만 유비는 크게 노하며 둘의 목도 베었다. 유비는 미방과 부사인의 살점을 도려내어 관우의 영전에 바쳤다. 이제 관우를 죽인 사람들은 모두 죽었다.

촉군의 위세에 겁을 먹은 손권은 장비를 죽인 범강과 장달의 목을 베어 장비의 목과 함께 유비에게 보냈다. 장포는 범강과 장달의 몸을 도려내어 장비의 영전에 바치고 통곡했다.

손권은 형주를 반환하고 손부인을 돌려보내겠다면서 화해를 요청했으나 유비는 이 기회에 오를 멸망시키기로 작정했다. 손권이 어떻게 해야 좋을지 몰라 망설이고 있었다.

"하늘을 받칠 수 있는 기둥을 눈앞에 두고 어찌하여 쓰지 않으십니까?"

감택이 나서서 말했다.

"그게 누구요?"

"육손입니다. 전에 관우를 쳐부순 것도 육손의 계략이었습니다. 비록 더벅머리 선비에 지나지 않습니다만 재주와 헤아림이 깊은 인재입니다."

"육손은 나이가 어리고 덕망도 없어 여러 장수들이 그의 지시를 받으려고 하지 않을 것입니다."

그러자 감택이 큰소리로 말했다.

"육손을 등용하지 않으면 동오는 이제 끝장이 납니다. 저는 일족의 목숨을 걸고 그를 추천하는 것입니다."

그러자 손권은 단호히 말했다.

"나도 육손의 재능을 잘 알고 있다. 이미 육손을 기용하기로 결정했으니 더 이상 여러 말할 것 없다."

손권은 육손을 등용하여 전군을 지휘하는 대도독에 임명했다. 다른 장수들이 젊은 서생출신을 대도독으로 임명한 것에 놀라 불평을 시작했다. 효정의 한당과 주태는 한탄하며 육손을 영접했다.

"주상께서 나를 대장으로 삼았으니 나를 어기는 자는 왕법에 따라 다스리겠다."

육손은 도착하자마자 소리쳤다.

"안동장군(安東將軍) 손환은 주상의 조카로써 이릉의 성에서 촉의 군사에게 포위되어 있소. 도독께서 빨리 계책을 내어 구출해야 할 것이오."

"손환은 반드시 성을 지킬 것이니 구원하러 갈 필요가 없소. 내가 촉을 무찌르면 그 포위는 자연히 풀릴 것이오."

이튿날 육손은 여러 장수에게 각각 요새를 굳게 지키고 함부로 나가 싸우지 말라고 명령했다. 그러자 한당을 비롯한 여러 장수들이 비웃었다.

이때 유비는 효정에서 사천입구까지 7백리에 걸쳐 40개의 진지를 구축하고 있었다. 깃발로 햇빛을 가리고 밤에는 횃불이 하늘을 밝혔다.

유비는 관우를 죽게 한 육손이 적장으로 왔다는 보고를 받고 격분하여 진격명령을 내렸다. 촉의 군사는 산과 들을 가득 메우고 쳐들어갔다. 그러나 육손은 맞서 싸우는 것은 피하라고 명령한 후 굳게 지켰다.

오의 군사가 끝까지 싸우려 하지 않으므로 유비는 마음속으로 초조해졌다. 그때 날씨가 덥고 들판에 진을 치고 있으니 물 사정도 좋지 않아 진지를 산기슭의 골짜기로 이동시켰다. 마량이 진지를 옮기는 도중 적이 쳐들어오면 막기가 힘들다고 걱정하였다.

"짐은 오반에게 노병 일만 명을 주어 들판에 나가게 하고, 팔천의 정병을 매복시켜 놓았다. 육손이 우리의 이동을 알고 쳐들어 올 때 사로잡을 것이다."

"폐하의 헤아림은 신들이 미칠 수가 없습니다."

하지만 마량은 얼굴을 펴지 않고 입을 열었다.

"신이 듣자니 승상이 위병이 쳐들어 올 것을 대비하여 동천으로 나와 있다니, 폐하께서 군사를 배치한 것을 그림으로 그려 보내 물어보시는 것이 좋을 듯합니다."

"경의 생각이 정 그렇다면 그리 하라."

마량이 군사를 배치한 그림을 가지고 공명에게로 갔다. 그림을 본 공명은 사색이 되어 개탄했다.

350

"한조가 망했구나."

"승상께서는 왜 그러십니까?"

"숲이 짙고 험한 땅을 껴안고 진지를 구축하는 것은 병법에서 몹시 꺼리는 것이다. 적이 불로 공격하면 당해낼 재간이 없을 것이다. 너는 빨리 달려가 폐하께 진지를 고치라 하고 만약 일이 잘못되면 백제성으로 피하라고 일러라."

공명은 당부와 함께 유비에게 올리는 표문을 적어 마량에게 주었다. 이때 유비는 오를 격파할 계략을 세우고 있었다. 동남풍이 갑자기 불어오더니 본진의 왼쪽에서 불길이 일어났다. 불을 끄러 가려고 했을 때 본진의 오른쪽에서도 불길이 일어났다. 바람이 강해 불길이 수풀로 크게 번지기 시작하면서 함성과 함께 오군이 벌떼처럼 몰려왔다. 촉군은 자기들끼리 엉키어 적이 얼마나 되는지 알지도 못했다.

유비는 허둥지둥 말을 타고 도망쳤다. 오의 장군 장수와 정봉이 유비를 협공했다. 그때 장포가 유비를 구출하여 마안산(馬鞍山)으로 도망쳤다. 산 아래에서 육손의 대군이 밀려왔다. 그들은 산에 불을 지르며 올라왔다.

유비가 깜짝 놀라 허둥지둥할 때에 갑자기 관흥이 불길을 헤치고 올라왔다. 관흥은 유비에게 백제성으로 향할 것을 권유했다. 유비는 관흥과 장포의 호위를 받으며 산에서 내려왔다. 오의 대군이 추격하자 서쪽으로 부리나케 도망치는데, 주연의 군사가 앞길을 가로막았다. 유비는 탄식을 터뜨렸다.

"짐이 이곳에서 죽는구나!"

관흥과 장포도 화살에 맞아 중상을 입었다. 뒤에서 또다시 함성이 일어나더니 이번에는 육손이 골짜기에서 쳐들어왔다. 마침 동천 강주에 주둔해 있던 조운이 군사를 이끌고 와 유비는 간신히 백제성까지 도망칠 수 있었다. 유비가 백제성에 도착했을 때 군사는 1백여 명에 불과했다.

이 싸움에서 촉장 정봉·부동·정기·장남·풍습 등이 죽었고 황권이 항복하였다.

유비의 죽음

육손이 군사를 이끌고 촉의 패잔병들을 쫓고 있을 때였다. 앞쪽 산으로 연결되는 강기슭에서 살기가 하늘까지 치솟고 있는 것이 보였다. 육손은 복병이 있다고 판단하고 10여리나 물러나 평지에 진을 치고 적의 공격에 대비했다. 몇 차례에 걸쳐 척후병을 보내 염탐토록 하였으나 적의 진지는 보이지 않는다는 보고였다.

이상하게 생각한 육손은 마을에서 사는 사람을 불러 묻자, 지난해에 공명이 촉에 돌아갈 때 이곳 모래땅에 돌을 놓아 진을 만든 후로 구름 같은 연기가 솟아오르고 있다고 말했다.

육손은 이 말을 듣고 수십 명의 기병을 데리고 그 돌을 보러 갔다. 고개 위에서 말을 세우고 바라보니 사방팔방에 문이 있었다. 육손이 돌아가려할 때 갑자기 회오리바람이 불더니 모래를 날기도 하고 돌이 굴렀다. 또한 괴석이 칼처럼 날카롭게 치솟기도 하고 모래땅에 뒹구는가 하면 칼을 휘두르고 북을 치는 것 같은 파도소리가 들렸다.

"공명의 계략에 걸려들었구나."

육손이 돌아가려고 했으나 출구가 보이지 않았다. 깜짝 놀라 허둥지

등하는데 공명의 장인이라는 노인이 나타나 구해주었다. 육손은 급히 말에서 내려 머리를 숙여 고맙다고 인사를 하고 본진으로 돌아왔다. 육손은 공명의 재주에 탄식하며 군사를 되돌렸다.

군사를 되돌리기 사흘이 되지 않아 위군(魏軍)이 밀고 들어온다는 보고가 들어왔다. 조비가 촉과의 싸움을 틈타 오를 공격한 것이었다. 위군은 조인 · 조휴 · 조진(曹眞)이 10만의 군사를 이끌고 세 갈래로 밀려오고 있었다. 하지만 위군은 세 갈래 모두 여범과 제갈근 · 주환 에게 패하고 병사들이 병까지 걸려 군사를 되돌렸다.

육손에게 대패한 유비는 백제성에 있었다. 유비는 사람들을 볼 면목 이 없다며 백제성에 잠시 머물기로 하였다. 유비는 부하장수들이 많 이 죽은 것에 슬퍼했으며 황권의 항복에 탄식했다. 부하장수들이 황 권의 가솔들을 죽이라고 건의하였으나 유비는 승낙하지 않았다.

유비는 슬픔을 이기지 못하고 병에 걸려 자리에 눕더니 죽을 날이 얼마 남지 않았다는 것을 알고 급히 성도로 사람을 보내 공명 · 이엄 (李嚴) 등을 불러오도록 했다. 공명 일행은 태자 유선을 성도에 남게 한 후 유비의 차남 유영과 삼남 유리를 데리고 백제성으로 달려왔다. 유비는 병상 아래서 고개를 숙이고 있는 공명을 옆에 앉히고 등을 어 루만지며 말했다.

"짐은 승상을 얻어 나라를 세우는 대업을 이루었소. 하지만 내가 부 족하여 승상의 말을 듣지 않아 이같이 패했구려. 이제 내가 죽으니 어 린 자식을 승상에게 당부하지 않을 수 없게 되었소."

유비와 공명은 눈물을 흘렸다. 유비는 마지막 힘을 다해 유조(遺詔) 를 썼다.

"죽음 앞두고 하는 말이니 짐의 말을 가볍게 듣지 마시오. 짐은 경과 더불어 역적 조조를 죽이려 하였으나 불행히도 도중에 헤어지게 되었소. 부디 태자를 부탁하오."

유비는 내시를 시켜 공명이 일어나도록 한 후 손을 잡았다.

"짐이 그동안 가슴에 묻어둔 얘기를 할 터이니 들어보겠소?"

"말씀하십시오."

"태자 유선이 천하를 다스릴 만한 인물이면 도와주되 그렇지 못하다면 그대가 촉의 주인이 되어 대업을 이루도록 하시오."

공명은 이 엄청난 말을 듣고 땀을 비 오듯 흘리며 울면서 말했다.

"신은 부족하나마 태자의 손발이 되어 힘껏 보필하고 목숨을 잃는 한이 있더라도 절개로 태자를 보필하겠습니다."

이어 유비는 아들 유영과 유리를 불러 삼형제 모두 공명을 아버지로 섬기도록 했다. 또한 조운을 비롯하여 문무백관들에게 당부의 말을 하고 숨을 거두었다. 그의 나이 63세, 서기 223년 일이다.

공명은 유비의 유해를 호송하여 성도로 돌아왔다. 태자 유선은 유해를 정전(正殿)에 안치하고 흐느끼면서 장례를 마쳤다. 이리하여 유선이 제위에 오르고 연호를 건흥이라고 개칭했다. 이때 유선의 나이 17세였다. 승상 공명에게는 무향후(武鄕侯)의 작위를 내리고 익주자사를 겸임하게 했다.

촉(蜀) · 오(吳) 동맹

위의 조비는 유비가 죽었다는 소식을 전해 듣고 기뻐하면서 곧 군사를 동원하려 했다. 가후가 반대하였으나 사마의가 이보다 더 좋은 기회가 없다며 계책을 냈다.

"다섯 갈래로 큰 군사를 일으켜 촉을 치도록 하십시오. 먼저 요동의 군사 십만을 출동시켜 서평관(西平關)을 공략토록 하고, 남만(南蠻)의 군사 십만을 출동시켜 서천의 남부를 공략하게 하고, 오의 손권에게 땅을 떼어준다고 약속하여 양천의 부성을 공략하게 하십시오. 또한 항복한 장수 맹달에게 십만의 군사를 출동시켜 한중을 공략하게 한 후, 대장군 조진을 대도독으로 임명하여 십만의 군사를 이끌고 양평관으로 나가게 하십시오. 오십만 대군이 다섯 갈래에 걸쳐 쳐들어가면 공명이라도 당해 내지 못할 것입니다."

조비는 사마의가 시키는 대로 시행하도록 지시했다.

한편 촉의 황제가 된 유선은 장비의 딸을 황후로 맞이하였다. 이때 조비가 다섯 갈래로 대군을 출동시켜 촉을 치려 한다는 보고가 날아들었다. 이 사실은 즉시 공명에게도 보고되었으나 며칠째 모습이 보이지 않았다. 유선이 깜짝 놀라 신하를 보내 알아보았더니 병으로 누워 있다는 것이었다.

며칠 동안 공명의 모습이 보이지 않자 유선이 몸소 공명을 찾아갔다. 그때 공명은 홀로 대나무 지팡이를 짚고 연못의 물고기를 바라보고 있었다. 유선은 잠시 그 뒤에 멈춰 섰다가 조용히 말했다

"승상께선 참 태평하시군요."

공명이 돌아서서 유선을 보고는 얼른 지팡이를 던지고 엎드렸다.

"조비의 대군이 국경까지 진격하였다하오."

"신이 어찌 모르겠습니까? 신이 물고기를 보고 있는 것은 깊이 생각할 것이 있어서입니다. 요동 및 남만의 군사와 맹달, 조진의 네 갈래 군마는 신이 이미 물리쳤습니다. 하지만 손권이 보낼 한 갈래의 군마가 남아 있으나 그것도 물리칠 계책이 이미 섰습니다."

유선은 기뻐 공명의 손을 잡으며 말했다.

"승상께서는 귀신도 헤아리는 재주를 가졌습니다. 한 번 들어나 봅시다."

"요동의 군사들에 대해서는 마초가 대대로 서량에서 살아오면서 강족의 인심을 사고 있으므로 급히 사자를 보내 서평관을 굳게 지키게 했습니다. 그리고 남만의 군사들에 대해서는 위연에게 오른쪽 왼쪽 싸우게 하여 병력이 많은 것처럼 하여 막게 하였습니다. 맹달은 이엄과 생사를 같이하기로 맹세한 사이이므로 이엄을 함부로 하지 못할 것입니다. 또한 신이 이엄의 필체를 흉내 내어 맹달에게 서신을 보냈습니다. 맹달은 출전을 포기하고 병을 가장하여 집에 틀어박혀 있을 것입니다. 조진에 대해서는 양평관이 땅이 험하고 산이 높음으로 조

357

운에게 굳게 지키고 싸우지 말라고 지시하였습니다. 또한 만일의 경우에 대비하여 관흥과 장포에게 각각 삼만의 군사를 이끌고 네 갈래 어느 쪽이든 구원할 수 있도록 대기시켜 놓았습니다. 마지막으로 동오는 출병하지 않고 우리가 패하면 쳐들어올 것입니다. 이때 손권을 달래 군사를 일으키는 것을 막아야 하는데 막상 보내야 할 사람을 찾지 못하여 망설이고 있습니다."

유선은 기뻐하며 궁궐로 돌아왔다. 문무백관들이 황제의 얼굴을 보고 의아해했으나 호부상서(戶部尙書) 등지(鄧芝)만 껄껄 웃으며 기쁜 빛을 감추지 못하였다. 공명이 그의 범상치 않음을 깨닫고 등지를 불렀다.

"지금 촉, 위, 오 세 나라가 겨루고 있소. 우리나라가 양국을 정벌하여 천하를 통일하려면 어느 나라부터 치는 것이 좋겠는가?"

공명이 물었다.

"제 어리석은 생각으로는 위가 먼저일 것입니다. 하지만 위는 비록 한의 역적이지만 세력이 강대하여 쉽게 쓰러뜨리기 어려우므로 동오와 손을 잡고 천천히 도모해야 할 줄 압니다."

"나도 줄곧 그렇게 생각하고 있었소. 다만 아직 적합한 사람을 만나지 못했는데 오늘에야 비로소 얻게 되는구려."

공명은 크게 기뻐하며 곧 천자에게 상주하여 등지를 동오로 보냈다. 그 무렵 동오는 육손의 시대였다. 육손이 위의 군사를 격퇴시킨 공로로 보국장군강릉후(輔國將軍江陵侯)에 형주목으로 임명되어 군권을 장악하고 있었다. 앞서 조비의 사신이 찾아와 네 갈래의 군사를 촉으로 보냈으니 동오에서 군사를 호응해주면 땅을 떼어준다는 제의를 했다. 손권이 육손에게 의견을 묻자, 육손이 출동할 준비를 갖추되 위의 네 갈래 군사의 동태를 살피는 것이 좋겠다고 말했다.

손권은 곧 사람을 풀어 위의 네 갈래 군사들의 동태를 살피게 하였다. 먼저 서평관까지 진격했던 요동의 군사는 마초의 모습을 보고 도망쳤고, 남만의 군사는 위연에게 격퇴되었으며, 맹달은 싸워보지도 못하고 주저앉았고, 조진은 양평관까지 쳐들어갔으나 조운이 성을 굳게 지키고 움직이지 않아 그대로 돌아갔다는 것이었다.

이때 촉의 등지가 도착했다. 장소가 손권에게 공명이 우리의 출병을 막으려 하는 수작이라며 등지를 시험하도록 건의했다. 손권은 좌우에 건장한 무사가 칼과 도끼·창을 들고 서있게 하고 가마솥에 기름을 끓이게 한 후 등지를 불렀다. 하지만 등지는 조금도 두려워하는 기색이 없이 뚜벅뚜벅 걸어 들어와 가볍게 예를 표할 뿐 엎드리려 하지 않았다.

"너는 건방지게 절도 하지 않느냐?"

손권이 큰 소리로 꾸짖었으나 등지는 표정하나 바꾸지 않고 대답했다.

"큰 나라에서 온 사자는 작은 나라 군주 앞에 엎드리지 않는 법입니다."

"자기 신분도 헤아리지 못하고 세치 혀를 놀리는 게냐? 저놈을 당장 가마솥에 던져 넣어라."

진짜 화가 난 손권이 소리쳤다.

"동오에는 현자가 많다고 들었는데 일개 선비를 두려워하다니!"

"누가 너 같이 하찮은 세객 놈을 두려워한단 말이냐?"

"나를 두려워하지 않는다면 어찌 가마솥으로 입을 막으려 하는가? 나는 오나라를 위해 이로운 것과 해로운 것을 가르쳐주러 왔다."

손권은 부끄럽게 생각하며 즉시 무사들을 물러가게 하였다.

"내게 가르침을 주십시오."

손권이 물었다.

"대왕께서는 세상에 이름난 영웅이시오. 제갈량 또한 시대의 준걸입니다. 두 나라가 손을 잡는다면 세 나라의 균형이 깨지지 않을 것입니다. 그러나 대왕께서 위에 항복한다면 분명이 대왕을 조정으로 불러드릴 것이고, 태자를 내시로 삼을 것입니다. 거절하면 군사를 일으키겠지요. 대왕께서 내 말을 믿지 못하신다면 스스로 죽어 세객이란 누명이라도 벗을까 합니다."

등지는 옷을 벗고 가마솥으로 뛰어 들려했다.

"내 뜻이 선생의 뜻과 같소. 이미 정해졌소."

한편 조비는 오와 촉이 연합했다는 보고를 받고 크게 화를 냈다. 조비는 먼저 오를 치고 촉마저 칠 결심을 했다. 조비는 사마의에게 수도 허도를 맡기고 조진을 선봉으로 하여 30만의 수륙양군을 이끌고 출정을 했다. 소식을 들은 손권은 즉시 대책을 수립하기 위해 문무백관들을 불렀다. 손권이 육손을 쓰려 하였지만 서성이 나서 자신이 막아보겠다고 청했다. 손권은 서성을 안동장군(安東將軍)으로 삼아 군사를 모두 맡겼다.

이때 양위장군(揚威將軍)으로 있던 오왕의 조카 손소(孫韶)가 서성의 말을 듣지 않고 3천 군마를 이끌고 조비를 사로잡겠다며 강을 건넜다. 이 소식을 들은 서성은 정봉에게 3천의 군사를 이끌고 나가 돕도록 했다.

한편 조비는 용주를 타고 광릉까지 쳐들어가 멀리 남쪽 기슭을 살펴보았으나 적군이라고는 그림자도 보이지 않았다. 그런데 하룻밤이 지나고 보니 성벽에 창칼이 햇빛에 번쩍이고 수많은 깃발이 나부끼고 있는 것이 보였다. 이는 서성이 갈대로 만든 인형에 푸른 옷을 입혀 세워놓은 것이었지만 조비는 놀라지 않을 수 없었다.

이때 전령이 달려와 조운이 양평관을 떠나 장안으로 공격해 들어오고 있다는 보고를 했다. 깜짝 놀란 조비가 군사를 되돌렸다. 허둥대며 철군을 하는데 손소가 공격해 왔다. 위의 군사들은 제대로 싸워보지도 못하고 대패한 후 허도로 철군을 하였다.

촉은 풍년이 계속되어 백성들은 모처럼 안심하고 생활할 수 있었으며 쌀이 창고에 넘치고 금과 은이 금고에 가득 했다. 그런데 만왕 맹획이 10만 군사를 이끌고 국경에 쳐들어오자 건영 태수 옹개가 배반하며 맹획과 손을 잡는 일이 생겼다. 뿐만 아니라 장가군 태수 주포와 월전군 태수 고정도 옹개에게 성을 바쳤다. 영창군 태수 왕항만은 배반하지 않고 여개와 함께 의병을 모아 성을 지키고 있으나 위급한 상황이었다.

공명은 급히 궁으로 들어가 유선에게 자신이 대군을 이끌고 남만을 정벌하러 가겠다고 말했다. 공명이 없을 때 오의 손권과 위의 조비가 쳐들어 올 것이 두려운 유선은 난색을 표했다. 이에 공명은 오는 우리와 손을 잡은 지 얼마 되지 않았고, 위는 오에게 패한 지 얼마 되지 않아 군사를 내기 힘들 것이며 이엄·마초·관흥·장포 등이 중요한 길목을 굳게 지키고 있으므로 걱정할 것이 없다고 말했다.

361

공명의 남만정벌

공명은 50만 대군을 이끌고 조운과 위연을 대장으로 삼아 익주로 떠났다. 군사는 많았으나 대오는 가지런했고 백성들에게 폐를 끼치지 않았다.

한편 옹개는 공명이 직접 쳐들어온다는 보고를 받고 주포 등에게 5만의 군사를 세 갈래로 나눠 맞서도록 했다. 하지만 공명은 계략을 짜서 고정이 옹개와 주포의 목을 베어 항복하도록 했다.

영창군의 태수 왕항은 공명을 성으로 맞아들였다. 공명은 왕항과 함께 성을 지킨 여개를 불러 공을 치하한 후 남만으로 가는 길을 물었다. 여개는 전부터 남만이 반기를 들것을 알고 남만에 대한 자세한 지도를 만들어 두었었다. 공명은 기뻐하며 여개를 안내자로 하여 남만으로 쳐들어갔다.

맹획은 각각 5만의 군사를 거느리고 세 갈래로 나누어 싸우게 했다. 공명은 왕평에게 왼쪽의 적을, 마충에게 오른쪽의 적을, 장의와 장익(張翼)에게 중앙의 적을 무찌르라고 명하고, 지리를 알지 못하는 조운과 위연에게 뒤따르도록 했다.

명을 받은 조운과 위연은 자신들을 선봉에 쓰지 않은 것에 화를 냈다. 조운과 위연은 분해하며 몸소 나가 길을 살펴보기로 했다. 그들은 곧바로 야만족 척후병을 사로잡아 후하게 대접한 후 길을 물었다. 조운은 정병 5천명을 이끌고 적의 본진으로 쳐들어갔다. 적장이 조운을 맞서 싸웠으나 단 칼에 목이 달아나고 남만의 군사는 죽거나 달아났다. 위연도 적의 영채를 공격하여 휩쓸었다.

화가 난 맹획은 직접 군사를 이끌고 나와 왕평의 군사와 마주쳤다.

"공명이 병법을 잘 안다고 소문은 났으나 저 진지를 보니 어수선한 것이 별것이 아니구나. 누가 촉의 장수를 사로잡아 오겠느냐?"

말을 마치기도 전에 한 장수가 말을 몰아 왕평에게 덤벼들었다. 왕평은 몇 합을 싸우는 체하더니 말 머리를 돌려 도망쳐 버렸다. 맹획이 이때다 싶어 군사를 이끌고 뒤쫓아갔으나 관색이 가로막았다. 그런데 관색도 맞붙어 몇 합을 싸우다가 곧 도망쳤다. 맹획은 또 뒤쫓아 갔다. 그러자 갑자기 함성이 일어나더니 양쪽에서 장의와 장익의 복병이 뛰쳐나왔고, 도망치던 왕평과 관색도 뒤돌아 공격했다.

맹획은 샛길로 도망쳤으나 위연에게 사로잡혔다. 공명은 맹획과 함께 사로잡힌 군사들을 후하게 대접하여 풀어준 후, 맹획을 불렀다.

"선제께서 너를 박하게 대접하지 않았는데 너는 왜 모반을 하였느냐?"

공명이 꾸짖자 맹획은 두려워하는 기색 없이 입을 열었다.

"이곳은 모두 다른 사람의 영토다. 그런데 네 주인이 무력으로 차지하고 천자의 자리까지 올랐다. 나는 조상대대로 이곳에서 살았다. 뭐가 반란인가?"

"너는 내게 사로잡힌 몸이다. 진심으로 항복하지 않겠느냐?"

"산길이 비좁아 재수 없이 당했다. 항복할 생각은 티끌만큼도 없다."

"용서해 준다면 어찌하겠느냐?"

"다시 한 번 군사를 이끌고 승부를 내겠다. 만일 나를 다시 사로잡을 수 있다면 그때 항복하겠다."

공명은 맹획의 밧줄을 풀어주고 남만으로 돌려보냈다. 이에 다른 장수들이 불평을 늘어놓았다.

"맹획을 사로잡는 것은 주머니 속에 들어 있는 물건을 꺼내는 것처럼 쉬운 일이다. 하지만 그에게 마음으로부터의 항복을 받아야 땅을 평정할 수 있다."

공명이 말하자 장수들은 입을 다물었다. 맹획이 다시 10만의 군사를 모았다. 맹획은 공명과 정면으로 싸울 수 없다고 판단하여 천연요새 노수에서 진을 치고 움직이지 않았다.

한편 노수 기슭에 진을 친 촉군은 더위가 심하여 갑옷도 걸칠 수가 없었다. 공명은 여개에게 숲과 나무가 울창하고 서늘한 곳에 막사를 짓게 했다. 장완이 영채를 보고 유비가 동오에게 패했을 때와 똑같다며 화공을 걱정했다. 공명은 웃으면서 따로 생각이 있다고 말했다.

그때 천자가 보낸 약품과 군량을 가지고 마대가 사신으로 왔다. 공명은 마대에게, 끌고 온 3천 병력으로 적의 군량을 운반하는 길을 막을 것을 명령했다.

하지만 마대의 군사들은 강을 건너가다가 강 한복판에서 이유 없이 쓰러졌다. 주위에 알아보니 노수는 더위가 심해 독기를 내뿜어 나타나는 현상이라는 것이었다. 따라서 밤에 강물이 식을 때를 기다렸다가 뗏목으로 건너 군량을 운반하는 협산곡(夾山谷)을 점령했다. 방심하고 있던 맹획은 부장에게 3천의 군사를 주며 협산곡으로 쳐들어가게 했다. 이때 맹획에게 불만을 품은 장수가 맹획을 묶어 공명에게 바쳤다.

"전에 네가 말하기를 다시 사로잡히면 항복하겠다고 했는데 어떻게 하겠느냐?"

맹획이 끌려오자 공명이 껄껄 웃으며 말했다.

"나는 네놈에게 붙잡힌 것이 아니라 부하들에게 배신당하여 이 꼴이 되었다. 어찌 항복할 수 있겠는가?"

맹획이 고개를 빳빳이 들고 말했다.

"그렇다면 다시 한 번 놓아주면 어찌하겠느냐?"

"나는 병법을 좀 알고 있소. 놓아준다면 다시 한 번 군사를 모아 승상과 겨뤄보겠소. 그때 사로잡히면 진심으로 항복하리다."

맹획은 조금 공손한 말투로 말했다.

"맹획을 풀어주라."

공명은 맹획의 밧줄을 풀어 주고 술과 음식으로 후하게 대접해주었다. 또한 돌려보내기 전에 진지를 돌아다니며 자랑삼아 보여주었다.

맹획은 자신의 진지로 돌아와 배신한 장수들의 목을 베고 다시 싸울 준비를 했다. 맹획은 아우 맹우를 불러 공명에게 항복한 척하여 안심시키면 자신이 쳐들어간다고 말했다. 맹우는 맹획이 시키는 대로 황금·진주·상아·물소 뿔 등을 수레에 싣고 공명에게로 갔다. 공명은 속은 척 하며 조운과 위연·왕평·마충·관색에게 맹획을 사로잡을 계책을 지시하였다.

공명은 맹우에게 술과 음식을 대접한 후 극진히 대접했다. 맹우와 함께 갔던 군사가 은밀히 빠져나가 공명이 선물을 받고 무척 기뻐하며 잔치를 베풀었으니 오늘밤 쳐들어가면 맹우가 안에서 도울 것이라 말했다. 맹획은 3만의 군사를 셋으로 나눠 공명의 진지로 쳐들어갔다. 그러나 공명의 진지에는 사람하나 보이지 않고 마취약을 먹은 맹우와 그의 부하들만 있었다. 속았다는 것을 깨달은 맹획이 도망치다 사로잡혔다.

"그대는 아우에게 거짓 항복하게 하였는데 내가 속을 줄 알았나? 이번에는 항복하겠는가?"

"아우가 먹는 것을 못 참고 당신이 넣은 약에 걸려 큰일을 그르쳤을 뿐이오. 내가 어찌 항복할 수 있단 말이오."

공명은 다시 사로잡히면 항복하겠다는 다짐을 받고 맹획을 풀어주었다. 맹획은 돌아오자마자 여러 부족에게 황금과 금은보석을 뿌려 수십만 명의 만병을 고용하여 쳐들어왔다.

"내가 원하는 대로 남만의 군사가 총동원되었으니 혼쭐을 내줘야겠다."

보고를 받은 공명은 껄껄 웃으며 말했다. 공명은 강에 부교와 진지를 세워 맹획을 유인하여 사로잡았다.

"이번이 네 번째이다. 아직도 항복하지 않겠나?"

"이번에도 당신의 속임수에 속아 사로잡혔소. 내 어찌 항복할 수 있겠소."

공명은 다시 한 번 다짐을 받고 맹획을 놓아주었다. 맹획은 촉군을 당해낼 수 없다는 것을 알고 더위에 스스로 물러가길 바라며, 독룡동(禿龍洞)의 타사대왕을 찾아가 도움을 청했다. 타사대왕은 맹획을 반갑게 맞아들였다.

"대왕께서는 편안히 계십시오. 만약 공명이 이곳까지 쳐들어온다면 한 사람도 살아가지 못할 것이오."

"무슨 계책이라도 있소?"

"독룡동으로 오는 길은 평평한 길과 험하고 좁은 길 두 갈래밖에 없소. 평평한 길은 나무와 돌로 막아버리면 험하고 좁은 길밖에 남지 않는데 저녁때부터 이튿날 점심때까지 독기가 솟아올라 세 시간밖에 사람이 다니지 못합니다. 또한 그곳에 있는 샘에서 독이 나오기 때문에 백만 대군이 온다 해도 걱정이 없습니다."

이 말을 듣고 맹획은 기뻐하며 날마다 타사대왕과 술을 마시면서 보냈다.

한편 공명은 맹획을 쫓아 독룡동에 도착하였으나 병사들이 물을 마시고 쓰러져 움직일 수가 없었다.

공명은 산신과 맹획의 큰 형 맹절의 도움을 받아 해독의 비법을 얻었다. 맹획은 촉군이 독이든 샘물에도 해를 입지 않는다는 소리를 듣고 촉의 진지로 쳐들어 왔다. 때마침 양봉이 부하 3만을 이끌고 맹획에게 합세했다. 맹획이 기뻐하며 후하게 대접하였으나 양봉이 맹획과 타사대왕을 묶어 공명에게 갔다. 공명은 양봉에게 큰 상을 내리고 맹획을 불렀다.

"이번에는 진정으로 항복하겠느냐?"

공명이 웃으며 말했다.

"이번에는 당신에게 사로잡힌 것이 아니라 우리 동족끼리 서로 싸워 이 꼴이 되었으니 항복할 수가 없소."

공명은 또다시 맹획을 놓아주었다. 맹획은 삼면이 강으로 둘러싸인 은갱동(銀坑洞)으로 도망쳐 목록대왕에게 의지했다. 공명은 은갱동을 공격하였으나 성의 삼면은 강으로 둘러싸여 있고 유일한 육지는 화살이 쏟아져 접근조차 할 수 없었다.

공명은 후퇴하여 진지를 굳게 지키고 닷새 동안 아무 명령도 내리지 않았다. 닷새가 지나자 저녁부터 바람이 불기 시작했다. 공명은 군사들에게 성벽 옆에 언덕을 쌓게 했다. 금세 성벽 높이만큼의 언덕이 만들어지자, 촉의 군사가 일제히 성벽 위로 뛰어올랐다. 맞서 싸우던 타사대왕은 전사하였다.

목록대왕이 주문을 외우고 방울을 흔들자 갑자기 폭풍이 세차게 불며 모래와 돌이 휘몰아쳤다. 이어 뿔피리 소리와 함께 호랑이·표범·코뿔소·늑대·독사가 바람을 타고 덤벼들었다. 겁에 질린 촉의 군사는 맞서 싸울 생각도 못 하고 도망치기에 바빴다. 남만의 군사는 삼강(三江) 기슭까지 뒤쫓아 왔다가 되돌아갔다.

보고를 받은 공명은 웃으며 붉은 옻칠을 한 궤짝을 실은 수레 10대를 가져오게 했다. 이튿날 공명이 군사를 이끌고 진을 치자 목록대왕이 맹획과 함께 나란히 싸우러 나왔다. 공명은 윤건에 깃털부채를 들고 검은 도복차림으로 수레에 앉아 있었다.

"저 수레위에 있는 자가 공명이오. 이번에 저 놈을 사로잡으면 이번 전쟁은 끝이오."

목록대왕은 주문을 외며 방울을 흔들었다. 그러자 갑자기 폭풍이 심하게 불어 닥치고 맹수들이 일제히 돌진해 왔다. 그때 공명이 깃털 부채를 가볍게 흔들자 바람의 방향이 바뀌면서 남만의 진지로 불어 닥쳤다. 목록대왕의 진짜 짐승들이 공명의 가짜 짐승을 보고 놀란 것이었다.

갑자기 짐승들이 자신들에게 달려오자 남만의 병사들은 놀라 도망가기 바빴다. 촉군이 대승이었으며 목록대왕은 전사하고 은갱동은 공명의 손에 들어왔다.

맹획은 자신과 일족을 묶어 거짓 항복했다. 물론 품속에는 단도를 숨기고 있었다. 하지만 또다시 공명이 알아차려 사로잡혔다. 맹획이 이번에도 자신의 발걸음으로 찾아온 것이기 때문에 항복할 수가 없다고 말했다. 공명은 맹획을 풀어주면서 일곱 번째 사로잡히면 용서하지 않겠다고 말했다.

맹획은 오과국(烏戈國)의 왕에게 도움을 청했다. 오과국 사람들은 곡식 대신 뱀과 짐승을 주식으로 했다. 또한 군사들이 입고 있는 갑옷이 강물에 뛰어 들어도 가라앉거나 물에 젖지 않으며 화살이 뚫지 못해 등갑군(藤甲軍)이라 불렸다.

위연이 등갑 군을 맞아 싸웠으나 화살을 쏘아도 적의 갑옷에 박히지 않았고 칼과 창도 들어가지 않았다. 또한 등갑군이 강을 건널 때는 갑옷을 입은 채였는데 가라앉거나 젖지가 않았다.

보고를 받은 공명은 북쪽 산 정상에 올라가 지형을 살폈다. 아래쪽에 뱀처럼 길게 꾸불꾸불 뻗은 골짜기가 보였다. 양쪽은 가파른 절벽이며 나무와 풀 한포기 없는 곳이었다. 공명이 길 안내자에게 물으니 반사곡(盤蛇谷)이라 했다.

공명은 마대에게는 검은 옻칠을 한 궤짝을 실은 수레 10대를 주어 반사곡에 갖다 놓고 입구를 지키도록 하고, 조운에게는 반사곡의 맞은편을 지키게 했다. 그리고 위연에게는 열다섯 번 져주고 진지 일곱 곳을 내주면서 등갑군을 반사곡으로 유인하도록 했다.

싸움을 시작한지 16일째가 되는 날 등갑군은 반사곡으로 들어왔다. 나무나 풀한 포기가 없으니 복병걱정을 할 필요가 없었다. 등갑군이 골짜기에 도착했을 때 길 저쪽에 검은 옻칠을 한 궤짝을 실은 수레가 10여 대만 보였다.

등갑군은 촉의 군사들이 버리고 간 군량으로 생각하고 기뻐했다. 그때 산 위에서 통나무와 돌덩이가 굴러 내려 골짜기 양쪽을 막아버렸다.

"모두 길을 열어라."

놀란 오과국 왕이 소리쳤다. 잠시 후 골짜기 위에서 횃불이 쏟아지기 시작했다. 수레에 실려 있던 화약에서부터 불을 뿜기 시작하면서 골짜기는 삽시간에 불바다가 되었다. 기름을 먹인 등갑군의 갑옷은 불이 붙자마자 순식간에 타 버렸다. 등갑군 3만 군사는 어찌할 줄을 모르다 모조리 불타 죽었다.

공명은 사로잡은 만인을 사자로 내세워 맹획을 반사곡으로 유인하여 사로잡았다. 공명이 맹획의 밧줄을 풀어 주고 술을 대접하도록 했다. 맹획이 일족과 함께 술을 마시며 한탄을 하고 있을 때 관원이 와서 맹획에게 말했다.

"승상께서는 이번 전쟁에서 이 땅의 너무 많은 사람을 죽여 볼 면목이 없다하오."

맹획은 눈물을 흘리며 일족들을 데리고 공명에게 무릎을 꿇었다.

"승상의 하늘같은 위엄에 진심으로 항복합니다. 다시는 반란을 일으키지 않겠습니다."

공명은 맹획을 예전과 같이 동주로 삼아 남만을 다스리게 했다.

오장원을 적시는 눈물

출사표

위주(魏主) 조비가 제위에 오른 지 7년 되던 해, 나이 40세에 감기가 악화되어 세상을 떠났다. 조비의 유언에 따라 조예(曹叡)가 황제에 추대되었다. 조예는 종요(種繇)를 태부, 조진을 대장군, 조휴를 대사마, 화흠을 태위, 왕랑을 사도, 진군을 사공(司空), 사마의를 표기대장군(驃騎大將軍)으로 임명하였다. 이때 옹주·양천의 자사 자리가 비어 있었는데 사마의가 자원하였다.

한편 공명은 옹주·양천 자사로 사마의가 온다는 소리를 듣고 깜짝 놀랐다.

"조비가 죽고 조예가 뒤를 이었다고 해서 달라진 것은 아무 것도 없소. 하지만 사마의가 움직인 것은 큰 걱정이오. 그가 반드시 우리 촉을 치려 할 것이니 먼저 선수를 쳐야 하오."

"남만을 평정한 지 얼마 되지 않아 군사들이 모두 지쳐 있습니다. 원정에 나서는 것은 좋지 않을 줄 압니다. 제게 사마의를 절로 죽게 할 계책이 있습니다."

듣고 있던 참모 마속(馬謖)이 말했다.

"그것이 무엇이오?"

"사마의는 늘 의심을 사는 자입니다. 사람을 몰래 허도와 업군으로 보내 그가 역적질을 한다는 유언비어를 퍼트리게 하십시오. 조예는 그를 죽일 것입니다."

공명은 마속의 계책을 시행하도록 지시했다. 얼마 후 업군의 성문에 조예를 폐위시킨다는 사마의의 방문이 붙었다. 조예가 깜짝 놀라 중신들에게 물었다.

"사마의가 옹주, 양천 자사로 자원한 것이 이때문인 것 같습니다. 태조께서도 사마의는 솔개의 눈을 하여 돌아서면 늑대와 같으니 그에게 군사의 지휘권을 맡기면 안 된다고 말하셨습니다. 죽여 버리는 것이 좋을 듯합니다."

화흠이 말했고 왕랑도 거들었다 조예는 사마의의 관직을 빼앗아 고향으로 돌려보내고 옹주와 양주의 자사 후임으로 조휴를 임명했다.

이 소식을 들은 공명은 크게 기뻐하며 다음날 유선에게 출사표를 올렸다.

선제께서 창업하셨으나 뜻을 이루지 못하신 채 떠나시고 천하는 셋으로 갈라졌습니다. 뿐만 아니라 우리 익주는 존폐의 갈림길에 놓여 있습니다. 폐하께서는 선제께서 끼친 덕을 더욱 빛나게 하시며 선비들의 의기를 일으키심은 물론 충언을 막으시면 안 됩니다. 간사한 자와 충성된 자는 마땅히 벌과 상을 공정하게 내려 밝은 정치를 세상에 내비치도록 하십시오.

시종 벼슬에 있는 곽유지(郭攸之)·비위(費褘)·동윤(董允)은 모두 충성스럽고 진실한 신하들입니다. 그 때문에 선제께서 중히 기용하여 폐하를 보필하게 한 것입니다. 궁중의 크고 작은 모든 일을 그들과 의논하여 시행하시면 좋을 것입니다. 장군 향총은 선량하고 공평하며 군사를 부리는데 밝습니다. 군사에 관한 일은 그와 의논하면 군사들이 화목하고 인재를 적소에 배치할 것입니다.

현명한 신하를 가까이하고 소인을 멀리한 전한은 번영하였고 소인을 가까이하고 현명한 신하를 멀리한 후한은 쇠망하였습니다.

신은 본래 평민으로 남양에서 밭을 갈며 어지러운 세상 목숨이나 부지하려 하였습니다. 그러나 선제께서 신의 천한 신분을 문제 삼지 않고 세 차례나 신의 오두막집을 찾아오셔서 세상일을 물으셨습니다. 이에 감격한 신은 선제를 위해 일하기로 맹세하였습니다.

이후로 어느덧 이십일 년이 지났고 선제께서 신을 인정하시어 돌아가실 때 큰일을 맡기셨습니다. 그 후로 신은 선제의 이름에 누를 끼치지 않을까 밤낮으로 두려워하였습니다. 다행히 남방은 평정되었고 군비도 충분하게 갖추게 되었습니다.

이제야 삼군을 이끌고 북으로 중원을 정벌할 때입니다. 원하옵건대 폐하께서 신에게 역적을 물리치고 나라를 되살리는 일을 맡겨주십시오. 만일 신이 일을 해내지 못하면 벌하여 선제의 영혼에 알리십시오.

만일 곽유지 · 비위 · 동윤이 충언을 하지 않으면 벌하십시오. 폐하께서도 충언을 헤아려 선제께서 남기신 가르침을 마음 깊이 새기십시오. 신은 큰 은혜를 받아 감격하여 먼 길을 떠나기 위해 출사표를 올리니 눈물이 솟아 말을 잊지 못하겠습니다.

공명은 곽유지·비위·동윤에게 궁중의 일을 맡기고 향총을 대장으로 임명하여 근위군을 지휘하게 하였다. 공명 자신은 대도독으로 하고 여러 군사를 모아 군을 편성하였다. 이때 명단에서 빠진 조운이 달려와 함께 가겠다며 몹시 화를 냈다.

"내가 남쪽에 갔다 오니 마초가 병들어 죽어 애석함이 한쪽 팔을 잃은 것 같았소. 장군은 나이가 많아 만일 일이 잘못되면 세상에 지금까지 떨친 명예를 더럽히고 아군의 사기를 떨어뜨리게 할뿐이오."

공명이 만류하였다.

"나는 선제를 섬겨 온 후로 싸움터에 나가 물러선 적이 없으며 적을 만나면 언제나 앞장서서 쳐들어갔습니다. 대장부가 싸움터에서 죽는다면 그보다 좋은 일이 어디 있겠습니까? 이번에도 선봉에 서게 해주십시오. 만약 그렇지 않으면 주춧돌에 머리를 찍어 죽겠습니다."

공명은 할 수 없이 조운과 등지를 선봉에 세우게 하고 군사 5천과 부장 10명이 따르게 했다. 그리고 공명은 30만 대군을 이끌고 한중으로 출발했다.

사마의의 복귀

　　한편 공명이 쳐들어온다는 보고를 받은 조예는 깜짝 놀라 중
신들을 불렀다. 하후연의 양자 하후무(夏候楙)가 아버지의 원수를 갚
겠다며 나섰다. 조예는 하후무를 대도독으로 하여 공명에게 맞서 싸
우도록 했다. 곧이어 서량의 한덕이 군사 8만을 이끌고 왔다. 한덕은
네 아들이 있었는데 모두 무술이 뛰어났다. 하후무는 한덕 부자들을
선봉에 서게 했다.

　　"역적들아! 네 놈들이 감히 어디를 침범하느냐?"

　　한덕의 맏아들 한영이 먼저 맞섰으나 3합을 싸우지 못하고 조운의
칼에 죽었다. 둘째 한요, 셋째아들 한경, 넷째아들 한기가 한꺼번에
나가 조운과 싸웠으나 모두 조운에게 죽었다. 한덕이 아들들의 원수
를 갚기 위해 잘 쓰는 도끼를 휘두르며 덤벼들었으나 그도 3합을 싸운
끝에 조운의 창에 찔려 목숨을 잃었다. 뿐만 아니라 조운이 칼을 휘두
르며 적진을 휘젓고 다니니 마치 말을 타고 혼자 노는 것 같았다.

　　뒤늦게 도착한 공명이 성을 빼앗고 하후무를 사로잡았다. 공명은 여
세를 몰아 마준이 지키는 천수군(天水郡)을 공략하기 위한 계책을 세

윘다. 공명은 천수군 태수 마준을 유인하기 위해 몇 사람을 하후무의 부하로 위장시켜 보냈다. 공명의 심복이 차례대로 천수군으로 달려가 하후무가 위급하니 군사를 이끌고 도울 것을 청했다. 마준이 군사를 일으켜 성을 나가려 할 때 천수군 장수 강유(姜維)가 나섰다.

강유는 자는 백약(伯約)이요, 천수 기현(冀縣) 사람으로 어려서부터 많은 책을 읽었고 병법과 무술이 뛰어났다.

"태수께서 나가시면 공명의 계략에 빠지는 것입니다. 공명은 성 뒤에 복병을 숨겨두고 우리를 유인하려는 것입니다."

마준이 깜짝 놀랐다.

"백약의 깨우침이 아니었다면 큰일 날 뻔 했소. 이젠 어쩌면 좋겠소?"

"태수께서는 성 밖 십리 쯤 나갔다 돌아오십시오. 제가 길목을 지키고 있다가 불길을 신호로 협공하면 반드시 공명을 사로잡을 수 있을 것입니다."

공명은 조운을 산기슭에 숨겨두고 마준이 성을 비우면 습격하려고 했다. 마준이 군사를 이끌고 성을 나왔다는 보고를 듣고 조운이 공격을 했다. 하지만 오히려 강유의 계책에 빠져들었다. 조운은 급하게 도망쳐 본진으로 돌아왔다. 보고를 들은 공명은 깜짝 놀랐다.

"내 계책을 알아차린 놈이 도대체 누구냐?"

"그는 강유라는 자입니다."

근처에 사는 사람이 대답했다.

"그는 창 쓰는 솜씨가 놀라웠고 다른 사람과 달랐습니다."

조운이 거들었다. 공명은 강유가 신경 쓰여 직접 군사를 몰고 천수성으로 향했다. 하지만 또 다시 강유의 계책에 말려들어 공명이 포위되었다. 관흥과 장포가 공명을 에워싸고 빠져나가는데 적이 무서운 기세로 몰려왔다.

"저 군사가 누군지 알아보라."

"저기 오는 것은 강유의 군사들입니다."

공명은 감탄하여 강유를 얻고 싶은 생각이 들었다. 공명은 천수성에서 30리 떨어진 곳에 진을 치고 촉의 군사를 3개부대로 나눠 한개 부대는 천수성을, 한개 부대는 상규를 치게 하고, 나머지 한 부대는 강유의 어머니가 살고 있는 기현으로 쳐들어가게 했다. 그러자 어머니의 신변을 걱정한 강유는 급히 기현성으로 달려가 성을 굳게 지켰다.

공명은 사로잡은 하후무에게 강유를 설득하여 항복하게 해달라고 말했다. 하후무는 공명에게 벗어나기 위해 거짓으로 승낙하고 강유에게 갔다. 하후무가 떠난 후 공명은 몇몇 군사들을 백성들로 변장시켜 강유가 항복했다는 거짓소문이 하후무 귀에 들어가도록 했다. 하후무는 즉시 천수성 마준에게 달려가 강유가 항복했다고 말했다.

그런 후 공명은 기현성 아래로 군량을 실은 수레를 지나가게 했다. 마침 군량이 모자라 고민하던 강유는 군량을 빼앗기 위해 성문을 열고 나왔다. 이틈에 위연이 기현성을 점령했다. 강유는 포위망을 뚫고 천수성으로 갔지만 마준의 군사들이 강유가 공명에게 항복한 줄 알고 화살을 쏘아댔다. 이리하여 갈 곳이 없는 강유는 공명의 설득으로 촉에 항복을 했다.

"내가 초막을 나선 후로 널리 현명한 사람을 찾아 병법을 전하려 했으나 찾지 못하여 유감스럽게 생각했는데 이제야 그대를 만나 소원을 풀게 되었다."

공명은 강유와 의논하여 천수성을 빼앗았다. 하후무와 마준은 강족 땅으로 도망쳤고 공명은 빼앗은 여러 땅을 정리한 후 기산(祁山)으로 향했다.

놀란 조예는 조진을 대도독으로 하여 20만의 군사로 공명을 막도록 했다. 대군을 몰고 위수(渭水)를 건넌 조진은 영채를 세우고 왕랑(王朗)·곽회와 의논에 들어갔다.

"내가 내일 군사를 엄하게 세워놓고 제갈량과 말씨름을 하여 항복하게 만들겠소."

왕랑이 나서며 말했다. 왕랑은 즉시 사람을 공명에게 보내 다음날 싸우자고 했다. 하지만 왕랑이 공명과 말씨름을 하다 가슴이 막혀 외마디 비명과 함께 말 위에서 떨어져 죽었다. 이어 조진과 곽회 역시 공명의 매복 작전에 걸려들어 자기편 끼리 싸우다, 촉병이 기습하자 달아나기에 바빴다.

크게 패한 조진은 곽회의 의견에 따라 서강국(西羌國)의 왕에게 구원을 청했다. 서강의 왕은 조조 때부터 해마다 공물을 바쳐 위와 가까이 지내온 사이였던 터라, 흔쾌히 승상 아단과 대장군 월길에게 강병 25만 명을 주어 조진을 돕도록 했다. 이때 강병에는 철로 만든 전차를 갖고 있어 '철거병(鐵車兵)'이라 불리는 선봉대가 있었다. 서강의 장수 월길은 강병을 이끌고 곧 서평관을 공격했다.

공명은 관흥·장포·마대에게 정병 5만을 주어 그들과 싸우게 하였으나 철거병에 눌려 크게 패했다. 공명은 높은 언덕에 올라가 철거병들을 살펴보고 말했다.

"저 따위 진지를 쳐부수는 것은 어려울 것 없지."

공명은 곧 강유를 불렀다.

"그대는 철거병을 무찌를 방도를 알고 있는가?"

"강왕은 힘만 믿을 뿐 병법엔 무지합니다. 어찌 승상의 묘한 계책을 알겠습니까?"

강유의 대답에 공명은 빙그레 웃었다. 공명은 관홍과 장포를 매복시키고 강유에게 날마다 군사를 이끌고 싸움을 걸고 철거병이 나타나면 도망치도록 했다. 하지만 강병은 의심스러워 뒤쫓지 않았다. 어느새 12월 그믐이 되어 갑자기 눈이 펑펑 쏟아졌다. 강유가 공격하자 월길이 철거병을 이끌고 나왔다. 강유는 이번에도 제대로 싸우지 않고 도망쳤다.

철거병들은 강유의 진지까지 쫓아왔다. 촉군은 하나도 없고 깃발만 날리는데 어디선가 피리소리가 났다. 수상히 여겨 주위를 둘러보니 수레 속에서 공명이 거문고를 타고 어디론가 가고 있었다. 이를 본 월길이 진지로 곧장 쳐들어갔으나 공명의 수레는 이미 숲 속으로 사라져 버린 후였다.

월길이 복병이 있을까 머뭇거리자 아단이 부추겼다. 산길은 눈이 온통 하얗게 뒤덮여 평탄하기만 했다. 강병은 철거병을 앞장세운 채 단숨에 돌진했다. 그러자 갑자기 촉군이 나타나고 강병은 모조리 함정에 빠지고 말았다. 월길은 관홍의 창에 찔려 죽고, 아단은 사로잡혔다. 공명은 아단과 사로잡은 강병들을 모두 용서하고 자기 땅으로 돌려보냈다.

울며 마속을 베다

　　잇따른 패전 소식에 크게 놀란 조예는 할 수 없이 사마의를 평서도독(平西都督)으로 임명하고 다시 불러들였다. 이때 맹달이 공명에게 군사를 동원하여 낙양을 공격한 후 항복하겠다는 뜻을 전해왔다. 맹달은 촉의 장수로서 위에 항복하여 신성태수 자리에 올랐으나 조비가 죽고 멸시를 당하자 다시 촉으로 돌아가려는 것이었다.

　한편 완성에서 한가로이 세월을 보내던 사마의는 조예의 부름을 받고 장안으로 달려가는데 맹달이 반란을 일으켰다는 소식이 전해졌다. 공명은 맹달에게 사자를 보내 사마의를 경계하라고 일렀다. 그러나 맹달은 공명의 충고를 귀담아듣지 않았다. 결국 맹달은 사마의에게 패하고 죽임을 당했다.

　조예는 맹달의 모반을 진압한 것을 기뻐하며 사마의에게 황금 도끼 한 쌍을 내리면서 즉시 촉을 쳐부수라고 명령했다. 사마의는 20만 대군을 이끌고 장합을 선봉으로 세워 장안을 떠났다. 조예는 따로 신비(辛毗)와 손례에게 5만의 군사를 내주어 조진을 도우라 했다.

　20만 대군을 이끌고 가던 사마의가 장합을 불렀다.

"공명은 조심하는 성격이라 무리수를 두지 않는 구려. 만약 나라면 자오곡(子午谷)을 통해 지름길로 장안을 쳤을 것이오. 이제 공명은 야곡(斜谷)을 지나 미성을 치려할 것이오. 하지만 내가 이미 미성을 철저하게 지키도록 손을 써놓았소."

"그럼 장군께서는 어디로 가실 겁니까?"

"가정(街亭)은 양평관의 요충지일 뿐 아니라 한중으로 들어가는 목구멍과 같은 곳이오. 가정을 차지한다면 촉군은 군량을 운반할 수 없어 후퇴할 것이오. 그때 좁은 길목을 막고 쳐부순다면 촉군을 쳐부술 수 있을 것이오."

사마의는 장합을 먼저 선봉으로 내세워 가정으로 향했다. 공명은 맹달이 죽고 사마의가 장안을 떠났다는 소식을 듣고 크게 놀라며 탄식했다.

"사마의가 장안을 떠났다면 반드시 가정을 빼앗아 우리의 숨통을 조이려고 할 것이다. 누가 나서서 가정을 지키겠는가?"

"제가 가겠습니다."

마속이 나섰다. 남달리 마속을 아끼는 공명이었지만 미덥지가 않았다.

"가정은 작은 땅이지만 매우 중요한 곳이다. 만일 가정 땅을 잃는다면 우리 대군이 모두 무너질 것이다. 그대가 병법에 밝다고는 하나 그곳에는 성과 요새가 없어 지키기 어려울 것이다. 특히 사마의는 물론 장합은 명장이다. 그대가 당해낼지 걱정이 되는구나."

"실패하면 제 일족 모두의 목을 베십시오."

"군율에는 농담하는 법이 없다."

마속은 군령장을 썼다. 공명은 마속에게 정병 2만 5천을 주고 왕평을 불렀다.

"나는 평소 그대가 신중함을 알고 있다. 믿고 중임을 맡기니 삼가 조심하고 조심하여 진지를 세우고 즉시 그림으로 그려 보내라. 그리고 내 말을 잘 명심하여 경계하고 또 경계하라."

마속과 왕평은 즉시 가정으로 떠났다. 그래도 마음이 놓이지 않은 공명은 고상을 열류성(列柳城)으로, 위연을 후방으로 보내 마속이 위태로우면 돕도록 했다.

한편 마속과 왕평은 가정에 도착하자 지세를 살폈다.

"승상의 세심함이 지나치지 않은가? 이런 산골짜기로 감히 위병이 올 수 있단 말이오."

마속이 웃으면서 말했다.

"설사 위병이 오지 않는다 해도 이 길에 진지를 세우는 것이 좋을 듯합니다."

"산이 사방으로 이어져있고 수풀이 우거져 그야말로 하늘이 준 요새일세. 저 산 위에 진을 쳐야 하네."

왕평이 산위에 진을 쳤다가는 위병이 에워싸면 위기에 빠진다며 말렸지만 마속은 듣지 않았다. 할 수 없이 왕평은 5천의 군사를 달라고 하여 산 아래쪽에 진지를 세운 후 그림을 그려 공명에게 보냈다.

한편 사마의는 촉군이 산 정상에 진을 치고 있다는 보고를 받고 기뻐했다.

"하늘이 나를 돕는구나."

이튿날 새벽녘에 장합이 먼저 촉의 배후에서 왕평의 군사와 겨루다가 병사들로 하여금 도망치게 했다. 그리고 사마의 자신은 대군을 이끌고 진격하여 마속이 있는 산을 에워쌌다. 촉군은 먹을 것도 없고 마실 물도 없는데다 사마의가 아래쪽에서 불을 지르자 혼란에 빠졌다.

마속은 어쩔 수 없이 적의 포위를 뚫고 도망쳤다. 뒤에서 위군이 쫓아왔으나 위연과 왕평의 도움으로 목숨을 건졌다. 이어 열류성마저 사마의에게 빼앗기었다.

한편 공명은 왕평이 보내온 도면을 보고 책상을 치며 한탄했다.

"마속이 무지하여 우리 군사들을 죽음으로 내몰았구나."

공명은 즉시 양의에게 어떻게 진지를 세워야하는지를 알려주고 마속에게 보내려 했으나, 가정이 함락되고 열류성까지 적의 수중에 떨어졌다는 보고가 들어왔다. 공명은 즉시 전군 후퇴준비를 했다. 먼저 관흥과 장포를 불러 각각 3천의 정병을 데리고 무공산(武功山)으로 가서 위병을 만나면 싸우지 말고 함성과 북소리만 울리라고 했다.

장익을 검각(劍閣)으로 보내 그곳을 정리하고 촉의 군사가 돌아갈 때 어지러움을 없게 하라고 지시했다. 마대와 강유에게는 뒤를 맡아 적의 추격을 뿌리치도록 했다. 마지막으로 남안·천수·안정(安定) 3개 군에 사람을 보내 백성과 관원들을 한중으로 물러나게 했고, 기성(冀城)으로 사람을 보내 강유의 늙은 어머니를 안전한 곳으로 옮기도록 했다.

공명은 직접 5천 군사를 이끌고 군량과 말먹이 풀을 안전하게 옮기기 위해 서성을 향했다. 공명이 서성에 도착하여 군사들을 시켜 군량과 말먹이를 옮기는데 급보가 날아들었다.

"사마의의 십오만 대군이 이곳으로 몰려오고 있습니다."

공명을 비롯한 군사들이 놀라 말문을 열지 못했다. 5천 군사 중 절반은 군량을 싣고 이미 떠난 후였고, 나머지 2천 5백 또한 쓸 만한 장수가 한명도 없었다. 한참 망설이던 공명이 영을 내렸다.

"모든 깃발을 감추고 군사들은 숨도록 하라. 소리는 내는 자는 목을 베리라. 그리고 성문을 활짝 열고 문마다 군사 이십 명을 평민으로 변장시켜 물을 뿌리고 비질을 해라. 위병이 나타나도 절대 동요해서는 안 된다."

공명은 학창의를 입고 윤건을 쓴 채 아이 둘만 데리고 망루 위에 올라가 거문고를 켰다. 마침 성 아래에 도착한 사마의가 이 모습을 보고 복병을 숨겨놓고 유인한다고 생각하여 군사를 철수시키라는 명령을 내렸다. 이에 차남 사마소(司馬昭)가 사마의에게 속임수가 아니냐고 물었다.

"공명은 빈틈이 없고 평생 조심하는 인물이다. 위험을 무릅 쓰는 자가 아니다. 어서 군사를 철수시켜라."

공명은 위의 군사가 멀리 사라지는 것을 보고는 손뼉을 치며 웃고 한중으로 향했다. 대열의 뒤를 따르던 조운이 뒤쫓아 위군을 무찔러 촉의 군사는 무사히 한중으로 철수할 수 있었다. 촉군이 모두 철수하고 나서 사마의는 백성들로부터 복병이 없었다는 이야기를 듣고 한탄을 했다.

"나는 공명을 도저히 당할 수가 없구나."

한중에 돌아온 공명은 조운을 마중하며 위군을 물리치고 무사히 후퇴한 공을 치하하고 황금 50근을 내주었으나 조운이 거절하였다.

이어 한 발 늦게 돌아온 왕평으로부터 가정을 빼앗긴 경위에 대해 자세히 듣고 마속을 막사로 불러들였다. 마속은 스스로 자신을 밧줄로 묶고 공명 앞에 무릎을 꿇었다. 공명은 얼굴빛을 바꾸며 말했다.

"내가 가정 땅이 이번 싸움에서 얼마나 중요한 곳인지 거듭 당부해 두지 않았더냐. 네가 만일 왕평의 말만 들었더라도 이런 꼴은 당하지 않았을 것이다. 싸움에 지고 땅도 잃고 성을 빼앗긴 것은 모두 네 허물에서 비롯되었다. 군율에 따라 처벌하지 않는다면 기강이 잡히지 않는다. 군율에 따라 참할 테니 나를 원망하지 마라. 네 가족들은 내가 보살펴 줄 테니 걱정할 것 없다."

공명이 마속의 목을 베라고 명령하자 마속은 눈물을 흘리며 말했다.

"승상께서는 저를 자식처럼 여기시고 저 또한 승상을 아버지처럼 받들었습니다. 저는 죽을 죄를 지었습니다만, 제 자식 놈들에게는 아비의 죄를 묻지 말아주십시오."

공명은 눈물을 감추며 말했다.

"나와 너는 형제나 마찬가지이다. 너의 자식은 내 자식과 다를 바 없으니 염려마라."

무사들이 마속을 끌고나가 목을 베어가지고 왔다. 공명은 울고 또 울었다. 공명은 마속의 장례를 후하게 지내주고 유족을 잘 보살폈다. 그리고 황제에게 상주문(上奏文)을 올려 패전의 책임을 지고 스스로 우장군(右將軍)으로 벼슬을 깎고 승상의 임무를 그대로 수행하도록 했다.

다시 일어서는 공명

양주의 대도독 조휴가 조예에게 표문을 올렸다. 동오의 파양 태수 주방이 위에 항복을 하면서 동오를 칠 계책을 내세웠으니 명령을 기다린다는 내용이었다. 이에 가규(賈逵)는 적의 계략임으로 군사를 일으켜서는 안 된다는 의견을 내었고, 사마의는 계략이라 해도 이보다 더 좋은 기회가 없으니 군사를 일으켜야한다는 의견을 내었다.

조예는 둘의 의견을 절충하라며 가규와 사마의에게 쳐들어가라고 말했다. 이에 조휴는 환성으로, 가규는 양성으로, 사마의는 강릉으로 향했다.

한편 손권은 육손을 대장군으로 임명하여 위군을 막도록 했다.

조휴가 환성에 도착하자 주방이 마중을 나왔다. 조휴가 주방의 항복을 의심하자 주방은 자기의 머리카락을 칼로 베어 그 증거로 내보였다. 조휴는 완전히 믿었으나 가규가 여전히 주방을 의심했다. 화가 난 조휴는 가규의 군사 지휘권을 빼앗아 버렸다.

거짓 항복을 한 주방이 육손에게 조휴가 쳐들어가는 길을 보고하고 동오로 달아났다. 복병이 없을 것으로 믿고 전진하던 조휴는 육손에 크게 패하고 목숨을 잃을 뻔 했으나 뒤늦게 군사를 이끌고 온 가규의 도움으로 살 수 있었다. 이때 사마의는 조휴가 패했다는 소식을 듣고 군사를 후퇴시켰다. 사마의를 마중 나갔던 장수 한 명이 조휴가 패했다면 장군께서 막아야지 왜 군사를 돌렸느냐고 물었다.

"우리가 패한 소식을 공명이 들으면 반드시 장안을 공격할 것이오. 그때는 누가 구하겠소?"

사마의의 예측이 맞았다. 손권은 공명에게 위를 물리친 것을 알리면서 함께 위를 치자는 서신을 보냈다.

한편 촉은 군사들이 튼튼하고 군량과 말먹이가 풍부해졌다. 공명은 이미 위를 칠 준비를 갖추고 있었으므로 장수들을 모아 출전을 의논했다. 이때 조운이 세상을 떠났다.

위나라로 출전하는 것은 신중해야 한다고 주장하는 장수들이 많았으나 공명은 유선에게 출전의 상주문을 올리고 다시 30만의 정병을 이끌고 위연을 선봉으로 내세워 진창(陳倉)으로 떠났다.

진창에는 위의 장군 학소가 성을 쌓아 굳게 지키고 있었다. 위연이 성을 포위하고 공격했으나 좀처럼 함락되지 않았다. 학소와 동향인 촉의 신하를 시켜 두 차례나 가서 항복을 권했으나 학소는 받아들이지 않고 그들을 쫓아버렸다.

화가 난 공명은 긴 사다리 1백 대를 조립하여 사방에서 쳐들어가게 했다. 망루 위에서 이것을 본 학소의 3천 군사들이 일제히 불화살을 쏘아 댔다. 그러자 사다리에 불이 붙어 군사들이 타 죽었다.

"그렇다면 내가 충차(衝車)를 쓰겠다."

공명은 충차로 성을 부수게 했다. 학소는 큰 돌을 옮겨와 돌에 구멍을 뚫고 밧줄을 끼어 충차를 향해 날렸다. 충차는 여지없이 부서졌다. 화가 머리끝까지 치밀어 오른 공명은 성 아래로 굴을 뚫으려하였으나 이마저도 여의치 않았다. 이렇게 20여일에 걸쳐 성을 공략하였으나 함락할 수가 없었다.

한편 위군 왕쌍이 구원 군을 끌고 왔다. 공명은 성을 함락하지 못한 데다 구원병까지 도착했다는 보고를 받고 걱정이 앞섰다.

"누가 가서 맞싸우겠는가?"

"제가 가겠습니다."

위연이 나섰다.

"그대는 선봉대장이다. 가벼이 움직여서는 안 된다."

공명은 사웅과 공기에게 군사를 주어 왕쌍을 막도록 했다. 하지만 사웅과 공기는 왕쌍과 제대로 싸워보지도 못하고 칼에 맞아 죽었다.

놀란 공명은 요화·왕평·장의를 한꺼번에 내보냈다. 왕쌍이 나와 장의와 싸웠다. 왕쌍이 패한 척하며 도망치자 장의가 쫓아갔다. 왕평이 계책일 것이라며 소리쳐 막아 말머리를 돌리려는 순간 왕쌍의 유성추가 날아와 장의의 등에 꽂혔다. 공명이 강유를 불렀다.

"진창으로 지나가기 어렵게 되었다. 달리 방법이 없을까?"

"진창성은 견고한데다가 학소가 굳게 지키고 있으며 왕쌍까지 돕고 있으니 성을 빼앗기는 힘들게 되었습니다. 여기에 군사를 남겨 물과 산을 의지해 굳게 지키게 하고, 다시 군사를 내어 가정에서 오는 길목을 막은 다음, 대군을 몰아 기산을 공격하는 것이 좋을 줄 압니다."

공명이 이에 동의하여 왕평과 이회에게 가정의 길목을 지키게 하고, 위연에게 진창의 길목을 지키도록 한 다음, 마대를 선봉장으로 내세우고 관흥과 장포에게 그 앞뒤를 살피게 하면서 기산으로 떠났다.

또한 강유는 사람을 뽑아 조진에게 거짓 항복을 하는 밀서를 보냈다. 이를 믿은 조진은 5만 군사를 야곡으로 보내 대패하였다. 공명은 기세를 몰아 기산 아래에 진지를 구축했다.

조진은 급히 조예에게 위군의 곤란함을 보고했다. 조예는 사마의를 불러 물었다. 사마의는 촉의 군량이 겨우 한 달 치밖에 없을 터이니 진지를 굳게 지키고 있다 물러날 때 치는 것이 상책이라고 말했다.

조예로부터 지키기만 하라는 조서를 받은 조진은 마음이 들지 않았다. 이때 손례가 계책을 냈다.

"촉군은 군량이 없는 것이 고민입니다. 제가 기산으로 가서 군량을 운반하는 척하며 적을 유인하겠습니다. 수레마다 마른 풀과 땔나무를 가득 싣고 그 위에 유황과 염초를 뿌리고 그들이 덮쳐오면 불을 지르고 공격하면 우리가 이길 수 있을 것입니다."

조진을 즉시 손례의 계책을 시행토록 했다.

한편 공명은 연일 공격하였으나 위군이 응하지 않아 답답해 있던 터에 위군이 군량을 옮긴다는 보고를 받았다. 공명은 군량을 옮기는 손례가 누구인지 알아보았다. 손례가 비범한 사람이라는 보고를 듣고 계략이라는 것을 눈치챘다.

공명은 역으로 위군을 치기로 했다. 마대를 불러 3천 군사를 이끌고 위군이 군량을 쌓아둔 곳으로가 불을 지르도록 하고, 다른 장수들에게 포위하도록 했다. 마대가 위군의 군량에 불을 질렀다. 불길을 본 위군이 군사를 몰고 갔으나 거꾸로 촉군에게 포위되어 크게 패하였다.

군량이 없어 더 이상 버틸 수 없다고 판단한 공명은 한중으로 철수하도록 명령을 내렸다. 또한 위연에게 철수하면서 왕쌍을 죽일 수 있는 계책을 일어주었다. 위연은 공명의 계책대로 왕쌍을 죽이는 데는 성공하였으나 촉군은 소득 없이 한중으로 철수하였다.

포기할수없는중원정벌

서기 229년, 손권은 문무백관들의 추대로 제위에 올라 황제로 칭했다. 신하들이 입을 모아 위를 쳐야 한다고 말했다. 그러나 장소가 말리며 우선 촉에 사신을 보내 제위에 오른 것을 알리라고 말했다. 손권은 촉에 사신을 보냈다.

촉의 신하들은 유선에게 손권이 천자를 사칭하였으니 동맹을 끊어야 한다고 말했지만 공명의 생각은 달랐다. 공명은 우선 손권을 인정하면서 함께 위를 치자고 말했다. 손권은 겉으로는 들어 주는 체 하면서 두 나라의 싸움을 지켜보기로 했다.

이때 진창성을 지키던 위의 학소가 병에 걸려 위중하다는 소식이 들려왔다. 공명은 위의 구원병이 도착하기 전에 성을 빼앗아 버렸고 학소는 병으로 죽었다. 공명은 틈을 주지 않고 위연과 강유에게 중요한 요충지를 빼앗도록 한 후 기산으로 나갔다.

위의 황제 조예는 오와 촉이 동맹을 맺어 동서로 위기가 닥치자 불안하여 사마의를 대도독으로 임명하여 공명을 막도록 했다. 사마의는 장합을 선봉으로 임명하여 10만 군사를 이끌고 기산 아래 위수의 남쪽에 진을 쳤다.

공명은 무도(武都)와 음평(陰平)을 공격했다. 사마의가 곽회와 손례로 하여금 구원하도록 보냈으나 혼비백산이 되어 돌아왔다.

"무도와 음평은 모두 적의 손에 떨어졌습니다. 군사를 잃고 저희만 간신히 목숨을 건져 돌아왔습니다."

사마의는 돌아온 곽회와 손례를 미성과 옹성으로 보내 지키도록 하고 장합과 대릉을 불렀다.

"공명은 음평과 무도를 얻었기 때문에 그곳 백성들을 달래느라 영채에 없을 것이다. 두 사람은 오늘 밤 촉군의 영채를 덮쳐라."

장합은 오른쪽, 대릉은 왼쪽으로 촉의 영채를 들이쳤다. 하지만 이상하게 촉군은 보이지 않고 마른 잎을 가득 실은 수레 수백 대가 앞을 가로막고 있었다.

"모두 물러서라. 온 길로 돌아서라."

하지만 이미 때는 늦었다. 함성과 함께 촉군들이 쏟아져 나오더니 장합과 대릉을 포위하였다.

"장합과 대릉은 내말을 들으라. 사마의는 내가 무도와 음평으로 가서 백성들을 달래는 줄 알았을 것이다. 당장 말에서 내려 항복하라."

공명이 소리쳤다.

"이 시골 촌놈아! 사로잡아 토막을 내겠다."

장합이 소리치며 말을 몰았다. 장합의 기세에 눌린 촉병들이 겁을 먹고 덤벼들지 못했다. 그 사이 장합은 대릉을 구해 포위를 뚫고 달아났다.

"일찍이 장합이 용맹하다는 소리를 들었다만 저 정도인줄은 몰랐다. 장합을 오래 살려두면 우리 촉에 큰 해가 될 것이다. 내가 장합을 죽여 근심을 덜리라."

공명이 말했다.

작전을 거꾸로 이용당한 사마의는 공명의 귀신같은 계략에 탄식하며 본진을 후퇴시켜 지키기만 했다. 공명은 크게 승리를 거두어 수많은 무기와 군마를 얻어 가지고 군사를 이끌고 진지로 돌아왔다. 이때 비위가 칙사로 와서 공명이 다시 승상으로 복직되었다는 칙서를 전했다.

공명은 사마의가 나와 싸우지 않자 후퇴 명령을 내렸다. 공명은 30리 정도 후퇴한 후 진을 쳤다. 첩자로부터 소식을 들은 사마의는 공명의 계책일 것이라 생각하고 공격하지 않았다. 다른 장수들이 그런 사마의에게 추격하자고 졸랐다. 그래도 사마의는 움직이지 않았다.

10일이 지나도 촉에서 쳐들어오지 않고 별 소식이 없으므로 다시 형편을 살피게 하니 촉의 군사는 다시 30리를 후퇴하여 진을 치고, 다시 10일이 지나자 30리를 후퇴하여 진을 쳤다. 사마의는 그래도 의심하였으나 장합이 강력하게 공격할 것을 주장함으로써 공격을 감행했다.

장합이 3만의 군사를 이끌고 앞장서고 자신은 5천의 군사로 뒤를 따랐다. 촉의 군사들은 장합이 쳐들어가자 맞서 싸우다가 도망쳤다. 마침 6월의 뜨거운 햇볕이 쨍쨍 내리쬐었기 때문에 추격하던 위의 병사들이 땀을 뻘뻘 흘리며 헐떡거리고 있을 때에 촉의 복병이 나타났다. 그러나 사마의도 복병에 대비하고 있었으므로 거꾸로 촉군이 포위되었다. 그러자 촉의 복병이 두 갈래로 갈라져서 앞뒤의 적과 맞서 싸웠다.

이처럼 양군이 필사적으로 싸우는 동안 산 위에 있던 촉의 또 다른 복병이 사마의의 본진으로 쳐들어갔다. 그러자 사마의는 당황하여 곧 대군을 후퇴시켰다. 위의 군사들은 혼란에 빠져 대열이 흐트러졌다. 그때 촉의 군사가 일제히 공격하여 사마의는 크게 패했다.

한편 음평 공격 때 장포가 말에서 떨어져 성도로 후송되었는데 죽었다는 소식이 전해졌다.

"아! 그토록 충성스런 자가 죽다니."

공명은 피를 토하며 쓰러져 군무를 보지 못할 정도로 병이 깊어졌다. 공명은 성도로 돌아가 치료를 하기로 하고 군사를 한중으로 철수시켰다.

성도로 돌아온 공명은 어의가 치료하고 편히 쉬어 병이 차츰 나아졌다.

이때 위의 조진이 조예에게 먼저 촉을 쳐야한다는 표문을 올렸다. 조예는 조진을 대사마에 정서대도독으로, 사마의를 대장군에 정서부도독으로, 유엽을 군사로 임명하고 40만의 대군을 맡겼다. 세 장군은 한중을 빼앗기 위해 검각(劍閣)을 향해 진군했다.

그때 공명은 이미 병이 완쾌되어 날마다 병마를 훈련하여 팔진법(八陣法)을 가르쳐 충분히 몸에 배게 했다. 공명은 왕평과 장의에게 1천의 군사를 이끌고 진창으로 달려가 지키도록 했다.

"승상께서 차라리 우리를 죽여주십시오. 어찌 일천군사로 사십만 대군을 막는단 말입니까?"

왕평과 장의가 머뭇거리며 출발하지 않았다.

"그대들은 염려할 것 없다. 이 달 안에 큰 비가 내릴 것이다. 따라서 위병은 군사를 움직일 수 없을 것이다. 나는 한중에서 한 달 동안 편히 쉬었다가 위병이 물러날 때 공격할 것이다."

한편 조진은 대군을 이끌고 진창성으로 들어갔는데 비가 내리기 시작했다. 성안의 평지 대부분에 물이 고였다. 무기와 군량은 물에 잠기고 군사들은 잠도 제대로 자지 못했다. 비는 1개월 동안 줄곧 퍼부었다. 말들은 먹이가 없어 굶어죽고 군사들의 원망소리가 그치지 않았다. 할 수 없이 조진과 사마의는 군사를 물리기로 했다.

위군이 후퇴한다는 보고를 받은 공명은 계책이 있을 것으로 판단하여 뒤쫓지 않았다. 장수들이 그런 공명에게 이유를 물었다.

"사마의는 군사를 잘 부리는 사람이오. 뒤쫓아 갔다간 함정에 빠지게 될 것이오. 그것보다 야곡으로 달려가 장안의 머리인 기산을 빼앗아 위병들로 하여금 막을 틈을 주지 않을 것이라."

공명은 장수들을 갈라 야곡과 기곡으로 먼저 보내고 자신은 뒤를 따랐다.

한편 위의 조진은 적이 뒤쫓아 오지 않을 것이라고 말하고 사마의는 뒤쫓아 올 것이라고 주장하였다. 결국 둘은 내기를 하기로 하고 조진은 기산의 서쪽 사곡의 입구에 진을 치고, 사마의는 기산의 동쪽 기곡의 입구에 진을 쳤다.

촉의 장수 위연·장의·진식·두경이 기곡에 도착해 있을 때 공명이 보낸 등지가 도착했다.

"승상께서 기곡으로 나갈 때 위병의 매복에 대비하여 함부로 나가지 말라는 군령을 내리셨소."

"승상께서는 군사를 부리는데 어찌 그리 걱정이 많으시오. 위병은 오랫동안 비를 맞아 도망치기가 급한데 어떻게 매복할 틈이 있겠소. 지금은 우리 군사가 속도를 낼 때요."

진식이 비웃으며 말했다.

"승상께서 지모가 그렇게 밝다면 가정 싸움에서 왜 졌는지 모르겠소."

위연이 맞장구쳤다. 등지가 좋은 말로 말렸지만 소용이 없었다.

"내가 지금 당장 군사 오천을 이끌고 기곡으로 나가겠소."

진식은 공명의 군령을 어기고 군사를 이끌고 기세 좋게 나갔다. 하지만 얼마 가지 못해 복병에 걸려 부상당한 오백 군사만 데리고 돌아왔다.

보고를 받은 공명은 사람을 보내 진식을 달랬다. 진식이 위에 항복할까 두려워서였다. 공명은 왕평을 불렀다.

"그대는 기산 왼쪽으로 숨어들어 불을 질러 신호를 해라."

다음은 마충과 장익을 불렀다.

"그대들은 기산 오른편으로 숨어 들어가라. 거기서 불로 신호하여 왕평과 합쳐 조진의 진채를 쳐부숴라. 나는 골짜기를 따라 쳐들어 갈 것이다."

공명은 다시 관흥과 요화 · 오의와 오반을 요충지에 매복시켰다.

야곡의 조진은 촉의 군사들이 몰려오자 놀라 진량을 내보냈다. 하지만 진량의 군사 5천이 공명에게 사로잡혔다. 공명은 사로잡은 위병의 갑옷을 모두 빼앗아 촉병에게 입힌 후 조진의 영채를 습격하도록 했다. 얼떨결에 당한 조진은 크게 패하고 사마의에게 간신히 구출되었다.

공명은 군령을 어긴 진식의 목을 베고, 군사를 몰아 네 번째로 기산으로 쳐들어갔다. 또한 공명은 조진에게 조롱하는 편지를 보냈다. 조진은 화를 참지 못하고 죽었다.

사마의가 원수를 갚기 위해 군사를 몰아 공명에게 덤벼들었다. 사마의와 공명은 진법으로 싸워보기로 했다. 사마의가 혼원일기진(混元一氣陳)을 썼고 공명은 팔괘진(八卦陳)을 썼다. 공명의 진법은 견고하여 끄떡없었고 방향을 알 수 없어 위의 군사들은 모두 촉의 군사들에게 사로잡히고 말았다.

모욕당한 사마의는 분을 참지 못하고 대군을 이끌고 공격하였으나 크게 패하고 남쪽 기슭에 진을 치고 굳게 지켰다.

이때 군량을 운반하는 촉장 구안이 임무를 게을리하여 기일보다 10일이나 늦었다. 화가 난 공명은 구안에게 곤장을 80대 쳤다. 앙심을 품은 구안은 사마의에게 항복했다. 사마의는 구안을 성도로 보내 공명이 반역을 꾸민다는 유언비어를 퍼트리도록 했다.

깜짝 놀란 유선과 문무백관들은 공명에게 즉시 철수하라는 명령을 내렸다. 공명은 천자의 명을 따르지 않을 수가 없어 군사를 철수시켰다. 성도로 돌아와 사정을 알게 된 공명은 구안의 유언비어를 일러바친 환관들을 벌하고, 장완과 비위를 크게 나무랐다.

큰 뜻은 하늘에 달려있도다

서기 231년, 공명은 다섯 번째로 기산으로 향했다. 자주 출전하여 군사들이 지쳐 있고 군량도 부족했으므로 군사를 양분하여 1백 일마다 교대시키기로 했다.

진중에 군량이 모자란 공명은 이엄에게 군량을 보내라고 하였으나 소식이 없었다. 공명은 농서에 보리를 베기 위해 군사를 보냈다. 사마의 또한 이를 예측하고 보리를 베어가지 못하도록 지키고 있었다.

공명은 강유·마대·위연에게 각각 계략을 지시하고 평소 타던 사륜거와 똑같은 수레 세 대를 꺼내 오게 했다. 그리고 24명의 군사들에게 맨발에 머리를 풀게 하고 검은 옷을 입히고, 한 손에는 칼을 들고, 한손에는 칠성이 그려진 검은 기를 들게 했다. 공명은 흰 도포 차림의 커다란 관을 쓰고 깃털 부채를 손에 든 채 사륜거에 단정히 앉았다. 이것을 본 사마의가 2천의 군사를 뽑아 명령했다.

"저것은 공명의 장난이다. 수레를 통째로 사로잡아라!"

공명은 위병을 보자 수레를 돌려 유유히 도망쳤다. 위의 군사는 말을 몰아 뒤쫓아갔다. 그러나 아무리 쫓아가도 따라잡을 수가 없었다.

위의 군사가 멈칫 망설이자 공명의 수레가 위병을 향해 멈췄다. 위병들이 다시 쫓아가면 공명의 수레는 천천히 사라지고 멈추면 뒤돌아섰다.

"공명의 이상한 술법을 쓰는 것이다. 축지법이다. 뒤쫓아 가서는 안된다."

사마의가 군사를 철수하려고 할 때 왼쪽에서 북소리가 들리면서 촉군이 뛰쳐나왔다. 사마의는 촉군을 막도록 했다. 그런데 앞으로 사라졌던 공명이 수레가 촉군의 뒤에 있었다.

"방금 공명의 수레를 쫓았는데 저 공명은 누구란 말인가?"

사마의가 깜짝 놀라 허둥대고 있을 때 다시 촉군이 나타났다. 그들 뒤에 또 다시 공명의 수레가 있었다. 놀란 사마의와 위병들은 정신없이 도망쳤다. 도망치는 도중에 또 다시 같은 수레가 나타나고 공명이 앉아 있었다.

"저것은 공명이 귀신을 부리는 것이다."

사마의는 벌벌 떨며 상규성으로 도망쳐 문을 걸어 잠갔다.

그 사이 공명은 3만 군사에게 보리를 베게 하여 노성으로 운반하였다. 뒤에 포로로 잡은 촉병에게서 사정이야기를 듣고 사마의는 탄식하며 공명의 귀신같음에 놀랐다. 사마의는 공명이 보리타작하는 노성을 공격하기로 하였다. 하지만 이를 예측하고 숨겨놓은 촉군에게 다시 한 번 크게 패하였다.

승리한 공명이 성안에서 군사들의 노고를 위로하고 있을 때 영안성(永安城)의 이엄이 보낸 사자가 달려왔다. 오와 위가 화해하여 손을 잡으려 한다는 내용이었다. 아직 오가 군사를 일으키지는 않았지만 방심하지 말고 대비하라는 내용을 알려온 것이다. 놀란 공명은 서천으로 군사를 물렸다.

공명은 철수하면서 양의와 마충에게 궁노 1만 명을 주며 검각과 목문도(木門道)에 매복을 하도록 지시했다. 또한 위연과 관흥에게 후미를 지키게 한 후 대군을 목문도 쪽으로 철수시켰다.

촉군이 후퇴한다는 보고를 받고 장합이 추격하였다. 위연이 나와 장합과 10여 합을 싸우다 도망쳤다. 이어 관흥이 나와 역시 10여 합을 싸우다 도망쳤다. 성미가 급한 장합은 경계하면서도 계속 뒤쫓았다. 드디어 목문도에 다다랐을 때 등 뒤에 통나무와 돌이 쏟아져 길을 막았다.

"적의 계략에 빠졌도다."

장합이 말머리를 돌리려 하였으나 이미 때는 늦은 후였다. 장합과 부하들은 목문도의 골짜기에서 떼죽음을 당했다.

장합의 뒤를 따르던 군사들은 길이 막혀있는 것을 보고 장합이 계략에 빠진 것을 알아차리고 우왕좌왕했다.

"제갈 승상이 여기에 있다."

위병들이 언덕을 올려다보니 공명이 앉아 있었다.

"내가 오늘 잡으려는 것은 사마의였는데 장합을 잡았구나. 너희들은 사마의에게 돌아가 목을 씻고 기다리라고 일러라."

한편 이엄은 오히려 황제에게 자신이 군량을 마련하여 보내려하는데 어찌된 일인지 공명이 군사를 철수시켰다고 거짓말하였다. 황제는 즉시 공명에게 사람을 보내어 물었다. 깜짝 놀란 공명이 사정을 알아보니 이엄이 보낸 편지는 군량을 확보하지 못하여 거짓으로 보낸 것이었다.

화가 난 공명은 이엄의 목을 베려 하였으나 선제가 부탁한 신하로 관직만 빼앗고 평민으로 돌아가게 했다.

3년 후 공명은 다시 기산으로 출정하기로 결정하였다. 황제는 물론 모든 신하들이 반대했다. 이에 공명은 선제로부터 은혜를 입은 후 중원을 되찾아 한실을 일으키기 위해 하루도 편안 날이 없었다며 출정을 강행했다.

이때 관흥이 병으로 죽었다. 공명은 34만 대군을 다섯 군데로 갈라 출전시켰다. 강유와 위연을 선봉으로 내세워 기산에서 합류하기로 하고 이회는 군량을 운송하여 사곡의 입구에서 기다리게 했다. 여섯 번째 기산 진출이었다.

사마의는 40만 군대와 하후연의 네 아들을 앞세워 위수의 기슭에 진을 쳤다. 사마의는 5만의 군사를 동원하여 위수에 9개의 부교를 만들도록 했다. 하후패와 하후위에게는 강을 건너 진을 치게 하고 또한 본진 뒤에 다시 성을 하나 쌓게 했다.

이때 도착한 곽회와 손례에게는 촉군이 농서길을 끊지 못하도록 북원(北原)에 요새를 구축하고 적의 군량이 떨어졌을 때 쳐들어가라고 지시했다.

한편 공명은 기산에 5개의 진지를 구축하고 야곡에서 검각에 이르는 길에 14개의 진지를 구축했다. 장기전에 대비하기 위한 포석이었다. 사마의가 북원에 진을 쳤다는 보고를 받은 공명은 잘됐다 싶었다. 공명은 뗏목을 1백여 척 만들어 강을 따라 내려와 사마의가 설치한 부교에 불을 지르고 적의 후방과 진지를 동시에 공격하려 했다.

하지만 사마의는 이 계략을 눈치 채고 곳곳에 매복병을 배치시켰다. 촉의 군사들은 매복에 걸려 참담하게 패했다. 공명은 비위를 오로보내 위를 함께 치자고 제의했다. 손권은 공명의 제의를 받아들여 30만의 군사를 동원하여 손권이 직접 거소문(居巢門)으로 나가고, 육손과 제갈근을 강하와 면구(沔口)에, 손소와 장승을 광릉을 향해 출발시켰다.

한편 공명은 위수의 동서에 걸친 지형을 살피다 골짜기 하나를 발견했다.

"이 골짜기 이름이 무엇이냐?"

"상방곡(上方谷)이라고도 하고 호로곡이라고도 합니다."

공명은 기뻐하며 목수 1천여 명을 불러 골짜기에서 비밀리에 군량을 운반할 수 있는 목우(木牛)와 유마(流馬)를 만들도록 했다.

며칠 후 목우와 유마가 완성되었다. 마치 살아 있는 소와 말과 같아서 산을 오르고 내려오니 편리하기 짝이 없었다. 공명은 고상에게 명하여 1천명의 군사에게 이것을 사용하게 하여 군량을 운반시켰다. 보고를 받은 사마의는 몇 대만 빼앗아오라고 명령했다.

5백 명의 군사가 촉의 군사로 변장하고 골짜기에 숨어 있다가 고상일행에게 덤벼들어 목우와 유마 여러 대를 빼앗아 도망쳤다. 사마의가 살펴보니 목우와 유마는 살아있는 소와 말과 같았다. 사마의는 똑같이 2천여 개를 만들어 군량을 운반하도록 했다.

사마의에게 목우와 유마를 빼앗겼다는 보고를 받은 공명은 미소를 지었다. 곧이어 사마의가 똑같이 목우와 유마를 만들어 군량을 운반한다는 소식이 들어왔다. 공명은 왕평을 불렀다.

"자네는 일천 군사를 이끌고 위의 군사로 변장하여 밤중에 몰래 북원을 빠져나가게. 군량을 순시하는 군사라고 속이고 적의 군사 틈에 끼어들었다가 목우와 유마를 빼앗아 달아나라. 북원까지 오면 적이 뒤쫓아 올 것이다. 그때 목우와 유마의 혓바닥을 비틀어 놓으면 움직이지 못할 것이다. 그리고 너희들은 도망치면 된다."

다음은 장의를 불렀다.

"자네는 5백 군사를 이끌고 귀신의 머리에 짐승의 몸을 하고 다섯 가지 물감으로 얼굴을 칠해 무섭고 이상하게 분장하도록 하라. 그리고 한손에는 깃발, 한손에는 칼을 들고 산기슭에 숨어 있다가 목우와 유마가 오면 불 연기를 내면서 뛰쳐나가라. 그러면 위병들이 놀라 흩어질 것이다. 그때 목우와 유마를 끌고 오면 된다."

군량을 옮기던 위병들은 변장한 촉군이 나타나 순시병이라고 하자 의심하지 않았다. 그러나 갑자기 함성을 지르며 공격하자 뿔뿔이 흩어졌다. 다급하게 보고를 받은 위의 곽회가 다시 군량을 빼앗기 위해 달려왔다. 왕평은 목우와 유마의 혀를 비틀어 놓고 도망쳤다.

군량을 되찾은 곽회는 목우와 유마를 되돌리려 하였으나 어찌된 일인지 조금도 움직이지 않았다.

어쩔 줄을 몰라 허둥대고 있는데 함성을 지르면서 촉의 군사가 쳐들어왔다. 위연과 강유, 도망치던 왕평까지 가세하였다. 삼면에서 공격을 받은 곽회는 크게 패하고 달아났다. 왕평은 군사들에게 목우와 유마의 혓바닥을 본래대로 비틀어 돌린 다음 몰고 갔다. 그것을 본 곽회가 다시 싸우려 하였으나 갑자기 산마루에서 연기가 치솟으면서 한 떼의 귀신이 뛰쳐나왔다 바람처럼 사라졌다.

"이것은 분명 귀신이 돕는 것이다."

곽회는 어처구니없이 바라볼 뿐이었다. 소식을 들은 사마의가 구원하러 달려왔지만 장익과 요화에게 기습을 당하여 간신히 목숨만 건졌다. 사마의는 엄청난 군량을 빼앗긴데다 싸움에서도 졌으니 이러지도 저러지도 못하고 괴로울 뿐이었다. 마침 조정에서 오가 침입하여 의논 중이니 싸우지 말고 지키기만 하라는 칙서가 도착하였다. 사마의는 명령에 따라 도랑을 깊이 파고 벽을 높이 쌓아 진지를 지키며 싸우러 나가지 않았다.

사마의가 끝까지 싸우지 않으려 해도 공명은 걱정하지 않았다. 오히려 사마의를 사로잡을 계책을 차근차근 준비하고 있었다. 공명은 호로곡에 있는 마대를 불렀다.

"너는 호로곡에 나무 울타리를 치고 영채 안에 깊은 구덩이를 판 다음 불에 타기 쉬운 것을 쌓아 두어라. 또한 골짜기 둘레에도 마른 풀과 나뭇가지로 움집을 많이 세워라. 그러나 더욱 신경 써 준비할 것은 지뢰이다."

공명은 다음으로 위연을 불렀다.

"너는 오백 군사를 데리고 위의 영채로 쳐들어가되 오직 사마의가 싸움에 나오도록 하기만 하면 된다."

다음은 고상을 불렀다.

"너는 목우와 유마 삼십 마리에서 사십 마리씩 끌고 오락가락 하다 위군에게 빼앗기기만 하면 된다."

군사들에게 임무를 내린 공명은 호로곡에 진채를 세웠다.

한편 사마의 측에서는 장남 사마사(司馬師)가 촉의 병사들이 농부들과 함께 농사를 지어 촉군이 삼분의 일, 농부가 삼분의 이로 분배하며 장기전에 대비하고 있으니 빨리 공격하여야 한다고 말했다. 사마의는 지금은 지킬 때라며 말을 듣지 않았다.

다시 하후혜와 하후화가 서둘러 승부를 가릴 것을 주장했다. 사마의도 승부욕을 억제하지 못해 두 장수에게 각각 5천 군사를 주어 출정시켰다. 두 사람은 진군 도중에 촉의 군사가 목우와 유마를 몰고 오는 것을 보고 일제히 덤벼들어 목우와 유마 60마리를 손에 넣었다. 다음 날에는 기병 백 명을 사로잡는 등 보름동안 여러 번에 걸쳐 승리를 하였다.

사마의는 잡혀온 촉병에게 공명이 호로곡에서 매일 군량을 나르고 있다는 이야기를 듣고 싸우기로 결정을 하였다.

"공명이 지금 기산에 있지 않고 호로곡 있다고 한다. 내일 군을 몰아 기산을 공격하라. 나도 뒤 따르겠다."

"아버님. 적의 후방을 공격하는 것은 무슨 까닭입니까?"

아들 사마사가 물었다.

"기산은 촉군의 본거지다. 우리 군사가 쳐들어가면 모든 진지에서 구원하러 올 것이다. 그 기회에 나는 호로곡을 습격하여 군량을 불살라 버릴 생각이다."

그때 공명은 호로곡에서 기산으로 옮긴 후였다. 공명은 산 위에서 위군의 움직임을 살펴보았다. 위군이 기산을 공격하자 촉군이 함성을 지르며 기산으로 몰려가는 기세를 보였다. 그것을 본 사마의는 아들 둘의 호위를 받으며 군사를 몰아 호로곡으로 달려갔다. 사마의가 골짜기에 들어가 보니 초막에 마른 장작이 잔뜩 쌓여 있었다.

그때 함성이 일더니 산위에서 불덩이가 한꺼번에 쏟아져 골짜기 입구를 막았다. 깜짝 놀란 사마의가 되돌아가려하였으나 이미 때는 늦은 후였다. 산위에서 불화살이 쏟아져 내리고 땅속에서는 지뢰가 터졌다.

"우리 세 부자는 모두 여기서 죽게 되었구나."

사마의는 허둥대며 말에서 내려 두 아들을 부둥켜안고 큰 소리로 울었다. 이때 갑자기 회오리바람이 불고 검은 구름이 덮이면서 천둥이 치더니 장대 같은 소나기가 쏟아져 내렸다. 골짜기의 불은 꺼지고 지뢰는 더 이상 터지지 않았다.

사마의는 기뻐하며 군사를 이끌고 골짜기를 빠져나왔다. 위수의 남쪽 기슭에 있던 본진은 이미 촉군에게 빼앗겨 버렸고, 부교 근처에서 곽회와 손례가 촉의 군사와 싸우고 있었다. 사마의는 여기에 합세하여 촉의 군사를 물리치고 부교를 불사른 다음 북쪽 기슭에 진을 쳤다.

공명은 이번에야 말로 사마의를 사로잡거나 죽일 수 있을 것으로 생각하였다가 소나기가 내려 사마 부자를 놓쳤다는 보고를 받고 하늘을 우러러 탄식했다.

"일은 사람이 꾸미지만 이루는 것은 하늘에 달려 있다더니 바로 이것을 두고 하는 말이로구나."

오장원에 떨어진 별

공명은 기산에서 내려와 오장원(五丈原)에 진을 쳤다. 공명은 계속 위에 싸움을 걸었으나 사마의는 꼼짝을 하지 않았다. 공명은 사마의를 격동시키기 위해 모욕하는 편지와 상중에 여자들이 쓰는 두건과 상복을 보냈다. 사마의는 화가 머리 끝까지 치밀어 올랐지만 공명의 계책이라는 것을 알고 참았다. 사마의는 편지를 가지고 온 사자를 극진히 대접하고 물었다.

"공명은 식사는 어떻게 하고 잠은 얼마나 자느냐? 그리고 일처리는 어떻게 하느냐?"

"승상께서는 식사를 조금밖에 잡수시지 못하십니다. 또한 아침 일찍 일어나고 밤에는 늦게 잠드시며 곤장 이십 대 이상의 형벌은 반드시 자신이 직접 판단을 내리십니다."

사자가 말했다.

"공명이 식사를 적게 한다는 것을 보니 오래 살지 못할 것 같소."

사마의가 장수들을 둘러보며 말했다. 촉에 돌아온 사자가 공명에게 사마의가 했던 말을 전하자 공명이 말했다.

"그 사람이 나를 꿰뚫어 보는 구나."

공명이 한숨을 쉬며 말했다. 이에 옆에 있던 장수가 입을 열었다.

"승상께서는 너무 사소한 일까지 신경 쓰십니다. 무릇 다스림에는 아랫사람이 하는 일과 윗사람이 하는 일이 분명하여야 합니다. 집안 일을 보더라도 종놈에게는 농사일을 맡기고 종년에게는 밥 짓는 일을 맡기어 각각 소임을 다하도록 하면 됩니다. 주인에게는 주인으로서의 할 일이 따로 있습니다. 지금 승상께서는 사소한 일도 몸소 처리하시면서 종일 땀을 흘리시니 몸이 편한 날이 없으십니다."

"내가 그걸 모르는 바가 아니다. 다만 선제로부터 받은 유지가 너무 무거워 소홀히 할 수가 없구나."

공명은 물론 장수들 모두가 눈물을 흘렸다. 점점 공명의 몸 상태가 점점 나빠져 촉군은 함부로 싸울 수가 없었다. 이때 성도에서 온 비위가 도착했다.

"오와 위의 싸움 소식을 전하러 왔습니다. 오군이 위에게 패하여 군사를 되돌렸다 합니다."

공명은 놀라며 정신을 잃고 쓰러졌다. 정신을 차린 공명은 별을 보고 자신의 목숨이 얼마 남지 않았다는 것을 깨달았다. 사마의 또한 하늘을 바라보며 공명이 죽을 것이라는 것을 짐작했다.

공명은 목숨을 연장해 달라고 제사를 지냈지만 이도 소용이 없었다. 공명은 한층 더 방비를 튼튼히 하여 본진을 지키도록 했다. 공명은 강유를 불렀다.

"나는 충성을 다하여 한실을 일으키려 했다. 하지만 뜻을 이루지 못하고 죽게 되었다. 나는 그동안 평생 배운 바를 모두 적어 책으로 만

412

들어 두었다. 여러 장수들 중 그대만이 그 책을 받을 자격이 있다. 그대에게 남길 테니 결코 소홀히 하지 마라. 그리고 내가 열 개의 화살을 쏠 수 있는 연노(連弩)라는 것을 만들었는데 한 번도 써보지 않았다. 설계도를 넘겨줄 테니 그대가 만들어 써보라. 촉으로 드는 길은 거칠고 험해 걱정할 것이 없지만 음평 만은 구석구석 살펴야 할 것이다. 그 땅은 비좁고 험하나 언젠가는 잃게 될 것이다."

다음은 마대를 불러 밀계를 전하고, 양의를 불러 비단주머니를 주며 말했다.

"내가 죽으면 위연이 반드시 배반할 테니 그와 마주쳤을 때 이것을 펴보라."

공명은 유언을 마치자 정신을 잃었다. 밤이 되어서 다시 정신을 차린 공명은 급히 천자에게 사신을 보내 자신이 병으로 누워있다는 것을 알렸다. 보고를 받은 천자 유선은 깜짝 놀라 이복을 보내 문병을 하고 뒷일을 자세히 물어보도록 했다. 밤낮을 가리지 않고 오장원으로 달려온 이복은 공명을 문병했다.

"나는 불행하게도 뜻을 이루지 못하고 죽게 되었소. 나라의 큰일을 성취하지 못해 백성들에게 면목이 없구려. 내가 죽은 후에 대신들은 기존의 제도를 지켜 주기 바라오. 내가 등용한 사람을 직위에서 물러나게 해서는 안 되오. 나의 병법을 강유에게 맡겨 두었으니 그는 능히 나의 뜻을 이을 것이오."

그길로 이복은 다시 천자에게 달려갔다. 공명은 양의에게 말했다.

"마대, 요화, 장익, 왕평, 장의 같은 장수들은 모두 믿을만하다. 내가 죽거든 그전에 정한대로 하라. 또 이번에 군사를 물릴 때 천천히 물러나야 할 것이다. 강유는 슬기와 용맹을 갖춘 사람이니 뒤를 지켜 적병을 막도록 하라."

이어 공명은 천자 유선에게 남길 표문을 작성하고 다시 양의에게 말했다.

"내가 죽으면 장사를 지내지 마라. 대신 커다란 상자를 만들어 내 시체를 앉히고 내 입 속에 쌀 일곱 개를 넣은 다음 다리 앞에 등잔을 밝혀라. 절대 곡을 해서는 안 된다. 그러면 장성은 떨어지지 않을 것이다. 사마의는 장성이 떨어지지 않는 것을 보고 가볍게 군사를 일으키지 못할 것이다. 그때 우리 군사 후군을 먼저 출발시키고 서서히 후퇴하도록 하라. 만일 사마의가 뒤쫓아 오면 자네는 진지를 정비한 다음 깃발을 올리고 북을 치도록 하라. 그래도 계속 쫓아오면 전에 만들어 둔 나의 목상을 수레에 앉히고 밀고 나가라. 사마의가 그것을 보고 깜짝 놀라 도망칠 것이다."

그날 밤 공명은 다시 정신을 잃었다. 그때 이복이 달려와 공명이 정신을 잃은 것을 보고 울며 엎드렸다.

"내가 나라의 큰일을 그르쳤구나."

그러나 얼마 후 공명이 눈을 뜨고 옆에 서 있는 이복에게 말했다.

"그대가 돌아오리라는 것을 내가 알고 있었소."

"천자로부터 승상께서 돌아가시면 누구를 후임으로 정해야 하는지 물어보고 오라는 어명을 받고도 경황이 없어 잊었습니다."

"내가 죽은 후에 내 대신 장완을 쓰는 것이 좋겠소."

"장완 다음은 누가 좋겠습니까?"

"비위로 하여금 잇게 하면 될 것이오."

"다음에는 누가 좋겠습니까?"

공명은 대답하지 못하고 숨을 거뒀다. 공명의 나이 54세였고, 서기 234년이었다.

강유와 양의는 공명이 죽기 전에 남긴 말 때문에 울지도 못하면서 천천히 철군을 시작하였다.

한편 사마의는 밤하늘을 바라보다가 별을 보고 소리쳤다.

"공명이 죽었구나!"

사마의는 기뻐하며 대군을 이끌고 진지를 나서려다 또다시 공명의 계책에 빠져들까 겁이나 꼼짝하지 못했다. 사마의는 하후패에게 오장원의 동태를 살펴오게 했다. 돌아온 하후패가 오장원에 사람이 하나도 없다는 보고를 했다. 사마의는 발을 구르며 즉시 군사를 이끌고 쳐들어갔다.

정말로 촉의 진지는 텅 비어 있었다. 사마의는 더욱 기세를 몰아 산 기슭까지 가니 촉의 군사가 보였다. 사마의는 더욱 힘차게 달려 들어갔다. 그때 산 저쪽에서 석화시 소리가 나더니 함성이 들려왔다. 그곳에는 '한 승상 무향후 공명'이라고 씌여진 큰 깃발이 보였다.

사마의는 깜짝 놀라 얼굴이 새파랗게 질렸다. 정신을 차려 바라보니 수십 명의 장병이 수레를 밀고 오는 것이 보였다. 수레 위에 관을 쓰고 깃털 부채를 들고 학창의 옷에 검은 띠를 두른 공명이 앉아 있었다.

"공명이 아직 살아 있다!"

사마의는 허겁지겁 말 머리를 돌렸다.

"이 역적 놈아! 도망치지 마라. 네놈은 우리 승상의 계략에 걸려들었다."

뒤에서 강유가 달려오며 소리쳤다. 사마의는 물론 위의 군사들은 혼비백산되어 투구와 갑옷을 벗어던지고 창과 칼을 버리고 도망쳤다. 위군은 자기들끼리 서로 밟고 밟히는 바람에 많은 사상자를 냈다. 사마의는 50여 리 도망친 다음 두 장수가 말을 잡아 멈출 수 있었다.

"도독께서는 너무 놀라지 마십시오. 이제 촉군은 없습니다."

"아직 내 목이 붙어 있느냐?"

사마의는 머리를 만지며 말했다. 마음을 진정하고 시간이 지난 후에 토박이 백성으로부터 공명은 죽었고, 본 것은 나무로 깎은 공명상이었다는 이야기를 들은 사마의는 땅을 치며 탄식했다.

"나는 공명이 살아 있을 때도 꿰뚫어보지 못했고, 죽어서도 꿰뚫어보지 못하였구나!"

한편 촉군은 대오를 정비하여 질서정연하게 철수하였다. 서천으로 드는 잔도(棧道)에 이르러서야 상복을 입고 공명의 죽음을 전군에 알렸다. 이곳저곳에서 곡소리가 끊이질 않았다. 그때 위연과 마대가 잔도를 불사르고 길을 막고 있다는 보고가 들어왔다. 공명의 말대로 위연이 반역을 하기 위해 촉군의 길을 끊은 것이었다.

강유는 험한 샛길을 빠져 나와 왕평의 군사와 합세하여 위연을 공격했다. 위연은 칼을 휘두르면서 말을 몰아 왕평에게 덤벼들었다. 왕평은 패한 체하고 도망쳤다. 위연은 뒤쫓다가 촉의 군사가 일제히 화살을 쏘자 바람에 말 머리를 돌렸다. 그러자 위연의 군사들은 뿔뿔이 흩어져서 도망쳐 버렸다. 다만 위연과 마대의 기병 3백 명만이 버티고 있었다.

한편 천자 유선은 공명이 죽었다는 보고를 받고 기절하였다. 놀란 신하들이 후궁으로 모셨다. 선주의 계비 오태후도 목 놓아 울었고 벼슬아치는 물론 백성들 모두 울음을 멈추지 않았다. 이때 양의와 위연이 서로 상대방이 반역을 했다는 표문을 올려 유선은 당황하며 갈팡질팡 하고 있었다.

이때 위연은 양의와 강유의 군사들과 남정에서 대치 중에 있었다. 남정 성위에서 위연과 마대가 달려오는 것을 보고 강유가 걱정을 하며 양의에게 물었다.

"위연은 용맹한데다 마대가 돕고 있으니 군사가 적어도 얕볼 수가 없소."

"걱정할 것 없소. 승상께서 비단주머니에 이미 계책을 적어 놓았소."

강유와 양의는 말을 몰아 성을 나갔다.

"역적 위연아! 너는 승상께서 낮춰 대하지 않았는데 왜 반역을 하느냐?"

강유가 위연을 향해 소리쳤다. 위연이 칼을 뽑아들고 맞받았다.

"그대와 관계가 없으니 양의를 보내라."

양의는 공명의 비단주머니를 풀어보았다. 양의는 무언가 깨달은 표정을 하고 앞으로 나가며 소리쳤다.

"승상께서 생전에 네놈이 멀지 않아 반역을 할 것이라 말씀하셨는데 틀리지 않았구나. 네놈이 세 번 잇따라 '감히 나를 죽일 자가 있느냐?' 하고 외칠 수 있느냐? 네놈이 대장부라면 그렇게 해보라. 그럴 수 있으면 한중에 있는 성을 모두 네 놈에게 내주겠다."

위연이 껄껄 웃으며 말했다.

"이놈 하잘 것 없는 양의야! 공명이 죽은 지금 누가 나를 당하겠느냐? 세 번 아니라 삼만 번도 외치겠다. 감히 나를 죽일 자가 있느냐?"

위연의 말소리가 끝나기 전에 뒤에 있던 마대가 나서며 소리쳤다.

"내가 너를 죽일 테다!"

그리고 순식간에 위연의 목을 베어 말에서 떨어뜨렸다. 마대는 공명이 죽기 전에 내린 밀계에 따라 위연을 따르게 되었고, 양의에게 준 비단보자기에 내막이 적혀 있었다.

공명의 영구가 도착하자 천자 유선이 20리 밖까지 마중을 나왔다. 유선이 목 놓아 울자 문무백관은 물론 백성들까지 눈물을 흘리지 않는 이가 없었다.

천자 유선은 몸소 공명의 영구를 이끌고 정군산(定軍山)로 가서 묻었다. 또한 공명에게 충무후(忠武侯)라는 시호를 내리고 면양에 사당을 세워 철마다 제사를 올리게 했다.

제8장

삼국통일

폐위된 위의 천자

촉의 멸망

진(晉)제국 건설과 삼국통일

폐위된 위의 천자

위의 천자 조예는 허도에 큰 궁전을 짓고 낙양에도 높이가 십장에 달하는 궁전을 여러 채 지었다. 건축은 화려하기 그지 없었으나 백성들은 지칠 대로 지쳐 원성이 끊이질 않았다.

많은 신하들이 조예를 말렸지만 소용이 없었다. 상소를 올리는 충신들은 쫓겨나거나 죽임을 당했다. 후궁 곽부인에게 빠져 모황후를 트집잡아 죽이고 곽부인을 황후로 삼았다. 이때 공손연이 반란을 일으켰으나 사마의가 평정하였다.

사마의가 공손연을 죽이고 돌아오니 조예가 병으로 죽었다. 8세의 조방이 황제가 되었고 조상이 대장군이 되었다. 조상은 사마의의 세력이 커지는 것을 두려워해 병권을 빼앗았다. 사마의와 아들들은 벼슬을 버리고 병을 핑계로 떠나버렸다.

권력을 쥔 조상은 사치와 향락에 빠져 정치는 더욱 혼란스러워졌다. 조방이 즉위한지 10년이 지났으나 조상은 사마의가 두려워 그의 동태를 살피러 사람을 보냈다. 사마의는 조상이 보낸 사람 앞에서 귀머거리 바보처럼 행동했다. 보고를 받은 조상은 기뻐했다.

"그 늙은이가 죽는다면 내가 걱정할 것이 아무 것도 없다."

마음 놓은 조상은 천자를 모시고 사냥을 나갔다. 이때 사마의가 군사를 이끌고 궁중으로 쳐들어갔다. 사마의는 곽태후를 인질로 삼고 조방에게 상주문을 올렸다. 조상 형제들의 군권이 너무 강하니 줄이라는 내용이었다.

조방과 조상은 어쩔 줄을 모르고 결단을 내리지 못했다. 사마의와 싸워야 한다는 주장과 항복하자는 주장이 맞섰다. 사마의가 보낸 사람들이 다만 병권을 줄이려는 뜻밖에 없다고 거듭 말했다.

조상은 병권을 내놓기로 결정했다. 환범과 양종이 울면서 싸울 것을 권하였지만 조상은 듣지 않고 사마의에게 대장군 직인을 넘겼다. 하지만 사마의는 약속을 지키지 않고 조상은 물론 일족 모두를 죽여 버렸다. 사마의는 승상에 올랐다.

그 무렵에 조상의 친척인 하후패는 옹주 땅을 지키고 있었다. 사마의는 그 역시 처치하려고 생각했다. 이것을 알아차린 하후패는 촉으로 도망쳤다. 강유는 천자에게 하후패를 길잡이 삼아 위를 칠 때라고 진언했다. 비위가 시기를 더 기다려야 한다며 만류하였으나 강유는 결국 출전하여 많은 장수와 군사만 잃고 돌아왔다.

이때 사마의가 죽었다. 사마의의 큰아들 사마사가 대장군이 되고 둘째아들 사마소가 표기장군(標旗將軍)이 되었다. 사마의에 이어 오의 손권도 죽고 손량(孫亮)이 뒤를 이었다. 서기 252년, 손권의 나의 71세였다.

손권이 죽었다는 소식을 들은 사마사는 동생 사마소와 왕창·동흥에게 각각 10만의 군사를 주어 오를 공격하게 했다. 오에서는 제갈각

(諸葛恪)이 20만 군대로 승리를 자신하여 위로 진출하는 한편, 강유에게 사람을 보내어 함께 위를 치자는 편지를 보냈다. 강유는 이를 이용하여 다시 한 번 군사를 몰아 위로 쳐들어갔다. 그러나 강유는 다시 패하여 한중으로 군사를 돌렸다.

한편 첫 싸움에서 이긴 제갈각은 20만 대군을 이끌고 북쪽으로 밀고 올라갔다. 장강을 건넌 제갈각은 신성을 에워싸고 공격하였다. 하지만 신성을 지키는 장특의 지연전술에 밀려 이렇다 할 성과를 내지 못했다. 제갈각은 앞장서 싸우다 이마에 화살을 맞아 상처를 입었다. 뿐만 아니라 군사들이 병에 걸려 철군을 하였다.

동오로 돌아온 제갈각은 패전의 책임을 지지 않고 오히려 권세를 키웠다. 오의 손준 및 등윤이 제갈각이 두려워 죽이기로 모의했다. 둘은 황제 손량을 설득하여 제갈각을 궁궐로 불러들여 목을 쳤다.

한편 오와 촉의 군사를 물리친 사마사 · 사마소 형제는 조정의 전권을 장악했다. 황제 조방은 사마사 형제만 봐도 몸을 떨 정도였다. 조방은 사마사가 칼을 찬 채 어전에 나타나면 옥좌에서 일어나 맞아들여야 했다.

조방은 분하고 원통하여 하후현 · 이풍, 황후의 아버지인 장즙을 밀실로 불러 울면서 사마사 형제들을 죽일 계략을 짰다.

"폐하께서는 걱정하지 마십시오. 폐하의 조서만 있다면 사방의 장수들을 모아 역적을 치겠습니다."

조방은 손가락을 깨물어 선혈로 밀서를 써서 장즙에게 주었다. 세 사람이 어전에서 물러나 동화문까지 갔을 때 사마사가 무장한 수백 명의 군사를 이끌고 다가와 몸을 뒤졌다. 장즙의 호주머니에서 '모든 신하와 장졸들은 역적을 치라'는 밀서가 나왔다. 사마사는 세 사람을 죽이라고 한 후 황제에게로 갔다. 마침 황제는 황후와 이야기를 하고 있었다.

"이걸 누가 썼습니까?"

사마사가 소리치자 조방은 벌벌 떨면서 말했다.

"억지로 강요해서 쓴 것이오. 짐의 본심이 아니오."

조방은 무릎을 꿇고 용서를 빌었다. 사마사가 황후를 가리켰다.

"저 여자는 주동이 된 장즙의 딸이니 살려둘 수 없소."

조방이 소리 내어 울면서 사마사에게 매달려 황후를 살려 달라고 애원했으나 사마사는 황후를 동화문 밖에 끌어내어 명주 끈으로 목을 졸라 죽였다. 사마사는 이튿날 조방을 몰아내고 조비의 손자인 조모를 황제로 올렸다.

이듬해 진동장군 관구검과 양주자사 문흠이 사마사의 횡포에 분노하여 반기를 들었다. 관구검은 6만의 군사를 이끌고 항성에 진을 쳤고, 문흠은 2만의 군사를 예비대 형식으로 편성하여 대기하였다.

이때 사마사는 왼쪽 눈에 혹이 생겨 치료하고 있었으나 사태의 중대성을 느껴 직접 군사를 이끌고 나갔다. 이 싸움에서 제갈탄과 등애(鄧艾)가 공을 세워 평정하였다. 사마사는 제갈탄을 진동대장군에 더해 양주의 군사를 다스리게 하고 허창으로 돌아왔다. 하지만 사마사는 눈병이 악화되어 목숨이 얼마 남지 않았다는 것을 깨달았다. 사마사는 동생 사마소를 불러 대장군 인수를 전하고 죽었다.

사마사가 죽었다는 소식을 전해들은 강유는 하후패와 함께 다시 위를 공격하기로 결정했다. 배수진을 치고 위수에서 승리를 거뒀으나

424

적도성(狄道城)에서 등애의 계략에 말려 크게 패했다. 강유는 군사를 돌리지 않고 상규 땅으로 전진했다. 하지만 다시 등애의 매복 군에 걸렸다. 간신히 목숨을 건져 한중 땅으로 돌아온 강유는 공명이 가정싸움에 졌을 때 책임졌던 것을 본받아 지위를 후장군(後將軍)으로 깎아내리고 대장군 일은 그대로 시행했다.

한편 위에서는 사마소가 군사를 통솔하는 대도독이 된 후 제위를 빼앗을 야심을 품고 있었다. 이에 제갈탄이 동오와 손을 잡고 다시 반란을 일으켰으나 사마소에게 평정되었다. 소식을 들은 강유 또한 군사를 이끌고 위로 쳐들어갔으나 실패하고 돌아왔다.

이때 오의 권력은 손침의 손에 있었는데 황제 손량을 폐하고 손휴를 천자로 세우는 등 악행을 일삼았다. 하지만 황제 손휴의 밀명을 받은 장포의 손에 죽었다.

손침을 죽인 손휴는 촉에 국서를 보내면서 사마소가 오래잖아 위나라를 찬탈하고 그 위엄을 보이기 위해 촉과 오를 칠 것이니 서로 간 정신 차려 방비하자는 내용이었다. 이에 강유는 다시 20만 대군을 이끌고 위를 치기 위해 나섰다.

강유와 등애가 맞섰지만 등애가 패해 기산의 영채를 빼앗겼다. 등애는 정면으로 싸워도 보고 기습도 해보았지만 뜻대로 되지 않았다. 등애는 강유의 매복에 걸려 간신히 목숨은 건졌으나 크게 패하고 부상까지 입었다.

등애는 양양사람 당균에게 뇌물을 주어 촉의 내시 황호를 매수하게 했다. 뇌물을 받은 황호는 황제 유선에게 강유가 곧 위에 항복할 것이라고 말했다. 겁이 난 유선은 즉시 강유를 불러들이도록 했다. 옛날 사마의의 계략에 의해 공명이 군사를 돌린 것과 똑같은 상황이 벌어진 것이다. 강유는 탄식하며 한중 땅에 머물렀다.

한편 위의 천자 조모는 사마소의 횡포에 억눌려 사는 자신의 심정을 담은 잠룡시를 썼다. 내용 중에 '용은 우물 밑에 웅크리고 미꾸라지가 그 앞에서 춤추니' 라는 내용이 있었다. 이는 용은 천자를 칭하고 미꾸라지는 사마소를 칭하는 것이었다.

측근 가충(賈充)으로부터 보고를 받은 사마소는 크게 화를 내며 칼을 차고 대전으로 달려가 조모를 꾸짖었다. 조모는 왕침과 왕경ㆍ왕업 세 신하를 불러 눈물을 흘리면서 말했다.

"사마소가 역적질을 하기로 마음먹은 것이 분명하다. 짐은 가만히 앉아 폐위의 수치를 당할 수는 없소. 경들이 나를 도와 그를 처단해 주지 않겠소?"

왕경은 지금은 때가 아니라고 말했고 왕침과 왕업은 냉담한 반응을 보였다. 조모는 한탄을 하며 안으로 들어갔다. 왕침과 왕업이 멸족을 두려워해 사마소에게 달려갔다.

조모는 궁중의 신하 3백 명을 모아 북을 치고 함성을 지르게 하고 직접 칼을 들고 궁전 문을 나섰다. 왕경이 수레 앞에 엎드렸다.

"폐하께서 사마소를 치려는 것은 목숨을 버리시려는 것과 같습니다."

"일이 이렇게 된 이상 경은 막지 마라."

조모가 용문을 향해 쳐들어갔으나 사마소의 심복 가충ㆍ성수ㆍ성제가 무장한 군사 수천을 데리고 막았다.

"나는 천자다. 너희들은 궁중에 난입하여 군주를 죽이려는 게냐?"

조모가 소리쳤다. 가충이 성제를 돌아보며 말했다.

"사마공의 명령이다. 죽여라!"

성제가 창을 휘두르면서 조모 앞으로 나가니 조모가 호통을 쳤다.

"보잘 것 없는 놈이 무례하게 구느냐?"

말을 채 끝내기도 전에 성제는 조모 가슴에 창을 찔러 넣었다. 조모가 굴러 떨어지자 성제는 다시 창을 들어 찔렀다. 조모는 외마디 비명도 지르지 못하고 목숨을 잃었다.

천자가 죽었다는 보고를 받은 사마소는 일부러 놀란 척하며 천자의 수레에 머리를 박으며 울었다. 이윽고 모든 신하들이 듣게 소리쳤다.

"황제를 죽인 성제는 대역무도한 놈이다. 그의 일족을 죽여라."

성제가 죽으면서 사마소에게 저주를 퍼부었다. 사마소는 성제의 혀를 자르도록 했다. 가충은 사마소에게 천자의 자리에 오르도록 권했다. 하지만 사마소는 조조의 예를 들어 아들 사마염(司馬炎)을 염두에 두고 조환을 황제로 삼았다.

촉의 멸망

강유는 사마소가 조모를 죽이고 조환을 천자로 세운 것을 알자 또 다시 위를 정벌할 기회라 생각했다. 강유는 곧 오에 사자를 보내 위를 칠 것을 촉구하는 동시에 15만의 대군을 이끌고 세 방면으로 갈라서서 기산으로 떠났으나 등애에 막혀 다시 한중으로 돌아왔다. 강유는 굽히지 않고 2년 후 30만 대군을 일으켜 기산을 노리는 척하며 조양 땅으로 쳐들어갔으나 또 다시 황호의 농간으로 천자 유선이 불러들여 뜻을 이루지 못했다.

강유는 성도로 가서 황호를 죽이려 하였으나 천자 유선이 말려 죽이지 못했다. 성도 땅에 있다가는 오히려 화를 당할지 모른다고 판단한 강유는 8만 군사를 이끌고 위나라 국경에 있는 답중(畓中) 땅으로 갔다. 강유는 그곳에서 평상시는 농사를 짓다가 전쟁에서 전투를 하는 둔전(屯田)병을 기르며 장기전에 대비하였다.

등애는 강유가 답중에 주둔해 있다는 소식을 듣고 첩자를 보내 지형의 지도를 그려오도록 했다. 첩자가 그려온 지도를 보자 강유의 꿈이 원대한 것으로 판단한 등애는 곧바로 사마소에게 보고를 했다. 보고를 받은 사마소가 화를 내며 큰 소리를 쳤다.

"강유가 여러 차례 중원을 넘보고 있는데 그 자를 없애지 못하니 실로 배와 가슴에 모진 병이 든 것 같구나."

사마소는 곧바로 종회(鍾會)와 등애에게 촉을 치라고 명령했다. 명령을 받은 종회가 각처에 배를 만들게 하고 장수들을 해안 지방으로 파견하여 배를 모으게 했다. 이상하게 생각한 사마소가 종회에게 물었다.

"장군은 육로로 서촉을 칠 계획인데 무엇 때문에 배를 만드는가?"

"촉은 우리 대군이 출전한다는 것을 알게 되면 반드시 오에게 도움을 청할 것입니다. 그러므로 먼저 오를 치는 것처럼 하면 오가 움직이지 못할 것입니다. 또한 촉을 격파하는 동안 배가 완성될 터이니 그때 오를 치기 위함입니다."

드디어 종회와 등애가 촉을 치기위해 출전했다. 종회는 군사를 세 갈래로 나눠 한중을 향했고, 등애는 강유를 움직이지 못하게 답중으로 향했다.

위의 군사가 출전했다는 소식을 들은 강유는 급히 천자 유선에게 상주문을 올렸다. 상주문에는 장익에게 양평관을, 요화에게 음평교를 지키도록 하고, 동오에 구원을 요청하도록 쓰여 있었다.

천자 유선은 술잔치를 하다 강유의 상주문을 받았다. 내시 황호가 강유가 괜히 공을 세우려고 하는 것이라며 걱정할 것이 없다고 말했다. 그리고 무당을 불러 점을 보게 했다. 점을 본 무당이 태평세월이나 즐기라고 말했다. 유선을 그 말을 듣고 매일 술에 취해 살았다. 이후 강유가 여러 차례 상주문을 보냈으나 황호가 중간에서 가로채 유선에게 전달되지 않았다.

사방에서 위군이 밀려들자 강유는 혼자서 이곳저곳 뛰어다니며 적을 막았지만 역부족이었다. 강유는 할 수 없이 검각 땅으로 후퇴하였다.

종회는 검각땅 20리 앞에 진을 쳤다. 종회는 강유의 퇴로를 막지 못한 죄를 물어 제갈서를 끌어내어 목을 치려했다. 하지만 제갈서는 등애의 부하였다. 보고를 받은 등애가 격분하여 종회를 찾아갔다.

하지만 종회는 본진 안팎에 수백 명의 군사를 배치하여 삼엄한 경계를 펴고 등애를 맞이했다. 등애는 마음이 편치 않았으나 시치미를 떼고 말했다.

"나는 음평 땅 샛길로 나가 한중 덕양정을 지나 바로 성도를 기습하겠소. 그러면 강유는 반드시 군사를 거둬 구원하러 올 것이오. 그때를 이용하여 장군은 검각을 점령하시오. 그러면 촉은 무너질 것이오."

종회는 등애의 제의를 받아들였다.

"등애가 유능하다고 소문이 났지만 내가 보기에는 참으로 무지한 장수다. 음평의 샛길은 모두 험하여 촉의 군사 천 명만 지키고 있어도 퇴로가 막혀 등애의 군사는 모두 굶어 죽고 말 것이다. 나는 큰 길로 행군하겠다."

그러나 종회의 예상은 빗나갔다. 공명이 음평 땅의 중요성을 강조하였는데도 천자 유선은 누가 그 험한 길로 쳐들어오겠느냐며 수비병을 철수시켰다. 등애는 장수들을 격려하여 갑옷을 벗게 하고 맨몸으로 산을 넘게 하였다. 겨우 2천명이 산을 넘었으나 놀란 촉의 장수들은 곧 항복했다.

이 소식이 성도에 전해지자 천자 유선은 공명의 아들 제갈첨(諸葛瞻)에게 7만 군사를 주며 적을 막도록 했다. 제갈첨은 19세 장남 제갈상(諸葛尙)과 면죽으로 향했다. 하지만 제갈첨은 면죽에서 등애에게 크게 패하고 자결하였다. 아들 제갈상도 적과 난투극을 벌이다 죽었다.

유선은 안절부절못하며 신하와 장수들을 모아 놓고 의논했다. 성도를 버리고 남쪽으로 피해야 한다고 주장하는 의견과 오에 의지하는 것이 좋겠다는 의견이 팽팽하였다. 그때 초주가 나서 항복하는 것이 백성들을 살리는 길이라고 말했다. 유선은 결국 항복하기로 결심하였다. 그때 유선의 다섯째 아들 유심이 반대하고 나섰다.

"성도에는 아직 수많은 군사가 있고 검각에도 강유의 군사가 있습니다. 어찌 썩은 선비의 말만 믿고 선제께서 이루신 땅을 버리시려하십니까?"

유심이 말하자 유선이 꾸짖었다.

"너같이 어린 것이 어찌 천명을 알겠느냐?"

유선이 책망하자 유심은 땅바닥에 엎드려 흐느껴 울면서 말했다.

"만일 기세가 꺾이고 힘이 부족하다면 마땅히 성을 등지고 싸워 죽어야만 선제의 얼굴을 뵐 수 있을 것입니다. 어찌 항복할 수 있겠습니까?"

그러나 유선은 그 말을 듣지 않았다. 유심은 울면서 호소하다 뜻을 이루지 못하자 자결하기로 결심했다. 아내가 먼저 기둥에 머리를 찍어죽자 유심은 세 아들을 죽이고 유비의 사당 앞에서 자결하였다.

이튿날 유선은 강유에게 항복하라는 조서를 내리고 스스로 몸을 묶은 뒤 관을 실은 수레를 이끌고, 북문 밖으로 10리를 걸어 나와 항복했다. 이로써 도원결의에서 유비 · 관우 · 장비가 품었던 꿈은 허망하게 사라졌다. 유비가 황제가 오른 뒤 42년이 지난 서기 263년의 일이었다.

등애는 유선을 부축하여 일으켜 세우고 그 밧줄을 풀고 관을 불태운 후 나란히 수레에 올라 입성했다. 성도의 백성들은 이들을 기꺼이 맞아들였다. 등애는 유선을 표기장군으로 임명하고 문무백관에게는 각각 관직을 주었다.

검각에 있던 종회와 일전을 앞두고 있던 강유는 항복하라는 유선의 칙령을 보고 깜짝 놀랐다. 강유뿐 아니라 모든 장수들이 저마다 이를 갈고 머리카락을 쥐어뜯었다.

"우리는 죽기를 각오하고 싸우는데 왜 그냥 항복했단 말인가!"

장수들의 통곡소리가 수십 리 밖까지 들렸다.

"걱정하지 마라. 나에게 계략이 있으니 한의 왕실은 다시 일어설 수 있다."

강유는 종회에게 거짓 항복을 했다. 종회는 자리에서 내려와 강유를 극진히 대접했다.

"장군은 회남의 전쟁 이후로 계략에 실패한 적이 없었소. 사마씨의 흥성은 모두 장군의 덕이요. 그래서 이 강유는 기꺼이 머리를 숙여 항복하는 것이오. 등애라면 항복을 하지 않았을 것이오."

이 말을 들은 종회는 기뻐하며 강유와 의형제를 맺고 전과 같이 군사를 지휘하게 했다. 강유는 마음속으로 은근히 기뻐했다.

한편 등애는 강유가 종회에게 항복했다는 소식을 듣고 공을 빼앗길까 두려웠다. 등애는 사마소에게 서신을 보냈다. 지금 당장 유선을 낙양으로 끌고 가면 오나라 사람들이 겁을 먹고 귀순하지 않으니 내년 겨울쯤 불러들이는 것이 좋겠다는 내용이었다.

서신을 받아본 사마소는 등애가 마음대로 일 처리하는 것에 의심을 품었다. 사마소는 위관을 보내 등애를 태위로 봉하면서 모든 일은 조정의 지시를 받아서 행동하라는 지시를 내렸다.

"장수가 밖에 있을 때는 임금의 명령이라도 따르지 않을 수 있다. 내가 칙명을 받고 출전한 이상 누가 가로막을 수 있단 말인가?"

등애는 다시 자신의 뜻을 굽히지 않겠다는 서신을 사마소에게 보냈다. 놀란 사마소가 가충을 불렀다. 가충이 종회에게 높은 지위를 주어 등애를 누르는 것이 좋겠다고 말했다. 사마소는 의견을 따라 종회를 사도로 봉하고 등애의 반역을 막도록 하는 한편, 위관에게는 등애와 종회를 동시에 감시케 했다.

종회는 등애를 누르기 위해 강유와 의논했다. 강유는 사람을 물리도록 한 후 은밀히 종회를 부추겼다.

"이 지도는 옛날 공명이 초막을 나설 때 선제에게 바친 것입니다. 이 익주의 땅은 평야가 넓고 백성도 많아 부유하므로 패업을 이룰만 하다 하였습니다. 등애가 그곳으로 갔으니 모반할 마음이 생기지 않을 리가 없습니다. 장군께서 사마소에게 등애가 반역했다는 서신을 띄우면 등애를 토벌하도록 명령할 것입니다. 그렇게 되면 단번에 사로잡을 수 있을 것입니다."

종회는 낙양에 사람을 보내 등애가 반역을 꾀하고 있다고 보고했다. 뿐만 아니라 등애의 편지까지 가로채 필체를 조작하여 오만불손한 내용으로 보냈다. 화가 난 사마소는 등애를 사로잡도록 명령하는 동시에, 가충에게 3만 군사를 주어 사곡으로 달려가도록 한 후 자신도 천자 조환과 함께 군사를 이끌고 뒤를 따랐다. 사마소가 직접 움직인 것은 종회의 반란이 두려웠기 때문이었다.

종회는 위관에게 명하여 성도에 가서 등애 부자를 체포하라고 명령했다. 위관은 등애가 잠을 자고 있는 틈을 이용하여 쉽게 사로잡아 결박해 낙양으로 끌려갔다.

성도에서 강유는 종회를 충동질하여 반역하도록 하고 유선에게 조금만 기다리시면 한실을 일으킬 수 있을 것이라는 서신을 보냈다.

종회는 강유를 선봉에 세우고 사마소를 치려하였다. 하지만 낙양에서 함께 온 장수들이 따라주지 않았다. 종회와 강유는 그런 장수들을 모두 죽이려 하였으나 장수들이 먼저 선수를 쳤다. 종회는 화살을 맞아 죽고 강유는 스스로 목을 찔러 죽었다. 위의 장수들은 강유의 배를 가르고 그의 일족을 모두 죽였다.

이때 등애의 부하들이 낙양으로 끌려간 등애를 구하기 위해 달려갔다. 이를 안 위관이 전속에게 군사 5백을 딸려 보냈다. 막 구출되어 성도로 돌아오려는 등애는 전속이 달려오는 것을 보고 자기 부하인줄 알고 있다가 아들과 함께 죽었다.

유선은 낙양으로 압송되어 안락공(安樂公)으로 봉해졌다. 그의 아들들도 모두 벼슬을 받았다. 하지만 황호는 나라를 망하게 하였다는 죄로 여러 사람이 보는 앞에서 사지가 찢겨 죽었다.

진(晉) 제국 건설과 삼국통일

사마소는 직접 천자의 자리에 오르고 싶었으나 갑자기 병으로 자리에 눕게 되었다. 신하들이 문병오자 사마염을 가리키며 죽었다. 사마염은 장례가 끝나자 가충을 불러 천자를 계승할 절차를 물었다. 가충이 조비가 한의 제위를 이어받은 전례에 따라 수선대를 쌓고 제위에 오르는 것이 좋겠다고 말했다.

이튿날 사마염은 칼을 차고 궁중에 들어갔다. 깜짝 놀란 조환이 용상에서 내려와 사마염을 맞아들였다.

"내가 보기에 폐하의 문(文)은 도(道)를 논할만한 정도가 못되며, 무(武)는 나라를 경영할만한 정도가 못 되는데 어찌 능력 있는 자에게 자리를 물려주지 않는 것이오?"

깜짝 놀란 조환이 말을 잇지 못하였다. 옆에 있던 장절이 화를 내면서 말했다.

"옛날 위무황제(조조)께서 동서남북을 정벌하여 천하를 손에 넣었소. 지금 천자께는 아무 죄도 없는데 어찌하여 제위를 물려줘야 한단 말이오?"

사마염은 화를 내며 소리쳤다.

"이 천하는 본래 한의 것이오. 조조가 천자를 끼고 천하를 호령하다 빼앗은 것이오. 그것도 우리 조상이 삼대에 걸쳐 위를 도왔기 때문에 가능한 것이오."

"그 따위 짓이 역적질이 아니고 무엇이냐?"

"무엇을 하느냐? 저놈을 끌어내 때려 죽여라!"

곧바로 무사들이 장절을 끌어내어 때려죽였다. 조환은 결국 황제의 자리를 물려주기로 결정했다. 조환은 옛날 헌제가 했던 것처럼 수선대에서 사마염에게 옥새를 바쳤다. 조환은 신하의 옷으로 바꿔 입고 내려가 머리를 숙였다. 조환을 진류왕(陳留王)으로 봉하고 금용성(金墉城)에서 머물도록 했다. 이로써 위는 한으로부터 나라를 빼앗은 지 45년이 지난, 서기 265년에 멸망하였다.

사마의는 국호를 진(晋)으로 하고 동오를 칠 계획을 서둘렀다.

한편 동오의 손휴는 사마염이 위나라를 빼앗고 진나라를 세웠다는 말을 듣고 쳐들어 올 것이 걱정되어 병에 들었다.

병세가 위독해지자 복양흥의 팔을 잡고 태자 손만을 가리킬 뿐 아무 말도 못하고 죽었다. 복양흥은 손휴의 뜻을 알고 손만을 천자로 세우려 하였으나 좌전군(左典軍) 만욱이 나섰다.

"태자는 너무 어려 정치를 할 수 없습니다. 오정후 손호를 황제로 추대하는 것이 나을 듯합니다."

이에 좌장군(左將軍) 장포도 거들었다. 이로써 손호가 황제로 추대되었다. 손호는 제위에 오르자마자 포악해지더니 주색에 빠져들어 궁녀가 수천이 되었다. 뿐만 아니라 토목공사를 시작하여 소명궁을 짓게 하였다. 공사에는 백성들뿐 아니라 관원들까지 동원되었다. 또한 점쟁이를 불러 나랏일에 대한 점을 치게 하였다.

"천자께서는 경자년에 낙양에 입성하실 겁니다."

손호는 기뻐하며 육항에게 명령하여 양양을 빼앗으라고 명령했다. 보고를 받은 사마염이 대책을 논의하기위해 신하들을 불렀다.

"신이 듣기로 손호는 백성을 다스리려하지 않고 잔악무도한 일을 많이 한다고 합니다. 양양의 도독 양호에게 육항의 침입을 막게 하고 오나라 안에서 이변이 일어나는 것을 기다렸다가 쳐들어간다면, 손바닥 뒤집는 것보다 쉽게 오를 멸망시킬 수 있을 것입니다."

가충이 말했다. 사마염은 옳다고 생각하여 그대로 시행토록 했다. 이에 양호는 지키는데 만 힘을 썼다. 국경을 지키는 군사를 줄여 농사를 짓게 하여 군비를 튼튼하게 하고 민심을 얻었다. 오나라 사람으로 항복한 뒤 돌아가기를 원하면 모두 돌려 보내주었다.

하루는 양호가 장수들을 데리고 사냥에 나섰다. 마침 육항도 사냥을 나와 우연히 마주쳤다.

"우리 군사들은 경계를 넘어서면 안 된다."

양호가 명령했다. 위의 장수들은 명령을 지키고 진의 영토 안에서만 사냥을 했다. 육항은 진의 군사들의 군율이 살아 있는 것을 보고 한숨을 내쉬었다. 뿐만 아니라 양호는 사냥한 짐승 중 오군의 화살이 박힌 것은 모두 돌려보내주었다. 육항의 이에 대한 답례로 양호에게 술을 보냈다. 며칠 후 육항이 병에 눕자 양호는 약을 달여 보냈다.

그러던 중 오의 천자 손호가 육항에게 사자를 보내 즉시 쳐들어가라고 독촉했다. 육항은 지금은 무리하게 싸울 때가 아니라 나라를 잘 다

437

스리는 것이 중요하다는 상주문을 올렸다. 화가 난 손호는 육항의 지휘권을 빼앗아 손기를 후임으로 임명했다.

한편 양호는 육항이 자리에서 물러났다는 것을 알고 사마염에게 오를 칠 때라고 상주하였지만 가충의 반대로 무산되었다. 양호는 나이를 핑계로 고향으로 돌아가겠다고 간청하였다. 사마염이 양호에게 나라를 잘 다스리는 방법에 대해 물었다.

"손호가 포악한 군주라 지금 싸우면 이기지만 만약 손호가 죽고 어진 임금이 나온다면 오를 손에 넣기 힘들 것입니다."

양호가 말하자 사마염이 깨닫고 즉시 오를 공격하기로 결정했다.

"경이 이제 군사를 몰아 오를 쳐주시오."

사마염이 양호에게 말했다.

"신은 이제 나이가 많고 병이 잦아 그 같은 일을 감당하지 못합니다."

집으로 돌아온 양호는 병세가 점점 깊어졌다. 사마염이 집을 직접 찾아와 문병을 하였다. 양호는 사마염에게 두예(杜預)를 추천하고 죽었다. 사마염은 양호의 뜻대로 두예를 진남대장군 형주사(荊州事)로 삼았다. 두예는 백성들을 잘 보살피고 군사를 길러 동오를 칠 준비를 치밀하게 진행시켰다.

드디어 사마염의 명이 떨어지고 위군은 수륙 양면으로 동오로 밀고 들어갔다. 진남대장군 두예는 대도독이 되어 10만 군사를 이끌고 강릉으로, 사마주는 제중으로, 왕혼은 횡강으로, 왕융은 무창으로, 호분은 하구로 각각 오만의 군사를 이끌고 진격했다. 뿐만 아니라 왕준과 당빈은 수륙 20만의 군사를 이끌고 강을 따라 동쪽으로 내려갔다.

위군이 수륙 양면으로 파죽지세(破竹之勢)로 진격하자 오의 장수들은 죽거나 항복하였고 몇몇은 스스로 목숨을 끊었다. 왕준의 군사들이 먼저 성안으로 밀려들어가자 놀란 손호는 목숨을 끊으려 했다.

"폐하께서는 어찌하여 안락공 유선을 본받지 않으십니까?"

중서령(中書令) 호충 등이 말렸다. 그 말을 따라 손호는 스스로 몸을 묶은 채 관을 이끌고 왕준에게 항복했다. 서기 280년이었다.

왕준은 밧줄을 풀어 주고 관을 불태운 다음, 왕에 대한 예를 지켜 그를 맞아들였다. 이튿날 두예가 군사를 이끌고 도착했고, 오나라의 군사는 모두 진에 무릎을 꿇었다.

승리의 소식이 낙양에 전해지자 조정에서는 잔치를 베풀고 진의 천자는 술잔을 들고 눈물을 흘렸다.

"이 모든 것이 양호의 공이다. 그가 보지 못하고 죽은 것이 안타깝구나."

왕준은 손호를 낙양으로 데리고 와서 천자를 만나게 했다. 사마염이 자리를 내주면서 말했다.

"짐은 이 자리를 마련하고 그대를 오랫동안 기다려 왔소."

"신도 남쪽 땅에 이런 자리를 마련하고 폐하를 기다리고 있었습니다."

손호의 대답에 천자 사마염은 크게 웃으며 그를 귀명후(歸命侯)로 봉했다. 손호의 자식들에게도 벼슬이 주어졌다. 서기 280년, 이로써 위(魏)·촉(蜀)·오(吳)로 나누어졌던 천하는 다시 하나로 통일이 되었다.